De schaduwman

Van Helen Fields verscheen eveneens
bij Ambo|Anthos *uitgevers*

1 *Perfecte resten*
2 *Perfecte prooi*
3 *Perfecte dood*
4 *Perfecte stilte*
5 *Perfecte misdaad*
6 *Perfecte moord*
7 *Perfecte wraak*

Helen Fields

De schaduwman

Vertaald door Yolande Ligterink

Ambo|Anthos
Amsterdam

MIX
Papier van
verantwoorde herkomst
FSC® C014496
FSC
www.fsc.org

ISBN 978 90 263 6268 2

Oorspronkelijke titel *The Shadow Man*
Oorspronkelijke uitgever HarperCollins *Publishers*
Omslagontwerp Studio Jan de Boer op basis van
het ontwerp van Claire Ward © HarperCollins Publishers Ltd 2021
Omslagillustraties © Jane Morley/Trevillion Images (hoofdbeeld);
© Tim Robinson/Trevillion Images (schaduw van man)

Verspreiding voor België:
Veen Bosch & Keuning uitgevers nv, Antwerpen

Voor Caroline Hardman
Grappig, getalenteerd, aardig en (gelukkig)
buitengewoon geduldig

Proloog

Van een afstand leek het pas gedolven graf leeg. Maar voor de vogels, die zo scherp zagen dat ze het minste gekronkel van een worm of gescharrel van een insect opvingen, was in de diepte een oude lijkkist zichtbaar. Door de tijd was het houten deksel gaan rotten. Door de tijd en door de druk van een tweede kist, die erbovenop had gestaan. Een familiegraf bevat meer herinneringen en meer lichamen dan een rustplaats voor een enkele overledene.

Als de aarde kon spreken, zou dit gat in de grond barsten van de verhalen. Over lichamen die waren gekomen en gegaan. Over hoop en teleurstelling. Over aarde die vaker werd verstoord dan gewenst was voor een rustplaats. Er kwamen maar weinig mensen op deze sombere plek en de schaarse bezoekers hadden zich al jaren niet meer in deze uithoek gewaagd. De begraafplaats was heel oud en in onbruik geraakt. Hij lag buiten de stad, binnen een kring van bomen die spiedende blikken buiten- en de geesten van de doden binnenhield.

Eén man kwam en ging naar believen. Hij bezocht een graf en bracht ook weleens mensen mee. Vaak zat hij in het gras tegen een grafsteen te praten en dan luisterde hij af en toe scherp, alsof hij wachtte op een antwoord. Soms groef hij een kist op en de volgende keer begroef hij die weer. Altijd dezelfde kist. De helft van de tijd moest er een ziel te ruste worden gelegd. Of meer dan een. Maanden later kwam hij dan weer opdagen om de kist leeg te maken, verse bloemen bij het graf te zetten en de overblijfselen in de kofferbak van zijn auto te leggen, nadat hij ze zorgvuldig had ontkleed en schoongemaakt. De kist sleepte hij tussen de struiken en het gat in de aarde gooide hij dicht.

Op de dagen dat hij hier kwam, zongen de vogels niet. Geen knaagdier rende over het terrein of sprong van de ene boomtak op de andere. De zon verschool zich achter de wolken. De wereld leek te weten dat er meer tranen zouden worden vergoten. Nu stond het bovenste deel van het familiegraf leeg. Het was slechts een kwestie van tijd voor het weer bezet zou worden. De tijd stond hier stil en het ritueel werd herhaald tot het graf weinig meer was dan een draaideur tussen deze wereld en de volgende.

1

Een slapende vrouw, bekeken door een vreemde die zich urenlang had schuilgehouden achter de gordijnen in de overschaduwde erker. Dat was alles. Hij was een spin, stil en geduldig, klaar om toe te slaan en zijn prooi te verdoven. Er zat geen kwaad in. Alleen behoefte. Het witte laken over haar lichaam rees en daalde door de ademhaling van de onbewuste slaap. Als hij drie stappen naar voren deed, kon hij haar aanraken, zijn handen door haar lange donkere haar halen, de sikkel van zijn vingernagel in het kuiltje drukken dat in haar rechterwang verscheen als ze glimlachte. Zijn armen pasten volmaakt om haar lichaam.

In zijn hoofd had hij elk onderdeel daarvan opgemeten. Tweemaal was hij zo dicht langs haar gelopen dat hij haar had aangeraakt, een keer op straat en een keer op het schoolplein. Dat laatste was een risico geweest, maar het was nuttig gebleken. In het begin was hij bang geweest dat de kijkfase saai zou zijn. Hij had het helemaal mis gehad. Zich vertrouwd maken met de levens van zijn uitverkorenen was zuurstof voor hem geworden, en in die periode vervaagde de rest van de wereld.

Hij liet waarderend zijn vingers over de kaptafel naast hem gaan. Geen stof. Geen plakkerige vingerafdrukken van de kinderen. Angela was op-en-top vrouw, moeder en huisvrouw. Haar slaapkamer weerspiegelde het familieleven. Aan de muren hingen foto's.

Een trouwfoto van meer dan tien jaar geleden, met een bruid in de armen van haar bruidegom, in een kuise jurk en met opgestoken haar met een paar losse krullen. Een belofte voor later op de avond, dacht Fergus.

Hij had maanden geduld moeten hebben voor haar man een keer wegging, maar toen had het geluk hem toegelachen. De man had de kinderen – een jongen van zeven en een meisje van vijf – meegenomen voor een nachtje kamperen, om te genieten van de idyllische augustusmaand. Hij kon het niet weten, maar het zou een goede oefening zijn. Na vanavond was hij een alleenstaande ouder, tenzij hij hertrouwde. Fergus kon zich niet voorstellen dat iemand zou proberen Angela te vervangen. Ze was alles.

Elke morgen bracht ze haar kinderen naar school; het jongetje rende of stepte vooruit, terwijl het meisje strak de hand van haar moeder vasthield. Hij vond het fijn om ze samen te zien. Er lag altijd een onuitwisbare glimlach op Angela's gezicht als ze bij haar kinderen was. Hij had haar nog nooit vermoeid of boos gezien. In al die uren en bij al die wandelingetjes waarvan hij getuige was geweest had ze niet eenmaal met haar ogen gerold, gegaapt of tegen de kinderen gesnauwd. Op de foto's aan de slaapkamermuren was ze niet zomaar een ouder, maar ging ze helemaal op in het ouderschap. Hij bestudeerde de foto's nog een laatste keer en prentte ze stuk voor stuk in zijn geheugen. Daar omhelsde ze haar zoon, die een of andere sporttrofee in zijn handen had, en daar maakte ze lachend cupcakes met haar dochter, stralend van liefde. En daar waren ze als gezin aan het fietsen en stonden ze even stil terwijl een voorbijganger een foto van hen maakte, een toonbeeld van samenzijn.

Fergus was eerder in die slaapkamer geweest. Hij had dingen uit haar huis meegenomen. Een zijdezacht hemd uit de wasmand. Een lippenstift uit haar handtas. Afgeknipte teennagels uit de badkamer, waarop nog de kleur van haar nagellak te zien was. Een heel stuk van zijn eigen slaapkamer was aan haar gewijd en hij had ook een dossier. Op papier, niet digitaal. Hij was ziek, niet stom. Computers konden gehackt worden. De informatie die hij had verzameld kwam uit de echte wereld. Haar geboortedatum en trouwakte waren verkregen uit officiële registers. Hij wist waar ze boodschappen deed, bij welke dokterspraktijk ze patiënt was, wie haar vrienden waren. Zijn inspanningen hadden een tijdlijn met een accurate weekindeling opgeleverd.

Haar afvalbak was een eindeloze bron van informatie geweest. Ze kocht zelden kant-en-klaarmaaltijden of bewerkte producten, maar gaf de voorkeur aan vers fruit en verse groente. Er waren geen tijdschriften, maar af en toe werd een krant hergebruikt. Angela kocht liever stukken dan vloeibare zeep. En ze slikte de pil. De lege strip van de vorige maand zat ook in zijn dossier. Er waren geen plannen voor nog meer kinderen, in elk geval voorlopig niet. Ze was tevreden.

Hij sloop dichter naar het bed toe en snoof haar geur op. Ze was in bad geweest voordat ze zich tussen de lakens had laten glijden. Hij was lang daarvoor al in het huis geweest. Het was gemakkelijker om haar elk raam en elke deur te laten controleren, zodat ze zich op haar gemak voelde en geloofde dat alles wat haar kwaad kon doen zich veilig buiten het huis bevond. Terwijl zij in het stomende water had liggen weken en haar huid had laten strelen door de lavendelbubbels, had hij ervoor gezorgd dat alle gordijnen dicht waren en had hij de sleutels uit de achterdeur gehaald. Het had geen zin om risico's te nemen. Als ze bang werd of hem wist te verrassen en op de vlucht sloeg, mocht ze het pand niet kunnen verlaten.

Toen alles veilig was, was hij voor de badkamerdeur gaan zitten luisteren naar haar geneurie. Hij had zich voorgesteld hoe ze het lichtgroene washandje langs haar armen, haar benen, tussen haar borsten door en langs haar nek haalde. Hij had afgewacht terwijl zij het boek las dat hij op een pasgewassen handdoek en haar badjas op haar bed had zien liggen. Toen hij aan het gekletter van water had gehoord dat ze was gaan staan, was hij verhuisd naar de erker, achter de gordijnen, en hij had zich erop geconcentreerd heel zachtjes adem te halen en heel stil te blijven staan. Er stonden ramen open in de slaapkamer, zodat er wat koelere nachtlucht naar binnen kon komen, en hij was van plan geweest die dicht te doen als ze eenmaal vast in slaap was. Als ze gilde, zouden de buren het anders misschien horen. Dat kon Fergus niet toestaan.

Nu lag ze vlak voor hem. Er was zoveel hard werk voorafgegaan aan dit moment dat hij bijna niet wilde dat het voorbij zou gaan. Tot hij in de spiegel keek. Die hing tegenover het raam en weerspiegelde Angela's mooie gezichtje op het kussen en de man die zich over haar heen boog. Terwijl haar haar glansde van gezondheid, werd zijn kortgeschoren haar voortijdig grijs en werd het dunner dan draaglijk was voor iemand van achter in de dertig. Zijn ogen waren bleek in het schaarse licht van de straatlantaarn achter de gordijnen, maar hij kon de waterige blauwe tint nog steeds onderscheiden, omgeven door rode rimpels. Het was zijn huid die het echte verhaal vertelde. Een groenige tint wit. Wasachtig, bleek, hulpbehoevend.

Fergus Ariss was stervende.

De tijd die hij nog had, hoelang ook, was onvoldoende om alles te doen. Hij had graag willen reizen. Toen hij in de twintig was, had hij een wereldkaart aan zijn muur gehad. Het idee was om elke keer dat hij op reis was geweest een stuk van de kalkachtige verf weg te schrapen. Een schoolreis naar Frankrijk had één land buiten de grenzen van het Verenigd Koninkrijk opgeleverd en daarna was het vrijgezellenweekend van een vriend in Amsterdam gevolgd. Hij had altijd eens naar de Verenigde Staten willen gaan. Peru willen verkennen. De Chinese Muur was zijn ultieme bestemming geweest. Nu moest hij al zijn laatste wensen in Schotland zien te vervullen. Zelfs de grens was in dit stadium te ver voor hem.

Zijn lichaam had hem in de steek gelaten. De dokters konden niets meer doen, ook al bezwoeren ze hem nog zo hard om hen te laten helpen. Hij rook de rotting van zijn eigen lichaam. Geen kruid of specerij kon de smaak van de dood in zijn mond verhullen. Er waren pijn en verdriet, maar ook momenten van helderheid, waarin hij begreep dat de dood een verlossing zou zijn. Een maandenlange behandeling in het ziekenhuis was niet de oplossing. Het leven verlengen zonder te letten op de kwaliteit daarvan was niet meer dan langzaam vervagen. Hij wilde niet verder vervagen dan nu al gebeurd was. Hij wilde zich met geweld een weg banen naar het hiernamaals. Maar er was zo weinig tijd en nog zoveel te doen. Te beginnen met Angela.

Hij sloop om het voeteneind van het bed heen, trok zijn schoenen uit en schoof voorzichtig op de matras. Er trok een glimlach over Angela's gezicht toen zijn lichaam zich naar het hare voegde. Hij paste achter haar als een puzzelstuk en ze fluisterde iets toen hij zijn arm over haar middel liet glijden, zijn gezicht zachtjes in haar nek duwde en de geur van haar shampoo opsnoof. Ze was zo warm in zijn armen. Zo zacht. Zo voor hem bestemd.

Toen werd ze wakker; ze haalde zo plotseling adem dat Fergus' borst van haar rug werd geduwd en alle spieren in haar lichaam verstrakten. Ze kwam met een ruk overeind, maar hij was er klaar voor. De arm die om haar heen lag verstrakte en hij trok haar weer tegen zich aan. Zijn vrije hand gleed onder haar hals door en over haar mond.

'Het is goed,' fluisterde hij. 'Angela, je moet me vertrouwen. Ik ben hier niet om je pijn te doen.'

Ze probeerde met haar hielen tegen zijn scheenbenen te schoppen, maar werd gehinderd door het laken. Fergus legde zijn rechterbeen over haar beide benen. Haar adem was warm en vochtig in zijn hand en haar hoofd was dat van een wild beest en schoot fel van links naar rechts. Hij wachtte af. Dit was allemaal voorzien. Hij had het scenario honderden, misschien wel duizenden keren in zijn hoofd afgespeeld. In zijn zak zat een zakdoek en daarop zat een zorgvuldig afgemeten dosis chloroform. Er waren dingen die hij met Angela wilde doen en dan mocht ze niet tegenstribbelen. Ze moest ongerept blijven.

'Laat het gaan,' zei hij. 'Ik weet dat je bang en in de war bent, maar ik heb je uitverkoren.'

Angela kromde haar lichaam, schoof haar mond met een ruk naar zijn vingers en beet. Fergus probeerde grip op haar te houden, maar zijn hand liet hem in de steek. Zijn vingers schoten recht en zijn pols boog naar achteren, zodat Angela genoeg ruimte kreeg om haar hoofd naar voren te bewegen en met een ruk tegen Fergus' gezicht te slaan. Haar achterhoofd bleek een geducht wapen en Fergus' neus werd van tussen zijn ogen tot onder de brug gebroken. Het kussen werd bezoedeld door een massa bebloed haar. Hij zag niets en zijn gezicht was een masker van pijn. Alleen zijn rechterarm en been bleven stevig liggen waar ze lagen en hielden haar op haar plek. Ze spuwde en er landde iets warms en zachts op de hand waarmee hij haar tegen het bed drukte. Het was een stuk van zijn vinger, besefte hij toen hij haar op haar rug rolde en zijn lichaam over haar heen schoof voor ze kon proberen te ontsnappen.

'Het is al goed, laat me je helpen,' zei hij zacht.

Sappige bloeddruppels spatten uiteen op haar gezicht. Angela begon te huilen.

'Ik ben niet boos. Niet huilen,' zei Fergus.

Met zijn rechterhand haalde Fergus de zakdoek uit zijn zak en hij legde zijn linkeronderarm stevig over haar borstbeen. Ze hijgde.

'Alsjeblieft, niet doen...'

'Ik doe je geen pijn, Angela. Waarom zou ik? Ik ben je ware liefde.'

Hij drukte de zakdoek tegen haar lippen. Een katoenen kus in het donker. Angela's heupen bonkten tegen hem aan en hij stelde zich een ander bed voor, waarin zij hem vasthield en wilde dat hij op haar kwam liggen.

Haar hoofd boog naar achteren. Ze deed haar best om te vechten, maar zijn wil om haar te onderwerpen was sterker dan die van haar om vrij te zijn. De wanhoop had hem bijgeschaafd en een bijzonder beest van hem gemaakt. Hij rook haar tandpasta, een veld wilde munt. De diamanten in haar ogen vormden een grotere schat dan hij ooit had gedacht te bezitten.

Toen vloog de lamp van het nachtkastje in een boog door de lucht. Als hij aan was geweest, zou hij een regenboog van licht hebben achtergelaten. Hij zag hem komen, maar wist meteen dat het te laat was om hem te ontwijken. De lamp maakte contact met zijn jukbeen en de aardewerken voet viel in scherfjes uiteen, die zich in zijn huid nestelden.

Angela begon zich feller te verzetten toen Fergus door de klap opzijboog. Zijn hoofd leek wel een wespennest door de verwondingen aan zijn neus en wang. Het belangrijkste was om de zakdoek over haar mond te houden tot ze sliep, maar zijn hand trilde en hij zag opeens twee Angela's, geen van beiden erg duidelijk. Zijn hand had hulp nodig om druk op de zakdoek te houden en hij duwde zijn voorhoofd ertegenaan, zodat de kracht werd verdubbeld en hij even zijn ogen dicht kon doen. Als hij nu het bewustzijn verloor, was het allemaal voorbij. Als ze onder hem uit wist te komen, was het gedaan. Alles wat hij wilde en de korte tijd die hij nog had zouden in rook opgaan.

Ze sloeg hem met haar vuist. Hij moest haar in bedwang zien te houden tot ze zich overgaf.

Met een laatste krachtsinspanning wrikte Fergus zijn lichaam een paar centimeter omhoog en liet het toen met zijn volle gewicht op haar ribbenkast vallen. Hij greep haar pols met zijn vrije hand en haar vingertoppen krabden zwakjes over zijn knokkels. Het bed was nat, besefte hij. Zijn knie lag op een vochtige, warme plek. Dat was prima. Een succes, zelfs. Ze ontspande zich. Gaf zich over. Zijn hele hoofd zoemde en brandde en er sloeg een golf van misselijkheid door hem heen. Fergus liet haar hand uit zijn greep glippen toen de wereld in pixels uiteenviel en vervaagde. Zijn lichaam bedekte het hare als een deken en de zakdoek, zijn hand en uiteindelijk zijn voorhoofd lagen op haar mond, maar Fergus kon niet langer vechten tegen de bewusteloosheid.

Was het mogelijk dat de dood hem zoveel eerder kwam halen

dan hij had verwacht? Fergus ademde diep in en probeerde uit alle macht de pijn te bedwingen en dit moment met Angela vast te houden, maar in zijn hoofd draaide een draaimolen meedogenloos rond en hij kon niet van haar afkomen, kon zijn hoofd niet optillen of zijn hand van haar mond halen, al had zijn leven ervan afgehangen.

Angela's lichaam schokte onder hem.

Hij kon niet van haar afkomen.

Angela haalde bibberig en fluitend door haar neus adem terwijl de chemische stof voor haar mond zijn magische uitwerking deed gelden.

Hij kon niet van haar afkomen.

De laatste adem die hij haar hoorde uitstoten, was een onmenselijk gereutel. Hij verlangde ernaar haar te troosten, haar te zeggen dat het hem speet. Hij had zoveel met haar willen doen en het was allemaal afschuwelijk verkeerd gegaan. Nu moest hij opnieuw beginnen. En eerst moest hij een nieuwe vrouw vinden.

2

De nacht was van haar. De kleuren van de dag waren vervaagd en te midden van de grijstinten was ze eindelijk gelijk aan de mensen om haar heen. Connie Woolwine liep het imposante Balmoral Hotel uit, stak de weg over en liep naar Leith Walk. Het was middernacht en de hitte steeg nog op van de straten van Edinburgh. De laatste pubs gingen dicht. Ze hoorde zowel gezang als gesnik onder de kroeglopers, afhankelijk van hoe dronken ze waren. Met alleen de sleutelkaart van haar hotel in de ene zak van haar spijkerbroek en haar telefoon in de andere liep ze langs de mensen. Ze genoot ervan haar benen te strekken na de lange vlucht en van het gevoel van vrijheid dat ze kreeg nu ze kon opgaan in een vreemde stad.

Het was haar eerste reis naar Schotland. De eerste zes uur zaten erop. De gebouwen straalden zoveel geschiedenis en architecturale perfectie uit dat ze eerder tevoorschijn leken getoverd dan gebouwd. De lampen in de hoge gebouwen wierpen bewegende beelden op de drukke straten. Het was een menselijke smeltkroes, die haar een beetje aan Boston in Massachusetts deed denken. Toen ze linksaf Union Street in liep, verwonderde ze zich erover hoe veilig de stad aandeed. Iedereen die hier woonde was vierentwintig uur per dag getuige van wat er om hem heen gebeurde. Alles was met elkaar verbonden. Het centrum van Edinburgh was net een menselijk lichaam; elke straat was een ader en er waren maar heel weinig buurten waar alleen bedrijven of winkels waren. Het was een stad waarin je kon wonen in plaats van er alleen maar te zijn.

Haar gedachtegang werd onderbroken door gefluit en ze keek om naar de man van wie dat onwelkome compliment afkomstig was. Toen ze oogcontact maakte met degene die belangstelling had getoond, werd ze meteen omringd door andere mannen. Een wolk van alcoholdampen drong haar neus binnen; ze ademde de geur in van bier en goedkope sterkedrank in de magen van twintigjarigen die kennelijk een hoop dronken illusies koesterden.

'Ben je hier alleen, schat?' riep de man die gefloten had.

Zijn accent was eerder Engels dan Schots. Ze was vaak genoeg in Londen geweest om de klanken van het East End te herkennen.

'Ik heb een afspraak. Neem me niet kwalijk.' Ze hield het luchtig, maar de klank van haar stem was kil en ze probeerde een stap naar voren te doen.

'Een Amerikaanse. Dat had ik kunnen weten met zo'n kont. Zo strak zie je ze niet vaak waar wij vandaan komen.'

Hij kwam onhandig naar voren en Connie ging opzij en zette haar schouder tussen twee van zijn vrienden om uit de kring te komen.

'Doe niet zo lullig. We maken maar een geintje,' zei een van zijn vrienden nog.

Ze rolde nog net niet met haar ogen en liep door.

'Die stomme teef kan niet tegen een grapje,' hield hij vol toen ze niet reageerde.

Ze bleef recht voor zich uit kijken en zorgde ervoor niet sneller, maar ook niet langzamer te gaan lopen.

'Je denkt zeker dat je beter bent dan wij, hè?'

Zijn rechterhand rustte een seconde op haar rechterbil, maar ze greep hem meteen bij de pols, draaide zich snel om en zette haar duimnagel hard en diep in de nagelriem van zijn wijsvinger. Connie liet hem los toen hij een luide kreet slaakte, naar achteren sprong en zijn hand vastpakte.

'Ze heeft me verdomme getaserd of zo. Shit.' Met tranende ogen klemde hij zijn hand tegen zijn buik.

Connie bleef staan.

'De pijn is al weg,' zei ze. 'Die blijft alleen zolang er druk wordt uitgeoefend. Jij viel me aan en dan mag ik mezelf verdedigen. Ik loop nu de straat uit en jullie doen er verstandig aan me niet te volgen. Ik heb de neiging nogal fel te reageren als iemand me aanraakt. De volgende keer zul je het langer voelen.'

Er werd geschuifeld en gedempt gevloekt, maar niemand leek er happig op om haar nog langer lastig te vallen. Connie knikte, draaide zich om en liep verder naar Gayfield Street. Ze werd verwacht in het park in Gayfield Square en ze wilde de man niet laten wachten.

Ze hield een normaal tempo aan. Rennen was geen goed idee. Het was nooit verstandig om angst te tonen. Opdringerige mannen waren poema's; dat was haar uitgelegd bij de cursussen zelfverdediging die ze had gevolgd toen ze begin twintig was. Je kon een poema wijsmaken dat je niet geschikt was als lunch als je bleef staan waar je stond, jezelf groot maakte en hem recht aankeek. Als je je omdraaide, wegrende of zwakte toonde, was je een voorgerecht op pootjes. Ze liet zich nog maar zelden intimideren door mannen met een teveel aan testosteron. Dronken idioten sloegen alleen maar wild om zich heen. Het was veel moeilijker om je te verweren tegen ijskoude zelfbeheersing.

Connie ging een hoek om en zag dat het woord park nogal overdreven was. Het gras was verdroogd door de uitzonderlijke hitte. Er stonden een paar verloren bankjes en om het stukje groen dat midden in de rechthoek van gebouwen was uitgespaard stonden bomen, maar meer stelde het niet voor. Overal langs de rand stonden geparkeerde auto's en de omringende gebouwen hadden vrij uitzicht op elke vierkante meter. Ze zou hier niet ontspannen een boek kunnen lezen of kunnen picknicken met een vriendin. Het was eerder een doorloop dan een plek om te verpozen.

'Staat u op iemand te wachten?' vroeg een man.

Hij stond vlak achter haar en was met zijn bijna twee meter een kop groter dan zij.

'Wist u dat ik het was of zegt u dat 's nachts tegen alle vrouwen? Daar kon u nog weleens problemen mee krijgen.'

'God, ja, stom van me. Ik had mezelf gewoon moeten voorstellen. Ik ging er gewoon van uit...'

'Het geeft niet.' Ze stak hem een hand toe. 'Inspecteur Baarda, nietwaar?'

Hij was achter in de veertig, een lange man met bruine krullen, brede schouders en het lijf van een voormalige sporter die de laatste tijd niet meer zoveel zin had om te trainen.

'Oké.' Hij schudde haar enthousiast de hand. 'En u bent doctor Woolwine.'

'Connie,' zei ze. 'Laten we verder lopen.' Ze liet zijn hand los en liep de weg op, terwijl ze om zich heen keek. 'Zo te zien hangen hier niet veel camera's ondanks al die gebouwen. Is de politie al iets te weten gekomen?'

'Weinig waar we iets aan hebben. De zon ging op 20 augustus onder om achtendertig minuten over acht. Elspeth Dunwoody is verdwenen rond halftien. Ze is gezien toen ze om vijf over negen vanuit een andere straat het park in ging en haar auto is om vierentwintig minuten over negen twee straten verderop vastgelegd op camera. Daarna hebben we niets meer. De meeste camera's staan gericht op deuren en de stoep. Er zijn beelden van veraf waarop ze in haar auto stapt, maar niets van dichtbij.'

'Heb je de beelden gezien?' Connie stond midden op een parkeerplek en draaide een rondje om foto's te maken met haar telefoon.

'Nog niet. Ik ben vanmiddag pas uit Londen gekomen. Ik heb me gemeld bij het team Zware Misdrijven, het dossier doorgekeken en ingecheckt in mijn hotel, en daarna ben ik hierheen gekomen. Neem me niet kwalijk, ik had eerst de beelden moeten bekijken. Slordig van me.'

'Je hoeft je voor mij niet te verontschuldigen; ik word ook maar ingehuurd. Om eerlijk te zijn, weet ik niet goed wat ik in dit stadium kom doen. Het is niet het soort zaak waar ik me normaal mee bezighoud. Kom eens bij me staan. Ik wil weten welke flats bewoond worden en in welke kantoren zijn gevestigd.'

'Eh, moeten we daarmee niet wachten tot een wat socialer tijdstip?'

'Nee,' zei ze. 'Kijk om je heen en geef me een idee van de hoeveelheid bewegende gordijnen.'

'Sorry, wat wil je nu eigenlijk...'

Haar gil schoot als een pijl door de nacht en drong door de beste dubbele beglazing en de dikste gordijnen.

'Een, twee, drie, vier... Daar gaan we,' mompelde Connie toen de eerste bewoner naar buiten keek, gevolgd door lampen die aan- en ramen die opengingen.

'Iemand belt de politie,' zei Baarda rustig.

'Mooi. Ik wil weten hoelang het precies duurt voordat hier gereageerd wordt als er iets gebeurt.'

Er ging een deur open en er kwam een man in een geruite ochtendjas naar buiten. Connie kon een glimlach niet onderdrukken.

'Heb je hulp nodig? Valt die man je lastig?'

'Dank u dat u even komt kijken. Maar hij is van de politie, dus alles is in orde.'

'Nou, dan heb je helemaal voor niets het hele plein wakker gemaakt. Misschien moet je dat even uitleggen.'

Hij had de houding die alleen mensen met echt geld ontwikkelen en een luide stem die was bedoeld om superioriteit over te brengen. Connie haalde afwezig een hand door haar haar en schoof haar handen in haar zakken toen ze een stap naar de man toe deed.

'Was u op 20 augustus tussen negen en half tien 's avonds thuis?' vroeg ze. Ze negeerde het verzoek om een verklaring, alsof ze dat gewoon niet had gehoord.

'Waarschijnlijk wel. Ik ga 's avonds zelden weg, maar ik zie niet wat dat ermee te maken heeft.'

'Hebt u die avond soms gegil gehoord? Of iets anders waardoor u naar buiten keek of zich zorgen maakte? Misschien hebben uw buren de volgende dag iets gezegd over een incident?'

'Nee, niets van dat alles. Het is hier normaal gesproken erg rustig, zeker als het meeste verkeer aan het eind van de dag is verdwenen.' Hij gaf een ruk aan de ceintuur van zijn ochtendjas en streek zijn haar glad. 'Ik moet weer naar binnen.' Hij keek op naar de ramen van de buurhuizen, waarachter nu vele nieuwsgierige gezichten waren te zien.

'Natuurlijk,' zei Connie. 'Dank u voor uw hulp.'

Baarda keek haar verbaasd aan, terwijl de man met hoog geheven hoofd zijn huis weer in ging. Connie glimlachte toen hij uit het zicht verdween. Die ochtendjassen waren gewoon niet te geloven.

'Heb jij er ook zo een?' vroeg ze met een licht opkrullende mondhoek.

'Ik eh... Eigenlijk wel. Mag ik je iets vragen?'

'Dat mag,' zei ze, 'maar hou gerust op met vragen wanneer je een vraag kunt stellen zonder hem echt uit te spreken. Het is eigenlijk tijdverspilling. Ik ga natuurlijk nooit nee zeggen.'

Baarda's telefoon ging.

'Ja,' zei hij. 'Niet nodig om iemand te sturen. We zijn precies op die plek. Er gebeurt hier niets. Okido.'

'Okido?' Connie lachte. 'Goeie god, alsof ik een eeuw terug ben in de tijd. Waar heb jij op school gezeten? Eton?'

Zelfs op het slecht verlichte plein was te zien dat Baarda's wangen donkerder kleurden.

'Echt! Wauw, ik dacht dat Eton alleen bedoeld was voor mensen van koninklijken bloede.'

'Dat is een populaire misvatting,' mompelde Baarda. 'Je weet dat we nog steeds in de gaten worden gehouden, hè? Misschien kunnen we beter op een discretere plek gaan staan.'

'Misschien wel,' zei Connie met haar beste Britse accent, maar ze bleef staan waar ze stond en keek naar de kijkers. 'Maar Elspeth is niet hiervandaan ontvoerd. Ze is bereidwillig meegegaan. Dit is een dure woonwijk met mensen die reageren op geluid, dat is ongebruikelijk. Als je in New York gaat gillen, zetten de mensen alleen hun tv wat harder. Hier komen de bewoners in actie. Hoeveel mensen stonden er wel niet te kijken? Twintig, misschien zelfs dertig. Om halftien 's avonds zou er iemand naar buiten zijn gekomen en Elspeth zou veel harder en langer hebben gegild dan ik als ze werd ontvoerd.'

'En toch is ze weg,' zei Baarda.

Connie sloeg haar armen over elkaar, leunde tegen een straatlantaarn en hief haar gezicht naar de sterren.

'Er verdwijnen elke dag mensen. Ze kunnen niet meer tegen de stress op het werk of ze komen erachter dat ze een vreselijke ziekte hebben. Opeens zien ze hun gezicht in de spiegel en komen ze tot de conclusie dat ze zichzelf haten. Ik zou je duizend redenen kunnen geven. Ik kan je misschien nog niet vertellen waarom Elspeth weg is, maar ik kan je wel zeggen dat niemand haar hier gedwongen heeft in een auto te stappen.'

'Omdat ze niet heeft gegild?' vroeg Baarda. 'Misschien had ze wel een mes tegen haar keel of een pistool in haar rug. Stilte betekent niet noodzakelijk gewilligheid.'

'Nee.' Connie wees naar hem. 'Maar de moderne media hebben ons een paar dingen bijgebracht die ons gedrag hebben veranderd. Vooral vrouwen weten heel goed dat je weerloos bent zodra je bij een aanvaller in de auto stapt. Je wordt waarschijnlijk verkracht en daarna mogelijk vermoord. De meeste vrouwen nemen liever het risico op een kogel of een messteek dan dat ze in een auto stappen, want ze zijn zich er heel goed van bewust dat het ritje waarschijnlijk hun laatste zou zijn.'

'En als de ontvoerder dreigt hun kinderen iets aan te doen? Dat is niet zo moeilijk: je noemt hun naam, hun leeftijd, hun adres, misschien hun school. Welke moeder zou niet doen wat er van haar wordt gevraagd om haar nakomelingen te beschermen?'

‘Nakomelingen?’

‘Kinderen,’ zei Baarda.

‘Ik weet wat het betekent,’ zei ze. ‘Het is alleen zo’n klinisch woord. Maar ik ben het met je eens, dat is een veel doeltreffender manier om een vrouw te laten doen wat je wilt. Maar dan zou haar ontvoerder haar een tijdje moeten stalken. Ik zou in haar plaats proberen een spoor achter te laten. Mijn tas laten vallen, stiekem mijn horloge of een ring afdoen, struikelen en bloeddruppels achterlaten op de grond. Iets wat duidelijk zou maken dat ik hier was en dat ik nu weg ben. Dat ik in gevaar ben. Ik neem aan dat de straat is doorzocht door de technische recherche?’

‘Kennelijk wel. Er is niets gevonden,’ zei Baarda. ‘Wat is jouw alternatieve theorie?’

‘Dat je meer vliegen vangt met honing dan met azijn. Waarom zou je een vrouw bedreigen en haar zenuwachtig maken als je je net zo goed op een geloofwaardige manier kunt voorstellen? Een valse identiteitskaart is gemakkelijk te krijgen. Doe alsof je van de politie bent. Zeg dat ze nodig is bij een ongeluk, bijvoorbeeld. Rij met haar de stad uit naar een doodlopende weg. Dan is het verder heel eenvoudig.’

‘Haar auto is niet gevonden,’ merkte Baarda op.

‘Nog niet,’ zei ze. ‘Maar vertel eens, wat doen we hier?’

Baarda glimlachte vluchtig en haalde zijn schouders op. ‘Politiewerk,’ zei hij.

‘Ik ben forensisch psycholoog. Ik help profielen opstellen van seriemoordenaars. Maar nu sta ik hier, op kosten van de belastingbetaler. En jij bent helemaal uit Londen hiernaartoe gesleept.’

‘Het team Zware Misdrijven van Edinburgh heeft het te druk. Sommige leden werken buiten hun jurisdictie samen met Interpol en er zijn mensen met ziekteverlof. Ze hebben extra mankracht nodig,’ zei Baarda. ‘Dat is niet zo vreemd.’

‘Alleen is dit geen moordzaak. Het gaat om een verdwijning zonder enig teken van een misdaad of zelfs maar een worsteling. Kom op. Je weet meer dan je vertelt. Zeg het maar.'

'Hoe weet je dat?'

'Je haalde je schouders op. Dat is geen reflex, zoals ogen die groter worden als je geschokt bent, maar een bewust gebaar. Je probeerde nonchalant te doen en je er snel van af te maken. Het verraadt je altijd.'

Baarda zuchtte. 'Mij is verteld dat ze iemands schoondochter is.'

'Zakenman, beroemdheid of politicus?' vroeg Connie.

'Maakt het uit?'

'Alleen als je een accuraat profiel wil van de ontvoerder. Als ze om politieke redenen is ontvoerd, zit er een andere persoonlijkheid achter dan als het om geldelijk gewin gaat. Als het gaat om een hooggeplaatst iemand in het gerechtelijk apparaat of bij de politie, kan het om wraak gaan. Ik kan een eindeloze lijst opdreunen, maar het is sneller om gewoon te zeggen dat het inderdaad uitmaakt.'

'Het hoofd van een wereldwijd techbedrijf, algemeen bekend om zijn werk voor goede doelen en met meer politieke contacten dan ik zou kunnen opnoemen. En ik begrijp wat je bedoelt.'

'Maar op de een of andere manier is dat tot dusver onder de pet gehouden. Er is helemaal niets over bekend geraakt in de media.'

'Ik denk dat alle betrokkenen ervan overtuigd zijn dat het om een chantagepoging gaat en dat Elspeth een tragische en plotselinge dood zou sterven als het bekend werd. Ik was net zo verrast als jij dat ik een profielschetser meekreeg. En wat de belastingbetaler betreft, ik weet zeker dat er bijdragen zullen worden gedaan die ruimschoots opwegen tegen de kosten voor het land, en op deze manier hebben we alle faciliteiten en informatie van het politiekorps tot onze beschikking.'

'Zit dat zo.' Connie kwam dichter bij hem staan en ging zachter praten. 'Weet je, ik kan geen profiel opstellen van iemand die misschien niet bestaat. Het klinkt mij in de oren alsof Elspeth onder hoge druk stond. Kennelijk leidt ze het soort leven dat mensen ertoe uitnodigt gewoon op een trein te stappen en daarna verder te liften tot niemand ze meer kan vinden.'

'Denk je dat ze dat heeft gedaan?' vroeg Baarda.

'Ik ben forensisch psycholoog, geen helderziende. Ik zal morgen de familie moeten spreken als je iets aan me wilt hebben. Kun je dat regelen?'

'Ja hoor, maar niet eerder dan morgenochtend.' Hij keek op zijn horloge. 'Het is nu te laat om nog iemand te bellen. Ik heb een auto gehuurd. Als je wilt, kan ik je een lift geven naar je hotel.'

'Dat zou fijn zijn,' zei Connie. 'Dank je.'

'Graag gedaan. Maar ik ben bang dat ik niet veel keuze had in auto's. Ik kon alleen maar dat felgele monster daar krijgen.' Hij wees naar de andere kant van het plein.

Connie staarde ernaar. 'Heeft niemand je op de hoogte gesteld?' vroeg ze.

Baarda fronste.

'Ik ben achromaat. Op mijn achttiende heb ik hoofdletsel opgelopen, wat resulteerde in een hersenbloeding. Ze moesten me opereren en daarna kon ik alleen nog maar zwart en wit en schakeringen daarvan zien. Ik ben bang dat je zult moeten leren dingen beter te beschrijven dan alleen met de kleur.'

'Kun je echt helemaal geen kleuren meer zien?'

'Ik herinner me kleuren, maar niet als abstracte gegevens. Ik kan een kleur plaatsen als die gelinkt is aan een voorwerp, een plek en soms zelfs een emotie. Je went er vanzelf aan.'

'Jij ook?' vroeg hij.

Connie zweeg even. 'Ik merk dat het gemakkelijker is om gezichtsuitdrukkingen accuraat te lezen, landschappen zijn op de een of andere manier mooier, zonsondergangen zijn teleurstellend en ik verschijn af en toe in kleren die met elkaar vloeken. Dat is het wel zo'n beetje.'

'Dat betwijfel ik,' zei Baarda. 'Ik kan me een wereld zonder kleur niet voorstellen.'

'Dit is geen wereld zonder kleur,' corrigeerde ze mild. 'Het is een wereld waarin ik de kleuren in mijn hoofd moet toevoegen. Het zal je verrassen hoeveel meer je ziet als je er zo hard voor moet werken.'

'Heb je je daarom gespecialiseerd in profielschetsen, door je perspectief op de wereld?' Baarda richtte zijn sleutel op de rij auto's en er flitsten een paar lampen.

'Nee,' zei Connie. Ze liep naar de passagierskant. 'Dat was een kwestie van overleven.'

3

Connie stond met haar handen in haar zij en haar rug naar de eenzame kersrode BMW op de ronde oprit naar de agenten te kijken die als eerste ter plekke waren geweest.

'Ga terug naar jullie aankomst,' zei ze tegen hen. 'Allemaal. Vanaf het moment dat jullie de oprit op reden en Elspeths auto zagen tot jullie zijn uitgestapt en ernaartoe zijn gelopen. Door welk raampje keek je? Wie heeft welk portier aangeraakt? Denk goed na over wat jullie hebben gezien.'

'Met alle respect, mevrouw, maar ik zie niet hoe dat gaat helpen, ook al zouden we het ons kunnen herinneren...' probeerde een van de stoutmoediger agenten van de Schotse politie.

'Als je me nog eens mevrouw noemt, kom je er snel achter wat ik daarvan vind,' zei Connie.

'Hier is dat een erkenning van gezag,' kwam Baarda tussenbeide.

'Als een Amerikaanse agent je mevrouw noemt, gaat hij je arresteren of wil hij dat je je bek houdt en aan de kant gaat. Ik vermoed dat dit laatste nu het geval is. Dus luister en denk na. Waren alle portieren helemaal dicht toen jullie aankwamen?'

Er werd vaag geknikt.

'Als dat niet zo was, suggereert dat namelijk dat ze in haast is uitgestapt of dat ze verrast werd toen ze uitstapte.'

'Eh, misschien stond het portier aan de bestuurderskant op een kiertje open,' stamelde een andere agent. 'Ik greep de kruk om het open te trekken en ik weet niet zeker of het wel goed dicht was.'

'Goed zo, dat zijn de details die we zoeken.' Baarda's opmerking overstemde Connies niet erg subtiele zucht.

'En de sleutels?' ging Connie verder.

'Die zaten nog in het contact, mevrouw. Juffrouw, bedoel ik. We hebben er niet aangezeten.'

'Er is met de buren gesproken,' vertelde Baarda. 'Het ziet ernaar uit dat de auto hier al een tijdje staat, hoewel niet precies bekend is hoelang.'

'Van wie is dit huis eigenlijk?' vroeg Connie.

'Van de beste vriendin van Elspeth Dunwoody. Het gezin is aan het zeilen in de Caraïbische Zee en heeft geen idee wat de auto hier doet. Ze hadden Elspeth al een paar weken voor haar verdwijning niet meer gesproken.'

'Een openlijke of een verborgen vriendin?' vroeg Connie.

'Is daar verschil tussen?' Baarda keek verbaasd.

'Sommige vriendinnen spreek je maar af en toe en zie je bijna nooit, omdat de band sterk genoeg is om tegen weinig contact te kunnen. Zulke vriendinnen zijn moeilijk op te sporen als je niet tot de intimi behoort. Maar als je vaak uitgaat met een vriendin of altijd met haar op het schoolplein staat, kan iedereen dat opmerken. Dan is het niet moeilijk om het adres te vinden en een excuus te verzinnen om Connie hier te krijgen.'

'Ga dat meteen controleren,' zei Baarda tegen de geüniformeerde agenten.

Ze liepen haastig en enigszins opgelucht weg.

'Ze is niet in het huis, dat is grondig doorzocht. Haar telefoon ligt niet in de auto, maar haar handtas wel,' zei Baarda.

'Geen sleutels, geen handtas. Er ontbreken geen kleren in haar kast en ze laat een oprecht bezorgde man en kinderen achter. Dat ziet er niet goed uit.'

'Met alle respect, er is geen forensisch psycholoog nodig om dat te bedenken.'

‘Waarom zeggen mensen dat?’ vroeg Connie zich af terwijl ze om de auto heen liep en hem van alle kanten bekeek. ‘Met alle respect. Het gaat altijd vooraf aan een belediging. Geen harde, rechtstreekse belediging, maar iets wat zijdelings wordt binnengesmokkeld.’

‘Het spijt me, het was niet mijn bedoeling om je te beledigen. Het leek alleen nogal voor de hand te liggen.’

‘Het zit er bij jou nogal ingebakken om sorry te zeggen. Daar zou je echt eens mee moeten ophouden.’ Ze knielde bij het portier aan de passagierskant en inspecteerde de lak. ‘Hier zit iets. Vertel me wat je ziet.’

Baarda kwam erbij en ze zaten met zijn tweeën op hun knieën in het grind naar het portier te turen.

‘Het is rood en er is een druppel ontstaan, maar die is niet ver uitgelopen voordat hij opdroogde, dus er was niet veel vloeistof, wat het ook mag zijn. Maar het is rood op rood. Hoe heb je dat gezien als je geen kleuren kunt onderscheiden?’

‘Eigenlijk is het voor mij gemakkelijker,’ zei Connie. ‘Jij laat je misleiden door je hersenen. Die zien een rode vlek op een groot rood vlak en dat is moeilijk van elkaar te onderscheiden. Mijn hersenen onderscheiden alleen schakeringen. De vloeistof op de rode verf zorgt voor een dichtere schakering. Daarmee is het nut van kleurenblindheid ook meteen afgelopen, want ik heb geen idee wat de vloeistof zou kunnen zijn. Voor zover ik weet kan het net zo goed motorolie of mosterd zijn.’ Ze haalde haar telefoon voor de dag en maakte een foto van de vlek. ‘De technische recherche is in aantocht, toch?’

‘Nou en of. Als dat Elspeths bloed is, denk ik dat we een eis om losgeld kunnen verwachten of op zoek moeten naar een lijk.’

‘Daar is niet genoeg bewijs voor, ook al is het haar bloed,’ zei Connie. ‘Zeg nog niets tegen de echtgenoot, maar laat dit met spoed onderzoeken door het lab. En met spoed bedoel ik die van een spoedbestelling, niet van een spoedwet.’

‘Begrepen. Ik ga er persoonlijk achteraan. Als ik een paar telefoontjes pleeg, zou ik morgen de uitslag van de DNA-test moeten hebben.'

'Dat is indrukwekkend. Bij welke afdeling zat je in Londen?'

'Bij Operaties. En ik heb een paar jaar ervaring met wat vroeger de eenheid Ontvoeringen werd genoemd. Volgens mij vonden ze het prima om me hiernaartoe te sturen. Ik geloof niet dat ik helemaal pas bij de coole, gespierde alfamannen met een stoppelbaardje die tegenwoordig bij Operaties werken.'

'Zitten er geen vrouwen bij de eenheid?' vroeg Connie.

'Dat zijn ook meer alfamannetjes dan ik, vrees ik,' zei hij met een glimlach.

'Recent onderzoek heeft uitgewezen dat het alfatype vaak in het nadeel is als het om hogere promoties en langdurige persoonlijke partnerschappen gaat. Het management wil een kalme diplomaat met een analytisch stel hersenen en in relaties heb je iemand met warmte en humor nodig, die lang blijft leven.'

'Meneer!' De kreet kwam van de bosjes bij het begin van de oprit.

Connie en Baarda liepen naar de agent die had geroepen, maar bleven op een afstandje staan om de vindplek intact te laten.

'Wat heb je daar?' vroeg Baarda.

'Een linkerschoen. Beslist van een vrouw en hij voldoet aan de beschrijving die is gegeven door de echtgenoot van de vermiste.' De agent hield een in een handschoen gestoken hand omhoog.

Aan haar vingertoppen bungelde een lichte sportschoen met weinig gebruikssporen. Hij was nog vrij nieuw en had niet lang in de modder gelegen, vermoedde Connie.

'Zitten er bloedspetters op?' vroeg ze aan Baarda, die een pas naar voren deed om te kijken.

'Zo op het oog niet. Kun je aanwijzen waar je hem precies hebt gevonden?'

De agent wees naar een plek op een meter van haar voeten, ongeveer twee meter in het bosje.

'Dus hij is van haar voet geschoten toen ze schopte en zich verzette, of ze was zich bewust van wat er gebeurde en heeft hem met opzet in het bosje gegooid om een teken achter te laten dat ze tegen haar wil is meegenomen. Haar ontvoerder kon haar niet loslaten en tijd verspillen door ernaar te gaan zoeken,' zei Connie.

'Dus we installeren ons in het huis van de echtgenoot en wachten op de eis om losgeld,' zei Baarda kalm.

'Als ze geluk heeft,' zei Connie. 'Dat hangt ervan af wat de ontvoerder van haar wil, toch? Breng je me terug naar mijn hotel? Ik moet aantekeningen maken.'

'Nu? Moeten we niet eerst verslag uitbrengen aan de familie en een briefing houden op het politiebureau? Ik laat de aantekeningen altijd wachten tot 's avonds.'

'Jij bent een politieman, inspecteur Baarda. Je volgt de procedures, je houdt vergaderingen, deelt informatie, trekt aanwijzingen na. Ik heb ander werk te doen.' Ze liep naar zijn auto, stapte in, klikte haar gordel vast en controleerde het mechanisme door er een stevige ruk aan te geven, terwijl Baarda achter het stuur ging zitten.

'Ik ging ervan uit dat je zo veel mogelijk bij het onderzoek betrokken wilde worden. Je weet wel, hoe meer informatie hoe beter, controleren of niemand iets heeft gemist.'

'Ik ben hier om een beeld te schetsen van de man of vrouw die Elspeth in zijn macht heeft. Ik ga ervan uit dat het een man is, maar als we te maken hebben met afpersing, wraak of een poging om ons af te leiden van een andere misdaad, kan er ook een vrouw achter zitten. Het zou gezien Elspeths connecties om van alles kunnen gaan, van verzekeringsfraude tot bedrijfspolitiek. Mijn taak is meestal een stuk eenvoudiger. Als je een reeks lijken hebt, zijn er patronen, gelijkenissen tussen de slachtoffers en tussen situaties. Zelfs dan kan ik me niet laten afleiden door processen, procedures en politiepolitiek. In dit geval sta ik met een blinddoek om te darten. Dus ik moet terug naar het begin om mijn honorarium ook echt te verdienen. Dat lukt niet in de vermoedelijke chaos van een politiebureau. Jij bent mijn filter.'

Baarda reed weg en wuifde dankbaar naar de geüniformeerde agenten die de weg vrijmaakten om hem door te laten.

'Ik heb gehoord dat je veel met de FBI hebt samengewerkt. Waarom ben je nooit agent geworden?'

'Dat was wel mijn droom.' Connie keek naar de berm, waarin de stukken hei overgingen in andere begroeiing. 'Omdat ik kleurenblind ben, kon ik geen agent worden, dus koos ik een beroep waarin ik kon samenwerken met de profielschetsers van de politie.'

'Wat mis je zoal?' vroeg Baarda.

Connie keek naar hem. Het was een vage vraag, maar zijn zachte uitdrukking verried wat hij bedoelde. Ze liet haar normale, bruuske toon varen, want ze was zich ervan bewust dat haar professionele houding keihard kon overkomen. Die houding had ze zich aangemeten om opgewassen te zijn tegen institutionele vrouwenhaat en de neerbuigendheid van mensen die erachter kwamen dat ze 'visueel beperkt' was. De persoon die die term had gebruikt, had de kamer na haar reactie op zijn opmerking snel verlaten en had nooit meer deel uitgemaakt van teams waarmee zij werkte.

'Vooral de geijkte dingen. Twinkelende kerstlichtjes, de golven als het weer begint om te slaan. Vroeger zat ik uren bij mijn ouders op de achterveranda naar de zee te kijken. Nu is die steeds hetzelfde.'

Ze zweeg even, omdat ze de vraag recht wilde doen. Baarda hield ook zijn mond, terwijl de meeste mensen de behoefte zouden voelen om de stilte te vullen. Ze had er respect voor dat hij in staat was te blijven zwijgen. Volgens haar konden mensen beoordeeld worden aan de hand van zulke piepkleine, maar toch enorm veelzeggende details.

'De sprankeling van een robijn. De eindeloze groentinten van een enkele boom. Beelden van de aarde vanuit de ruimte, waarop je ons plekje in het universum ziet in al zijn adembenemende schoonheid. Toen ik klein was, hebben mijn ouders me een keer meegenomen naar de Grand Canyon. Ik had net mijn eerste camera gekregen en was een jaar of tien. Hoe dan ook, ik had een artistieke fase, dus elke foto die ik nam was in zwart-wit. Mijn ouders lieten mijn favoriete foto uitvergroten en inlijsten en ik moet het grootste deel van mijn puberteit in slaap zijn gevallen terwijl ik naar die foto keek. Toch heb ik er spijt van dat ik geen kleurenfoto heb genomen. Het is mijn enige herinnering aan de Canyon. Die vervloekte zwart-wit-foto. Een van de mooiste plekken op de wereld en ik heb er geen herinnering in kleur aan. Dat is zo ironisch dat het zo in een gedicht zou passen, vind je niet?'

'Ik zou het missen om de glans van het licht in de vacht van mijn Ierse setter te zien,' zei Baarda.

Connie lachte. 'Dat is een mooi beeld. Hoe heet hij?'

'Tupperware. We hebben de fout gemaakt om onze toen vierjarige dochter een naam te laten kiezen en dat was op dat moment haar favoriete woord. Maar ja, beloofd is beloofd. Hoe meer we haar probeerden over te halen iets... nou ja, hondachtigers uit te zoeken, hoe dieper ze met haar hakken in het zand ging.'

'O mijn god, dus jij rent in het park achter een Ierse setter aan terwijl je Tupperware roept? Dat is het grappigste wat ik ooit heb gehoord.'

'Ik ben op het moment niet zo vaak bij hem of de kinderen als ik zou willen.' Zijn stem stierf weg.

'Waarom niet?'

'O, je weet wel, er komt altijd van alles tussen.'

'Wat een onzin. Dat kan gebeuren bij een partijtje golf, een bezoekje aan je schoonouders of een afspraak met de chiropractor, maar thuis leef je. Wat kan daar nou tussen komen?'

Hij haalde zijn schouders op. 'Mijn vrouw heeft momenteel een verhouding. Ze is er heel eerlijk over en doet geen enkele moeite om het geheim te houden, wat ik zeer waardeer. Ik vond het gemakkelijker om haar de ruimte te geven terwijl ze uitzoekt wat ze wil.'

Connie liet zich niet van haar stuk brengen. 'Hou je nog van haar?'

'Ik geloof van wel,' zei hij.

'Weet je met wie ze een verhouding heeft?'

'Een van de collega's bij Operaties. Dat maakt het allemaal een beetje ongemakkelijk. Het is waarschijnlijk de reden waarom iedereen het zo fijn vond dat ik hiernaartoe werd gestuurd.'

'Godsamme, Baarda.' Connie floot. 'Denk je dat er misschien enige woede huist achter die glanzend gepoetste buitenkant?'

'Totaal niet. Ik heb kennelijk niet aan haar behoeften voldaan, dat heeft ze vrij duidelijk gemaakt, dus wat kon ik anders verwachten? Ik kan niet alle schuld op haar afschuiven.'

'Daar moet je voorzichtig mee zijn,' zei ze. 'Als je de schuld voor de keuzes van een ander op je neemt, kan die zijn keuze zonder enig weerwoord voor zichzelf rechtvaardigen. Je wilt haar er toch niet zo gemakkelijk van af laten komen?'

'Je kent haar niet en je kent mij ook niet.'

Connie keek naar hem. Zijn nek was gespannen en zijn handen waren stevig om het stuur geklemd.

'Het spijt me, dat was onbeleefd. Ik ben nooit onbeleefd. Ik hoop dat je...'

'Stop.' Connies stem was slechts een gefluister, dat amper boven het geluid van de motor uitkwam. 'Ik ben degene die zich moet verontschuldigen. Laten we voor vandaag maar ophouden met de persoonlijke onthullingen, goed?'

Baarda's telefoon ging. Hij zette hem op de luidspreker.

'Meneer, we worden door de pers gebombardeerd met vragen om commentaar. Ik weet niet hoe het is uitgelekt, maar ze weten van onze vermiste persoon, haar identiteit en haar connecties.'

'Verdomme,' mompelde Connie.

'En Elspeths echtgenoot is net gebeld. Er is vijf miljoen pond in biljetten van vijftig geëist. We hebben achtenveertig uur. Op de achtergrond was de stem van Elspeth Dunwoody te horen, die zei: "Help alstublieft." Het is bevestigd dat het haar stem was. Haar schoonvader is op de hoogte gesteld. We zijn bezig het telefoontje en de details over de betaling na te trekken.'

'Heel goed.' Baarda verbrak de verbinding. 'Nou, jij bent klaar. Het klinkt alsof we alles hebben wat we nodig hebben.'

'Behalve Elspeth,' zei Connie. 'Wat zeggen de statistieken over de kans om haar in deze omstandigheden levend terug te krijgen?'

'In het Verenigd Koninkrijk hebben we te maken met een gemiddelde van vijftig tot tachtig ontvoeringen per jaar. De meeste ervan worden met succes tot een eind gebracht.'

'Hoeveel niet?'

'Een handvol,' zei Baarda. 'Wanneer er doden vallen, gebeurt dat meestal als we de ontvoerder op het spoor zijn en hij in paniek raakt en tot de conclusie komt dat het gemakkelijker is geen getuige achter te laten die hem kan identificeren.'

'Arme Elspeth,' zei Connie. 'Ik hoop dat ze dat niet weet.'

'We doen wat we kunnen,' zei Baarda. 'Het is positief dat er contact is opgenomen. Ik hoop dat we haar heelhuids terugkrijgen.'

'Ik ben blij dat je er vertrouwen in hebt, maar ik betwijfel of dat op dit moment ook voor Elspeth geldt. Waar ze zich ook mag bevinden.'

4

'Trouw met me,' zei de man.

Elspeth Dunwoody vocht tegen de misselijkheid. Het eten dat hij haar gaf, was muf en ranzig. Haar lichaam was nog steeds bezig de chemicaliën te lozen die hij haar op de oprit van haar vriendin had toegediend. Sinds dat moment had ze allerlei tegenstrijdige gevoelens, die door haar heen denderden met de snelheid en de kracht van een goederentrein. Nu voelde ze zich verdoofd en ziek. Om een of andere reden die ze onmogelijk kon doorgronden zat er een vreemde man op een knie voor haar, die haar een doosje met een ring voorhield. Ze draaide haar hoofd van de ene kant naar de andere en kokhalsde, zodat ze bijna het vierkante plakje kaas en de paar droge crackers die haar lunch hadden gevormd uitspuugde. Hij leek het niet eens te merken.

'Trouw met me,' herhaalde hij.

Elspeth keek naar de ring. Het goud was vlekkerig en versleten en de enkele steen had geen enkele glans en stond verloren en grauw tussen de dunne gouden klauwtjes. Ze tilde haar linkerhand op, stak haar knokkels naar voren en wiebelde met haar vingers om de ringen te laten zien die er al om zaten.

'Daar weet ik wel raad mee.' Hij pakte een fles vloeibare zeep van de vloer naast hem.

Hij spoot een flinke hoeveelheid in zijn hand en wreef de zeep over haar ringvinger. Haar trouwring en haar verlovingsring, die 24-karaats verraders, gleden er zonder enige aarzeling vanaf. Nadat hij haar hand droog had gemaakt, duwde hij zijn eigen ring om haar vinger. Jammer genoeg had ze niet genoeg gal in haar mond om over dit nieuwe accessoire heen te spugen, maar haar lichaam deed sowieso niet wat zij wilde.

'Ceremonie,' mompelde hij.

Ze keek naar hem door pijnlijk droge ogen. Een magere man met de grauwe huid van iemand die niet tegen de zon kon en met diep weggezonken ogen, waar bruine wallen van slapeloosheid en slechte voeding onder zaten. Zijn handen trilden terwijl hij voortdurend in zichzelf mompelend rondliep, dingen oppakte en weer neerzette.

'Ik heb geen schoenen.' Hij sloeg hard met een hand tegen zijn voorhoofd.

Het geluid weerkaatste tegen de blinde muren.

Op de vloer lag een rafelig oud kleed, dat ruw aanvoelde onder haar blote voet. Haar afwezige schoen lag in een bosje te wachten tot hij ontdekt zou worden. In haar hoofd was het een levend wezen geworden, dat bezorgd naar de hemel keek en hoopte op iemand die het in het oog zou krijgen en het voorzichtig zou redden. Die schoen was haar flessenpost. Ze had het paar nog maar twee weken eerder gekocht en ze had genoten van de zachte pasvorm, het lichtgele canvas en de zwarte elastische veters. Ze waren erg duur geweest, maar ze had zich nooit zorgen hoeven maken over geld. Ze had zich nog nooit ergens zorgen over hoeven maken, besefte ze nu. Het geld en haar bevoorrechte positie hadden haar van alles afgeschermd, behalve van ziekte en de meer verontrustende nieuwsberichten. Als tegenwicht had ze zich vol enthousiasme ingezet voor talloze goede doelen. In de loop der jaren had ze miljoenen helpen inzamelen voor daklozen en in armoede opgroeiende kinderen, en ze had ervoor gezorgd dat de nieuwe ziekenhuisvleugel voor tieners met kanker volgens de hoogste kwaliteitseisen was gebouwd, zo huiselijk mogelijk was ingericht en volledig was voorzien van de beste apparatuur.

'Doe maar aan,' zei de man en hij legde een vergeelde en veel te grote trouwjurk op haar schoot. Elspeth keek er ongelovig naar.

'Wát wil je dat ik doe?'

'Je moet je klaarmaken,' antwoordde hij.

Hij schuifelde door de deur naar de slaapkamer. Elspeth had nog niet kunnen ontdekken wat zich in de andere kamers bevond. Het deed pijn om te gaan staan. Ze had de eerste vierentwintig uur na haar ontvoering op haar zij gelegen, met opgetrokken knieën en haar polsen vastgebonden op haar rug. Haar ontvoerder had haar van de oprit naar zijn auto en vandaar een huis in gedragen. Toen het touw eindelijk werd losgesneden, was ze in die positie blijven liggen en had ze zich centimeter voor centimeter bewogen, omdat haar pezen verstijfd en haar spieren verkrampt waren. Ondanks de regelmatige yogalessen en haar inspanningen in de sportschool was ze zelfs na die korte tijd al verzwakt geweest.

Nu ritste ze de trouwjurk open, die in geen tientallen jaren gedragen kon zijn. Het kant was gescheurd en had de bruingele kleur van oud behang in een pub. Ze stapte erin en vergoot stille tranen om haar man. Haar laatste woorden tegen hem waren bits en bot geweest. Ze wilde niets liever dan naar huis gaan en het goedmaken. Maar daar kreeg ze nu misschien de kans niet meer voor. Ze trok de jurk over haar bovenlichaam en stak haar armen in de wijde mouwen. Daarbij kreeg ze een stofwolk in haar gezicht, waar ze bijna in stikte. Het stof rook naar zolders en de uitwerpselen van knaagdieren.

'Je ziet er prachtig uit,' zei de man.

Hij was als een geest in de deuropening verschenen. Elspeth sloeg haar armen om haar middel.

'Kom, ik zal je rits dichtdoen. Eigenlijk had mijn broer hier moeten zijn, dan had hij mijn getuige kunnen zijn. Dat zal ik later moeten regelen. Ik ben er niet aan toegekomen. Maar dit is niet het moment om zelfmedelijden te hebben, toch? Dit is de eerste dag van ons leven als echtpaar.'

Zijn kleren pasten precies bij de jurk qua ouderdom en conditie. De mouwen van zijn jasje eindigden hoog boven zijn polsen, maar de rest was veel te wijd. De blauw met groene kilt slobberde om hem heen en kwam tot boven zijn knieën, en hij had geen sokken aan. De kleren waren gemaakt voor een klein en gezet iemand, terwijl hij eruitzag alsof hij in geen maanden had gegeten; al zijn botten drukten van binnenuit tegen zijn huid. Hij had waarschijnlijk niet lang meer te leven. Die gedachte gaf haar een beetje moed.

Hij ging tegenover haar staan en pakte allebei haar handen. Elspeth zwaaide even op haar benen. Op een ander moment en een andere plek was dat opgevat als een teken van opperst geluk. Ze was als bruid overspoeld geraakt door de emoties van het moment, de toekijkende menigte en de belofte van een leven vol liefde en toewijding. Haar ouders hadden elkaar vol vreugde vastgehouden, zo zeker waren ze geweest van haar partnerkeuze. Een strijkkwartet had klassieke muziek gespeeld en de tweeling van haar zus was als bruidsmeisjes opgetreden, in lichtroze jurken en met madeliefjes in het haar. Elspeth zag het gezicht van haar man voor zich en vroeg zich af of ze het ooit nog zou aanraken.

De man tegenover haar hoestte in haar gezicht zonder eraan te denken zijn hand voor zijn mond te houden. Elspeth keek opzij naar het bizarre schilderij aan de muur en zong een liedje in haar hoofd. De woorden liepen door elkaar heen en ze kon ze zich niet allemaal herinneren. Haar moeder had het voor haar gezongen toen ze een meisje was, iets over 'cambric shirts' en een 'sickle of leather'. Er was een melodie en ze wilde neuriën, maar nu hief de man die haar handen vasthield gewichtig zijn hoofd en zette een hoge borst op. O lieve god, hij begon luid te spreken, alsof ze in een kathedraal stonden en duizenden mensen getuige waren van hun huwelijk. Elspeth wist dat ze hem met open mond aanstaarde, maar geen enkel dreigement had de afschuw en het ongeloof van haar gezicht kunnen wissen.

'Is hier iemand die een reden weet waarom deze man en deze vrouw niet door het sacrament van het huwelijk verbonden mogen worden?'

Hij zweeg even. Elspeth was voor haar gevoel al een eeuwigheid alleen met hem in die kamer, maar ze had toch de behoefte om om te kijken. Er was niemand. Hij praatte tegen helemaal niemand. Toch zweeg hij een gepast ogenblik voor het geval iemand met bezwaren zou komen.

Hij kwam nog iets dichter naar haar toe, boog zijn hoofd, zodat hij haar fel kon aankijken, en begon zijn huwelijksbelofte af te leggen.

'Ik, Fergus, neem jou, Elspeth Brenda, tot mijn echtgenote, in goede en in slechte tijden, in voor- en tegenspoed, bij ziekte en gezondheid...'

Fergus? Elspeth zocht in haar geheugen. Ze had nooit iemand ontmoet die Fergus heette, had zelfs nooit een vriend die naam horen noemen. Toch wist hij haar tweede naam. Wist hij ook dat het de naam van haar grootmoeder was? Wist hij ook dat haar grootmoeder Brenda een onverzettelijke vrouw was geweest, die nooit had kunnen aanvaarden dat anderen bepaalden wat ze wel en niet kon doen? Brenda zou iets hebben gedaan. Ze zou deze man, deze Fergus, hebben overgehaald haar los te laten of hem te lijf zijn gegaan tot hij zich had overgegeven. En wat deed zij? Ze speelde trouwerijtje met deze maniak. Elspeth deed haar best om adem te halen, maar de lucht was giftig. Nu glimlachte hij naar haar. Hij glimlachte. Wachtend tot ze iets zou zeggen. Ze begreep niet wat.

'Ik zal je helpen,' zei hij. 'Herhaal mijn woorden... Ik, Elspeth, neem jou, Fergus...'

'Ik, Elspeth...' mompelde ze en ze keek weer om zich heen.

Was ze gek geworden? Zaten er mensen te kijken die zij niet kon zien?

'Zeg me na. Zeg me na. Zeg het, zeg het, zeg het.' Hij sloeg met zijn vuist tegen de muur om zijn woorden kracht bij te zetten en toen wierp hij zijn hoofd achterover, sperde zijn mond open als een diepe grot en stootte een wilde kreet uit.

Elspeth sloeg een hand voor haar mond en probeerde zelf een kreet te onderdrukken. Ze schuifelde naar achteren, terwijl hij zwaaide op zijn benen en zijn hoofd nog verder naar achteren boog, alsof hij zijn razernij in zijn geheel kon opslokken. De paarse huid van zijn wangen zwol op en hij gromde en brulde, verschoof van de ene voet op de andere en sloeg nog steeds tegen de muur.

Ze haalde diep adem, sloot haar ogen en probeerde het beeld van zijn geselende tong en afgesleten kiezen te verdringen. Dit was het moment om zichzelf te redden.

'Ik, Elspeth, neem jou, Fergus.' De woorden kwamen er onduidelijk uit omdat ze zo snikte. Nog eens. 'Ik, Elspeth, neem jou, Fergus.' Dat was beter. Luider, helderder.

Hij hield op met brullen en bleef staan, zwaaiend op zijn benen, zijn mond nog steeds een gapend gat, gericht op het plafond. Maar hij luisterde.

'Tot mijn echtgenoot,' zei ze.

Fergus' mond ging langzaam dicht en zijn kin kwam naar beneden. Zijn ogen tolden nog steeds rond in de kassen en zijn ademhaling was stotend en scherp, maar hij was weer bij de mensen, om met Elspeths man te spreken.

'In goede en slechte tijden,' zei Elspeth en ze stak haar hand uit. Ze verachtte zichzelf omdat ze zwak was, omdat ze toegaf, maar ze wist dat dit waarschijnlijk de enige manier was om zichzelf te redden. 'In voor- en tegenspoed, bij ziekte en gezondheid...'

Hij glimlachte. Te veel tanden en te veel tandvlees, te breed en te onbeheerst. Hij was niet alleen lichamelijk ziek, besefte ze. Hij was ook niet gewoon pervers. Als ze hem een etiketje op moest plakken dat recht zou doen aan wat ze net van hem had gezien, zou ze hem een demon noemen.

'Bij ziekte en gezondheid, dat is mooi,' hijgde hij. 'Ga door.'

'Om eh... geef me even.' Elspeth schudde haar hoofd en zocht wanhopig naar de woorden. Ze deed het tot nu toe goed. Wat kwam hierna?

'Om van te houden,' zei hij met een glimlach en hij kwam weer dichterbij, zodat hun handen hun buiken raakten. Zijn smerige adem gaf de lucht iets zurigs.

'Natuurlijk,' zei ze. 'Om van te houden en te koesteren totdat de dood ons scheidt.'

Fergus huiverde.

'De dood.' Zijn schouders schokten. 'Die zal ons niet scheiden. Dat laat ik niet gebeuren.' Hij ging met zijn vuile vingers over zijn hoofd en wreef er daarna met zijn handpalm over, met de klok mee en tegen de klok in.

Elspeth probeerde niet naar de plukken haar te kijken die loslieten en olieachtige stoppeltjes achterlieten.

Hij pakte Elspeths handen weer. Ze klemde haar tanden op elkaar toen ze het vet op zijn vingertoppen voelde en wist dat ze zijn aanraking later nog zou kunnen ruiken. Waarschijnlijk voor altijd.

'Maak het af.'

'Volgens Gods heilige wetten geef ik je hierbij mijn erewoord,' zei ze.

Hij leunde tegen haar aan, liet zijn hoofd op haar schouder zakken en wreef met zijn neus tegen haar hals. De aanvechting om weer te kokhalzen was een tijdbom in haar keel.

'Bijna vergeten,' mompelde hij. 'Sufferd. Domme jongen.' Hij stak zijn rechterhand in zijn broekzak en haalde er een gouden ring uit, die hij om haar vinger schoof, dicht tegen de verlovingsring aan. Daarna legde hij een grotere gouden ring in Elspeths linkerhand en stak hij zijn ringvinger uit, zodat ze verder konden gaan met de ceremonie.

Ze staarde naar het symbool van eeuwigheid. Voor altijd samen. Voor altijd verbonden. Eén met een monster. Met een trillende rechterhand pakte ze de kostbare ring en duwde hem langzaam over zijn ringvinger. Een zoutige druppel viel op de rand van het sieraad en spetterde op de rug van haar hand. Hij moest het zien als een traan van vreugde, want hij sloeg een arm om haar schouders en trok haar dicht tegen zich aan.

'Ik weet het,' zei hij. 'Ik weet dat het heftig is. Dat voel ik ook. Ik heb zo lang op deze dag gewacht en je ziet er zo mooi uit. Het is moeilijk om je niet te laten meeslepen door je emoties.'

Fergus kuste haar voorhoofd en toen liet hij haar los, duwde de ring steviger om zijn vinger en deed een halve stap naar achteren. Hij keek weer omhoog.

'Dan verklaar ik u nu tot man en vrouw,' zei hij tegen het ruw afgewerkte plafond.

De woorden weerkaatsten om hen heen.

In Elspeths hoofd viel een hamer.

Fergus stak een vuist in de lucht. Ze sprong achteruit.

'Yes!' riep hij. 'Yes! Ik ben getrouwd. Het is ons gelukt!' Hij sloeg zijn armen om haar heupen, tilde haar op en draaide juichend een rondje met haar.

Hij was sterker dan hij eruitzag, maar daar was ze al achter gekomen toen hij haar de eerste keer had opgetild en haar in de kofferbak van zijn auto had gegooid. Ze hield zich stijf in plaats van zijn schouders te pakken om haar evenwicht te bewaren. Aan de ene kant hoopte ze dat hij haar niet zou laten vallen en ze niet met haar hoofd op de vloer terecht zou komen, en aan de andere kant hoopte ze dat dat wel zou gebeuren. Dat zou een sneller eind betekenen aan deze krankzinnige situatie.

'Nu komt de huwelijksreis, mevrouw Ariss.' Hij keek naar haar op en zijn ogen glansden met een angstaanjagende mengeling van aanbidding en wanhoop.

Elspeth hapte naar adem.

Ze had het mis gehad. Hij was niet alleen een monster. Een monster was eenduidig en voorspelbaar. Consequent en betrouwbaar. De man die in alle oprechtheid geloofde dat hij zojuist met haar was getrouwd, was tevens een kind in het lichaam van een volwassene. Hij kon haar ontvoeren en haar vervolgens eten geven en warm houden. Hij kon haar de trouwring die haar zo lief was afnemen en vervolgens enorm blij zijn met zijn eigen verbinding met haar. Hij kon haar drogeren en haar vervolgens vertellen dat hij van haar hield. Ze wilde dat hij gewoon een monster was. Daar waren regels voor. Kijk nooit onder je bed. Laat de kastdeur dicht. Zorg ervoor dat je slaapkamerraam 's nachts op slot zit. Maar er bestonden geen regels die je hiertegen beschermden.

Dit was een geloofwaardige, goedgeïnformeerde boodschapper, die je kon vertellen dat er iets verschrikkelijks was gebeurd met je beste vriendin en dat hij naar je toe was gestuurd om je te vragen onmiddellijk mee te komen. Dit was een zachte, bezorgde stem, die alles wist over haar en haar leven. Dit was een planner en een stalker, een superfan en een hater. Ze was in een oogwenk uit haar leven gestapt en was beland in de helse schijnvertoning van een huwelijk met een psychopaat.

'We moeten dit huwelijk bekrachtigen door de liefde te bedrijven,' mompelde Fergus meer in zichzelf dan tegen haar.

Elspeth deinsde terug tot ze tegen de muur stond.

'Het is pas rechtsgeldig als we dat hebben gedaan. Dat heb ik een keer gelezen. Vroeger zouden er getuigen zijn geweest.' Hij lachte en keek weg. 'Die hebben we niet, maar wij zullen het weten, toch? Dat we het hebben gedaan zoals het hoort, bedoel ik.'

Elspeth schudde haar hoofd, hief haar handen en sloeg haar vuisten voor haar mond.

'Dat wil ik niet,' stamelde ze; bij elk woord stokte haar adem.

'We zullen het een keer moeten doen, anders is het niet echt.'

'We moeten...' Ze probeerde lucht in haar longen te krijgen. 'We moeten het eerst vieren. Ik bedoel, we zijn net getrouwd. Heb je wijn of bier? Wat dan ook?'

Hij beklopte zijn lichaam alsof hij daar een verborgen, lang vergeten fles zou kunnen vinden.

'Ik denk dat ik beneden in de kast misschien whisky heb, maar ik zou me kunnen vergissen. Wil je dat ik even ga kijken? Ik kan je natuurlijk niet meenemen.' Hij fronste. 'Niet dat hier een andere vrouw is. Ik wil niet dat je de verkeerde indruk krijgt. God, moet je mij nou horen. Maak het je gemakkelijk, dan zoek ik iets om mee te proosten.' Hij haastte zich de kamer uit.

Elspeth wachtte tot ze de sleutel hoorde draaien in het slot en trok toen de trouwjurk van haar schouders. Fergus Ariss leed aan vele waandenkbeelden, maar hij wist wel dat hij haar moest opsluiten. Ze was allereerst zijn gevangene en pas op de tweede plaats zijn vrouw. Hij wist dat ze ervandoor zou gaan als ze de kans kreeg.

De alcohol zou hoe dan ook helpen. Als ze hem genoeg kon laten drinken en haar eigen inname kon beperken, kon ze hem misschien uitschakelen. Aan zijn gezicht was te zien dat hij al eerder had gevochten, onlangs nog. Op zijn neus zat nog steeds een lange rij korsten, van boven tot onder, en zijn voorhoofd vertoonde de gele vlekken met vage paarse randen van oude bloeduitstortingen. Een van zijn vingers was verbonden. Als ze hem kon treffen op een van die nog steeds kwetsbare lichaamsdelen, kon ze hem misschien nog meer pijn bezorgen.

Ze streek haar T-shirt en haar haar glad, ging weer op de stokoude, zware bank zitten en probeerde haar ademhaling onder controle te krijgen. Dat deed ze elke week bij de yogales. Al die uren oefenen moesten toch iets opleveren. Adem in en zet je borst vanaf de onderkant van je ribbenkast volledig uit, adem uit en zorg ervoor dat je schouders en nek ontspannen zijn.

Fergus Ariss ging haar verkrachten en daarna vermoorden. Ze kon hem niet voor de gek houden. Ze trilde over haar hele lichaam en kon daar niets tegen doen.

Adem in. Ze moest zich voorstellen dat ze een lege put was, die ze vulde met koel lentewater, dat haar schoonmaakte en verfriste.

Als ze hem aanviel en het onderspit delfde, wat dan? Waarschijnlijk zou hij met zijn blote handen haar schedel inslaan of haar weer drogeren, zoals hij had gedaan toen hij haar ontvoerde. Misschien wachtte hij dan tot ze weer bijkwam en nam hij de tijd om haar te martelen. Misschien werd ze dan wakker in een kooi.

Adem uit. Laat al je zorgen wegdrijven met de gebruikte lucht en stuur de gifstoffen uit je lichaam de atmosfeer in. Wees je bewust van de kracht en het potentieel van je lichaam, hoe levend je je voelt, hoe vitaal.

Hoe doodsbang.

Aan yoga had je niets, concludeerde ze. Als ze in plaats daarvan drie keer per week zelfverdedigingslessen had gevolgd, zou ze zich nu niet in deze positie bevinden. Wat een verspilling van tijd en lycra.

De deur ging open en nu zag ze voor het eerst waar Fergus zijn sleutels bewaarde. Onder zijn kleren zat een stevige ketting om zijn middel en de sleutels zaten maar een paar centimeter van het punt waar de twee uiteinden van die ketting bij elkaar kwamen. Als ze hem wist uit te schakelen, zou ze hem moeten meeslepen en optillen om de sleutels in het slot te krijgen.

Shit, dacht ze. Dit was de schijtzooi van alle schijtzooien.

Fergus lachte en stak de fles in zijn ene hand en een paar plastic bekertjes in zijn andere hand omhoog.

'Gevonden!' verkondigde hij nogal overbodig. 'Je hebt je jurk uitgedaan. Waarom?' Fergus keek naar de rommelige hoop op de vloer.

'Ik maak het me alleen maar gemakkelijk, zoals je voorstelde.' Ze glimlachte. Het leek zwak en slecht gespeeld. 'Ik wilde hem ophangen, maar dat ging hier niet. Misschien kun jij het even doen. Straks.'

Ze draaide haar hoofd iets opzij en keek vanonder haar wimpers naar hem. Het was grotesk, deze valse vleierij om die man te laten denken dat ze naar hem verlangde, terwijl ze van plan was hem dronken te voeren en hem dan met die fles op zijn kop te slaan. Maar vreemd genoeg merkte hij er niets van dat haar glimlach een grimas was en dat haar zachte woorden de ergste tekst vormden die ooit was opgesteld.

'Dat zal ik doen.' Hij sprak even teder als zij. 'Straks.'

Hij kwam naast haar op het bed zitten en schonk een flinke hoeveelheid whisky in een van de plastic bekers. De andere liet hij leeg. Hij gaf haar de volle beker.

'Zal ik dan voor jou inschenken?' bood ze lief aan.

'O nee, ik drink niet. Ik wilde alleen een glas kunnen vasthouden zodat we kunnen proosten. Ik slik veel te veel medicijnen om alcohol te kunnen drinken. Het spijt me dat ik het moet zeggen, maar je man is op het moment niet in topvorm. Maar ik hoop dat je me daarmee kunt helpen. Als je je tevreden en gelukkig voelt, gaat het ook lichamelijk beter. Maar dat weet jij vast wel, met al die yoga en pilates die je doet. Daar heb ik echt bewondering voor. Dat je aandacht besteedt aan je lichaam. Misschien kun je me wat oefeningen voordoen. Het zou kunnen helpen.'

'Dus je drinkt helemaal niet,' herhaalde Elspeth langzaam.

'Nee. Te veel pijnstillers in mijn lijf. Geniet jij er maar van. Je moet niet het gevoel krijgen dat je niet kunt drinken omdat ik het niet kan.'

Hij hield de whiskyfles stevig in zijn hand en buiten haar bereik. Elspeth keek in de volle plastic beker. Nu moest ze dus haar besluit nemen. Vechten en misschien doodgaan. Of zichzelf bewusteloos drinken en blijven leven nadat hij met haar had gedaan wat hij wilde. Haar keus.

'Proost.' Ze hief het glas op en boog even haar hoofd. Haar gezicht vertrok zelfs niet toen de goedkope drank in haar keel brandde.

'*Sláinte*.' Hij hief zijn eigen plastic beker en deed alsof hij dronk. 'Nu kunnen we elkaar echt leren kennen, met lichaam en ziel. Ik zal genieten van elk moment.'

'Eerst nog een glaasje?' vroeg Elspeth; haar stem klonk veel te opgewekt voor de vervliegende hoop.

'Natuurlijk,' zei hij. 'Zoveel je wilt.'

Het zou nooit genoeg zijn, dacht Elspeth. Hoeveel alcohol er ook in die fles zat, het zou haar niet voorbereiden op wat er ging komen. Ze gaf haar pogingen om opgewekt te doen op en stond zichzelf toe te huilen.

5

'Ze heeft het geld gepakt,' meldde de undercoveragente via de oortjes van alle politiemensen die om treinstation Waverley stonden te wachten tot de ontvoerder het losgeld had opgehaald. 'Rood haar, vijfentwintig tot vijfendertig, wit, ongeveer een meter zevenenzestig, slank. Spijkerbroek, witte sportschoenen, grijze hoody. Ze komt net uit de damestoiletten.'

'Hou haar in de gaten,' zei Baarda. Connie luisterde met hem mee. 'Werkt de tracker in de tas?'

'Ja, meneer,' meldde een mannenstem. 'Ze loopt een perron op en stapt in een trein.'

'Volg haar,' beval Baarda.

'Ik moet mijn penning laten zien om erdoorheen te komen. Als ze omkijkt, heeft ze me in de gaten,' zei de achtervolgende agent.

'Laat haar een voorsprong nemen en dan laat je je identiteitskaart zien en stap je in die trein. Verlies haar niet uit het oog.'

Op Baarda's laptop was te zien dat de vrouw in een volle forensentrein stapte en daarna dat de agent met de verborgen headcam een sprintje trok om bij te blijven. Hij stapte ook in en liep snel door de rijtuigen. De vrouw was nergens te zien.

'Ze is uitgestapt.' Een vrouwenstem nam het verhaal over. 'Maar ze heeft de tas waarin het geld zat niet meer bij zich. In plaats daarvan heeft ze verscheidene supermarkttassen in haar handen. Ze is een menigte in gelopen. Ik volg.'

'Bevestig wanneer je haar duidelijk ziet,' zei Baarda.

'Ze is aan de andere kant tevoorschijn gekomen. Maar ik zie geen tassen. Ze heeft haar handen vrij.'

'Waar zijn de tassen die ze bij zich had?'

'Dat weet ik niet, meneer,' zei iemand zachtjes.

Baarda zuchtte. 'Er moet bij alle mensen in die menigte waar ze doorheen is gelopen worden gekeken of ze die tassen hebben. Van welke supermarkt waren ze?'

'Verschillende, meneer. Er worden op dit moment honderden tassen gedragen in het station. Het is spitsuur. We weten niet wie we zoeken.'

'De tracker zat in een rol bankbiljetten. Waar is hij?' wilde Baarda weten.

'Hij vertrekt via de trap naar Princes Street, maar we weten niet wie hem bij zich heeft, meneer.'

'Moet ik die vrouw aanhouden?' vroeg de agente.

'Nee. Als ze zich niet meldt bij Elspeths ontvoerder, zouden ze in paniek kunnen raken en de gijzelaar kunnen vermoorden. Eenheid een, volg de tracker. Eenheid twee, volg de vrouw op veilige afstand. Het geld doet er niet toe. We moeten weten waar ze Elspeth vasthouden.'

'Wat gebeurt er nu?' vroeg Connie aan Baarda.

Hij bewoog zijn hoofd om zijn nek te ontspannen. 'Zeg jij het maar. Zijn dit de daden van misdadigers die zich aan hun woord gaan houden en het slachtoffer los zullen laten, of niet?'

'Ze zijn goedgeorganiseerd en handig en er zijn verscheidene mensen bij betrokken. Ze zullen waarschijnlijk niet emotioneel reageren op druk van buiten, want ze hebben dit goed doordacht en rekening gehouden met alle mogelijke uitkomsten. Een daarvan zal de noodzaak zijn om de gijzelaar te doden. Maar besluiten wat je zo nodig moet doen is niet hetzelfde als iemand van het leven beroven, tenzij ze dat al eerder hebben gedaan. Veel moordenaars vinden de daad zelf alleen de eerste keer traumatisch.'

'Dat is nogal een klinisch oordeel.' Baarda keek haar ernstig aan.

'Sorry, wil je dat ik je verzeker dat alles goed komt?'

'Ik ken je nog niet zo lang, maar een nietszeggende geruststelling is niet het eerste wat ik van je zou verwachten.'

'Inspecteur Baarda?' Er klonk een krakerige stem over de lijn. 'Uw aanwezigheid is gewenst in het mortuarium.'

Het mortuarium van Edinburgh bevond zich hemelsbreed niet ver van station Waverley, maar in het spitsuur leek de rit een eeuwigheid te duren. Eenmaal aangekomen bracht een assistent hen naar een snijkamer.

Een vrouw met de bouw van een mus en de energie van een tornado rende met een microscoopglaasje in haar hand door de kamer om dossiers aan te klikken op een computer. Intussen praatte ze in zichzelf of tegen het lijk dat onder een laken op een brancard lag.

'Ah, daar zijn jullie. Ik weet dat jullie het druk hebben, maar ik heb iets wat jullie moeten weten. Jullie zullen een overall aan moeten trekken voordat jullie dichterbij komen.'

Baarda en Connie pakten allebei een beschermende overall.

'Ik ben Ailsa Lambert, de hoofdlijkschouwer.' Ze pakte snel een stel foto's en hield de afbeelding waar het om ging omhoog. 'De druppel bloed op het voertuig van de vermiste vrouw leverde een match op in ons systeem. Onder de omstandigheden vond ik dat jullie meteen moesten komen.'

'Waar is ze gevonden?' vroeg Baarda.

'Thuis, in haar bed.'

'Dat kan niet kloppen. Daar zijn nu agenten aanwezig die wachten op bericht of mevrouw Dunwoody is gevonden of niet.'

'O, het gaat niet om mevrouw Dunwoody. Mijn verontschuldigingen. Ik dacht dat jullie het al hadden gehoord. Deze arme jonge vrouw is Angela Fernycroft.'

Ze trok het laken naar achteren om een gezicht met donkere vlekken te onthullen, dat allang niet meer op dat van een mens leek.

Baarda deed even zijn ogen dicht. Connie pakte een gezichtsmasker uit een doos, deed het elastiek om haar oren en kwam dichterbij om het gezicht beter te bekijken.

'Haar lippen zien er vreemd uit. Veel kloofjes. Komt dat door het weer? Was ze net op skivakantie geweest of heeft ze een trektocht gemaakt door de woestijn?'

Ailsa Lambert sloeg haar armen over elkaar en keek haar over haar bril aan. Connie had het gevoel dat ze werd bekeken door een wantrouwige vogel. De patholoog was heel klein en waarschijnlijk oud genoeg om haar oma te kunnen zijn, maar haar energie was meer die van een hoogfunctionerende twintiger.

'Goed gezien,' zei Ailsa. 'Jij bent de Amerikaanse psycholoog. Ik vraag me af hoe je hier terecht bent gekomen, hoewel je natuurlijk helemaal welkom bent.'

'Een combinatie van politiek en geld.' Connie pakte de stapel foto's nog eens op. 'Dus de druppel bloed op de auto van Elspeth Dunwoody was van deze vrouw?'

'O, nee,' zei Ailsa. 'Het bloed op de auto heeft nog geen identiteit opgeleverd, hoewel we weten dat het van een man is. Dat zou je vreemd kunnen vinden als je in ogenschouw neemt hoeveel van hetzelfde DNA is gevonden op de plek waar deze vrouw is vermoord.'

Er viel een stilte, slechts twee of drie seconden, maar de sfeer in de kamer werd merkbaar koeler, zelfs in de noodzakelijk koude ruimte.

'Ik moet wat telefoontjes plegen,' zei Baarda. 'Pardon.' Hij verliet de kamer.

'Dit is fascinerend,' zei Connie. 'Doodsoorzaak? Mag ik?' Ze wees naar het laken dat nog steeds over de rest van het lichaam lag.

Ailsa sloeg het voor haar naar achteren. 'Ik neem aan dat je al veel lijken hebt gezien. Dit soort enthousiasme zie je niet vaak.'

'God, het spijt me, zo wilde ik niet overkomen. Om eerlijk te zijn ben ik jaloers op u. Dit is de plek waar veel van het echte werk gebeurt. Ik zou het fantastisch hebben gevonden om uw baan te hebben. Jullie maken het mogelijk om de beesten uit hun holen te slepen.'

'Zo heb ik het nog nooit horen omschrijven.' Ailsa glimlachte wrang toen ze een loep boven Angela's lippen hield. 'Wat jij kloven noemde, zijn eigenlijk brandwonden. De huid is zwaar beschadigd, niet alleen de gevoelige huid van de lippen, maar ook die in de neusgaten, op de kin en op het onderste deel van de wangen. Je zult ongetwijfeld de verkleuringen kunnen zien. Ze vormen een ruwe cirkel.' Ze wees met de punt van haar pen de randen aan.

'Ga verder,' zei Connie.

'De doodsoorzaak was verstikking, hoewel ze ongetwijfeld dood was gegaan aan een hartstilstand als haar longen het niet eerder hadden opgegeven.'

'Chloroform,' zei Connie. 'Dus het is heel goed mogelijk dat dit door onze ontvoerder is gedaan. Als zij zijn eerste beoogde slachtoffer was, heeft hij misschien alleen de dosis verkeerd ingeschat. Daarom heeft hij natuurlijk een andere tactiek gebruikt toen hij Elspeth Dunwoody meenam. Hopelijk betekent dat dat ze nog leeft.'

'Ik ben bang dat dit niet alles is. Het systeem heeft nog een match met het DNA opgeleverd. Nog steeds zonder naam, maar het houdt verband met een onopgeloste zaak van vijf jaar geleden.'

Connie zette haar handen in haar zij. 'Dat kan toch geen toeval meer zijn?'

'Ik zou zeggen van niet, aangenomen dat dit geen retorische vraag was,' antwoordde dokter Lambert.

'Ging het toen ook om moord?' vroeg Connie.

'Dat staat nog te bezien,' zei dokter Lambert. 'Het staat niet vast dat het om een misdaad ging. Ik heb alleen de grote lijnen uit het online dossier gehaald. Kennelijk had iemand in Advocate's Close, vlak bij High Street, een jonge vrouw om hulp horen roepen. Het was rond twee uur in de nacht en de getuige, een andere jonge vrouw die daar alleen liep, had er zeer terecht voor gekozen om hulp te halen in plaats van tussenbeide te komen. Tegen de tijd dat de politie arriveerde, werden alleen een hoopje bezittingen, een lege slaapzak en sporen van een worsteling aangetroffen, zoals omgeschopte tassen waarvan de inhoud verspreid lag. Er werd geen wapen of bloed gevonden. Maar naast de bezittingen lag een biljet van twintig pond. Dat werd onderworpen aan forensische tests.'

'Hoeveel verschillende soorten DNA zitten er in het algemeen op een bankbiljet?' vroeg Connie.

'Een heleboel,' gaf dokter Lambert toe. 'Maar volgens het forensische rapport kwam dit DNA van speeksel. Vers, volgens mij, want het biljet had niet lang genoeg in een zak of portemonnee gezeten om het weg te wrijven of zodanig te besmetten dat er niets meer mee kon worden gedaan.'

'Wie was de vermiste vrouw?'

'Ook daar heb ik geen antwoord op. Bij de bezittingen zat niets wat haar kon identificeren. We hebben haar DNA van de slaapzak, maar dat leverde in de nationale database geen match op. Er was geen signalement. Geen leeftijd. Alleen een mysterie en een heleboel aannames. Niet eens doorslaggevend bewijs dat er een misdaad was gepleegd.'

'Toch staat het me niet aan.' Connie sloeg haar armen over elkaar. 'Hebt u hier de foto's van de plaats delict van de moord op Angela?'

'Zeker,' zei Ailsa. 'Kom maar even mee naar mijn kantoor.'

Ze trok het laken weer omhoog en haar handschoenen uit. Connie volgde haar voorbeeld en bekeek daarna zwijgend op een beeldscherm de ene foto na de andere.

'Er is veel bloed,' zei ze uiteindelijk.

'Dat klopt,' zei Ailsa. 'Een deel ervan komt beslist uit zijn neus – hij moet een flinke bloedneus hebben gehad – en er zit ook wat speeksel bij. Het was op haar hals, haar borst en in haar decolleté gelopen.'

'Dus ze lag op haar rug en hij lag boven op haar. Was ze verkracht?'

'Nee. Er was geen enkel teken van verkrachting. Nergens is sperma gevonden.'

Connie schoof haar stoel naar achteren en liet hem een centimeter of dertig doorglijden tot hij vanzelf tot stilstand kwam. Ze sloeg haar armen over elkaar, strekte haar benen en staarde naar het plafond.

'Dus hij heeft gewoon boven op haar liggen bloeden? Dat kan niet kloppen. Wat had ze nog meer voor verwondingen?'

'Een harde klap op haar achterhoofd. Niet hard genoeg voor een schedelfractuur, maar wel voor een hersenschudding. Er zit een behoorlijke bult; je kunt hem voelen, maar door haar haar niet zien. Verder blauwe plekken en krassen omdat ze zich heeft verdedigd. We hebben zijn DNA ook onder haar vingernagels gevonden. En zijn bloed in haar mond.'

'Flinke meid.' Connie glimlachte.

'Zeker. Wat kan er zijn gebeurd?'

'Ze ligt in bed, misschien in slaap en misschien nog niet, maar ze hoort hem niet binnenkomen. De echtgenoot wordt niet verdacht, toch?'

'Waterdicht alibi. Hij was het weekend weg met de kinderen,' vertelde Ailsa.

'Dat kan kloppen. Chloroform wordt bijna nooit gebruikt door mensen die het slachtoffer kennen. Hij gaat in de aanval, houdt chloroform over haar mond en zij vecht terug. Ze geeft hem een kopstoot en hij raakt gewond aan zijn neus. Waar heeft ze hem gebeten?'

'Daar kan ik je wel mee helpen. Op het vloerkleed is een stukje van een vinger gevonden, waarschijnlijk van de binnenkant van de middelvinger, een paar millimeter lang en een paar millimeter breed.'

'Hij is boven op haar flauwgevallen,' zei Connie. 'Hij hield de chloroform over haar mond en is gewoon buiten bewustzijn geraakt. Hoelang duurde het voor ze werd gevonden?'

'De volgende ochtend. Een van haar kinderen rende haar slaapkamer in en vond haar.'

'Godsamme. Dat is meteen dertig jaar therapie.'

Ailsa perste haar lippen op elkaar en Connie nam zich voor wat minder te vloeken.

'Er is van slechts één andere persoon DNA gevonden op de plaats delict?' vroeg Connie.

'Slechts één,' bevestigde Ailsa.

'Bij Elspeth Dunwoody hebben we te maken met een ingewikkelde misdaad met afleidingsmanoeuvres en een solide organisatie. De moordenaar van Angela heeft geen poging gedaan zijn forensische identiteit verborgen te houden. Hij heeft haar aangevallen in haar bed, in de wetenschap dat hij sporen zou achterlaten als er iets misging. O, shit...'

Connie schoof weer naar de computer, klikte een zoekmachine aan en begon driftig te typen. Ze scrolde door beelden van Elspeth Dunwoody bij verschillende evenementen en als ze een opname van haar stem tegenkwam, luisterde ze die af. Uiteindelijk speelde ze twee, drie keer de beelden van een bal voor het goede doel af. Ailsa Lambert keek over haar schouder mee.

'Samen met andere stichtingen zijn we vanavond de strijd aangegaan tegen malaria, om te zorgen voor veilige systemen om de ziekte zowel te voorkomen als deze te behandelen. Ik zou u allemaal willen vragen: help alstublieft. Geen bijdrage is te klein...' Bij die cruciale woorden was de emotie in Elspeths stem te horen.

Connie speelde de relevante woorden nog een laatste keer af. 'Help alstublieft.'

Baarda verscheen in de deuropening.

'De mensen die losgeld hebben geëist, zijn niet de ontvoerders,' zei Connie. 'Ze hebben een oude opname van Elspeths stem genomen en afgespeeld. Heel slim.'

'Slim of niet, als zij haar niet in handen hebben, wie dan wel?' vroeg hij.

6

Fergus lag op zijn bed naar het plafond te staren. Hij voelde het bloed steeds trager door zijn aderen lopen. Zijn longen leken wel allergisch voor de lucht. De lakens onder hem waren nat als een katoenen moeras en smerig van de gifstoffen, en ze stonken naar zijn lichaam.

Naast zijn bed stond een zuurstoffles, als een bizarre verwant die wachtte op interactie. Het plastic masker aan de doorzichtige slang bood maar weinig verlichting. Hij nam zijn polsslag op, voelde dat die versneld en onregelmatig was en vroeg zich af hoe zijn hart er nu zou uitzien. Grijs en versleten, niet in staat om doeltreffend te pompen. Hij zag het als een half leeggelopen band, die zou barsten als er te veel druk op werd uitgeoefend.

Hij gooide een verzameling pillen in zijn mond, spoelde ze weg met energiedrank en wenste dat hij kon slapen. Hoeveel bètablokkers hij ook slikte, ze konden de pijn niet wegnemen. Sterke slaapmiddelen zouden iets kunnen helpen, maar er was geen garantie dat hij dan nog wakker zou worden. Zelfmoord was niet het einde dat hij voor zich zag. Zijn ogen vulden zich met tranen. Het was zo oneerlijk. Hij was geen slechte man, maar toch gebeurden er slechte dingen met hem. De ziekte die hem in zijn greep had gaf niets om het verleden van zijn slachtoffer. Het maakte niet uit dat hij nooit drugs of alcohol had gebruikt, dat hij nooit de aandacht had getrokken van de politie of de rechter. Hij moest de ultieme prijs betalen met een bijna onbevlekt blazoen en een enorme hoeveelheid verspilde potentie.

Elspeth moest hem redden. In het hiernamaals wilde Fergus indruk maken op zijn moeder door haar de man te laten zien die hij was geworden: een echtgenoot, een vader, de perfecte broer. Familie was alles. Vooral als je er nooit echt een had gehad. Hij wilde niet alleen sterven en hij wilde ook niet dat zijn moeder weer teleurgesteld in hem zou zijn.

Een vrouw was slechts het begin van zijn plannen. Hij had zo hard gewerkt om het huis mooi voor haar te maken. Het enige wat Elspeth hoefde te doen, was het schoon en hygiënisch houden, vooral omdat hij zo snel ziek werd. Zijn grootmoeder had hem daar in zijn jeugd regelmatig aan herinnerd. In die tijd had hij gevonden dat ze zeurde, maar nu wist hij beter.

'Het is koud buiten. Je moet niet in de sneeuw spelen. Je bent niet sterk genoeg. Als je nat wordt, lig je meteen weer in bed. Je hebt gehoord wat de dokter heeft gezegd over je slechte longen.'

'Ah, oma, dat is stom,' had hij gezegd.

Dat was van zijn achtste tot zijn elfde zijn favoriete zin geweest. Alles had stom geleken terwijl zijn oma hem door de ene ziekte na de andere sleepte en hem zelf lesgaf om hem geen achterstand te laten krijgen op zijn leeftijdgenoten. Als het goed genoeg met hem ging, was hij naar school gegaan en zijn oma had het er niet slecht van afgebracht, behalve met Frans en natuurkunde, haar zwakke punten. Bij elke ziekte was zijn immuunsysteem langzaam maar zeker achteruitgegaan en Fergus was weggezonken in een zee van verdriet. Hij was dertien geweest toen de dokters dat voor het eerst een depressie noemden. Daarna had hij perioden elders verbleven, hoewel die vaag en schimmig waren in zijn herinnering. Ziekenhuizen, maar dan een beetje anders.

Zijn grootmoeder had van weinig dingen spijt gehad toen ze uiteindelijk overleed. Ze had natuurlijk gewild dat haar kleinzoon gelukkig was. Ze was een moeder voor hem geweest nadat zijn echte moeder was doodgegaan. Geen vader. Dat was het enige wat ze hem hadden verteld en hij had geleerd om er niet naar te vragen, omdat dat altijd tot norse buien leidde.

Zonder haar was hij weer depressief geworden. Als hij een broer of zus had gehad, zou het anders zijn geweest, dacht hij vaak. Dan had hij iemand gehad om de last van het verdriet te delen. Nu was hij gestopt met eten, had hij zich teruggetrokken in het huis en merkte hij dat zijn lichaam zonder de nuchtere aanpak van zijn oma, die bestond uit vitaminen, mineralen en een strikt uitgebalanceerd dieet, oorlog tegen hem begon te voeren.

Aanvankelijk was de dokter nog gespeeld opgewekt geweest en had hij alleen verstandige adviezen gegeven. Probeer wat meer naar buiten te gaan. Het was verrassend wat frisse lucht en lichaamsbeweging konden uitrichten. Zoek iemand om mee te praten; bij gebrek aan vrienden waren er genoeg gratis praatgroepen die steun en raad boden in perioden van verdriet. Hij had vragen gekregen over zijn persoonlijke relaties en stress. Over zijn seksleven en zelfs, tot zijn schaamte, over de frequentie waarmee hij masturbeerde. Er was een jaar overheen gegaan voor iemand hem serieus nam en daarna was het onvermijdelijke, trage proces van bloedtests en urinemonsters gevolgd.

Na twee jaar kon je al zijn ribben en gewrichten zien. Hij bleef steeds langer weg van zijn werk in de fabriek. Fergus' baas maakte onaangename opmerkingen en vond dat hij een blok aan zijn been werd. Eten was een hele klus geworden en liep vaak uit op plotseling en explosief braken. Hoe hij ook probeerde zich aan de gewoonten van zijn oma te houden, het haalde niets uit. Toen kwam het nieuws dat er problemen waren met zijn lever en maag. De dokters hadden hem willen voorhouden dat het niets ernstigs was, maar hij had de waarheid gezien en gevoeld. Uiteindelijk waren er gerichtere tests uitgevoerd. Er waren camera's ingebracht en scans gemaakt. Daarna waren de dokters zachter en behoedzamer gaan praten.

De afschuwelijke waarheid was dat de organen in zijn lichaam waren gaan rotten. Misschien was het verergerd door het overlijden van zijn oma, of anders was het gewoon zijn tijd, maar er was een klok gaan tikken en het alarm kon elk moment afgaan.

Hij dreigde in slaap te vallen, dus hij kneep fel in de zachte huid van zijn buik. Hij had geen tijd voor dutjes. Er was zoveel te doen. Er was een nieuw bed geleverd en dat moest in elkaar worden gezet. Het beddengoed zat nog in de plastic verpakking en moest worden gewassen voordat het op het bed kon worden gelegd. Als er nog vouwen in zaten, zou het er niet mooi uitzien. Er moesten speeltjes en spelletjes op planken worden gezet. Het leek een onoverkomelijke berg werk. Fergus schoof zijn benen van het bed, zette zich schrap voor de pijn in zijn rug toen hij opstond en dwong zijn trillende handen de schroevendraaiers en de hamer vast te pakken. Hij haalde een foto van de muur, liep de trap op naar het appartement op de bovenste verdieping en tuurde door de kijkgaatjes om zich ervan te verzekeren dat de hal leeg was voor hij naar binnen ging.

Daar nam hij even de tijd om rond te lopen en de kamers te bewonderen. De ramen waren dichtgemetseld en alle kamers waren een fractie kleiner dan op de bouwtekeningen stond. De laag geluidsisolatie met gipsplaat erover had meer ruimte gevergd dan hij had verwacht. Maar het was een knus onderkomen. Hij had de muren van de slaapkamer roze geverfd. De piepkleine kitchenette had de blauwe kleur van een zomerochtend, de zitkamer was zonnig geel. Hij wierp een blik in zijn en Elspeths slaapkamer. De luiaard sliep nog, of misschien had ze een kater. Hij liet haar liggen en ging de tweede slaapkamer in.

Eerst plakte hij de foto aan de muur om zich te motiveren en daarna begon hij stukken hout, verbindingslatten, een zakje schroeven en inbussleutels uit te pakken.

Het meisje lachte naar hem vanaf de foto.

Het zou nu niet lang meer duren. Dit keer zou het allemaal goed uitpakken.

7

'Om kort te gaan, jullie hebben vijf mensen gearresteerd en desondanks zijn jullie niet in staat geweest om vast te stellen waar Elspeth Dunwoody zich bevindt.' Het sarcasme in de stem van hoofdinspecteur O'Neill werd benadrukt door de lange klinkers.

Connie keek naar Baarda, die aan de andere kant van het bureau zat met een dampende kop koffie in zijn handen en opmerkelijk kalm bleef, ondanks de vijandigheid die tijdens deze videoconferentie door de speaker kwam.

'Zoals ik al heb uitgelegd, mevrouw, hebben de mensen die we hebben gearresteerd volgens ons gewoon geprofiteerd van de berichten in de media over de ontvoering van mevrouw Dunwoody. Ze hebben een bestaand audiobestand bewerkt, zodat het leek alsof ze dingen zei die sloegen op het feit dat ze gevangen werd gehouden. Daarna hebben ze er achtergrondgeluiden aan toegevoegd, die wij hebben geïdentificeerd als de klokken van St. Mary's Episcopal Cathedral, om ons te laten denken dat ze werd vastgehouden in het centrum van Edinburgh. Gezien haar sociale status was het geëiste losgeld in lijn met onze verwachtingen. We moesten dit spoor wel volgen. We hebben ze alle vijf opgespoord aan de hand van tekstberichten die ze hebben uitgewisseld over het oppikken van het geld. Ze zijn aangeklaagd wegens afpersing en in deze omstandigheden kijken ze tegen een aanzienlijke gevangenisstraf aan.' Baarda hield zijn stem zacht en beleefd, terwijl Connie het liefst was opgehouden met die tijdverspilling.

Het team Zware Misdrijven had hun een briefingruimte, een telefoon, toegang tot een keuken waarin wel een lesje basishygiëne kon worden gegeven en een glasbord verschaft. Dat laatste was volgehangen met een mozaïek van foto's, kaarten, forensische rapporten en verklaringen. Blauwe lijnen met pijlen gaven de informatiestroom aan. Rode lijnen waren bedoeld voor links met bewijsmateriaal en overal waar duidelijke gaten in het verhaal zaten, stonden witte vraagtekens.

'Welke nieuwe aanknopingspunten hebben jullie nu dit spoor is doodgelopen?' snauwde O'Neill.

'We hebben DNA van een man die een vrouw in haar bed heeft vermoord. Het is aangetroffen in een bloeddruppel op de auto van Elspeth Dunwoody en in plaats van u bij te praten, kunnen we beter gaan uitzoeken wie die man is. Er is ook een DNA-match met een cold case inzake de verdwijning van een dakloze vrouw. Is dat niet genoeg?' vroeg Connie.

Baarda keek haar met open mond aan.

'U bent zeker doctor Woolwine,' zei O'Neill temend.

'Ja, mevrouw, we...'

'Val me niet in de rede, Baarda. Ik had al gehoord dat u toegang hebt gekregen tot alle aspecten van de zaak, doctor Woolwine. Uw deducties alstublieft.'

'Mijn deducties? We hebben drie heel verschillende plaatsen delict. Op dit moment kan ik geen beschrijving van de verdachte geven, lichamelijk, psychologisch of in socio-economische termen.'

'Mevrouw, doctor Woolwine was de eerste die besefte dat ze de ontvoerde niet echt in handen hadden,' legde Baarda uit.

'Een minuut voordat alle anderen daarachter waren, heb ik begrepen. Dat was ongetwijfeld heel nuttig, maar het benadrukt alleen hoe incompetent dit onderzoek wordt geleid. Ik zie niet veel vooruitgang als het gaat om de verblijfplaats van mevrouw Dunwoody. Zeg het eens, doctor Woolwine, leeft mevrouw Dunwoody of is ze dood?'

'Ze leeft nog,' antwoordde Connie.

'Omdat?' vroeg O'Neill.

'Omdat we haar lijk nog niet hebben gevonden,' zei Connie. 'Iedereen leeft tot we zeker weten dat hij dood is.'

Baarda schreef iets op een briefje en hield het omhoog, zodat Connie het kon lezen. 'Strijk haar niet tegen de haren in.'

Connie haalde haar schouders op.

Er kwam een theatrale zucht uit de speaker. 'Ik moet morgen een update hebben. Een met informatie die ik kan doorgeven en die vooruitgang laat zien. Verklaringen, sporen, ooggetuigen. Wat dan ook. Ik laat de dagelijkse supervisie over aan commissaris Overbeck. Jullie kunnen de zaak persoonlijk met haar bespreken. Baarda, ik heb Anoushka gisteravond gezien. Ze vroeg hoelang je nog in Schotland zou zijn. Ik heb gezegd dat het hopelijk nog maar een paar dagen zou duren. Zorg ervoor dat ik gelijk krijg.' De verbinding werd verbroken voordat Baarda antwoord kon geven.

'Wie is Anoushka?' vroeg Connie.

'Mijn vrouw. Zij en hoofdinspecteur O'Neill zijn lid van dezelfde dinerclub.'

'Dat meen je verdomme niet. Een dinerclub? Weet je, ik doe mijn best om geen vooroordelen te hebben op basis van nationaliteit, maar echt...'

'Mag ik een vooroordeel vormen op basis van je al te gretige gebruik van krachttermen?' vroeg Baarda.

'Ja hoor, als je wilt. Misschien helpt het zelfs. Ik ben een onbehouwen Amerikaan. Ik eet kauwgom, ik kijk eindeloos naar sport op de tv en ik trek bij elke gelegenheid mijn grote mond zo ver mogelijk open. Voel je je nu beter?'

'Zoek je altijd zo de grenzen op?' Hij trok zijn manchetten recht.

'Ik geloof van wel.' Connie stond op om de foto van Elspeth Dunwoody's auto te bekijken. 'Dat is precies mijn probleem met onze moordenaar en ontvoerder. De plaatsen delict hebben helemaal niets met elkaar gemeen. Angela Fernycroft is op een chaotische manier vermoord. Er is geen enkele logica in te bekennen. Als hij van plan was om haar te vermoorden, waarom deed hij dat dan zó dat hij gemakkelijk zelf gewond kon raken? Overal lag bloed. Jezus, ze is er zelfs in geslaagd een stuk uit zijn vinger te bijten.'

'Maar hij is wel onopgemerkt binnengekomen. We hebben geen enkel bewijs voor inbraak. Als ze sliep, is hij er ook in geslaagd zich met succes een tijdje verborgen te houden.'

'Goed punt.' Connie glimlachte. 'Dus hij kan zo nodig zijn impulsen beheersen, maar de uitvoering is belabberd.'

'Hoe kun je er zo zeker van zijn dat hij haar niet precies zo vermoord heeft als hij van plan was?' Baarda kwam naast Connie voor de foto's staan.

'De chloroform suggereert dat hij haar wilde verplaatsen of iets specifieks wilde doen dat enige voorbereidingstijd vergde. En de statistische analyse is helemaal verkeerd voor dit soort misdaden. Ze is niet verkracht, maar er is ook niets gestolen. De laden zijn niet leeggehaald. Dus het was geen beroving en ook geen verkrachting. Wat is het motief dan?'

'Is het te voor de hand liggend als ik moord zeg?'

'Alleen omdat de moord op een volwassen vrouw, nadat de moordenaar haar huis is binnengedrongen, zelden zo verloopt, tenzij hij een bekende van haar is. Dat zou verklaren waarom hij niet hoefde in te breken,' zei Connie peinzend.

'Maar in geen enkele andere kamer in het huis is DNA van hem gevonden. Waarom zou ze naar bed gaan terwijl ze bezoek had, ook al was het iemand die ze kende? Als hij bleef slapen, was hij haar minnaar of een oude familievriend en dan zou je ook elders in het huis zijn DNA verwachten aan te treffen.'

'Het blijft een mysterie tot we die schoft te pakken hebben, maar als hij op goed geluk naar binnen is gedrongen, zou hij andere bewoners hebben verwacht. Het feit dat er verder niemand was, betekent dat hij dat waarschijnlijk van tevoren wist.'

'Je denkt dat hij haar heeft gestalkt,' zei Baarda.

'Daar wijzen de feiten wel op.'

'Dus hoewel de plaats delict chaotisch was, hoeft de dader dat zelf niet te zijn,' merkte Baarda op.

'Daarom is de ontvoering van Elspeth een grote sprong voorwaarts. Hij heeft contact met haar gelegd, haar ervan overtuigd om in haar auto naar een voor haar bekende plek te gaan, waar op dat moment echter niemand was. Hij moet ook een voertuig hebben gehad. Die druppel bloed op het portier was waarschijnlijk pure pech.'

'Dus hij heeft het met Elspeth gewoon beter voorbereid?' vroeg Baarda.

Connie haalde haar schouders op. 'Misdadigers ontwikkelen zich. Ze passen zich aan, scherpen hun vaardigheden aan en verbeteren hun methodes, maar deze sprong is wel heel groot, te vergelijken met mensen die in bomen leven en in een enkele generatie overgaan op het bouwen van wolkenkrabbers.'

'Je denkt dat het niet mogelijk is?' vroeg Baarda.

'Ik vind het onwaarschijnlijk,' zei Connie. 'Een verkrachter zal eerst een potloodventer zijn geweest. Een man die zijn partner vermoordt zal haar eerst een tijdje hebben mishandeld. Maar dit' – Connie wees naar de foto van Angela Fernycrofts slaapkamer – 'doet onhandig en amateuristisch aan. Het doet denken aan de eerste overtreding van een psychotische tiener. En toch is Elspeth Dunwoody in rook opgegaan. Hoe is hij zo snel van A naar Z gekomen? Tussen Angela en Elspeth is er iets voor hem veranderd. Het kan niet alleen om ervaring gaan.' Ze sloeg haar armen over elkaar en keek hoofdschuddend naar de foto's. 'En dan is dat biljet van twintig pond er nog. Heb je het dossier doorgenomen?'

'Ja. Er zit niet veel in, omdat er geen bewijs is dat er een misdaad is gepleegd. De kreet die de getuige gehoord dacht te hebben, kan best afkomstig zijn van iemand die van het padje af was door drugsgebruik of van een dakloze die ruzie had met een andere dakloze over bezittingen of territorium. Het is niet ongebruikelijk dat daarbij dingen worden achtergelaten. Er is geen eenduidig verhaal, laat staan een echte zaak voor de politie.'

'En toch is hetzelfde DNA aangetroffen.'

'Heb je een theorie?' vroeg Baarda.

'De man die we zoeken woont al jaren in Edinburgh en omgeving. Vijf jaar geleden was hij oud genoeg om 's nachts over straat te lopen, dus hij kan niet jonger zijn dan halverwege de twintig. Hij kent de stad goed. Advocate's Close is een steeg tussen een paar gebouwen. Als je hem niet kent, zou je kunnen denken dat je er aan de andere kant niet uit kan. Ik vermoed dat hij iets had wat haar angst aanjoeg. Vrouwen die op straat leven ontwikkelen heel snel een goed instinct voor gevaar.'

'Ik zal even voor advocaat van de duivel spelen: wie zegt dat hij niet gewoon op het verkeerde moment op de verkeerde plek was?'

Connie boog zich met een stralend gezicht naar voren. 'Ik mag jou wel, Brodie Baarda,' zei ze. 'Je stelt de vragen waarmee ik goede sier kan maken. Waarom was hij niet op het verkeerde moment op de verkeerde plek? Als ik in Vegas aan het gokken was, zou ik het zo noemen. Het speeksel op het bankbiljet is het beslissende detail. Elke keer dat we iets aanraken, laten we huidcellen met DNA achter. Of onzichtbare vegen als we onze handen niet wassen nadat we naar het toilet zijn geweest.'

'O god,' zei Baarda zwakjes.

'Nee, nee, laat me even doorgaan, het gaat ergens naartoe. DNA uit bloed kan op meer onschuldige manieren ergens terechtkomen dan je denkt. Maar bij speeksel gaat het specifieker om emoties en trauma. Zit het op bestek, dan is het logisch. Op het uiteinde van een pen verwacht je het gewoon. In een badkamer kom je er hele ladingen van tegen op een tandenborstel of in een wasbak. Maar op een bankbiljet? Smerige, walgelijke dingen. Geen normale volwassene raakt die met zijn mond aan. Dus het biljet heeft iets van zijn spuug opgevangen.'

'Hij was van streek...' zei Baarda.

'Nou en of. Je kunt er kwaad, beschuldigend en over zijn toeren aan toevoegen. Mensen verliezen zelden speeksel als ze normaal praten. Verder gebeurt dat alleen als ze vechten of zoenen. Wist je dat ik zo'n tachtig miljoen bacillen van mijn mond op die van jou overbreng als ik je nu zoen?'

'Alsjeblieft niet,' zei Baarda.

'Lafaard. Hoe dan ook, dat denk ik ervan, maar ik heb nog wel een vraag.'

'Over speeksel?'

'Nee. Maar als we ooit een hele nacht iemand in de gaten moeten houden, heb ik nog veel meer opwindende feiten en statistieken over lichaamsvloeistoffen. Mijn vraag is deze: er is geen aanval, geen lichaam. Dus waarom is dat biljet van twintig pond ooit op DNA getest? Je wilt me toch niet vertellen dat de Schotse politie over zulke oneindige middelen beschikt dat ze op basis van een enkel telefoontje dat er een kreet is gehoord de bezittingen van een dakloze test?'

'Vijf jaar geleden had het team Zware Misdrijven een hoofdinspecteur van wie de nicht aan de drugs was geraakt, dakloos was geworden en van de radar was verdwenen. De politie had instructies elke dakloze vrouw van in de twintig te controleren. In dit geval werden de bezittingen getest om te kijken of het meisje dat weg leek te zijn het nichtje van de hoofdinspecteur was. Het is machtsmisbruik, maar begrijpelijk. Kennelijk was het niet het nichtje, anders zou er een naam in het dossier staan, maar de zaak bleef open en het DNA-monster bleef in de database staan.'

Connie legde haar voeten op een bureau, boog haar hoofd naar achteren en sloot haar ogen.

'Heeft de hoofdinspecteur zijn nicht ooit gevonden?' vroeg Connie.

'Ik kan het hem niet vragen,' zei Baarda. 'Hij is een paar jaar geleden overleden.'

'Verdorie,' zei Connie. 'Dus terwijl de politie op zoek was naar een vermist meisje, raakte er een ander meisje zoek? En vijf jaar later zitten we met een dode en een vermiste vrouw. Staat dat allemaal met elkaar in verband of niet? Ik bedoel, is dit een standaard, maar ongelooflijk slechte situatie of is dit een grootschalige ramp in wording?'

'Het maakt niet uit. We kunnen alleen het slachtoffer redden met wie we nu te maken hebben. De omvang van het onderzoek is irrelevant als je de gegijzelde bent,' zei Baarda.

'Heb jij mij er nou op gewezen dat ik de zaak in het juiste perspectief moet zien?'

'Nou en of, en eerlijk gezegd was het gemakkelijker dan ik had verwacht.' Baarda maakte zijn boordenknoopje los en haalde een vermoeide hand door zijn haar. 'Wat gaan we nu doen?'

'Ik heb nog meer vragen. Een heleboel. Een daarvan kan alleen worden beantwoord door de forensisch patholoog. Ga je mee naar het lijkenhuis?' Ze pakte haar tas en jas.

'Wij noemen het een mortuarium,' zei hij zacht en hij haalde zijn autosleutels uit zijn zak.

'Je kunt het noemen hoe je wilt, maar laten we gaan uitvogelen of Elspeth Dunwoody leeft of dood is.'

8

Als park stelde het niet veel voor, maar het was beter dan thuis. Meggy Russell zat op de draaimolen en zag de wereld draaien. Het schuren van het metaal maakte het alleen maar leuker; het aanhoudende gekrijs weerspiegelde haar gemoedstoestand. Meggy had last van een bullebak in de gedaante van haar stiefmoeder Carmen. Als ze bondgenoten had gehad, broertjes of zusjes, was het misschien draaglijk geweest, maar van maandag tot en met vrijdag was ze na school alleen met dat kreng tot haar vader thuiskwam van zijn werk.

Het park aan het eind van de straat was een toevluchtsoord, als het tenminste niet ijskoud was. Er waren schommels waarop je comfortabel kon zitten lezen en een houten speelhuisje dat bedoeld was voor de kleinere kinderen, maar dat zo nodig beschutting bood tegen de regen. In het park werd er niet tegen haar geschreeuwd, werd ze niet gekleineerd en hoefde ze niet te horen hoe Carmen al haar vriendinnen via de telefoon vertelde hoe vreselijk het was om stiefmoeder te zijn.

Meggy was kennelijk een nagel aan haar stiefmoeders doodskist. Omdat haar vader buitengewoon lange dagen maakte, bracht Carmen haar naar school en haalde ze haar op, hield ze toezicht op het huiswerk en werd ze geacht gezonde maaltijden te koken en het huis schoon te houden. Dat moest opwegen tegen het feit dat een dertigjarige vrouw zonder behoorlijke opleiding of kinderen geen werk had en ook niet van plan was dat te zoeken. In werkelijkheid maakte Meggy haar eigen eten klaar als ze thuiskwam, deed ze een groot deel van het huishoudelijke werk en had ze op een dag dat ze alleen 's ochtends les had en Carmen was vergeten haar op te halen de fout gemaakt om te vroeg thuis te komen en haar naakt en zwaar hijgend op de bank aan te treffen, terwijl ze telefoneerde met iemand die ze 'grote vent' noemde.

Met dat kostbare stukje informatie had Meggy gegokt en verloren. Haar vader (ze had onlangs een nieuwe term geleerd en herhaalde die voortdurend in zichzelf) zat grondig onder de plak. In zijn ogen kon haar stiefmoeder geen kwaad doen. Ze was blond (uit een flesje) en mager (omdat het zoveel calorieën kostte om een echt kreng te zijn) en ze hoefde zich maar over het aanrecht te buigen en haar achterwerk onnodig ver naar achteren te steken of haar vader deed letterlijk alles wat ze wilde.

Toen Meggy haar vader vertelde over de naakte, kronkelende Carmen en haar seksueel geladen telefoontje, was Carmen in tranen uit de grote slaapkamer gekomen, met gewiste telefoongegevens en de flarden van een van haar favoriete jurken. Volgens haar had haar stiefdochter die uit kinderlijke jaloezie kapotgemaakt. Haar onder de plak zittende vader had gedaan wat alle mannen deden die eindelijk een nieuwe en veel jongere vrouw konden neuken en had haar stiefmoeder geloofd. Hij kocht een nieuwe jurk voor Carmen om het exemplaar dat Meggy had vernield te vervangen en hij had zijn dochter huisarrest gegeven – alsof dat iets uitmaakte in haar leven – en haar voor een maand alle huishoudelijke karweitjes opgedragen. Ook dat was een lachertje, maar het was duidelijk dat haar vader op hardhandiger manier met zijn neus op de feiten moest worden gedrukt. Dus ging Meggy weglopen.

Niet gewoon naar het plaatselijke winkelcentrum, waar ze zich een paar uur kon verstoppen in de kleedkamer van een of andere stomme winkel tot ze werd betrapt. En ook niet naar haar moeder, wier huidige verblijfplaats onbekend was. Toen Meggy vier was, had haar moeder besloten dat ene Garvin veel opwindender was dan haar dochter voorlezen en was ze met hem in een caravan in Bolton gaan wonen. Ze had geen moeite gedaan om contact te houden met haar man of haar dochter. Dat deed nog steeds pijn, maar Meggy had geleerd dat woede een veel doeltreffender manier was om om te gaan met afwijzing dan verdriet.

Nee, als er weggelopen moest worden, moest ze het behoorlijk plannen. Ze moest geld hebben, een veilige plek om naartoe te gaan en reisplannen. Ze mocht dan pas twaalf zijn, ze kon dit aan. Haar leraren zeiden al jaren dat ze een slim, goedgeorganiseerd, bedachtzaam en volwassen kind was. Het werd tijd om iets te doen met die eigenschappen. Elke weldenkende burger zou de politie bellen als hij een twaalfjarig kind tegenkwam dat in haar eentje rondliep. Als ze met wat van haar stiefmoeder gestolen make-up en geleende kleren voor veertien kon doorgaan, werd dat een grijs gebied. Oud genoeg om 's avonds alleen over straat te lopen. Voor de wet volwassen genoeg om zelf beslissingen te nemen. In staat om alleen naar een dokter te gaan. Ze had veel onderzoek gedaan. Ze zou zelfs een blog voor weglopers kunnen schrijven. Of een opvanghuis voor kinderen kunnen stichten. Dat zou het beste zijn. Er zouden zitzakken zijn en onbeperkte snacks en iedereen zou natuurlijk door moeten gaan met school. En vers fruit en groenten moeten eten. Eerst was er opstandigheid en daarna kwam zelfvernietiging. Die twee dingen mocht je niet door elkaar halen. Toen ze dacht aan het nut van vitaminen en vezels haalde Meggy een bewaarde appel uit de schoolkantine uit haar zak en zette haar tanden erin.

Er kwam een man het speeltuintje in lopen, die op een bank ging zitten en een krant opensloeg. Meggy hief haar hoofd en keek of ze kinderen zag. Ze vond het leuk om nieuwe mensen te ontmoeten in het park. Soms had ze hele gesprekken met kinderen die geen idee hadden dat ze op school werd beschouwd als de nerd of het lievelingetje van de meester. Dat was leuk. Soms hadden die kinderen ook nog aardige moeders, die tegen Meggy lachten, rustig met haar praatten en vroegen naar haar school en familie.

Op zulke dagen ging ze op de draaimolen liggen als het gezin weg was en stelde ze zich voor dat ze er deel van uitmaakte. De grote zus van een kind met grote ogen dat samen met haar tv wilde kijken of Meggy vroeg een spelletje met haar te spelen. Beter nog was de fantasie dat ze het kleine zusje was van iemand die cool en streetwise was en er goed uitzag. Iemand die de bullebakken zou aanpakken, zodat zij dat niet hoefde te doen. Het was fijn om daarover te fantaseren. Vandaag was er echter niets. Alleen een rare vent die een verhaal las met meer plaatjes dan tekst.

Hij keek niet naar haar en dat was goed. Ze wist dat ze niet in een park moest blijven rondhangen bij een man die naar haar keek. De krant die hij vasthield trilde in het briesje en de hoekjes knisperden zacht. Alleen stond er geen wind. Helemaal niet. Het was al vreemd genoeg dat Schotland zo'n warme zomer beleefde, maar het gebrek aan wind was helemaal opmerkelijk.

Meggy ging rechtop zitten en keek aandachtiger. Ja hoor, de handen waarmee hij de randen van het sensatiekrantje vasthield trilden. Niet zo hard dat je de koppen niet kon lezen, maar hard genoeg om haar te herinneren aan de bewoners van het verzorgingstehuis waar ze vorige Kerstmis met school kerstliedjes hadden moeten zingen. Ze had het uitermate boeiend gevonden dat het menselijk lichaam in leven kan blijven terwijl het zichzelf vernietigde. Ze had in de ogen van een van de oude mannen gekeken en had daar een gevangen dier gezien, zich nog steeds bewust van zijn omgeving en doodsbang zoekend naar een uitweg. Rot op met 'De herdertjes lagen bij nachte' en 'Stille nacht'. In het echte leven zat het grootste deel van hun publiek naar de klok te kijken en te wachten op de dood.

De man veranderde van positie en strekte zijn handen om de beurt voordat hij doorging met lezen. Hij keek even op naar Meggy en wendde toen zijn blik weer af. Zijn gezicht vertrok een beetje, alsof hij pijn had, en ze dacht erover te gaan vragen of alles goed met hem was. Maar kinderen werden niet geacht dat aan volwassenen te vragen. Om een of andere onbegrijpelijke reden werd het brutaal gevonden. Als hij echt oud was geweest, had het misschien gekund, maar hij zag er jonger uit dan haar vader en had waarschijnlijk eerder de leeftijd van haar stiefloeder. Dat ontlokte haar een glimlach. Ze vond het leuk om in zichzelf lelijke woorden te zeggen. Het was een eenvoudige uiting van opstandigheid, maar dat kon Meggy niet schelen.

'Stiefloeder, stiefloeder, stiefloeder,' zong ze stilletjes in zichzelf.

Ze hield ermee op toen de man enorm begon te hoesten. Misschien had hij echt hulp nodig. Hij had de krant laten zakken en boog dubbel, zo hard hoestte hij. Meggy ging staan en keek of ze mensen met honden of hardlopers zag, iemand die hulp kon bieden als de man niet snel ophield zijn longen eruit te hoesten. Ze wist echt niet goed wat ze moest doen. Ze had geen telefoon bij zich. Haar vader had het er vorig jaar over gehad er een voor haar te kopen als kerstcadeau, maar Carmen had gezegd dat het meer iets voor tieners was en dat Meggy hem toch niet nodig had, omdat ze elke dag met haar persoonlijke taxi werd weggebracht en opgehaald. Haar vader was het uiteraard met haar stiefmoeder eens geweest.

Pas toen hij de krant op de grond liet vallen, sprong Meggy van de draaimolen en deed een voorzichtige stap naar hem toe. Niet dat hij op haar lette. Hij had zijn ene hand tegen zijn mond gedrukt en met de andere hield hij zich vast aan de houten zitting van de bank, alsof hij anders zou vallen.

'Meneer,' zei Meggy aarzelend.

De man hoestte alleen maar harder en het werd steeds onwaarschijnlijker dat hij haar van een afstandje kon horen. Ze kwam wat dichterbij.

'Is alles goed met u?'

De man knikte – dat dacht ze tenminste. Maar hij bleef hoesten.

'Zal ik uw krant voor u oprapen?' bood ze aan.

Het was een stomme opmerking, dat wist ze. Hij kon in die toestand onmogelijk verder lezen, maar het leek toch beleefd om het aan te bieden.

Toen het hoesten even wat minder werd, trok hij een zakdoek uit zijn zak en veegde ermee langs zijn lippen. Dat was Meggy's kans. Ze trok een vastbesloten, geruststellende glimlach en deed een stap naar de krant. Op dat moment legde de man zijn zakdoek naast zich op de bank.

Bloed.

Piepkleine vlekjes, maar toch bloed.

Meggy verstijfde.

Ze kon niet tegen bloed. Niet dat van haarzelf en zeker niet dat van iemand anders. De man hield op met hoesten en keek naar haar, terwijl zij verstijfd en met een been iets opgetild naar de zakdoek keek.

'Je hoeft niet bang te zijn,' zei hij. 'Het lijkt erger dan het is. Waarom kom je niet even bij me zitten? Dan voel ik me meteen beter.'

Hij pakte het stukje bebloed katoen en deed het weer in zijn zak.

Meggy schudde haar hoofd. Zijn ogen waren bloeddoorlopen en ze kon haar blik er niet van afwenden.

'Kom maar,' zei hij zacht. 'Ik bijt niet, hoor.'

Hij glimlachte en ze zag gaten waar tanden hadden moeten zitten.

'Mijn vader wacht op me,' zei ze.

'Zal ik je dan met de auto thuisbrengen?' Hij stond op. 'Dan ben je er sneller dan wanneer je gaat lopen.'

Ze staarde naar de krant. Hij deed geen poging hem op te rapen. Meggy kreeg de indruk dat hij er nooit echt in geïnteresseerd was geweest. Opeens had ze het gevoel dat ze dringend moest plassen en ze had het koud. Hij stak een hand uit naar haar schouder, maar nu trilde die niet meer. Hij was zeker van zijn doel en die lange vingers en gele nagels zagen er opeens prima uit. Sterk en helemaal verkeerd.

Meggy sloeg op de vlucht. Ze rende tot ze bij het hek van het park was. Pas toen keek ze over haar schouder, ervan overtuigd dat hij vlak achter haar zou lopen. Maar er was niemand. De man zat weer op het bankje. Hij had toch zijn krant opgepakt en zat weer te lezen. Ze dwong zichzelf stil te staan en naar hem te kijken. Hij vormde geen bedreiging meer voor haar. Ze had het voor niets op een rennen gezet. Hij zou wel denken dat ze gek was. Niet dat ze vandaag nog terugging naar het park. Of morgen. Misschien bleef ze wel een hele week weg. Hij had helemaal niets verkeerds gedaan, nu ze erover nadacht. Hij had aangeboden haar thuis te brengen en dat was stom. Wie trapte daar tegenwoordig nog in? Er werd zo vaak gewaarschuwd dat het gevaarlijk was om een lift aan te nemen van vreemden. Daarom was ze bang geworden. En ze had honger. Dat hielp ook niet.

Ze begon aan het kleine eindje naar huis en besloot dat ze misschien beter hard kon lopen. Dat betekende niet dat ze nog bang was. Lichaamsbeweging was gezond. Toen ze haar hand op de deurklink van de achterdeur legde, wist ze al dat ze haar stiefmoeder niet zou vertellen over de hoestende man in het park. Het zou weer worden afgedaan als aandacht trekken en een al te actieve verbeelding. En wat was er eigenlijk te vertellen? Meggy Russell kon voor zichzelf zorgen. Ze was hard en slim, zo zat ze in elkaar. Ze deed haar huiswerk, douchte, at en ging naar bed.

Die nacht was Meggy Russell nog veilig.

9

Connie stond in de snijkamer met een overall en handschoenen aan en een haarnetje op om ervoor te zorgen dat ze het bewijsmateriaal niet verontreinigde. Ze probeerde zich voor te stellen wat er precies was gebeurd tussen Angela Fernycroft en haar moordenaar, wiens DNA hun had verteld dat hij een witte man was, maar verder niets. Angela lag naakt op de metalen tafel, niet in staat te helpen. Baarda zat in een andere kamer een van de eindeloze telefoontjes af te handelen waarmee hij steeds werd lastiggevallen. Het was avond en heel stil. Toen ze hierheen waren gereden, was de duisternis ingevallen.

Het was allemaal veel te anders. Ze zag niet hetzelfde als Angela zou hebben gezien. De hele situatie was anders en er was veel te veel licht. Connie wierp een blik in de gang om zich ervan te vergewissen dat er niemand in de buurt was en rolde een lege tafel de kamer in. Ze deed de grote lampen uit, zodat ze alleen nog licht had via de kleine bovenramen. Daarna ging ze naast Angela op de lege tafel liggen, draaide zich op haar zij en staarde naar de dode moeder van twee kinderen.

'Waar werd je wakker van?' fluisterde Connie en ze streek een lok haar uit Angela's gezicht. 'Een geluid?' Ze sloot haar ogen en stelde zich voor dat iemand met zijn been tegen de ladekast stootte in een huis waar verder niemand behoorde te zijn. 'Nee. Bij zo'n geluid was je meteen in beweging gekomen. Hij bevond zich vlak achter je toen je wakker werd. Daar komt die hoofdwond vandaan.'

Ze ging overeind zitten, pakte Angela's linkerbeen en tilde het over het rechterbeen. Vervolgens trok ze de linkerarm over het lichaam, zodat Angela op haar zij kwam te liggen. Voorzichtig, om de twee tafels niet van elkaar weg te laten rollen, ging ze achter Angela liggen, tot haar neus binnen het bereik van Angela's achterhoofd lag als er nog genoeg leven in haar had gezeten om haar hoofd met een ruk naar achteren te kunnen stoten.

Ze schoof een arm over Angela's middel en voegde zich bij haar.

'Hij heeft iets tegen je gezegd,' zei Connie. 'Hij hield je vast als een minnaar, maar je werd wakker van zijn stem. Die man verlangde naar je. Hij heeft naar je gekeken en iets in jou trok hem aan. Wat was het? Deed je hem aan iemand denken? Misschien hebben jullie elkaar eerder ontmoet en heb je aandacht aan hem besteed.'

Connie bleef rustig Angela's haar liggen strelen, terwijl ze erover nadacht hoe het lijk en de moordenaar elkaar konden zijn tegengekomen.

'Het eerste wat hij deed toen hij de kans had, was je vasthouden. Hij wilde zijn waar ik nu ben en het moment waarop je je zijn aanwezigheid gewaar werd in zijn geheugen prenten. Ik geloof niet dat je hem kende. Dan had je eerst met hem gepraat en geprobeerd hem te overreden.'

'Ik doe het licht aan,' klonk de schrille stem van Ailsa Lambert.

Connie bleef waar ze was en wachtte tot Ailsa het licht had aangedaan en bij haar stond.

'Ik dacht dat ik alles wel gezien had,' zei Ailsa.

'Ik moet uitzoeken of Elspeth Dunwoody leeft of dood is. Daarvoor moet ik weten wat hij tegen Angela heeft gefluisterd terwijl hij haar vasthield.'

'Goed, ik zal voorlopig genoegen nemen met deze verklaring. Maar ik zet deze discussie liever voort terwijl je minder nauw contact hebt met deze arme vrouw.'

'Natuurlijk.' Connie kwam van de tafel en trok het laken weer over Angela's lichaam.

'Vreemde manier van doen. Als ik een van onze politiemensen zoiets zag doen, zou ik er meteen melding van maken.'

'Wilt u dat ik mijn excuses aanbied of dat ik u smeek dit onder de pet te houden?' Connie deed haar handschoenen uit en gooide ze in de afvalbak bij de deur.

'Geen van beide, eigenlijk,' zei Ailsa. 'Mij is verteld dat je een vraag voor me had. Ik heb zelf wel een paar vragen over je gedrag, maar laten we beginnen met wat ik voor jou kan doen.'

Connie knikte en leunde met over elkaar geslagen armen tegen de muur. 'Heeft Angela verwondingen die erop wijzen dat haar moordenaar haar echt kwaad wilde doen of dat hij ze zomaar of om haar te martelen heeft toegebracht?'

Ailsa bootste Connies houding na, sloeg haar armen over elkaar en trok haar wenkbrauwen op alsof ze erover nadacht. 'Alleen als je het gebruik van chloroform beschouwt als een inleiding tot verkrachting. Maar als je alleen naar de werkelijke verwondingen kijkt, dan niet. De sporen op haar lichaam wijzen eerder op een poging om haar in bedwang te houden dan op een gewelddadige aanval.'

'Ook al heeft ze hem gebeten en zijn neus gebroken?'

'Zelfs dan,' beaamde Ailsa. 'Mijn beurt. Waarom heb je me niet verteld dat je geen kleuren kunt zien?'

'Niet relevant,' antwoordde Connie snel. 'Heeft Baarda het verklapt?'

'Nee. Toen we elkaar de laatste keer spraken, had ik het een paar keer over de kleuren van de verwondingen en toen ging je blik niet naar de correcte plekken. Je hebt achromatopsie. Als je me dat had verteld, had ik de verwondingen beter voor je kunnen beschrijven.'

'En ik dacht nog wel dat u gespecialiseerd was in dode mensen.'

'Ik mag dan patholoog zijn en geen psycholoog, maar als ik ernaar mag raden, zou ik zeggen dat je de plaats delict hebt nagebootst met gebruik van het lijk zelf omdat je het gevoel hebt dat je beperkte visuele vermogens een barrière vormen tussen jou en het slachtoffer en je die op een of andere manier moet omzeilen. Ik hoef geen verontschuldiging en ik heb ook niet gevraagd om uitleg. Maar je zou kunnen proberen het sarcasme wat te temperen in mijn aanwezigheid.'

Connie haalde diep adem, stootte een keelgeluidje uit, besloot spitse opmerkingen verder achterwege te laten en deed haar armen van elkaar.

'Het spijt me.'

'Oké,' zei Ailsa. 'En waar komt het door?'

'Mijn sarcasme? Dat heb ik mijn hele leven al.'

'Ik had het over de achromatopsie, zoals je heel goed weet. Ik dacht dat we tot overeenstemming waren gekomen.'

'Shit, sorry. Europa brengt de Amerikaan in me naar boven, maar niet op een goede manier. Wat betreft het gebrek aan kleurenvisie: ik heb op mijn achttiende een hoofdwond opgelopen tijdens een spelletje lacrosse. Dat is op dat moment niet goed onderkend en ik ben een maand later in het ziekenhuis terechtgekomen. Daar hebben ze me geopereerd om de bloeding te stoppen, wat de neurologische symptomen wegnam, maar ik liep schade op aan mijn oogzenuw. Het had erger gekund.'

'Inderdaad, maar het is toch iets wat je hele leven heeft veranderd. Loop even met me mee.' Ailsa deed de deur open en liep de gang in.

Connie volgde haar.

'Waarom heb je voor de forensische psychologie gekozen?' vroeg Ailsa.

Ailsa sloeg een zijgang in en deed weer een deur open, waardoor ze in de warme buitenlucht terechtkwamen. Voor hen stonden een eenzame boom en een ijzeren hek. Ze nam even de tijd om de avondlucht op te snuiven en te luisteren naar de geluiden uit de dichtstbijzijnde pubs en van het verkeer dat af en toe langskwam over Cowgate voordat ze Connie vragend aankeek.

'Door persoonlijke ervaringen,' zei Connie. 'Zijn we zonder dat ik het merkte van beroep gewisseld?'

'Touché, maar jij kijkt niet gewoon naar de plaats delict om te beoordelen of de dader een hoog of een laag IQ heeft, je probeert in zijn hoofd door te dringen. Wat ik net heb gezien, gaat verder dan een klinisch oordeel. Als je een lijk aanraakt en er interactie mee hebt, schep je een band. Een lichaam hoeft niet te leven om ons er verantwoordelijk voor te voelen of om er vriendelijk voor te willen zijn. Vind je niet dat het je objectiviteit aantast als je zo intiem wordt?'

'Alles wat ik doe draait om het vinden van het motief. In dit geval zal het motief ons vertellen of hij van plan is nog een moord te plegen. Mijn rol is lang niet zo intiem als die van u. U haalt lichamen uit elkaar, kijkt op de meest geheime plekjes. U gaat met uw handen door de ingewanden en raakt letterlijk de hersenen aan. Niets blijft verborgen. Ik vind het een geruststellend idee dat er iemand als u is als ik in onvoorziene omstandigheden dood mocht gaan, iemand die elk pad volgt en elke cel inspecteert tot hij weet wat er is gebeurd. Het is belangrijk dat er een afrekening is, ook na je dood,' zei Connie.

'Afrekening is een gevoel,' merkte Ailsa op. 'Welke conclusies heb je tot dusver in deze zaak getrokken?'

'Ik geloof niet dat hij van plan was om deze eerste vrouw te vermoorden, dus het lijkt erop dat dat niet zijn bedoeling is. Ik maak me meer zorgen over het feit dat hij zó slecht is voorbereid op de reactie van zijn slachtoffer dat hij per ongeluk nog een moord zou kunnen plegen. Misschien is dat de reden waarom hij bij de ontvoering van Elspeth Dunwoody voorzichtiger was. Ik denk dat ze nog leeft, maar ik weet niet goed waarom. Bij Angela was er een psychoseksuele kracht aan het werk. Ze intrigeerde hem. Hij wilde niet zomaar een vrouw, hij wilde haar. Niet om haar te overheersen en pijn te doen, maar... Nou ja, ik denk om haar te knuffelen. Ik weet niet waarom die gedachte me meer afkeer inboezemt dan kil, hard geweld.'

'Geweld is een oerkracht. Dit is het soort moord waarbij alle grenzen vervagen en we ons allemaal gestalkt voelen. Hij is een monster in schaapskleren,' zei Ailsa.

'Hebt u nu net de term "een monster in schaapskleren" bedacht? En dan maakt u zich zorgen omdat ik naast een lijk lig?'

Baarda dook op uit de duisternis achter hen. 'Sorry dat ik jullie stoor. Slecht nieuws, vrees ik. Er is een twaalfjarig meisje zoekgeraakt en men denkt dat ze is ontvoerd. Het team Zware Misdrijven roept zo snel mogelijk zijn mensen terug om die zaak aan te pakken. Heb je de antwoorden die je zocht?'

'Ja. Elspeth Dunwoody leeft. Meer dan dat, ze vervult een behoefte van haar ontvoerder. Hij heeft veel moeite gedaan om haar ongedeerd mee te kunnen nemen. Hij is al een doelwit kwijtgeraakt. Het is onwaarschijnlijk dat hij het risico neemt dat hij Elspeth ook verliest. Dokter Lambert, dank u wel en mijn excuses voor... de eigenaardigheden.'

'Niet nodig, maar de volgende keer word ik graag gewaarschuwd. Nog één ding, hoeveel tijd zat er tussen het ongeluk en het moment waarop je geen kleuren meer zag? Verwondingen en hun gevolgen intrigeren me. Ik breid graag mijn kennis uit.'

Connie keek naar het vrouwtje, dat centimeters kleiner en jaren ouder was dan zij, maar net zo doelbewust en krachtig was als een raket. Ze overwoog om te liegen en besloot dat Ailsa het meteen zou merken als ze dat deed.

'Iets meer dan een jaar,' zei ze. 'We moeten gaan. Baarda is een specialist op het gebied van ontvoeringen en het klinkt alsof de Schotse politie alle hulp kan gebruiken.'

'Inderdaad,' zei Ailsa. 'Bel me als je me nodig hebt, of het nu dag is of nacht.'

Ze lieten de hoofdlijkschouwer achter onder de sterren.

'Waar ging dat allemaal over?' vroeg Baarda.

'Niets. Ze doet me denken aan mijn oma. De aardige. We moeten naar het bureau.'

'Dus je had ook een niet zo aardige oma?' vroeg Baarda toen ze naar het parkeerterrein liepen.

'Het juiste woord is waarschijnlijk bekrompen. Onder de indruk van titels en beroepen. Te overtuigd van haar eigen oordeel om echt te zien wat er om haar heen gebeurde. Je kent het type.'

'Ik geloof van wel, ja.' Baarda deed het portier voor haar open.

Ze glimlachte om het ouderwetse gebaar.

'Nou, vertel over dat vermiste meisje,' zei Connie.

'Iemand denkt dat hij heeft gezien dat ze in een auto werd getrokken en sloeg alarm.'

'Jezus, Baarda, hoeveel mensen worden hier per jaar wel niet ontvoerd? Het lijkt New York in de jaren 1920 wel.'

'Rond de vijfduizend per jaar. Als het om een kind gaat, is het waarschijnlijk een familielid of een vriend. Kinderontvoeringen door onbekenden zijn nog steeds buitengewoon zeldzaam.'

'Waar is het gebeurd?' vroeg Connie.

'Op het parkeerterrein bij de school. Er zijn al een heleboel mensen ter plaatse. Gezien mijn specialisme is ons gevraagd om op het politiebureau stand-by te blijven voor het geval het om iets sinisters blijkt te gaan.'

'Rij toch maar naar de school,' zei Connie. 'Wat heeft het voor zin om op het bureau te gaan zitten wachten op telefonische vragen?'

'Ik dacht dat jij verder zou willen met de zaak-Dunwoody terwijl we wachten. Het kan heel goed zijn dat er niets voor ons te doen is.'

'Mijn hersenen werken het best als ze bezig zijn met iets heel anders. Bovendien is het koud in dat politiebureau en het stinkt er naar afhaalmaaltijden en oksels. Ik ben liever buiten, dank je.'

'Zoals je wilt. Maar het kan heel goed tijdverspilling zijn. Het meisje heeft waarschijnlijk ruzie gehad met een ouder en is in het voertuig getrokken om haar mee naar huis te nemen. Het grote merendeel van deze zaken blijkt vals alarm.'

'Zie je, dat is het probleem met statistieken. We vertrouwen erop en overtuigen onszelf ervan dat we geen haast hoeven te maken, dat er niets aan de hand zal blijken te zijn. In mijn ervaring is dat precies wanneer alles erger in de soep loopt dan je je had kunnen voorstellen.'

'Positieve peptalks zijn niet jouw ding, dus,' mompelde Baarda.

'Positieve peptalks worden veel te hoog aangeslagen.' Connie zette haar stoel achterover en sloot haar ogen. 'Het enige waar mensen echt op reageren, is paniek en doodsangst.'

10

Die ochtend was er nog een van zijn tanden losgeraakt. Fergus had hem langdurig bestudeerd. Het was een linkeronderkies en hij zat nu in een eierdopje dat op de magnetron stond. Hij probeerde zich te herinneren wanneer hij voor het laatst bij de tandarts was geweest, maar dat lukte niet. Er waren gedurende een lange periode zoveel doktersafspraken geweest dat hij op een gegeven moment gewoon was uitgeschakeld en zich er zo veel mogelijk aan had gehouden, maar ze waren allemaal een waas van onderweg zijn, wachten, vragen beantwoorden, wegkijken van de naald, wachten en weer onderweg zijn. De tijdlijn van het geheel had geen enkele betekenis meer. Hij vroeg zich af of hij kiespijn had gehad voordat die verraderlijke parel had besloten hem in de steek te laten, maar hij had zo vaak pijn dat hij die waarschijnlijk had verdrongen met bètablokkers. Het had ongetwijfeld te maken met een tekort aan calcium. Zijn tandvlees bloedde voortdurend. Hij hield geen ijzer vast. Hij kon niets doen om het rottingsproces te stoppen.

De ziekte verteerde hem steeds sneller. Hij had gedacht dat hij nog een paar maanden had, maar onlangs had hij die schatting bijgesteld en was hij tot de conclusie gekomen dat hij daar weken van moest maken. Nu had hij nog maar een paar dagen, dat wist hij. Als dat alles was, moest hij snel te werk gaan. Geen tijd meer voor kijken, geen tijd meer voor wachten, gewoon doorgaan. Daarom lag

Meggy Russell op dat moment in de kofferbak van zijn auto stampij te maken.

Ze was niet wat hij had verwacht. Met haar twaalf jaar had ze niet op hem voorbereid horen te zijn. Bang en gemakkelijk te bedreigen. Meegaand. In feite was die lieve kleine Meggy, die graag in haar eentje in het park ging zitten kijken hoe de wolken voorbijdreven, vaak met een boek in haar hand en kennelijk immuun voor de verslaving van een mobiele telefoon, een echte heks gebleken.

Hij had haar voor de schoolbibliotheek opgewacht. Daar zat ze elke dag een uur nadat de lessen waren afgelopen. Waarschijnlijk deed ze er haar huiswerk voordat haar moeder haar kwam ophalen. De moeder was ook niet het normale type. Verscheidene jaren jonger dan hij had verwacht en een beetje opzichtig – zo zou zijn oma haar hebben genoemd. Een en al strakke leggings en valse wimpers. Het was die middag niet moeilijk geweest om haar auto onklaar te maken. Ze had hem een paar huizen verderop langs de weg gezet en hij had de motorkap opengemaakt en de bougies losgedraaid. De moeder ging nooit op tijd weg om Meggy op te halen en het meisje stond regelmatig op het parkeerterrein te wachten.

Hij had Meggy voor het eerst gezien in mei, bij een van Angela's regelmatige tochtjes naar Inch Park. Het meisje had toegekeken terwijl Angela met haar kinderen speelde en was op een gegeven moment verlegen naar hen toe gelopen om gedag te zeggen. Daarna was hij Meggy ook in de gaten gaan houden – ze moest zijn geschenk aan zijn nieuwe vrouw worden. Dat was vóór die ramp met Angela. Maar tegen die tijd had hij er al te veel werk in zitten. Hij kon geen maanden meer verspillen om een beter beeld van Meggy's gewoonten te krijgen.

Hij had ervoor gezorgd dat hij niet bij haar school werd gezien. Ouders waren verschrikkelijk achterdochtig en alert op vreemden, dus hij had de speelplaats moeten vermijden en tussen de bomen aan de andere kant van de weg moeten blijven staan. Bovendien was hij pas gekomen als de meeste ouders en bussen al weg waren, zodat hij kon zien welke kinderen langer op school bleven. Meggy ging altijd eerst naar de bibliotheek en werd laat opgehaald. Hij had de auto maar één dag hoeven volgen om erachter te komen waar ze woonde en hoe de situatie daar was. De rest was eenvoudig geweest. Tot hij Meggy op het parkeerterrein had aangesproken.

Hij kon niet meer zoveel voorzorgsmaatregelen nemen. Toen hij begonnen was met het stalken van zijn toekomstige gezin had hij op moeten passen dat hij niet opviel. Maar nu de dood hem bij de keel had gegrepen, moest hij zo snel mogelijk nemen wat hij wilde hebben. Al het andere was niet meer belangrijk. Wat maakte het uit als hij werd gearresteerd terwijl hij een veel permanenter lot onder ogen moest zien?

'Hallo!' Hij had vrolijk naar haar gezwaaid toen ze uit het gebouwtje van grijze bakstenen was gekomen en naar de plek liep waar haar moeder meestal parkeerde. 'Jij bent Meggy, toch? Het spijt me, maar de auto van je moeder is stuk. Ze heeft me gevraagd je op te halen.'

Meggy had hem niet erg vriendelijk aangekeken. 'Mijn moeder?' had ze gevraagd.

'Ja, knappe vrouw, ziet er sportief uit, heet Carmen Russell. Die herinner je je toch wel?' Hij had er een grapje van gemaakt.

'Mijn moeder?' zei Meggy weer.

De blik die ze hem toewierp was vlijmscherp.

'Ja.' Fergus' stem verloor iets van zijn eerdere vrolijkheid.

Meggy klemde haar rugzak in haar armen als een schild. 'Hoe ken jij haar dan?' had ze gevraagd.

Op die vraag was hij voorbereid. 'Ik woon bij jullie in de straat, in Durward Grove, een paar huizen bij jullie vandaan. Ik zag dat je moeder problemen had met haar auto en bood aan te helpen. Toen legde ze uit dat jij hier bij school stond te wachten en dat er niemand was om je op te halen.'

Bij die woorden verscheen er kort een andere emotie op Meggy's gezicht, een rimpeling van twijfel aan zichzelf, dacht hij. 'We hebben elkaar weleens gezien in het parkje, weet je nog?'

'Je was ziek,' zei Meggy.

'Niets om je zorgen over te maken, ik hoestte alleen een beetje. Het spijt me als ik je heb laten schrikken. Ik ben naar de dokter gegaan en heb er medicijnen voor gekregen. Nu ben ik weer helemaal beter.' Hij lachte nog eens om te laten zien hoe goed hij zich voelde.

Ze ging wat achteruit en hij verborg zijn geel geworden tanden en het nieuwe gat in zijn mond.

'Hoelang woon je dan al bij ons in de buurt?' vroeg Meggy.

'Een paar jaar. Ik zie je moeder soms in de winkels en dan maken we een praatje. Ze is heel trots op je. Ze heeft het er altijd over hoe goed je het op school doet.'

De luiken gingen naar beneden. Wat hij ook had gezegd, Meggy was niet alleen niet overtuigd, ze trok een boos gezicht.

'Leugenaar,' zei ze rustig. 'Ik zou maar weggaan, anders roep ik er een leraar bij.'

Een fractie van een seconde wist hij niet wat hij moest doen, maar Angela was dood omdat hij zich niet goed had voorbereid. Het kwam doordat ze haar hoofd naar achteren had gestoten en zijn neus had gebroken. En doordat hij zo stom was geweest om zijn hand voor haar mond te houden zonder zijn vingers te beschermen tegen haar tanden. Dit keer moest het anders gaan. Het kon niet weer mislukken.

Fergus sprong naar voren en maakte intussen een stompende beweging. Zijn vuist raakte Meggy's gezicht precies op de neus. Hij wist uit bittere ervaring hoe pijnlijk dat was en dat je er meteen door werd uitgeschakeld. Het werkte perfect. Het meisje viel achterover als een omvallende dominosteen. Haar hoofd kwam op het gras terecht in plaats van op de stoep. Daar was hij blij om. Eén onvoorziene dode was aanvaardbaar. Maar bij meerdere zou hij volkomen incompetent zijn.

Hij zwaaide haar rugzak over zijn schouder, schoof zijn beide armen onder haar lichaam en tilde haar op. De kofferbak ging open toen hij op de knop op zijn sleutel drukte en hij legde haar slappe lijfje erin. Er was geen tijd om haar vast te binden, dat was het enige probleem. Hij had verwacht dat ze volledig overtuigd zou zijn geweest toen bleek dat hij haar moeder kende en wist waar ze woonde. Ze zou achter in de auto gaan zitten en geduldig wachten terwijl hij haar naar huis reed. Hij had het kinderslot van de achterportieren ingeschakeld en de ramen vergrendeld, en een paar maanden eerder had hij de achterruiten donker laten kleuren om meer privacy te hebben. Maar er was iets waar hij geen rekening mee had gehouden: een verkeerde opmerking. Ze had geweten dat hij loog. Hij had alleen geen idee waarom.

Nu was hij halverwege zijn huis en lag ze tegen het deksel van zijn kofferbak te slaan. Het was onplezierig. Bijna net zo erg als dat Elspeth de hele dag niets anders deed dan huilen. Hij moest slaappillen door haar eten doen om wat rust te krijgen. Als hij van nu af aan zowel zijn vrouw als zijn dochter rustig moest houden, moest hij de dokter om een nieuw recept vragen.

Een kwartier later kwam hij thuis en maakte hij zich op voor een gevecht.

Meggy was er ook helemaal klaar voor. Het gegil begon toen de eerste lichtstraaltjes in de kofferbak doordrongen. Hij drukte vrij hardhandig een hand tegen haar mond, boog voorover en zei grommend tegen haar: ‘Als je zo blijft gillen, heb ik geen andere keus dan je te wurgen. Denk je dat ik dat wil? Ik ben een aardige man, Meggy, maar jij gedraagt je niet als een aardig meisje en dat is niet eerlijk. Hou je mond of ik doe je pijn.’

Tot zijn verbazing hield ze inderdaad op met gillen. Ze keek hem kwaad aan, meer als een volwassene dan als een kind, alsof hij net onuitgenodigd op een bruiloft was verschenen en had overgegeven op de jurk van de bruid.

Fergus wendde zijn blik af, trok haar armen omhoog zodat hij haar over zijn schouder kon gooien en droeg haar het huis in. Hij zette haar pas neer toen ze in de keuken waren en hij de deur stevig op slot had gedaan. De binnendeur naar de zitkamer stond open. Meggy keek ernaar, draaide zich om naar Fergus, rende in volle vaart op hem af en gaf hem een stomp in zijn kruis.

'Rot op,' riep ze. 'Ik vermoord je!'

Fergus hield haar bij haar schouders van zich af. 'Mag je van je moeder wel zulke smerige woorden gebruiken?' riep hij.

'Carmen is mijn moeder niet. Ze is een kreng! Je hebt over alles gelogen. Help,' schreeuwde ze. 'Help me. Ik ben ontvoerd!'

Fergus wilde dat hij haar gewoon weer een klap kon geven, maar Meggy's ogen begonnen al blauw te worden van de eerste en er liep een lijntje opgedroogd bloed van haar neus naar haar kin. Carmen was helemaal niet de moeder van het meisje. Zijn onderzoek was niet goed. Dat kwam ervan als je overhaast te werk ging. Zijn hoofd deed pijn. Hij wilde dat ze stil was.

'Ik doe je geen pijn,' zei hij tegen haar. 'Ik bedoel, dat doe ik wel als je niet ophoudt. Dan moet ik wel. Ik kan je niet zo laten schreeuwen. Maar als je daar gewoon mee ophoudt, komt alles goed.'

'Je gaat me verkrachten. En vermoorden. Ik ben niet stom. Ik kijk naar het journaal. Op school vertellen ze ons over mannen zoals jij.'

'Doe niet zo walgelijk. Ik ben helemaal niet van plan om iemand te verkrachten. Wat zou mijn vrouw wel niet van me denken als ik dat deed?'

Meggy deed een stap naar achteren en keek naar hem. 'Ben je achterlijk?' vroeg ze.

Fergus knarste met zijn tanden. Hij wilde gaan liggen. Meggy had inmiddels al moeten zijn voorgesteld aan Elspeth en die twee hadden elkaar moeten leren kennen in hun appartementje. Hij moest nodig zijn pijnstillers slikken; om zijn arm, die eerst alleen had geprikt, leek nu een klem te zitten die het moeilijk maakte om adem te halen.

'Ik ben niet achterlijk. Dat mag je niet zeggen. Het is onbeleefd.'

'Je hebt me ontvoerd. Denk je dat je vrouw zich nog iets zal aantrekken van mijn taal? Is ze hier?'

Meggy draaide zich om en rende weg. Eindelijk, dacht Fergus. Dieper in het huis kon hij haar gemakkelijker onder controle krijgen dan in de keuken.

Hij pakte een vleesmes dat hij lang geleden op een hoge plank had verborgen en ging achter haar aan, terwijl zij deuren opengooide en zo hard ze kon gilde dat hij bij haar uit de buurt moest blijven. Ze liep met twee treden tegelijk achteruit de trap op. Op de overloop bleef Meggy eindelijk staan. Al haar aandacht was bij het stuk bestek dat hij in zijn rechterhand had.

'Wacht daar,' commandeerde hij en hij wees naar haar met het mes.

Er was maar één deur op de overloop. Fergus liep ernaartoe en terwijl hij met zijn mes naar het meisje bleef wijzen, keek hij door het kijkgaatje dat op de gebruikelijke plek zat en knielde om een blik te werpen door het tweede kijkgaatje, dat ter hoogte van zijn bovenbeen in de deur zat. Alles was veilig. Hij haalde een set sleutels van zijn riem en gooide die voor haar voeten.

'De grootste zilverkleurige sleutel,' zei hij. 'Doe open.'

Er vielen trage tranen op het gerafelde vloerkleed. Alle strijdlust was uit haar geweken. Ondanks de kloppende pijngolven in zijn slapen en het snel erger wordende gevoel dat er met een ijspriem in zijn borst werd gestoken, kon Fergus alleen maar dankbaar zijn. Meggy griste de sleutels van de grond en wilde hem met haar laatste energie nog iets toesnauwen voordat ze de deur opendeed. Maar het enige wat eruit kwam, was een zielig gemauw.

'Moe,' mompelde Fergus. 'Laat de sleutels in het slot zitten en ga naar binnen. Ik zie je morgen.'

'Wat is daarbinnen?' fluisterde Meggy, die de donkere gang in keek naar de enkele lamp in de slaapkamer.

'Nieuwe moeder. Misschien bevalt deze je beter.'

Hij duwde Meggy naar binnen, deed de deur achter haar op slot en bleef bovenaan de trap staan. De treden leken naar hem toe te golven en weer weg te vallen. Fergus stak trillende vingers uit in de hoop dat de leuning zich op dezelfde plek bevond als eerder, maar de afstand werd groter.

'Ik kan niet naar beneden,' mompelde hij. 'Het licht is uitgegaan. Waar zit de lichtknop?'

In zijn persoonlijke duisternis stak hij blindelings zijn handen uit, maar zijn hersenen werden overvallen door de beweging en hij draaide opzij. De ene voet struikelde over de andere.

Fergus viel zijdelings in het lege trapgat, met zijn linkerschouder vooruit. Hij vroeg zich af hoe hij kon vallen terwijl hij een seconde eerder nog helemaal stil had gestaan in zijn eigen huis. Hij had nog nooit in een achtbaan gezeten, maar hij stelde zich voor dat dat ook zo zou voelen. Als hij als kind op de schommel had gezeten, had hij zich altijd voorgesteld dat zijn moeder glimlachend en met uitgestrekte armen voor hem stond. Ze zou hem niet in de steek laten nu hij haar het hardst nodig had. Toen hij molenwiekend van de trap begon te vallen, glimlachte hij, want hij zag haar beneden staan en wist dat hem niets kon overkomen nu zij klaarstond om hem op te vangen.

De zijkant van zijn hoofd kreeg de eerste klap tegen de vijfde tree van boven. Zijn nek volgde met een gekraak dat normaal alleen te horen was in abattoirs en de lucht werd uit zijn longen geslagen toen daarna de linkerkant van zijn ribbenkast tegen de trap sloeg. Fergus glimlachte nog steeds.

Hij had geweten dat het eraan kwam. Er was geen tunnel, er was geen fel licht, er was geen engelenkoor dat hem verwelkomde, maar er was ook geen pijn. Beter nog, ook geen angst. Hij kon doodgaan in de wetenschap dat hij eindelijk een vrouw en kind had die hem zouden missen. Geen broer, daar had hij geen tijd voor gehad, maar dat ging hem er dit keer niet van weerhouden over te gaan naar het hiernamaals. Fergus Ariss ging dood en hij was er blij om.

11

Het terrein van de school werd overspoeld door blauwe zwaailichten. Connie en Baarda parkeerden langs de weg en bleven op de stoep staan kijken. Aan een kant van de parkeerplaats, net buiten de ingang van de duidelijk aangegeven bibliotheek, stonden agenten over het hoofd van een Aziatisch meisje heen, dat zichtbaar over haar toeren was, te praten met een woedende volwassene die haar moeder zou kunnen zijn. Aan het eind van het parkeerterrein, dicht bij de uitgang naar de weg, waren andere agenten bezig politietape op te hangen, markeerbordjes neer te zetten en foto's te nemen. Van een stuk dat grotendeels schuilging achter een heg klonk een hoog gejammer. Connie kon nog net een groepje hoofden zien, waarvan sommige heen en weer bewogen en andere naar elkaar toe bogen.

'Ik neem aan dat ze de identiteit van het meisje hebben vastgesteld,' zei Connie zacht.

Baarda keek de straat op en neer.

'Wat is er?' vroeg ze.

'Camera's. De school zou er een paar moeten hebben, maar ik zie ze niet. Er zijn op deze weg ook geen verkeerslichten en geen bedrijven of winkels. Als je in deze wijk een meisje wilt meenemen, is dit gezien het gebrek aan beveiliging de juiste plek.'

'Je denkt dat hij eerst de school heeft gevonden en daarna een geschikte leerling heeft gekozen?' vroeg Connie. 'Dat is slim.'

'Dat zou ik hebben gedaan. Je minimaliseert eerst het risico om gepakt te worden en dan werk je terug naar de ontvoering. Deze misdaad is van achteren naar voren gepland. Het probleem is niet de misdadiger, maar de doeltreffendheid van de politie. We zouden al buurtonderzoek moeten doen naar verdachte voertuigen of mensen die hier hebben rondgehangen. Het verbaast me altijd dat de eerste reactie van veel agenten is om met z'n allen op een kluitje te gaan staan en de getuigen steeds weer dezelfde vragen te stellen, terwijl ze zich het beste kunnen verspreiden en informatie uit verschillende hoeken kunnen vergaren.'

'Dat zou je ze moeten vertellen.' Connie leunde tegen Baarda's auto en bestudeerde de lichaamstaal van het meisje, dat van de politie naar de vrouw die waarschijnlijk haar moeder was keek en zich steeds meer leek op te winden.

'Ik ben slechts verzocht om als back-up te fungeren. Ik heb hier geen gezag. Niets erger dan politiemensen die op elkaars tenen gaan staan.'

'Ik denk dat hier minder beleefdheid en meer leiderschap nodig is, jij niet? Niemand luistert naar dat meisje. Als je je belachelijke en frustrerende gehechtheid aan de victoriaanse etiquette even opzij kunt zetten, en dat is niet beledigend bedoeld...'

'Dat betwijfel ik,' mopperde Baarda.

'Dan kan ik je misschien helpen met je getuige voor ze informatie opgedrongen krijgt die haar verhaal wezenlijk verandert of het beu wordt en onjuiste informatie geeft om er maar vanaf te zijn.'

'Waaruit maak je dat op?'

'Ze heeft haar armen om zich heen geslagen, haar handen tot vuisten gebald en ze weigert naar de vrouw naast haar te kijken, die óf een familielid, óf een verzorger is. Haar schouders gaan met de minuut verder omhoog. Ze is gestrest en wil zichzelf beschermen. Moet ik een handboek voor je schrijven of wil je je verantwoordelijkheid nemen en misschien iets bereiken?'

'Meekomen.' Baarda liep naar een klein voetgangershek bij de bibliotheek. 'En ik neem aanstoot aan de suggestie dat ik te beleefd ben om mijn plicht naar behoren te doen,' voegde hij er over zijn schouder aan toe.

'Dat zei ik niet.' Connie moest er de pas in zetten om hem bij te houden. 'Het is meer dat ik je soms net een figurant in een Jane Austen-film vind.'

Baarda wierp haar een boze blik toe voordat hij zijn identiteitskaart liet zien aan de agent bij het hek. 'Eenheid Ontvoeringen,' zei hij. 'Commissaris Overbeck van het team Zware Misdrijven heeft me gevraagd als adviseur op te treden. Wie heeft de leiding?'

De agent wees in de richting van het verste groepje mensen en Baarda beende die kant uit. Connie richtte haar aandacht op het meisje, dat nu openlijk huilde omdat te veel mensen haar tegelijkertijd vragen stelden.

'Oké, dat is genoeg,' verklaarde Connie toen ze zich in de kring om het kind drong.

'Wie ben jij? Dit is een plaats delict, meid. Je mag hier niet komen.'

Een reus van een agent besloot voor haar te gaan staan en zijn schouders naar achteren te trekken om zijn omvang te benadrukken.

'Doctor Woolwine. Ik assisteer inspecteur Baarda van de gespecialiseerde ontvoeringseenheid, die aan het team Zware Misdrijven is toegevoegd. Ga het maar aan hem vragen. Ik neem deze jonge vrouw mee naar binnen, waar het rustiger is, en ga er even met haar voor zitten om haar haar verhaal te laten doen. Is dat haar moeder?'

Hij keek naar de agent naast hem, die knikte en een stap naar achteren deed, zodat Connie dichterbij kon komen.

'Het meisje heet Melanie Chao. En ja, dit is haar moeder. Die dame begon al een keel op te zetten voordat ze het hek door was.'

Dat laatste fluisterde hij, maar dat was onnodig. De moeder ging nog steeds tekeer in een taal die Connie in de oren klonk als Mandarijn.

'Mevrouw Chao, ik moet Melanie mee naar binnen nemen.' Connie duwde haar rechterschouder in de ruimte tussen moeder en dochter, zodat Melanies gezicht een beetje werd afgeschermd voor haar ouder. 'U kunt met ons meegaan, dat raad ik u zelfs aan. Deze agent hier...' Ze wuifde naar de agent die haar de namen had gegeven.

'Champion,' zei hij.

'Agent Champion gaat mee om aantekeningen te maken. Melanie zit op geen enkele wijze in de problemen, maar we moeten snel en zonder afgeleid te worden alle relevante informatie van haar horen, dus ik moet u vragen rustig en stil te blijven. Gaat dat lukken?'

Melanie keek naar Connie, die naar de trap van de bibliotheek wees en eropaf liep voordat mevrouw Chao antwoord kon geven.

'Waarom moet u haar nog eens ondervragen? Ze heeft de politie alles verteld wat ze heeft gezien. Mijn dochter moet naar huis om te studeren. Ik zou weleens willen weten wat ze eigenlijk buiten deed. Ze moest tot vijf uur in de bibliotheek blijven. Houdt het personeel de leerlingen dan helemaal niet in de gaten?' Mevrouw Chao ratelde verder terwijl ze haastig achter hen aan liep.

Connie zag een kamertje, gebaarde naar Melanie dat ze naar binnen moest gaan en keek mevrouw Chao toen scherp aan.

'Er wordt een meisje vermist. Ik weet niet precies hoe het allemaal in zijn werk is gegaan en ik begrijp dat het heel alarmerend is, maar het wordt nog veel erger als Melanies schoolgenootje iets overkomt. Ik wil dat uw dochter zich kan ontspannen voordat ze probeert zich te herinneren wat ze heeft gezien. Ik ben er vrij zeker van dat niemand er zwaar aan zal tillen als Melanie morgen haar huiswerk niet af heeft, maar nu moet u absoluut stil zijn. U mag binnenkomen, maar u mag niets zeggen.'

'Ik zie niet wat Melanie nog meer...'

'Dan blijft u buiten,' zei Connie. 'Neemt u plaats, mevrouw Chao. Het zal misschien even duren voor uw dochter zich veilig voelt en voldoende op haar gemak is om met me te praten. U zult gewoon moeten wachten.'

'Ik zal stil zijn,' zei mevrouw Chao zacht en ze volgde Connie naar binnen.

Melanie nam een slokje uit een flesje water toen ze binnenkwamen. Connie liet mevrouw Chao schuin achter haar dochter plaatsnemen, zodat het meisje zich kon concentreren.

'Melanie, ik ben niet van de politie en je hoeft niet met me te praten, maar ik hoop dat je dat wel doet. Ik ben forensisch psycholoog en ik werk samen met een politieman die assisteert bij deze zaak. Ik wil je helpen om duidelijk voor ogen te krijgen wat je hebt gezien. Champion, kun je me even vertellen wat we tot dusver weten?'

'Natuurlijk.' Hij bladerde een paar bladzijden terug in zijn aantekenboek. 'Om ongeveer halfvijf kwam Melanie met een bezorgd gezicht de bibliotheek binnen hollen. Ze probeerde met de bibliothecaresse te praten, maar die was aan de telefoon en zei tegen Melanie dat ze moest wachten en zich stil moest houden. Ze raakte steeds erger van streek, dus uiteindelijk brak de bibliothecaresse het telefoontje af en op dat punt vertelde Melanie wat ze had gezien. Het duurde even voor de bibliothecaresse had vastgesteld of het allemaal klopte, maar na een paar minuten besloot ze toch het alarmnummer te bellen. Ze zei dat Melanie dacht dat ze had gezien dat een meisje in een auto werd getrokken.'

Melanie begon heftig met haar hoofd te schudden. 'Nee,' zei ze, 'dat klopt niet. Ze wilde niet naar me luisteren en alles wat ze tegen de politie zei was verkeerd. Ik heb nog zo geprobeerd het uit te leggen.'

'Oké, we gaan dit langzaam en in één keer bespreken,' zei Connie tegen haar. 'Ik ga je vragen stellen en dan kun jij je verhaal vertellen. Met zo veel mogelijk details. Maak je niet druk. Niemand kan zich alles helemaal goed herinneren. Dat is gewoon onmogelijk. Ik wil dat je je ogen dichtdoet, je handen losjes op je schoot legt en je schouders ontspant.'

Melanie deed wat haar werd gezegd. 'Gaat u me hypnotiseren?'

'Nee, zulke trucjes hebben we niet nodig. Dit is om je geheugen te stimuleren. Net zoiets als visualisatie. Ben je er klaar voor?'

'Eh, ja.'

'Goed. Wat heb je gegeten bij de lunch?'

Zoals te voorspellen was geweest, kwam mevrouw Chao tussenbeide. 'Ik zie niet...'

'Binnen of buiten, mevrouw Chao, de beslissing is aan u. Laatste kans.'

Mevrouw Chao sputterde even tegen. 'Binnen,' zei ze toen zacht.

Connie zag dat Melanie tevreden glimlachte. Je kon het vertrouwen van een kind niet sneller winnen dan een irritante ouder op zijn plek te zetten.

'Ik heb een boterham met ham en een smoothie gehad,' zei Melanie. 'Die waren een beetje te koud, alsof ze de koelkasten te koud hadden gezet.'

'Prima. Heb je het toch opgegeten?'

'Ja. Ik had 's ochtends gym gehad, dus ik had honger.'

'Welke lessen heb je na de lunch gehad?' ging Connie verder.

'Scheikunde en Engels.'

'Heb je je tijdens de les nog ergens aan geërgerd?'

'Nee, niks. Waarom is dat...' Melanie zweeg even. 'Wacht. De jongen die bij scheikunde voor me zat, zat kauwgom te kauwen. Ik kon het horen. Bij Engels ging alles prima, maar de lerares heeft meer huiswerk opgegeven dan anders en dat is niet eerlijk, want we hebben morgen een wiskundeproefwerk.'

'Weet je nog hoe je lerares Engels keek toen ze het huiswerk opgaf?' vroeg Connie.

Het bleef weer even stil.

'Ja, ik weet het! Ze kneep haar ogen dicht en keek naar het bord, alsof ze wist dat het gemeen was,' zei Melanie. 'Is dat niet gek? Waarom weet ik dat nog?'

'Omdat je op dat moment boos was. Als je geëmotioneerd bent, werken je hersenen harder om de situatie te beoordelen. Je was boos en de natuurlijke reactie van je lichaam was om uit te zoeken wat er verkeerd ging en de situatie recht te zetten. Doordat je hersenen harder werkten, werd je opmerkzamer en kreeg je een accurate herinnering aan het moment.'

'O,' zei Melanie. 'Ik snap het.'

'Dat is mooi, maar ik wil niet dat je te hard probeert je iets te herinneren. Als we dat doen, vullen we de hiaten in met ons gezonde verstand of door deductie. Maar dat is geen echte herinnering. Eerst dacht je dat er vandaag niets irritants was gebeurd, maar opeens viel het je in. Dat is een betrouwbare herinnering, omdat je er niet naar zocht.'

'Ik snap het. Wat wilt u weten?'

'Hoe laat ging je naar de bibliotheek?' vroeg Connie.

'Om halfvier, zodra de school uit was. Ik ben rechtstreeks hiernaartoe gekomen. Ik heb mijn jas over de rugleuning van mijn stoel gehangen, mijn boeken uit mijn tas gehaald en ik ben in de hoek gaan zitten die het verst van de voordeur is, want dat is het rustigste plekje.'

'Wat was je aan het leren?'

'Nou, wiskunde, want zoals ik al zei, hebben we...'

'Morgen een proefwerk. Maar wat precies, Melanie? Was je met je leerboek bezig, had je je rekenmachine erbij gepakt?'

'Nee, ik was aan het oefenen met een werkblad. Het waren vergelijkingen, dus dan heb je geen rekenmachine nodig. Ik had een hele bladzijde gedaan – je moet elke stap van elke vergelijking uitschrijven en laten zien hoe je het hebt gedaan – en ik wilde aan de achterkant van het blad beginnen. Toen besloot ik dat ik wat frisse lucht wilde hebben en ben ik even naar buiten gegaan, en toen zag ik...'

'Je gaat te snel,' zei Connie. 'Stop even. Je zit nog steeds in de bibliotheek te werken. Je had ergens behoefte aan. Welke zintuigen speelden daarin mee? Had je het te warm of te koud, had je opeens honger, deed je nek pijn?'

Melanies wangen werden donkerder.

'Wat is er? Er is niets wat je ons niet kunt vertellen,' zei Connie.

'Het is stom. Ik schaamde me een beetje.'

'Dus je schaamde je?'

Melanie knikte.

'Goed. Zoek dat gevoel nog eens op. Zat je nog op je plek toen je dat voor het eerst voelde?'

'Ja,' zei Melanie zachtjes.

'Goed, neem je tijd en probeer uit te leggen wat er gebeurde.'

'Nou ja, ik moest... U weet wel...' Ze keek opzij naar haar moeder en rolde met haar ogen. 'Ik moest een scheetje laten en er zijn geen wc's in de bibliotheek. Ik kon het niet binnen doen, dus ik ging naar buiten.'

Mevrouw Chao kon het niet laten om met haar tong te klakken, maar wist haar commentaar voor zich te houden.

'Dat is prima, Melanie. Dit zijn nuttige herinneringen. Niets om je voor te schamen. Het ligt in het verleden. Ik vraag je alleen om je te concentreren op hoe je je voelde. Ga door.'

'Nou, ik liet dus alles liggen zoals het lag en ik geloof dat ik nogal haastig door de voordeur naar buiten ging en de trap af liep. Er zijn een paar heggen dichter bij de weg. Ik wilde niet dat iemand langsliep en het hoorde, begrijpt u?'

'Ik begrijp het,' zei Connie zachtjes.

'Ik had een beetje pijn in mijn buik en ik keek op mijn horloge en de weg af alsof ik op mijn moeder stond te wachten. Ik wilde niet dat iemand vroeg wat ik aan het doen was en ik besefte dat ik wat had gehoord op het parkeerterrein, maar ik weet zelfs nu niet zeker wat het was. Ik denk stemmen, maar tot die conclusie ben ik pas later gekomen. Ik herinner me geen woorden. Het was alleen alsof er iets aan de hand was. Ik kwam achter de bosjes vandaan en ik wilde eigenlijk gewoon weer naar binnen gaan. Om eerlijk te zijn voelde ik me een beetje dom omdat ik zomaar naar buiten was gerend. Er was een man die iets in de kofferbak van een auto legde. Ik keek er niet echt naar, maar iets zorgde ervoor dat ik bleef kijken.'

'Dus hij trok het meisje niet in de auto?' controleerde Connie.

'Nee. Dat vertelde de bibliothecaresse aan de politie toen ze die belde. Ze luisterde niet echt naar me. Ik denk dat ze in het begin dacht dat ik het verzon. Ik probeerde haar te vertellen dat ze het verkeerd had toen ze aan het bellen was, maar ze zei dat ik zou moeten nablijven als ik mijn mond niet hield.'

'Laten we even teruggaan,' zei Connie. 'Je gaat de trap weer op, je bent je ervan bewust dat er iets aan de hand is, maar je maakt je er nog niet druk om. Maar er is iets met die man en de kofferbak.'

'Ik snap gewoon niet waarom ik dacht dat het een meisje was... Ik ben bang dat ik dat zelf heb verzonnen en nu worden alle ouders hier helemaal gek. Stel dat ik het mis heb?'

'Melanie, dat is allemaal niet jouw probleem of jouw verantwoordelijkheid. Daar is de politie voor. Je hebt een beeld in je hoofd en ik moet het zien. We hebben geen haast en we willen je helemaal niet onder druk zetten. Zoals ik al zei: probeer de hiaten niet op te vullen. Ontspan je weer.'

Het meisje ademde in en uit en legde haar trillende handen weer op haar schoot.

'Is dit een gemengde school?' vroeg Connie.

'Ja,' bevestigde Champion, die even ophield met aantekeningen maken.

'Dus er zijn hier ook jongens, maar je had toch de indruk dat er een meisje in de problemen zat?'

Melanies hoofd ging met een ruk omhoog. 'Het kwam door de stemmen. Ze maakten ruzie en ik hoorde een diepe stem en een meisjesstem.' Ze glimlachte iets zelfverzekerder.

'Als je terugdenkt aan wat je hebt gehoord, kun je dan woorden horen, misschien een naam of een deel van een zin? Een specifiek accent?'

'Ik heb geen ongewoon accent gehoord, dus ik denk dat ze hiervandaan kwamen. Ik weet dat ik dacht dat ze boos op elkaar waren. Ze praatten snel en de woorden kwamen allemaal tegelijk, alsof ze door elkaar heen praatten.'

'Dat is heel goed, Melanie. Nu wil ik dat je terugdenkt aan wat je hebt gezien. Stel je voor dat je bij de bosjes stond. Probeer je te herinneren welke kant je op draaide om weer naar binnen te gaan. Naar links of naar rechts?'

'Naar rechts,' zei het meisje zacht.

'Goed, doe je ogen maar weer dicht. In je herinnering is het helemaal stil. Je staat buiten, de grond is hard onder je voeten, omdat het al een tijd niet heeft geregend. Er was geluid van verkeer over de weg voor de school. In de verte hoor je mensen ruziemaken en je weet dat er iets ongewoons gebeurt. Je moet weer naar binnen om verder te gaan met je huiswerk, omdat je je wiskunde nog niet af hebt. Dus je draait naar rechts om de bibliotheektrap weer op te gaan. Daar stop je. Doe nog geen stap naar boven. Er staat daar een boom, toch? Tussen de rand van de bibliotheek en de uitgang van het parkeerterrein. Dus je had om te beginnen al geen duidelijk zicht. Als je begint te lopen, welke kant kijk je dan uit?'

'Ik keek al in de richting van de stemmen, maar de boom stond in de weg. Die heeft op het moment veel bladeren. Toen ik onderaan de bibliotheektrap kwam, was het stil geworden. Ik deed een paar passen naar boven en toen kon ik langs de boom kijken. Ik zag de rug van een man...' Ze zweeg even.

Connie stak een hand op naar Champion en mevrouw Chao om te zorgen dat ze hun mond hielden.

'Maar eerst dacht ik niet dat ik zijn stem had gehoord. Ik wist niet zeker of het een man was.' Melanie sloeg met een hand op de tafel. 'Ik wist niet zeker of het een man was omdat hij zo mager was, echt gek mager, en hij droeg allemaal spijkerkleren. Zo'n superstrakke jeans en een jasje dat strak om zijn middel zat, en ik weet nog dat ik dacht dat ik zulke kleren had gezien in de retrowinkel en dat ik nog nooit een man had gezien die zo mager was.'

'En zijn haar?' vroeg Connie.

'Geen idee. Ik geloof dat hij een soort hoed of pet op had, maar ik weet het niet zeker. Ik herinner me dat ik naar zijn benen staarde en dacht dat ik nog nooit een volwassene had gezien met zulke benen.'

'Was hij lang of klein?'

Ze haalde haar schouders op. 'Best lang. Ik was niet dichtbij genoeg om zijn lengte met die van mij te vergelijken, maar hij was niet klein of zo.'

'Huidskleur?'

'Wit. Er gebeurde iets toen hij de kofferbak dichtdeed.'

Connie leunde achterover. Dit keer hoefde ze niemand tot stilte te manen. Melanie ademde zwaar, haar gezicht was vertrokken van concentratie en ze hield haar hoofd schuin. Mevrouw Chao had een hand voor haar mond geslagen en Champion zat voorovergebogen met zijn pen in de aanslag.

'Nee, het lukt niet. Ik kan me niets meer herinneren.'

Er klonk een bijna onhoorbare zucht. Champion ging weer rechtop zitten.

'Dat geeft niet,' zei Connie. 'Waar ik echt nieuwsgierig naar ben, is dat je op een gegeven moment de andere kant uit keek. Ook al maakte je je toen al zorgen omdat er een meisje in die auto kon liggen. Ik geloof niet dat ik in die omstandigheden zou hebben weggekeken.'

Mevrouw Chao kwam plotseling tussenbeide. 'Mijn dochter kan u niet verder helpen. U zet haar onder druk. Ze heeft u alles verteld...'

Melanie stak een hand uit naar haar moeder en zij pakte hem vast. 'Het geeft niet, mam,' zei ze. 'Deze mevrouw wil alleen maar helpen. De man begon zich om te draaien. Ik dacht dat hij naar mij zou kijken. Voor het eerst werd ik bang. Daarvoor was ik eerder nieuwsgierig. Ik wist niet goed wat ik zag.' Melanie boog haar hoofd naar achteren en keek naar het plafond. 'Toen ik langs de boom kwam, deed hij de kofferbak dicht, maar hij hield er tot het laatste moment een hand in, alsof hij iets naar beneden drukte. Ik werd er misselijk van, want ik weet nog dat ik dacht: als hij iets naar beneden drukt, probeert iets anders dan naar boven te duwen? Ik wil niet zeggen dat ik dat op dat moment dacht, maar nu voelt het zo. Toen zag ik hoe mager hij was, wat is dat woord ook alweer, slunzelig?'

'Slungelig?' vroeg Connie.

'Ja!' Melanie gaf een lichte klap op de tafel. 'Hebt u die film gezien met de Kerstman en de Paashaas en de Oogie Boogie-man?'

Nu was het Connies beurt om te glimlachen. '*The Nightmare Before Christmas*? Geweldige film.'

'Dat is hem. De man die bij de kofferbak stond, was net Jack Skellington, een en al botten, zodat zijn hoofd te groot leek voor zijn lichaam, maar dan met echte aftandse spijkerkleding aan. Hij zag er ook een beetje vies uit, een beetje geel.'

'Goed zo,' zei Connie.

'Toen hij de kofferbak dichtsloeg, keek hij naar rechts en naar links en daarna draaide zijn hoofd mijn kant uit en ik wilde niet dat hij me zag kijken, dus toen heb ik snel mijn hoofd omgedraaid en ben ik de bibliotheek in gelopen.'

'Heb je veel van zijn gezicht gezien?'

'Nee, het spijt me. Maar de auto had een donkere kleur. Blauw of grijs. En er was modder.'

'We zullen Melanie foto's van verschillende auto's laten zien om te kijken of we het merk en het model kunnen achterhalen,' zei Champion. 'Ze heeft niet op het nummerbord gelet.'

'Dat doen jonge mensen meestal niet,' zei Connie. 'Volwassen getuigen missen vaak essentiële informatie over een dader of hoe de misdaad is gepleegd omdat de tv er bij ons heeft ingestampt dat we op het nummerbord moeten letten. Daar is vaak mee geknoeid of het is gestolen, zodat we er niets aan hebben. Volgens mij zijn de details die Melanie wel heeft opgemerkt door niet op het nummerbord te letten veel nuttiger.'

Melanie schonk haar een verlegen, maar dankbare glimlach. 'Nou ja,' zei ze. 'Over het nummerbord... De reden waarom ik het kenteken niet heb gezien, was dat het vol modder zat. Echt helemaal vol.'

'Slimme meid,' zei Connie. 'Nog één ding. Heb je iets bijzonders gehoord toen hij wegreed? Iets aan de auto?'

'Eh, nee, en ik heb goed geluisterd, want ik wilde dat hij weg-ging en niet de bibliotheek in kwam. Ik was nog steeds bang dat hij me had gezien.'

'Dus geen piepende banden of loeiende motor? Niets van dat alles?'

'Nee,' zei Melanie. 'Helemaal niks.'

Connie knikte. Ze zag tot haar genoegen dat de moeder nog steeds de hand van haar dochter vasthield. Ouders reageerden vaak vreemd als hun kinderen te maken kregen met officiële instanties, of dat nu de politie, een dokter of een schoolhoofd was. Melanie zou nog een tijdje bang blijven en haar moeder moest haar geruststellen. Iemand had een kind ontvoerd en als het verhaal in de media kwam, zou dat elke ouder binnen een straal van honderd kilometer de stuipen op het lijf jagen.

'Je hebt het fantastisch gedaan. Ik laat het aan meneer Champion over om met je naar die autofoto's te kijken en daarna kun je hopelijk naar huis. Als je gespannen of bang bent, is het belangrijk om hulp te vragen. Het is normaal. Krop al die gevoelens niet op, oké?'

Opeens sprongen de tranen in Melanies ogen.

'Ik kan beter even met inspecteur Baarda gaan praten. De informatie die je hebt gegeven zal beslist helpen,' zei Connie. Ze liep de bibliotheek uit, stak het parkeerterrein over en voegde zich bij een groep agenten, een huilende vrouw en een man met een gezicht waarin alle spanning van een niet ontplofte bom besloten lag.

'Ben je wel vaker te laat om haar op te halen, Carmen?' wilde de man weten.

Hij was een aantal jaar ouder dan Carmen en hun kledingstijl lag een paar generaties uit elkaar.

'Want als je altijd zo laat bent, kan het iemand heel goed zijn opgevallen dat ze hier altijd staat te wachten,' ging hij verder.

'Waag het niet. Ik weiger me hier schuldig over te voelen. Misschien is Meggy's moeder eindelijk opgedoken en besloot ze zelf eens als ouder op te treden,' krijste de vrouw.

'Meggy's moeder is jaren geleden vertrokken. We zijn sinds die tijd twee keer verhuisd en ze heeft totaal geen belangstelling voor Meggy. Als ze haar echt had willen zien, had ze het gewoon kunnen vragen. Ze weet dat ik haar nooit van haar dochter zou weghouden.'

Baarda deed met zijn handen langs zijn zij een stap naar voren. Connie was onder de indruk. Te veel politiemensen kwamen bij verhitte discussies tussenbeide met hun armen omhoog en hun handpalmen naar voren, wat de mensen onveranderlijk nog agressiever maakte.

'We zullen natuurlijk ons best doen om Meggy's moeder op te sporen als u ons haar gegevens verschaft, meneer Russell, maar we moeten ook met andere dingen rekening houden.'

'Hier hebben we helemaal niets aan. Hebben jullie auto's de stad in gestuurd om naar mijn dochter uit te kijken? Jullie zouden alle wegen in de stad moeten afzetten en elk voertuig moeten controleren. Waarom staan we hier te praten?' Meggy's vader was lijkbleek en hij stond te trillen op zijn benen.

'Het eerste wat we moeten vaststellen, is of Meggy niet gewoon ergens anders heen is gegaan, of ze het wachten zat was en een vriendin heeft opgezocht. Er is nog geen hard bewijs dat er echt een ontvoering heeft plaatsgehad...' Connie ving zijn blik en hief een vlakke hand met uitgestrekte vingers, die ze heen en weer bewoog met een gebaar van 'misschien wel, misschien niet'. Zijn stem stierf weg. 'Een moment alstublieft.'

Connie liep weg van het groepje en Baarda volgde haar naar een plek waar niemand kon horen wat ze zeiden.

'Wat had de getuige te zeggen?' vroeg Baarda.

'Ze heeft stemmen gehoord van een man en een meisje. Het klonk als ruzie, maar ze kon ze niet verstaan. Toen werd het stil. Maar hij heeft het meisje niet de auto in getrokken. Dat was de versie van de bibliothecaresse toen ze het alarmnummer belde. De getuige zegt dat de man iets in de kofferbak legde en dat ze de indruk had dat hij het naar beneden moest duwen voordat hij hem dicht kon doen. We hebben een goede beschrijving van hem, maar een minder goede van het voertuig. Modderige nummerplaat, donkere lak, blauw of grijs. De man keek om zich heen voordat hij wegreed, waarschijnlijk om te zien of iemand getuige was geweest van wat er was gebeurd. Maar hij reed langzaam weg, zonder een spoor van paniek, wat ongewoon beheerst is als je net een meisje in de kofferbak van je auto hebt verstopt.'

'Hoe geloofwaardig is de informatie?'

'Tienermeisjes worden te vaak afgeschilderd als hysterisch of belust op aandacht. Het klonk alsof er iets mis was, dus ze keek en het gedrag van de man joeg haar angst aan. Ze heeft het niet mooier of dramatischer gemaakt. Ik geloof haar.'

'Dat wil nog niet zeggen dat het om Meggy Russell gaat. Er kunnen andere verklaringen zijn.'

'Bij elk daarvan zou op dit moment toeval in het spel moeten zijn. Een meisje denkt dat een ander meisje is ontvoerd. Onafhankelijk daarvan verschijnt er een ouder om een kind op te halen dat niet is waar het zou moeten zijn.'

Baarda zuchtte. 'Oké. We zullen groot alarm slaan en een beschrijving van Meggy doorgeven. Ik stuur agenten naar vrienden van Meggy voor het geval ze hun heeft verteld dat ze zich ergens zorgen om maakte. We moeten ook haar sociale media bekijken en controleren of ze online contact heeft gelegd met verdachte personen.'

'Ik heb alles gedaan wat ik kon en ga naar het huis van Angela. Ik moet terug naar de eerste plaats delict om alles op me in te laten werken en uit te zoeken waardoor de moordenaar tot Angela werd aangetrokken. Ga je mee?'

'Ik denk dat ze hier mijn hulp nodig hebben,' zei Baarda.

'Dat denk ik ook,' zei Connie. 'Let op die vrouw, die Carmen. De vader uit zijn ongerustheid door woede. Carmen is alleen maar nijdig omdat ze de schuld krijgt. Ik weet niet of ik daar veel echte emotie zie.'

'Denk je dat ze erbij betrokken zou kunnen zijn?' vroeg Baarda.

'Dat niet, maar ze lijkt niet veel om Meggy te geven, dus misschien was ze regelmatig te laat als ze haar moest ophalen. Als dat zo is, moet je rondvragen naar verdachte activiteiten in de buurt. Dat kan al van een tijdje geleden zijn. Ik denk dat iemand zowel het woonhuis als de school in de gaten heeft gehouden.'

'We doen meteen een buurtonderzoek,' zei hij. 'Dank je, Connie. Ik ben blij met je hulp.'

'Het is al goed. Het spijt me dat ik je een figurant in een Jane Austen-film heb genoemd.'

'Helemaal niet.' Baarda liep al weg. 'Brigadier,' hoorde Connie hem roepen. 'Ik wil meteen een helikopter in de lucht hebben die uitkijkt naar een donkere, blauwgrijze auto met modderige nummerplaat, die hier is weggereden of in de buurt staat geparkeerd. Die man mag er niet aan twijfelen dat we naar hem op zoek zijn.'

12

Meggy stond naar de binnenkant van de deur te staren. Door de kijkgaatjes kon je alleen van buiten naar binnen kijken. Dat was afschuwelijk. Het was erg genoeg om opgesloten te zitten, maar de gedachte dat ze ook nog werd bespioneerd, was extra walgelijk.

Toen hij de deur achter haar had dichtgedaan, had ze gebonk op de trap gehoord en Meggy dacht dat ze hem een kreet had horen slaken. Vol hoopvolle verwachting en met ingehouden adem probeerde ze de deurknop om te draaien. Daarna deed ze haar best de tranen van teleurstelling te verdringen en richtte ze haar aandacht op het donkere appartement. Uit een op een kier staande deur aan het eind van de gang viel licht. Meggy was geen fan van het donker. Ze vond het niet zo erg als bloed, maar toch. Ze wilde naar het licht om een veilige plek te zoeken.

Ze stelde zich voor dat ze een wapen in elkaar zette, een telefoon zocht of door een raam naar buiten klom. Maar de man was een engerd, geen idioot. Hij had genoeg over Carmen geweten om Meggy in zijn verhaal te laten trappen en haar aan de praat te krijgen. Hij had haar in de gaten gehouden en geweten dat Carmen vaak te laat kwam. En hij was die dag in het park geweest.

Ze vroeg zich af hoe hij haar had gevonden. Niet online. Meggy vond al die sociale media maar onzin. Soms bekeek ze een YouTube-filmpje voor een natuurkundeproject en er waren ook een paar echt grappige filmpjes. Maar ze liet zich niet beetnemen door een ouwe vent die deed alsof hij veertien was en een vriendinnetje zocht. Ze wist heel goed dat ze haar gegevens niet op het internet moest zetten.

Terwijl Meggy stond te bedenken wat haar volgende stap moest zijn, kwam er een zwak kuchje uit de kamer aan het eind. Ze deinsde naar achteren tot ze met haar rug tegen de deur stond en voelde een brok in haar keel. Er waren twee mogelijkheden. De man had haar afgeleverd bij iemand met bedoelingen waar ze beter niet te veel over kon nadenken, of er was hier nog iemand net zoals zij, gevangen en bang. Als ze een pakketje was – Deliveroo!, schreeuwden haar hersenen ongepast vrolijk – werd ze verwacht en kon ze de ontvanger niet lang uit de weg gaan.

Ze deed beverig een stap naar voren, zocht houvast bij de muur en liep naar het licht. Onder haar vingertoppen voelde ze vocht en afbladderende verf. Haar voeten, die ze langzaam een voor een optilde, registreerden dat de oude vloerbedekking plakkerig was. Maar het ergste was nog de geur. In het donker en met zo weinig andere dingen om aan te denken was die geur allesoverheersend en hij werd erger naarmate ze dichter bij de kamer aan het eind kwam.

Ze werd er misselijk van, want ze wist zeker dat het mensenpoep was. Daar was een behoorlijk woord voor, een fatsoenlijk woord, maar haar uitgebreide vocabulaire was in staking gegaan. Haar verbeelding echter niet. Ze zag een genetisch beperkt wezen voor zich dat half mens, half beest was en dat losjes aan de vloer was geketend, klaar om toe te slaan als ze de deur helemaal openduwde. Een beest dat moest worden losgelaten. Of dat moest doden. Of dat haar eerst moest martelen en haar dan moest doden en opeten. Als hij het langzaam deed, was het nog erger, hield ze zichzelf voor. Wat er ook ging gebeuren, het ging gebeuren. Maar ze was niet van plan ernaartoe te kruipen als een domme slak die onherroepelijk naar het zout schoof.

De strijdkreet die ze uitstootte, leek op die van een krijgshaftige vrouw te paard. Ze hield haar arm omhoog, klaar om te slaan, vastbesloten om vechtend ten onder te gaan, en ging in de aanval. Ze schopte de deur open en vloog met half dichtgeknepen ogen en ontblote tanden de kamer in, klaar voor de verschrikkingen die ze daar zou aantreffen.

Het duurde even voor ze het wezen had gevonden. Onder het ijzeren bed, met het gezicht tegen een kussen, naakt en met stinkende smurrie op haar benen, lag een vrouw. Meggy wilde niet toegeven dat ze ondanks haar angst de flauwe hoop had gekoesterd dat ze hier een volwassene zou aantreffen. Iemand die niet slecht was en die voor haar zou zorgen. Dat was dit niet.

'Is er hier iemand die me kan helpen?' vroeg Meggy. 'Alsjeblieft? Ik weet niet waar ik ben.'

Er waren meerdere kamers in het appartement. Misschien was daar ergens een echte volwassene.

De vrouw keek op bij de klank van haar stem. Dat was vooruitgang. Ze kon tenminste nog horen en iets begrijpen. Ze keek naar Meggy, wendde haar blik af, fronste en keek nog eens.

Meggy deed een stapje naar haar toe en de vrouw probeerde naar de verste hoek onder het bed te kruipen.

'Ik doe je geen pijn,' zei Meggy. Die woorden, die volwassen woorden, klonken heel vreemd uit haar mond.

De vrouw staarde naar de open deur.

'Die man is er niet. Hij heeft me opgesloten en is weggegaan. Dus we zijn alleen, toch?'

De vrouw keek naar haar en toen naar haar benen. Ze begon te huilen. Meggy had zin om hetzelfde te doen. Een halfuur eerder had ze bij school op de parkeerplaats gestaan en zich afgevraagd wat ze die avond zouden eten. Nu zat ze opgesloten in een grotendeels donker, onbekend huis met een vrouw die de controle over zichzelf totaal kwijt was.

'Ik ben Meggy,' zei ze. 'Hoe heet jij?'

Het enige antwoord was een nog luider gesnik.

Ze bukte en stak haar hand uit naar de vrouw, die vanonder het kussen naar haar gluurde. De smurrie op de vloer gaf niet alleen stank af, maar ook een tastbare warmte. Het besef daagde dat de vrouw de controle over zichzelf was kwijtgeraakt toen ze de deur open had horen gaan. Ze zou wel hebben gedacht dat de man binnenkwam. De volle betekenis daarvan kwam binnen toen Meggy naar de materiële en metaforische hoop stront keek waarin ze terecht was gekomen. Als deze volwassene niet tegen hem was opgewassen en de gedachte aan wat hij haar zou kunnen aandoen niet kon verdragen, hoe moest Meggy dit dan overleven?

Een wapen, dacht ze weer. Dit schiet niet op. Ik heb er niets aan om hier te blijven zitten. Ik moet iets zoeken waarmee ik kan vechten.

Ze keek om zich heen. Aan de muur hingen vijf plastic haakjes, elk met dezelfde lichtroze jurk eraan, met een donkerder roze lint om het middel en witte knoopjes in de vorm van madeliefjes aan de voorkant. Wie had er nou vijf precies dezelfde jurken nodig, vroeg Meggy zich af.

De lichtbron was een plastic kinderlampje met een Disneyfiguur op de voet. Je kon net zo goed iemand op zijn kop slaan met een kartonnen bordje, maar ze had het ding nodig om rond te kunnen kijken, en dat betekende dat ze het korte snoer los moest trekken en andere stopcontacten moest zien te vinden.

'Ik ga even rondkijken en daar heb ik die lamp voor nodig. Is het goed als ik hem meeneem?'

De vrouw keek Meggy aan. Eerst schudde ze met kleine schokjes haar hoofd, maar vervolgens begon ze het heen en weer te rukken, zodat haar plakkerige haar eromheen vloog.

'Nee,' kreunde ze. 'Nee, neem niet de lamp mee, niet doen, neem hem niet mee.'

'Ook goed, maar we moeten iets doen, want ik kan hier niet blijven. Ik zal de lamp moeten verplaatsen om om me heen te kijken, maar jij gaat met me mee en dan vinden we vast wel iets om je mee schoon te maken. Dat moet je zelf doen, ik kan niet...' Meggy probeerde haar afkeer niet te veel te laten doorschemeren. 'Maar ik zal je niet alleen laten. Hoe heet je?'

'Elspeth,' fluisterde ze. 'Hoe oud ben jij?'

'Twaalf.' Meggy was opgelucht dat de vrouw – Elspeth – eindelijk begon te praten. Maar ze was minder blij toen de vrouw begon te lachen en daarna te kakelen, wat weer overging in huilen.

'Twaalf?' huilde Elspeth. 'Dan kun je toch helemaal niet helpen? We gaan hier dood. Hij is gek!'

'Hou op,' commandeerde Meggy. 'Dat moet je niet doen. Als ik niet huil, mag jij dat ook niet. Volwassenen mogen niet dommer zijn dan kinderen. Dat is niet eerlijk.' Ze liep naar de deur, zocht het dichtstbijzijnde stopcontact op en liep weer terug naar de lamp. 'Ik trek de stekker er nu uit, maar het duurt niet lang, dus je moet opstaan en achter me aan komen. En je mag niet meer huilen. Dat is stom.' Ze trok de stekker uit het contact en wachtte op de hysterische reactie.

Wat ze kreeg, was het geluid van gesjor en daarna geschuifel. Er kwam een hand op haar schouder terecht, die langs haar arm naar beneden gleed en hard haar hand vastpakte. Meggy moest zich bedwingen om zich niet los te trekken. Een wapen vinden was belangrijk, maar stromend water was een goede tweede.

'Is er een badkamer? We moeten...' Ze gebaarde naar Elspeths lichaam. '... hier iets aan doen.'

Elspeth knikte.

'Laat maar zien.'

Ze gingen de gang op. De badkamer was aan de linkerkant. In het plafond zat een inbouwlampje. Meggy drukte op de schakelaar aan de muur.

'Hij doet het niet,' zei Elspeth. 'Hij kan de elektriciteit en de verwarming buiten aan- en uitzetten. Als ik me goed gedraag, doet hij het licht aan.'

'Je moet onder de douche,' zei Meggy. 'Vertel het me daarna maar.'

De douche was niet meer dan een douchekop in de muur en een ronde bak. Geen glazen cabine, zelfs geen gordijn dat ze van de rail hadden kunnen trekken.

Terwijl Elspeth onder de douche stond, stak Meggy haar hand in het water om de temperatuur te controleren. Het was warm genoeg om comfortabel te zijn, maar niet echt heet. Ze keek om zich heen. In een kastje zat een plastic wasbak. Hij had de deuren van het kastje weggehaald, net zoals hij de spiegel van de muur had gehaald. Dat stond haar niet aan. Die man was veel slimmer dan haar lief was. Hij had overal over nagedacht. Echt nagedacht, niet zoals bij zo'n stom tv-programma waarin je vijftig verschillende manieren werden voorgeschoteld om uit de problemen te komen.

Het duurde even voor de stank minder werd, maar uiteindelijk kwam Elspeth onder de douche vandaan en pakte ze een kleine handdoek van de radiator.

'Het spijt me,' zei ze zachtjes terwijl ze zich droogwreef.

'Het geeft niet,' zei Meggy. 'Heb je ergens schone kleren?'

'Een pyjama in de slaapkamer. Ik sla voorlopig de handdoek wel om me heen. Hij heet Fergus.'

'Fergus,' herhaalde Meggy. 'Heeft hij je dat verteld? Het zou namelijk niet zijn echte naam hoeven te zijn. Hij zou je nooit zijn echte naam vertellen voor het geval je zou ontsnappen. Dan zou je zijn naam meteen aan de politie kunnen doorgeven en dan zouden ze zijn adres opzoeken...'

'Ik weet niet of het zijn echte naam is,' mompelde Elspeth. 'Maar we zijn getrouwd. Hij zei dat het allemaal wettig en bindend moest zijn.'

'Zijn jullie getrouwd?'

'Niet in de kerk. We hebben het hier gedaan. Hij dwong me een jurk aan te trekken en...' Haar woorden werden opgeslokt door een diepe zucht en een kreet, het geluid dat een zeemeeuw zou kunnen maken.

Er spookten te veel vragen rond in haar hoofd. Over Fergus. Over het trouwen. Wat hij met Elspeth had gedaan. Of hij haar pijn had gedaan. Of Elspeth dacht dat hij Meggy ook pijn zou doen. Maar ze wilde de antwoorden niet weten. Ze wist dat ze die vragen vroeg of laat toch zou stellen. Maar nu nog niet. Niet zolang ze amper op haar benen kon staan en de hele wereld wel drijfzand leek, zoals in een stripboek.

'Laat me alles zien,' zei Meggy. Lamp, hand in hand, voorwaarts.

Ze schikte zich er maar even in om de moeder te spelen en met de lamp onder haar ene arm trok ze Elspeth mee, terwijl ze haar vrije hand gebruikte om de muur te volgen, de deur door te gaan, de hal over te steken, te bukken en het stopcontact te zoeken. De stekker ging in het stopcontact. De lamp flikkerde en verlichtte de kamer. Meggy nam zich voor om er voorzichtig mee te zijn. Als ze de gloeilamp kapotmaakten, stond hun een lange, donkere nacht te wachten.

Meggy maakte zich los van Elspeth en wachtte tot ze de kamer had opgenomen. Het was een schilderij. Niet meer en niet minder. Een rechthoekige kamer, als de zitkamer in elk ander appartement, maar de ramen...

Meggy deed een stap naar voren en streek met haar hand langs de muur om haar ogen ervan te verzekeren dat ze nog contact hadden met haar hersenen.

'Ze zijn geschilderd. En nog slecht ook. Hij heeft gewoon ramen op de muren geschilderd. Waarom zou hij dat doen? Zo komt er geen licht binnen. Ik snap er niets van.' Ze keek naar Elspeth, die machteloos haar schouders ophaalde.

Ruwe rechthoeken met randen als golvende gordijnen probeerden de indruk te wekken van een blauwe hemel en groene velden achter een ruit. De wrede tekening was slecht uitgevoerd. De verf was doorgelopen, alsof de ramen huilden om de zieke wereld die ze verborgen.

Er stonden een aftandse, groezelige bank, waarvan de vulling door de naden van de kussens kwam, en een leunstoel die er totaal niet bij paste, zo'n ding zonder poten, een groot vierkant met een zachte rugleuning. Op de verste muur was een boekenkast geschilderd met dikke, gekleurde boeken zonder titels op de namaakplanken. Het ergste was nog dat hij op de andere muur een schilderij van een schilderij had geschilderd. Meggy sloot even haar ogen en keek toen nog eens.

Een bruine lijst om een kinderlijke poging tot drie zonnebloemen in een blauwe vaas. Het was afschuwelijk lelijk. Verder waren er geen meubels. Geen salontafel. Daar konden ze hem te gemakkelijk mee slaan, concludeerde ze. Geen losse kussens of plaids die over een hoofd konden worden gegooid of in een mond konden worden gepropt. Ze liep naar de bank en duwde ertegen. Hij was zo zwaar dat er geen beweging in te krijgen was. Net als de stoel. Ze slikte haar teleurstelling weg en besloot het niet zo gemakkelijk op te geven.

De volgende kamer was weer een slaapkamer, nu met een eenpersoonsbed. Meggy zag dat het aan de muur was vastgemaakt en deed geen moeite om eraan te trekken. De matras was kaal, maar op het voeteneind lag een stapel beddengoed. Geen ladekast, alleen weer een geschilderd raam en een tijdschrift op de grond. Meggy pakte het op om het beter te bekijken. Op de omslag van *Cars, Guys, Gadgets* stond een glanzende rode sportwagen van een onbekend merk. Ze bladerde het tijdschrift door, maar er was geen verborgen brief of iets anders waaruit ze kon opmaken waar ze zich bevonden. Nergens was iets te bekennen van de aanwijzingen die ze zou hebben gevonden als dit een tv-programma voor kinderen was geweest. Ze gooide het blad weer op de vloer.

'Is dit zijn slaapkamer als hij hier komt?' vroeg ze.

Elspeth schudde triest haar hoofd.

'O.' Meggy herinnerde zich het tweepersoonsbed in de kamer waar ze Elspeth had aangetroffen. Ze vroeg niet verder naar Fergus. 'Is er ook een keuken?'

Dit keer trok Elspeth de stekker uit het stopcontact, pakte de lamp op en stak haar hand uit. Ze liepen samen door het donker. Meggy had in geen jaren iemands hand vastgehouden, zelfs niet die van haar eigen moeder en zeker niet die van haar stiefmoeder. Vreemd dat je binnen een paar minuten de aanvankelijk ongemakkelijke aanraking van een vreemde kon gaan accepteren en er zelfs dankbaar voor kon zijn.

‘Keuken,’ zei Elspeth. ‘Plastic bestek. Kartonnen bordjes. Zelfs geen afvalzakken. Drie plastic kommetjes om eten op te warmen. Een magnetron die vastzit in een kastje. Ik heb het al geprobeerd en kon hem er niet uit krijgen. Geen oven. Geen waterkoker.’

‘Wat eet je dan?’

‘Meestal maakt hij het eten beneden klaar en dan neemt hij het mee naar boven. Soms is het afhaal of dingen als bonen of roerei. We eten in de zitkamer.’

‘Wat doe je verder? Ik bedoel, er is geen tv of zo.’

‘Hij vertelt me over zijn dag.’ Elspeth trok de handdoek dichter om zich heen.

‘Er is nog een kamer,’ merkte Meggy op. ‘Wat is daar?’

‘Dat is jouw kamer. Hij heeft een paar dagen geleden het bed voor je opgemaakt. Wil je hem zien?’

‘Niet echt,’ zei Meggy. ‘Maar ik denk dat ik wel zal moeten.’

Ze liepen de laatste kamer in. Ook hier stond een eenpersoonsbed. Iets wat voor een kussen moest doorgaan, een laken over de matras, nog een om onder te slapen en daarop twee dekens.

‘Het wordt ’s nachts niet al te koud. Je redt je er wel mee,’ zei Elspeth. ‘Kijk eens in de kast.’

Ook in deze grote kledingkast zaten geen deuren, en metalen platen aan de muur zorgden ervoor dat hij niet omver kon worden getrokken. Er lagen een stapel knuffels, een stapel bordspelletjes en meisjeskleren in, waarvan sommige duidelijk te klein of te groot waren. Ze waren allemaal roze. In elke tint. Zelfs een roze muts, sjaal en wanten, klaar voor de winter.

‘Het duurt nog een maand of drie voor het winter is. Het kan niet dat ik dan nog hier ben. Wat kan hij zo lang met ons doen? Shit.' Ze schopte tegen de kast. 'Shit, shit, shit!'

'We kunnen een spelletje doen als je dat leuk vindt.' Elspeths glimlach was een beverige spleet in haar gezicht.

'Waarom zouden we een spelletje doen?' riep Meggy. 'Hij komt terug. Vroeg of laat komt hij terug en we moeten klaar voor hem zijn. Ik blijf hier niet. Ik woon hier niet. Dat zijn niet mijn kleren. En die stomme jurken aan de muur in jouw kamer zijn net zo eng.' Ze schopte nog eens tegen de kast. 'Waarom vecht je niet tegen hem? Ik ben een kind en zelfs ik weet dat je moet vechten. Je kunt je niet zomaar pijn laten doen, dan blijft hij ermee doorgaan.'

'Dat weet ik,' fluisterde Elspeth. 'Ik weet dat ik zou moeten vechten, maar hij maakt me bang. Het is gemakkelijker als ik niet reageer en hij niet kwaad op me wordt. Soms denk ik dat hij me misschien laat gaan als ik alles doe wat hij wil. Misschien gaat hij zich dan vervelen of maak ik hem beter. Hij is ziek. Echt ziek.' Ze keek naar de deur om te controleren of hij niet binnenkwam en boog zich toen naar Meggy's oor. 'Hij heeft me verteld dat hij doodgaat. Als het zover is, kunnen we ontsnappen. We moeten gewoon geduld hebben.'

Meggy gaf haar een mep. Het geluid was een stap te ver op een bevroren vijver.

'Als hij doodgaat en we niet snel genoeg worden gevonden, gaan wij ook dood,' siste Meggy. Ze rukte de stekker uit het stopcontact en liep weg. Het kon haar niet schelen of ze tegen een muur of iets anders aan liep. Elspeth kwam in het donker achter haar aan.

Na een paar stappen bleef Meggy staan. Ze wist niet waar ze heen ging. Ze was niet van plan in haar 'eigen' kamer te blijven. Ze ging niet doen wat haar werd gezegd. Waarom zou ze het hem gemakkelijk maken? In Elspeths slaapkamer hing nog steeds de stank van het ongelukje dat ze eerder op de avond had gehad en de aanblik van dat tweepersoonsbed... Meggy kon die kamer niet in gaan. Twaalf of niet, ze wist genoeg van het leven om te weten wat Fergus

– of Klootzak, zoals ze hem voor zichzelf noemde – in dat bed met Elspeth deed.

De gedachte maakte haar misselijk. Ze draaide om, sloeg haar armen om Elspeth heen en duwde haar gezicht tegen haar schouder.

'Het spijt me dat ik je heb geslagen,' zei Meggy. 'Je moet niet denken dat ik een rotkind ben. Ik weet niet wat ik moet doen.'

Elspeths armen kwamen langzaam om Meggy heen en ze beklopte en wreef haar rug en hield haar vast tot het meisje zich weer losmaakte.

'Het geeft niet, je hebt me geen pijn gedaan,' zei ze. 'Ik weet welke indruk ik moet maken. In het begin probeerde ik me te verzetten. Ik deed alles wat jij net hebt gedaan. Naar wapens en manieren om te ontsnappen zoeken, iets waar hij niet aan heeft gedacht. Meubels om de deur te blokkeren, een dichtgemaakt raam waardoor ik om hulp kon roepen. Ik vond die rare roze jurken die ik van hem moet dragen. Hij heeft er een aantal in mijn kamer achtergelaten, maar ze zijn allemaal precies hetzelfde. Het is eng. Er is hier niets wat ons kan helpen, Meggy. Hij is ons enige contact met de buitenwereld. Als je wilt dat hij eten brengt, moet je aardig zijn. Als je het licht aan wilt, moet je doen alsof je een heerlijke dag hebt gehad en alsof je hem hebt gemist. Als hij boos wordt, kijkt hij alsof er een andere versie van hem in hem zit, die probeert tevoorschijn te komen.'

'Doet hij je pijn?' vroeg Meggy zachtjes.

'Soms. Niet altijd. Minder als ik voorzichtig ben.'

'Gaat hij mij ook pijn doen?'

'Ik denk dat het ervan afhangt wat hij van je vindt. Het is net een rollenspel. Doen jullie dat weleens op school?'

Meggy knikte.

'Dit is hetzelfde, volgens mij. Hij vindt het leuk als ik hem mijn man noem. Dan is hij even in een goede stemming, of in een betere stemming.'

'Ik ga hem geen pa noemen.' Meggy stampte op het vloerkleed. 'Vergeet het maar.'

'Luister naar mij. Ik weet dat hij eruitziet als een rietstengel in een storm, maar hij is sterk. Hij heeft me naar boven gedragen. Ik speel zijn spelletje mee omdat ik dan veiliger ben tot ik iets anders kan verzinnen. Ik denk dat jij hetzelfde moet doen. Ik weet dat ik de volwassene ben en ik weet dat ik betere antwoorden voor je zou moeten hebben, maar die heb ik gewoon niet. Hij is niet normaal, Meggy. Echt niet. Ik kan het je niet eens uitleggen. Ik beloof dat ik zal proberen je te beschermen, maar jij moet me helpen. Je mag hem niet boos maken of met hem vechten.'

'Als hij me aanraakt, vermoord ik hem.'

'Dat begrijp ik,' zei Elspeth. 'Misschien komt er binnenkort een plan in ons op.'

'We moeten het blijven proberen,' zei Meggy. 'Je kunt niet gewoon opgeven. Ik zal me gedragen als we een manier kunnen bedenken om te ontsnappen.'

'Afgesproken.' Elspeth spreidde haar armen.

Meggy stapte in haar omhelzing en ze hielden elkaar vast en huilden, terwijl achter de deur, onderaan de trap, Fergus Ariss lag, meer dood dan levend.

13

Nadat hij weer bij bewustzijn was gekomen, was Fergus erin geslaagd naar zijn slaapkamer te kruipen, maar in bed gaan liggen was te veel geweest. Zijn bovenlichaam lag op de buik op het bed, maar de knieën bleven koppig op de vloer. Hij had geen armen of benen gebroken, ondanks de geluiden alsof er bomen werden omgehakt terwijl hij tree na martelende tree naar beneden was gevallen. Zijn hoofd was er erger aan toe. De eerste vier klappen kon hij zich herinneren, maar daarna was hij de tel kwijtgeraakt. Van zijn rechterhand waren een paar vingers gebroken en er zat bloed op het zitvlak van zijn broek. Hij voelde het kille vocht stijf worden in zijn ondergoed en moest er niet aan denken waar het vandaan kwam.

Omdat hij geen idee had hoelang hij bewusteloos was geweest, moest hij aan de hand van de duisternis schatten hoe laat het was. Hij was van plan geweest iets te eten te maken voor de vrouw en het meisje terwijl zij kennis met elkaar maakten. In het appartementje hadden ze alleen brood en snacks. Fergus probeerde zijn hoofd van het dekbed te tillen en de katoenen hoes ging mee omhoog. Het kostte hem al zijn kracht om met twee niet gebroken vingers de stof van zijn gezicht te trekken. De wereld werd rood.

Hij tuurde naar de roze opbloeiende muur, gefascineerd door de wervelende muurtekening en de tinten van donkere kersen en klaprozen, die samenvloeiden en weer uit elkaar gingen. Hij hield zijn opzwellende handen omhoog en zag de patronen over de zere plekken en de pijnlijke botten trekken. Uiteindelijk kon hij het proeven. Als rood smaak had, zou het stroperig en zoet als aardbeien moeten zijn. Dit was een scherp smakend gerecht dat te lang in de pan had gezeten. Op de een of andere manier was het nog steeds warm, maar hij proefde de pan, alsof de smaak van het metaal in het voedsel was gedrongen. Het kleefde aan zijn tong en trok zich niets aan van zijn pogingen om het door te slikken. Door zijn oren tuimelde een waterval met het gedender van een niet te stoppen, vloeibare kracht. Hij was een rivier van bloed geworden. Het stroomde uit zijn ogen en oren, druppelde uit zijn mond, lekte uit de openingen in zijn onderlichaam. De ziekte in zijn lijf was losgelaten op de wereld. Dat gaf niet. Hij was klaar om heen te gaan.

Het enige wat hij wilde, was een comfortabel einde, gewikkeld in de sprei die eens van zijn moeder was geweest, haar laatste omhelzing uit het graf. Hij had moeite met ademen. Onzichtbare handen drukten op zijn borst en om zijn keel zat een tentakel. Hij greep de sprei en spande zich tot het uiterste in om omhoog te komen door te trekken met zijn armen en te duwen met het ene been waar hij nog iets mee kon. Het linkerbeen voelde hij niet meer, als het er nog was. Delen van hem raakten los. Zijn maag bevond zich in een vrije val, zodat hij ronddreef in een poel van pijn, die echter weinig effect op hem had. Pijn was een knipperend lampje op het dashboard van je auto, meer niet. Als je het eenmaal had overwonnen, erdoorheen was gegaan, kon je het zien voor wat het was. Zijn lijf stuurde een bericht en hij snapte het.

Toen hij eenmaal besefte dat het zinloos was om te proberen op het bed te klauteren, koos hij ervoor om de berg naar hem te laten komen. Hij trok de sprei beetje bij beetje van zijn bed, tot die op de vloer belandde. Hij keek niet naar de puinhoop die hij maakte, wilde niet zien hoe de bloedbloemen vat kregen op de kostbare stof.

Eindelijk gleed de stof met een gedempte bons op de vloer en gaven Fergus' benen het helemaal op. Hij viel op de zachte ondergrond en ademde zo diep in als zijn longen toestonden; hij rook zeep en handcrème, versgebakken koekjes en gemaaid gras. Zijn hele huis en wat het voor hem betekende in één snuif.

Hij duwde zich weg van het bed en wist zijn lichaam om te rollen terwijl hij de sprei bleef vasthouden, zodat die om zijn bovenlichaam rolde en alleen zijn gezicht zichtbaar bleef. Hij rolde honderdtachtig graden door en uiteindelijk lag hij met zijn gezicht naar een muur waarop honderden foto's waren tentoongesteld.

Een vrouw met een baby op haar schoot. Achter de kinderwagen. In het ziekenhuis, een paar minuten nadat hij was geboren. Voor een schommel, met haar armen uitgestrekt, klaar om hem op te vangen. Met bewondering in haar blik op de dag dat hij voor het eerst naar school was gegaan met geborsteld haar en glanzende nieuwe schoenen, waar ze de hele zomer voor had gespaard. Spelend in de ijskoude golven op het strand zonder te letten op de kou. In haar beste kleren bij een familiediner.

Er waren andere beelden, die niet aan de muur hingen. Beelden die hij probeerde te verdringen. Wat had het voor zin om aan de pijn terug te denken? De dag waarop hij besefte dat hij haar kwijt was. Toen hem werd verteld dat zijn moeder en broer dood waren. Soms vergat hij hoe ze eruit had gezien en moest hij zelf een beeld van haar samenstellen.

Nu waren allebei zijn benen verdoofd en hij rook urine op de sprei. Niet dat zijn moeder daar boos om zou worden. Hoe kon hij zijn spieren in bedwang houden als hij zijn onderlijf niet meer kon voelen? De sprei zou waarschijnlijk worden verbrand als zijn lichaam werd gevonden.

Hoelang waren de vrouw en het meisje al boven? Nog niet lang, dacht hij. Hoeveel dagen? Of waren het al weken? De tijd danste in zijn hoofd en wilde niet stilstaan.

Hij hoestte en spuwde een mondvol bloed uit, en er vielen nog twee tanden op het vloerkleed. Of dat door zijn ziekte kwam of door de val van de trap maakte niet meer uit. Zijn maag kromp ineen, zodat hij naar adem hapte. Toch nog wat pijn, dus. Net genoeg om hem naar huis te leiden. Hoe kon hij het leven loslaten zonder pijn? De druk in zijn nek nam toe en hij voelde hoe zijn ogen uit zijn hoofd puilden. De foto's aan de muur waren bijna niet meer te zien. Hij liet zich op zijn rug rollen. Wie had foto's nodig als hij zelf naar zijn moeder kon gaan.

Hij voelde haar zoen op zijn voorhoofd, haar adem op zijn wang. Zijn hart klopte zo traag dat elke slag niet meer was dan een schaarse verkeersdrempel. Zijn polsslag, die trom op het slavenschip van de eindeloze ellende van zijn leven, was zijn kracht kwijt. Zijn ogen gleden dicht en daarachter was licht en warmte. Zijn mond viel ontspannen open en zijn hoofd viel opzij. Er was een uitgestrekte hand die hij kon pakken. Zijn moeder was er, onderaan de glijbaan van zijn leven.

Fergus Ariss wachtte af of hij dit keer dood zou blijven.

14

Het verdriet was opgezogen door het metselwerk van het huis in Prestonfield Road, waar Angela Fernycroft zo gelukkig had geleefd en zo wreed was gestorven. De parafernalia van het onderzoek en de rommel van de dood waren allang verwijderd van de plaats delict, maar Angela's gezin wilde niet meer in het huis wonen. Het zou een paar jaar leegstaan totdat de openbare herinnering was gewist. Pas dan zou het verkocht kunnen worden. Angela's man, Cal, had beloofd naar het huis te komen om Connie erin te laten.

'Wat dan ook,' had hij door de telefoon gezegd. 'Als het helpt om... Je weet wel.'

'Om hem te pakken.' Dat waren de woorden die hij niet had kunnen zeggen.

Ze stelden zich aan elkaar voor en gingen aan weerszijden van de keukentafel zitten. Cal Fernycroft huilde en kon niets zeggen. Connie zei ook niets. Toen hij een paar minuten had gehuild, liet ze haar hand met de palm naar boven over de tafel glijden om te kijken of hij klaar was om getroost te worden. Eerst keek hij alleen naar de hand, maar toen pakte hij hem zachtjes vast en begon nog harder te huilen.

Connie bestudeerde de keuken. Iemand had kruiden gekweekt in potten op de vensterbank. Connie vermoedde dat het Angela's werk was en voelde plotseling genegenheid voor haar. Mensen die het leuk vonden om planten op te kweken gaven om hun omgeving. Het verzorgen van een plant vereiste betrokkenheid en liefde. Connie was er niet goed in.

Naast de achterdeur hing een foto van het gezin. Beide ouders hadden een kind op de rug en ze lachten alle vier in de camera, alsof ze een enorm leuke grap hadden gehoord.

'Vorig jaar,' zei Cal Fernycroft schor. 'Op vakantie in Wales. We hadden net over het strand gerend. Ik geloof niet dat ik ooit zo hard heb gelachen.'

Connie ontspande haar hand en trok hem voorzichtig weg. Cal was klaar met huilen.

'Heb je fotoalbums? Ik zou Angela graag beter leren kennen en soms helpen ze.'

'Ze liggen op zolder,' zei hij.

'Kun je ze voor me halen? Als dat een probleem is, moet je het gewoon zeggen.'

'Nee, nee, dat kan ik niet,' zei hij. 'Ik ben niet meer boven geweest...'

'Ik zal ze door de politie laten halen. Je hoeft niet eens te blijven terwijl ik hier rondkijk. Ik kan de sleutel later wel terugbrengen.'

Hij fronste. 'Nee. Dat is niet... Ik moet in mijn eigen huis kunnen zijn. Ik moet me weer dicht bij haar kunnen voelen. Vroeger kon ik haar in het huis voelen. Als ik onverwachts thuiskwam, wist ik meteen bij binnenkomst of ze er was of niet. Tot ze weg was, heb ik er nooit over nagedacht dat ik elke seconde aan haar dacht. Als een magneet die me naar huis trok. Kun je me helpen?'

Connie knikte. Hij had het niet over de foto's. 'Wil je dat ik voorga?'

'Als je dat zou willen doen,' zei hij.

Ze liepen van de keuken naar de trap. Cal greep de leuning vast. Connie liet hem elke stap in zijn eigen tempo nemen. Het gewicht dat hij meesleepte, dreigde hem weer naar beneden te trekken, maar hij dwong zijn voeten omhoog te gaan. Het kostte drie minuten om de veertien treden te bedwingen. Toen ze boven waren, hijgde Cal.

'Jouw keus, je kunt dit uitstellen of die deur opendoen en het onder ogen zien.'

Hij huiverde.

'Doe jij het maar,' zei hij.

Connie legde haar hand om de deurknop. Hij draaide gemakkelijk en dat voelde verkeerd. Om een of andere reden had ze verwacht dat de deur moeilijker open zou gaan. Cal stapte de kamer in met zijn ogen dicht.

'Ik wil het niet zien,' zei hij, maar hij deed toch zijn ogen open.

Connie pakte zijn hand terwijl hij de schade opnam die zijn leven had opgelopen. Het was een negatieve schade, het ontbreken van wat er was geweest. De matras en het beddengoed waren meegenomen voor tests, net als de gordijnen. De vloerkleden vol bloedvlekken waren ook verwijderd. Nergens was kleding te zien. De stukken die los in de kamer hadden gelegen toen Angela was gestorven waren ook naar het laboratorium gebracht. Het boek dat Angela ten tijde van haar dood had gelezen was weg. Ze zou er nooit achter komen hoe het afliep.

Cal glimlachte beverig. 'Het ziet er net zo uit als toen we hiernaartoe verhuisden. Voordat we kinderen hadden. Geen gordijnen en maar een paar meubels. We hebben in de loop van de tijd alles bij elkaar gespaard. We...' Zijn eerste poging tot een paar aaneengesloten zinnen verdronk in tranen. 'We wilden een jongen en een meisje en die hebben we ook gekregen. Dit huis, de kinderen, een park aan het eind van de straat. Alles kwam bij elkaar en ik weet niet...' Hij zakte op zijn knieën. 'Ik weet niet waarom zij is weggenomen en niet ik. Ik begrijp niet wat we hebben gedaan om dit te verdienen. Ik wil haar terug.' Hij keek op naar Connie en strekte zijn handen uit. 'Alsjeblieft, je moet haar terugbrengen.'

Connie ging achter hem op de vloer zitten en sloeg haar armen om hem heen. Met zijn rug tegen haar borst wiegde hij heen en weer, vloekend en jammerend. Ze legde haar hoofd tegen zijn schouders en hield hem dicht tegen zich aan in de wereld tussen zijn dode vrouw en de levende kinderen, die hun vader nodig hadden.

Connie keek naar het raam, waarvoor gordijnen tot op de grond hadden gehangen. Angela's moordenaar had zich daar verborgen en zo stil als een standbeeld naar haar gekeken. Ze was in bad gegaan voordat ze die avond naar bed ging en hij had al die tijd gewacht. Eerder had ze de keuken schoongemaakt en een was in de machine gestopt. Die had onopgemerkt staan draaien in het washok beneden terwijl zij vocht voor haar leven.

'Wat is er?' vroeg Cal.

Connie had niet eens gemerkt dat de man in haar armen was opgehouden met huilen. Hij keek haar over zijn schouder aan.

'Je moet gaan. De politie haalt de foto's wel voor me. Je zult een paar dagen uitgeput zijn. Slapen is van essentieel belang. Heel veel slapen,' zei ze tegen hem.

Cal knikte. Ze liet hem los en hij stond op en stak haar een hand toe om haar omhoog te trekken.

'Dank je,' zei hij. 'Ik kom hier nooit meer terug.'

'Dat begrijp ik,' zei ze. 'Mensen die nog nooit een beminde zijn kwijtgeraakt, denken dat je één keer afscheid neemt bij de begrafenis. Maar dat is niet zo. Je neemt afscheid op duizend verschillende plekken. Een favoriet café, een kruising, terwijl je curry eet, als je een bepaald jasje aanhebt. Je blijft maar afscheid nemen. Er lijkt geen eind aan te komen. Je weet wel dat het niet zo is, maar het is een lange weg en soms is het een rotonde. Je kinderen helpen je erdoorheen.'

Hij knikte kort. 'Ik zal de sleutels in de deur laten zitten als je wilt zorgen dat de politie ze bij me terugbrengt.'

'Natuurlijk.'

Hij liep al weg.

Connie wachtte tot ze beneden in de keuken zijn voetstappen

hoorde en ging toen staan waar de moordenaar had gestaan, met haar rug tegen de muur.

'Waarom deze kamer?' vroeg ze aan de lege ruimte. 'Als je niet van plan was haar te verkrachten, zou het gemakkelijker zijn geweest om haar in de keuken te pakken en de trap te vermijden. Als ze de was in de machine deed misschien. Of op een andere plek beneden.'

Maar ze had haar eigen vraag al beantwoord; ze had het geweten toen ze Angela's man vasthield. Dit was de versie van Angela die hij had willen meenemen. Op het moment dat en op de plek waar ze op-en-top vrouw en moeder was. Zo wilde hij haar hebben. Hij had toegekeken terwijl ze zich voorbereidde en haar meest persoonlijke rituelen en routines afwerkte. Met de vraag hoe hij een bewusteloos iemand de trap af moest krijgen had hij niet eens rekening gehouden.

Connie wachtte niet op een agent die de foto's voor haar van zolder kon halen. Er stond een rij plastic dozen met beschreven etiketten. Toen ze de sierlijke buigingen en de zorgvuldige precisie van de lettertjes zag, vermoedde ze dat het Angela's handschrift was. In de middelste doos zat wat ze wilde. Ze haalde er drie dikke albums uit, daalde de ladder ermee af en ging met haar rug tegen de muur in de hal zitten.

Er zat niets ongewoons in de albums. Foto's van toen Angela en Cal elkaar hadden ontmoet en van hun trouwdag. Vakantiekiekjes, hun ouders, broers en zussen, kerstfeesten en verjaardagen. Toen waren de kinderen gekomen en er waren bladzijden volgeplakt met foto's die liefdevol waren afgedrukt in plaats van toe te geven aan de neiging om ze gewoon op de computer te zetten.

Connie raakte een close-up van Angela aan waarop ze op een bankje zat met beide kinderen op haar schoot, de kleinste voor de grootste, als Russische poppen. Naast hen lag een picknick uitgestald, compleet met gekleurde plastic bekertjes, boterhammetjes en minicupcakes. Ze hadden die dag een hele reeks foto's gemaakt en ze zaten in het meest recente album. Ze hadden geen idee gehad van wat er ging komen.

Ze stond op en nam de fotoalbums mee. Ze had meer tijd nodig om de foto's stuk voor stuk te bekijken en zo lang kon ze redelijkerwijs niet in Angela's huis blijven. Maar ze vond het nodig om zich onder te dompelen in Angela's leven en persoonlijkheid. Om erachter te komen wat zij en Elspeth Dunwoody gemeen hadden, als zoiets er tenminste was.

Met een zucht keek ze op haar horloge en vervolgens op haar telefoon. De dag was ten einde gekomen en er was nog steeds geen teken van Elspeth of nieuws over Meggy. Maar er waren ook nog geen lijken opgedoken, dat was het enige goede nieuws. In de hoop dat Baarda inmiddels vrij zou zijn besloot ze hem een berichtje te sturen. Het viel haar in dat ze in geen twaalf uur iets had gegeten en had ontbeten met fruit en koffie.

'Kom naar de bar van mijn hotel,' schreef ze. 'Tien uur. Bespreking en plannen voor morgen bij diner en drank.'

In yogastudio iYoga op East Broughton Place, in het stadshart van Edinburgh, was de avondles halverwege toen Connie arriveerde. De politie was Elspeths gangen op de avond van haar ontvoering nagegaan en had verklaringen afgenomen van iedereen die samen met haar les had gehad. Wie haar het laatst had gesproken. Wie haar had zien vertrekken. Welke videobeelden er waren. Alle normale dingen. Connie wilde iets persoonlijkers.

Ze dwaalde door de gangen tussen de studio's, dronk sinaasappel-komkommerwater en inspecteerde de kleedkamers terwijl ze wachtte tot de les voorbij was. Het was een hypermoderne, maar zogenaamd knus ingerichte ruimte in een historisch gebouw in een straat die moeite had commerciële huurders aan te trekken. De glanzende hardhouten vloeren en grote spiegels contrasteerden scherp met de prachtige gevel en het gevoel van geschiedenis dat het pand zou moeten uitstralen, en dat vond Connie leuk.

Niets moest vanbinnen zijn zoals het er vanbuiten uitzag. Bij mensen was dat zeker niet het geval.

De yogalerares die op de avond dat Elspeth was ontvoerd les had gegeven, was Darpana Chawla. De pezige en plechtig ogende vrouw was bezig met de laatste ontspannings- en meditatieoefening. Met een zeldzaam gevoel van spijt wenste Connie dat ze de kleuren in de ruimte kon zien. Darpana droeg een opvallende combinatie van sportlycra en golvende sjaals. Metalige vezels in de stof glinsterden in het licht toen ze langzaam met haar armen zwaaide en haar handen op en neer bewoog. Drie tellen inademen, drie tellen uitademen, las Connie van haar lippen. Toen gingen de ogen van de leerlingen langzaam open, als languit liggende beesten die wakker werden en nadachten over hun bestaan. Ze rekten zich uit op hun matjes en kwamen terug in het heden. Sommigen zouden naar huis gaan, anderen zouden vrienden gaan opzoeken en een paar zouden aan hun nachtdienst beginnen. Voor hen allemaal was hun stukje escapistische lichaamsbeweging voor vanavond voorbij.

Darpana was de laatste die wegging, nadat ze alle leerlingen bij naam gedag had gezegd. Ze was goed in haar werk, vond Connie. Mensen wilden door haar gezien worden, een vriendelijk woord horen of een aanmoediging om de volgende les bij te wonen. Een man riep iets voordat Connie de lerares kon benaderen en kon vertellen wat ze kwam doen. Darpana's mond ging een beetje open en haar kaak bewoog met een ruk opzij. Ze kende zijn stem en vond het niet fijn dat hij er was. Connie besloot dat ze beter kon wachten tot ze met hem klaar was voordat ze beslag legde op haar tijd.

'Ik heb gezegd dat je naar mijn huis moest komen,' zei Darpana tegen hem terwijl ze haar matje oprolde en een flesje water en polsgewichtjes in een sporttas deed.

Hij glimlachte traag. 'Ik dacht dat we samen wel iets te eten konden halen,' zei hij. 'Dat geliefde veganistische restaurant van jou om de hoek is nog open. Ik betaal.'

Darpana bleef spullen in haar tas stoppen. 'Weet je zeker dat je komt om je maag te vullen?' vroeg ze scherp.

Connie had maar een paar seconden om een beslissing te nemen: eropaf of zich op de achtergrond houden. Darpana was met privézaken bezig en als ze naar voren kwam, zou duidelijk zijn dat ze het gesprek had gehoord. Connie besloot tussen een paar uit hun krachten gegroeide yuccaplanten en een waterkoeler te blijven staan. De yogalerares had in haar verklaring vermeld hoelang Elspeth al lessen bij haar nam. In de loop der jaren waren ze goede kennissen geworden – Darpana's woorden – al leek dat onnodig formeel voor iemand die tweemaal in de week toekeek hoe je je lijf in allerlei bochten wrong.

'Begin nou niet weer,' kreunde hij. 'We hebben afgesproken dat we het achter ons zouden laten. Daar kom ik niet voor.' Hij ging dichter bij haar lopen toen ze de studio uit ging. 'Je moet me weer gaan vertrouwen, anders gaat dit niet werken en verspillen we allebei onze tijd.'

'Moet ik dat? Echt? En als ik dat nou niet kan?'

'Dan is het voorbij.' Hij haalde zijn schouders op. 'Ik kan vanavond nog vertrekken als je dat wilt.'

Hij nam wat afstand, hief zijn kin en trok zijn schouders naar achteren om als een pauw zijn brede, strakke borst te laten zien en zijn slanke middel in het op maat gemaakte overhemd te benadrukken. Darpana keek even naar hem, maar richtte haar blik snel weer op de vloer.

'Je weet dat ik dat niet wil,' zei ze. 'Ik zou het alleen gemakkelijker kunnen vergeten als we deze plek uit ons leven konden bannen. Elke keer als je hier komt, moet ik er weer aan denken.'

'Hé,' zei hij wat toegeeflijker, als beloning omdat ze terugkrabbelde, 'het gaat niet nog eens gebeuren. Ik ben toch niet zo stom dat ik twee keer het risico neem om je kwijt te raken?' Hij legde zijn arm onder Darpana's kin en kuste haar zachtjes.

Je hoefde geen psycholoog te zijn om te weten dat hij loog over beide beweringen. Waar hij het ook over had, waarschijnlijk overspel, hij had het eerder gedaan en als hij de kans kreeg, was het volgens Connie heel goed mogelijk dat hij het weer zou doen. Alleen een verliefde vrouw zou die gladjes uitgesproken, misleidende woorden kunnen aanhoren zonder zijn al te oprechte frons en de te geconcentreerde blik in zijn ogen te zien. Hij was geen goede leugenaar, maar met zijn lijf en uiterlijk had hij de kunst waarschijnlijk nooit hoeven bijschaven.

Darpana smolt in zijn armen en stond toe dat hij haar jasje om haar heen sloeg, haar tas als een goedgetrainde eenentwintigste-eeuwse ridder over zijn schouder gooide en haar naar de deur leidde. Connie vloekte, liep naar de receptiebalie, pakte een foldertje en keek wanneer Darpana weer les moest geven. Morgenochtend om negen uur. Als ze hier vroeg was, kon ze de lerares misschien te pakken krijgen terwijl ze nog bereid was om over Elspeth te praten.

Connies maag knorde. Zelfs veganistisch eten leek op dit moment aanlokkelijk. Genoeg voor vandaag, besloot ze. Baarda had geantwoord op haar berichtje en bevestigd dat hij haar zou zien in het hotel. Het was maar een korte wandeling en het was een zwoele avond. Terwijl ze terugkeek op haar dag, die was begonnen met dokter Ailsa Lambert en Melanie Chao en was geëindigd met de rouwende Cal Fernycroft en de ernstig misleide Darpana Chawla, riep iets in haar hoofd om beoordeling en een oplossing. En om wodka. Misschien met tonic, misschien zonder. Waarschijnlijker zonder, dacht ze.

15

De Bar Prince in het Balmoral was een chique en rustige gelegenheid. Connie wist niet of dit echt de ambiance was die ze nodig had, maar de alcohol was in elk geval zeer welkom. Ze was er eerder dan Baarda en omdat ze zelf al een paar minuten te laat was, voorspelde dat niet veel goeds voor zijn dag. Maar er was vooruitgang geboekt, want terwijl zij door de straten van Edinburgh terug was gelopen naar haar hotel, had de man van Elspeth Dunwoody een enorme digitale schatkist vol foto's naar het team Zware Misdrijven gestuurd en was er een beveiligde link naar haar inbox gezonden. Ze haalde haar laptop uit haar hotelkamer en downloadde de bestanden.

Vanwege de familie van haar man kreeg Elspeth veel media-aandacht. Er waren foto's van haar bij gala's, bals voor het goede doel en terwijl ze ergens een lint doorknipte. Maar die beelden, die openbare façade, was niet de versie van Elspeth waarvoor zij belangstelling had. Dat was niet de link met Angela. Toch vond ze na een paar minuten al wat ze zocht. Het begon met de babyfoto's.

'Goedenavond,' zei Baarda zacht. 'Kan ik nog wat te drinken voor je halen?'

'Hé, ik heb een barkruk voor je vrijgehouden. Vind je het erg om aan de bar te zitten? Ik heb altijd het gevoel dat ik ergens met mijn ouders ben als ik een tafeltje neem. Ik wil graag een ijskoude Grey Goose, nu je het aanbiedt.'

'Aan de bar is prima.' Hij glimlachte en bestelde een Château de Laubade-armagnac.

Baarda had zijn gebruikelijke witte overhemd ingewisseld voor een marineblauwe versie, waarvan hij de mouwen had opgerold.

'Heb je gemorst?' vroeg Connie.

'Het leek onbeleefd om te komen opdagen in het overhemd dat ik al veertien uur aanhad.'

'Ik had je niet aangezien voor een man die zijn hemdsmouwen oprolt. Kom je een beetje uit de plooi?' Ze glimlachte.

'Zijn we weer terug bij *Downton Abbey*?' Hij hief zijn glas naar het hare en ze tikten zachtjes de kristallen randen tegen elkaar.

'Mijn tijdlijn is in de war geraakt.' Ze hield haar hoofd schuin. 'Ik denk dat ik misschien een eeuw of twee vooruit ben gesprongen. Wie is ook alweer die vent die in die Jane Austen-film uit het meer komt? Die kerel die nooit een mond opendoet of anders vernietigend beleefd is?'

'In godsnaam, het was echt een lange dag. "Die vent die uit het meer komt"? Je hebt het over Fitzwilliam Darcy.'

'Rustig maar. Ik heb psychologie gestudeerd, geen literatuur uit het jaar nul. En jij bent inderdaad het evenbeeld van die Darcy.' Connie hief haar glas en beloonde zichzelf met een flinke slok.

'Van ieder ander zou dat een compliment zijn geweest. Hoe krijg jij het voor elkaar om zo anders te zijn?'

'Oefening. Het probleem met die Darcy in dat boek...'

'*Pride and Prejudice*.'

'Het zal wel. Zijn probleem was dat hij emotioneel op slot zat.'

'Daar ben ik me van bewust,' zei Baarda.

'De lezer moet alle passie er zelf bij verzinnen. Het gebeurt buiten het zicht. De woede, de wraak, zijn gevoelens. Je hebt zelfs de krullen en de ernstige ogen. Wat voor kleur zijn die van jou?'

'Bruin,' verzuchtte Baarda.

'Nee, dat is niets,' zei Connie. 'Hoeveel tinten groen denk je dat er zijn?'

'Ik heb geen flauw...'

'Ik ook niet, maar het zijn er een heleboel, toch? Groen is een kleurencategorie, geen kleur. Je moet creatiever zijn. Kijk, ik heb een app op mijn telefoon waarin lijsten staan met kleurschakeringen.' Ze activeerde het scherm. 'Zie je wel, namen van kleurschakeringen en een afbeelding erbij. Kies de juiste.'

'Goed dan,' zei hij. 'Ik ga voor gebrande omber. Helpt dit echt?'

'Het gaat om het referentiekader,' zei ze. 'Ik word soms overprikkeld door gezichtsuitdrukkingen. Andere dingen worden dan minder helder, zoals kleding. Zonder kleuren wordt het menselijke gezicht een samenspel van bewegende lijnen. Die lijnen vormen herkenbare patronen. Als je probeert emotie voor te wenden, ontstaat er ook zo'n patroon.'

'Dus jij kan zien wanneer mensen liegen?' vroeg Baarda.

'Zo mis je de subtiliteit een beetje. Soms vertellen mensen de waarheid wel, maar houden ze een detail achter. We denken dat gevoelens absoluut zijn en dat leren we onze kinderen ook. Teken een blij gezicht, een verdrietig gezicht of een boze mond. Het beste voorbeeld is verdriet, vermengd met opluchting bij het overlijden van een naaste die ernstig ziek is geweest. De ogen, het voorhoofd en het bovenste deel van de wangen laten de pijn zien, terwijl de onderste helft, vooral de mond, opluchting uitdrukt.'

'Het lijkt me nuttig als je dat allemaal kunt zien.' Baarda nam een slokje armagnac en bewoog zijn schouders om ze te ontspannen.

'Je zou het verschrikkelijk vinden,' zei Connie. 'Het is alsof je voortdurend aanstaat. Soms vind ik het gemakkelijker om via de telefoon met mensen te praten, zodat ik hun gezicht niet kan zien. Mijn hersenen hebben ook af en toe rust nodig.'

'Ben je single?' vroeg Baarda.

Connie lachte. 'Ja, en bedankt dat je de eerste sprong in dat mijnenveld neemt. Het is moeilijk om de gezichtsuitdrukkingen van de mensen die me na staan niet te lezen. Als een kraan die je niet kunt uitzetten.'

'Dat kan ingewikkeld zijn als je emotioneel betrokken bent,' merkte hij op.

'Aan de andere kant ben jij juist een opmerkelijk verfrissend iemand om in de buurt te hebben vanwege je natuurlijke zelfbeheersing en nuchtere instelling. Ik heb vandaag contact gehad met de man van Angela Fernycroft. Het was de eerste keer dat hij weer in het huis was. Heb je weleens ijskoude wodka gedronken? Het wordt dikker en dat zou smerig moeten zijn, maar de scherpte van de smaak verdwijnt erdoor, zodat je het echt kunt proeven. Hier.' Ze schoof haar glas over de bar naar zijn hand.

Baarda nam een slokje. 'Lekker. Is alles goed met je?'

'Nee, maar er wordt aan gewerkt. Het is zwaar om mensen te zien die zoveel pijn lijden, ook als je erop getraind bent om objectief te blijven. Vertel eens hoe de ontwikkelingen zijn rond het vermiste meisje.'

'Ik heb zo veel mogelijk geholpen, maar mijn taak is het vinden van Elspeth Dunwoody. Ik kan me niet laten afleiden. Er zijn protocollen en de Schotse politie is buitengewoon goed opgeleid. Het was belangrijk om een snelle start te maken. Dank je dat je met de getuige hebt gesproken. De beschrijving die zij heeft gegeven, zal veel helpen.'

'Ja, iemand die op Jack Skellington lijkt. Dat is ziek. Die vent moet overal meteen opvallen, toch?'

'Ik wist niet waar de beschrijving op sloeg, maar ik heb het intussen opgezocht. Afbeeldingen tenminste,' zei Baarda.

'Jij hebt kinderen, maar je hebt die film niet gezien? Dat is echt gek. Jack Skellingtons probleem is dat hij eigenlijk een goede vent is, maar beoordelingsfouten maakt.'

'Zoals een meisje in zijn kofferbak leggen en ermee wegrijden?' Baarda gebaarde dat de barkeeper hun glazen moest bijvullen.

'Daar houden de gelijkenissen op. Hebben jullie Meggy's moeder nog gevonden?'

'Ze woont in Guernsey en heeft een waterdicht alibi. Carmen,

Meggy's stiefmoeder, beweert dat er met haar auto is geknoeid, zodat ze niet naar de school kon rijden om Meggy op te halen. Dat kan waar of toeval zijn, maar ook een smoesje omdat ze er iets mee te maken heeft.'

'Het arme kind,' zei Connie. 'Ik moet morgenochtend terug naar Elspeths yogastudio om haar lerares te spreken. Ze kennen elkaar al jaren. Als Elspeth werd gestalkt of bang was om van de studio naar haar auto te lopen, heeft die lerares misschien iets opgemerkt.'

'Er stond niets in haar getuigenverklaring.'

'Dat weet ik. Het kan zijn dat de agent die de verklaring heeft afgenomen een uitspraak daarover als onbelangrijk heeft afgeschreven, maar het is de moeite waard om het op te volgen. Het viel me in toen ik de map met getuigenissen doorlas.'

'Daarna moeten we met haar familie gaan praten. Ze zitten met smart te wachten op een update en omdat we verder geen aanwijzingen hebben, zullen we terug naar af moeten om te kijken of we iets hebben gemist,' zei Baarda.

'Dat ben ik met je eens,' zei Connie. 'Hoewel ik het gevoel heb dat we in kringetjes ronddraaien, vandaar dat ik nu even rust moet hebben. Ik ben er zo diep mogelijk in gedoken. De enige link die ik tussen de slachtoffers kan vinden is dat zowel Angela als Elspeth regelmatig met de kinderen naar het park ging.'

'Samen met een paar miljoen andere ouders,' zei Baarda.

'Dat weet ik,' stemde Connie in. 'Maar het is alles wat ik heb. Nu moet ik echt een paar uur ergens anders aan denken.'

'Aan wodka bijvoorbeeld.' Baarda glimlachte.

'Bijvoorbeeld. Vertel eens wat over je naam. Waar komt die vandaan?' vroeg Connie.

'Mijn vader was de Nederlandse ambassadeur in het Verenigd Koninkrijk. Hij heeft mijn moeder ontmoet toen hij hier was gestationeerd. Ze zijn getrouwd en hij is nooit meer weggegaan. Mijn moeder behoorde tot de hogere kringen. Ze waren het ideale stel. Ik had zussen, een tweeling, die drie jaar ouder waren dan ik. Toen ik dertien was, gingen ze naar een feest. Er ontstond brand in het huis waar dat feest werd gegeven en ze zijn allebei omgekomen. Ik was toen net begonnen op Eton en ik ben een hele tijd niet thuis geweest. Tijdens de vakanties werd ik naar familie gestuurd. Mijn moeder is er nooit overheen gekomen en mijn vader ging steeds langere dagen maken. Uiteindelijk heeft hij een post aangenomen in Oost-Europa en mijn moeder werd een schim van zichzelf. Als ik naar huis ging, wat zelden voorkwam, werd ik verzorgd door huishoudsters en personeel.'

Connie staarde hem aan.

'Je zei dat je aan iets anders dan de zaak wilde denken.' Hij gooide het restant van zijn drankje achterover.

'Ik kan me niet voorstellen hoe het moet zijn om op die leeftijd een broer of zus te verliezen. Ik ben dol op mijn grote broer. Hij was de enige... Wacht, heb je me dit verteld om een punt te maken?'

'Je weet een heleboel over me, ik doe me niet anders voor dan ik ben. Eerlijk gezegd zie ik daar de zin niet van in. Mensen die dat wel doen, vervelen me. Wat wel interessant is, is hoe weinig jij over jezelf vertelt. Ik weet dat je Amerikaanse bent, dat je geen kleuren kunt zien en dat je goed gezichten kunt lezen, maar niets persoonlijks.'

'Wat wil je weten?'

'Waarom je dit werk doet.'

'Ik ben psycholoog. We volgen geen handleiding. Het lijkt niet op politieprocedures.' Connie pakte een schaaltje gedroogde wasabierwten weg bij een passerende kelner en gooide er een paar in haar mond.

'Ik heb al met een paar psychologen samengewerkt. Geen van hen is ooit in het mortuarium betrapt op het knuffelen van een lijk.' Hij draaide zijn kruk negentig graden om haar van opzij aan te kijken.

Connie zette haar elleboog op de bar, ondersteunde haar hoofd met haar hand en keek hem recht aan. 'Dokter Lambert heeft het je verteld.'

'Ze moest het aan iemand melden voor het geval er ooit vragen over zouden worden gesteld. Voor wat het waard is: ik kreeg de indruk dat ze bewondering voor je heeft.'

'Ik kan je alleen maar vertellen wat ik tegen haar heb gezegd. Het draait allemaal om perspectief. Dat van de moordenaar, dat van het slachtoffer. Het werkt alleen als ik zorg dat ik zie en voel wat zij hebben gezien en gevoeld. Een generieke profielschets is net zoiets als een slot opensteken met een honkbalknuppel. De moordenaar is wit en het is niet waarschijnlijk dat hij buiten zijn eigen raciale groep treedt. Hij is tussen de vijfentwintig en vijfenvijftig, want dat vertellen de statistieken ons, en hij moet een huis, een auto en geld hebben. Hij heeft ergens in of rond Edinburgh een huis. Hij heeft de slachtoffers te langdurig gestalkt om buiten dat gebied te wonen. Hij heeft een gemiddeld intellect, want hij heeft zichzelf niet verraden en is in staat zich aan te passen en mensen te overreden. Dat is allemaal prima als basisprofiel, maar waar zit hij? Wat doet hij op dit moment? Heeft hij Elspeth vermoord? Zo niet, wat zegt hij dan tegen haar? Waar vraagt hij om?'

'Nou doe je het weer.' Baarda stond op van de kruk en trok zijn jasje over zijn schouders.

'Wat?'

'Een vraag over jezelf ontwijken door over de zaak te praten. Ik weet niet of je erop hebt geoefend tot je het helemaal onder de knie had of niet eens beseft dat je het doet.' Hij legde een stapel bankbiljetten op de bar. 'Ik geloof dat ik het diner maar inruil voor een bed. Tot morgen bij de yogastudio.'

Connie keek hem even na en rende toen achter hem aan. Ze haalde hem in op het moment dat hij de straat op liep.

'Baarda, wacht.'

Hij bleef staan.

'Het spijt me. Je hebt gelijk. Ik besteed er veel tijd aan om de details van andere levens in me op te nemen en als tegenwicht stop ik die van mijn eigen leven ver weg.' Ze duwde haar handen diep in haar zakken. 'Ik heb een jaar niet kunnen praten. Ik kon zelfs helemaal niet communiceren. Dus nu ben ik daar voortdurend mee bezig. Ik zoek manieren om mensen in staat te stellen met me te communiceren. Zelfs als ze dood zijn, kennelijk.'

'Oké,' zei hij zacht.

'Welterusten dan maar.' Ze haalde haar schouders op en deed een stap naar achteren.

'Welterusten.'

Hij liep weg. De straten van Edinburgh profiteerden van een regenwasbeurt na een periode van ongewoon warm weer. Het licht van de straatlantaarns weerkaatste op de natte straten, wat haar aan Boston deed denken. Connie ging de bar weer in. Gelukkig had ze nog een beetje Grey Goose staan. Er bestonden herinneringen die je het best met rust kon laten en vragen waar ze nog geen antwoord op had. Die zouden haar het komende uur zeker uit haar slaap houden. Ze kon die slapeloze momenten beter aan de bar doorbrengen dan in haar bed naar het plafond gaan liggen staren.

16

Het licht was de rest van de dag niet aangegaan en Fergus had zich niet laten zien. Meggy en Elspeth waren in bed gekropen, maar hadden die eerste nacht maar af en toe even geslapen. 's Ochtends – ze wisten alleen door Elspeths horloge dat het ochtend was – waren ze allebei eindelijk in een diepe slaap verzonken, maar ze schrokken transpirerend wakker omdat ze droomden dat ze zich op een verschrikkelijke, onbekende plek bevonden. Daarna ging de nachtmerrie echter gewoon door.

Meggy was de eerste die zichzelf dwong om op te staan.

'We moeten de deur open zien te krijgen,' zei ze. 'Het heeft geen zin om te wachten tot hij komt en hem dan aan te vallen. Als we in het andere deel van het huis kunnen komen, hebben we veel meer kans. Daar zullen dingen zijn die we kunnen gebruiken om hem pijn te doen, waarmee we hem kunnen slaan of die we in zijn ogen kunnen spuiten of zoiets.'

Elspeth ging rechtop zitten. Ondanks het zwakke licht van het lampje waren de dikke wallen onder haar ogen en de ziekelijk bleke tint van haar huid goed te zien. Toch vond Meggy Elspeth heel mooi. Lief en aardig en mooi. In deze situatie had ze natuurlijk meer gehad aan een survivalexpert als Megan Hine, iemand met een gouden olympische medaille in vechtsporten als Kayla Harrison of wereldkampioen powerliften Manon Bradley. Meggy vond het leuk om over krachtige vrouwen te lezen. Daar waren er niet genoeg van in haar eigen leven.

Maar Elspeth had haar de hele nacht vastgehouden en het niet erg gevonden dat ze huilde. Toen Meggy gillend en doodsbang wakker was geschrokken en het laken klam en vies had aangevoeld, had Elspeth haar haar gestreeld en haar zachtjes opzijgeschoven om het laken te verwisselen. Ze bleek kinderen te hebben, een jongen en een meisje, en ze was zo'n moeder die nooit op het idee zou komen om haar 'behoefte aan mindfulness en zelfontwikkeling' te vervullen, wat dat ook mocht zijn, en haar kinderen achter te laten bij een kreng van een stiefmoeder en een emotioneel gehandicapte vader.

'Meggy,' zei Elspeth zachtjes, 'heb jij weleens een slot opengemaakt? Ik wil niet zeggen dat je het niet kunt, maar ik zou niet weten hoe we dat moesten aanpakken.'

'Nou nee, maar we hebben er iets duns en hards voor nodig. Op tv is het meestal een creditcard. Heb jij er een bij je?'

'Jammer genoeg niet.' Elspeth haalde haar schouders op. 'Ik heb geen idee wat hij met mijn tas heeft gedaan. Ik heb hier helemaal niets van mijn eigen spullen.'

'Dat geeft niet, ik heb een ander idee.'

Ze trok de kast open, pakte een legging en een topje en trok ze aan, heel even dankbaar voor het gebrek aan licht, waardoor ze de afschuwelijk roze tint kon negeren. 'Keuken.'

Elspeth volgde haar met meer nieuwsgierigheid dan energie en moest de stekker van de lamp in het stopcontact steken op de plekken waar Meggy laden en kasten opentrok. Daar was niets nuttigs te vinden.

'Terug naar de slaapkamer,' commandeerde Meggy. Ze maakte alle dozen met bordspellen open en uiteindelijk stak ze een vierkantje omhoog. 'Kijk,' zei ze. 'Deze is gelamineerd.'

'Wat is het?' vroeg Elspeth.

'Een kaart met een magische toverspreuk uit een fantasyspel. Kom mee, dit moet werken.'

Ze liepen naar de deur van het appartement en zetten de lamp zo dat ze allebei iets konden zien terwijl ze aan weerszijden van de deur gingen staan en Meggy de kaart in de smalle spleet duwde.

'Hij is niet hard genoeg. De plastic randen verbuigen helemaal.' Ze haalde de kaart weer uit de spleet en hield hem in het licht.

'Het is een veiligheidsslot; dat krijgen we nooit open,' zei Elspeth.

'We moeten gewoon iets sterkers hebben,' verkondigde Meggy. 'Iets van metaal. Wat hebben we hier dat van metaal is?'

'Eerst ontbijten,' zei Elspeth. 'Ik moet iets te drinken hebben.'

'Dat is het, we kunnen de magnetron uit elkaar halen.'

'Dat gaat niet, hij zit ingebouwd in een kastje dat hermetisch is afgesloten. Ik heb geprobeerd de deur eraf te krijgen, maar er is hier geen gereedschap of metalen bestek. Elke schroef is zo strak aangedraaid dat er geen beweging in te krijgen is. Ik heb al mijn nagels en elk plastic mes erop gebroken. En zelfs al zouden we de magnetron uit elkaar weten te halen, dan zouden we hem nooit meer in elkaar kunnen zetten en hij zou weten wat we hadden gedaan zodra hij in de keuken kwam. Bovendien hebben we hem nodig. Er is hier niet veel wat we kunnen gebruiken om iets te eten of te drinken klaar te maken. Als we niet weg kunnen komen, is het een ramp om de magnetron kwijt te raken.'

'We kunnen water verwarmen tot het kokend heet is, ons verstoppen als hij binnenkomt en het in zijn gezicht gooien. Als het zijn ogen verbrandt, kunnen we gemakkelijk wegkomen. Echt, dat werkt zeker. We kunnen allebei een pan pakken en hem opwachten...'

'Daar zijn die twee kijkgaatjes in de deur voor,' zei Elspeth rustig. 'Hij heeft regels, zodat je hem niet stiekem kunt opwachten. Hij kan alles zien. Hij klopt om aan te geven dat hij binnenkomt. Voordat hij dat doet, moet ik in de slaapkamer aan het eind van de gang gaan staan, met mijn rug tegen de muur en mijn handen op mijn hoofd. Als we hem aanvallen, denk ik niet dat we het overleven.'

'Wat maakt het uit,' zei Meggy nors. 'Ga jij maar ontbijten. Ik heb geen honger. Misschien hebben we niet veel tijd meer, dus ik ga door.'

'Maar we hebben allebei de lamp nodig. Je moet mee naar de keuken.'

'Nee, hoor,' zei Meggy met een grijns. 'Ik bedenk net dat er een lampje in de magnetron zit. Je kunt gewoon het deurtje openlaten als je hem niet gebruikt.'

'Slimme meid.'

Meggy lachte. Die twee korte woorden betekenden alles voor haar.

Ze liet Elspeth koffiezetten en ging naar de zitkamer. Het licht van de magnetron was minimaal, maar het wierp een lichte blos op de muren van de gang. Toen ze de lamp had aangedaan, inspecteerde ze de meubels. Ze waren oud en hadden een zwaar houten onderstel.

Ze stak haar handen achter een kussen. Er wolkte stof op, maar het kussen zelf gaf geen krimp en het ruwe stiksel kraste over haar vingertoppen. Alles was aan elkaar genaaid. Ze betastte de achterkant en de zijkanten van de bank en duwde toen tegen de randen van het houten frame en het onderstel. Niets bewoog. Alles was zo stevig aan elkaar genaaid, gelijmd en geschroefd dat er een bom nodig was om het uit elkaar te krijgen. Hetzelfde gold voor de leunstoel.

Meggy liet zich met een plof op de bank vallen en keek boos naar het plafond. Ze had gereedschap nodig om wapens te maken. Elk bed was stevig vastgezet aan de muur en in de kastjes zat geen stukje hout dat eruit kon worden gehaald. Haar vader zou hebben geweten wat hij moest doen. Niet dat hij een man van betekenis was in de doe-het-zelfwereld, maar ze hadden nooit iemand hoeven inhuren om karweitjes in het huis te doen, of het nu ging om eenvoudig loodgieterswerk, onderhoud of elektriciteit. Ze wilde dat de lampen aan waren. Het feit dat ze gewoon niet genoeg kon zien vormde een groot deel van het probleem. Boven haar hingen twee lampen aan het plafond, aan elke kant van de kamer een. Als ze aan waren, zouden de gebloemde papieren lampenkappen een lichtpatroon op het plafond werpen. Maar dan moest hij eerst vinden dat ze het recht op licht hadden verdiend.

Meggy haatte hem. Toen ze de vorige avond in slaap was gevallen, had ze zich afgevraagd of ze in staat zou zijn om hem te vermoorden. Die vraag had ze binnen een halve seconde kunnen beantwoorden. Ze wilde hier niet doodgaan. Ze wilde met haar twaalf jaar nergens doodgaan, maar vooral niet hier, in het donker met die stomme roze kleren en die stomme bordspelletjes en die stomme geschilderde ramen. Meggy Russell wist met absolute zekerheid dat ze er zo nodig geen probleem mee zou hebben om Fergus te vermoorden als ze dan zou kunnen ontsnappen. Misschien zou ze het zelfs kunnen als het niet absoluut noodzakelijk was.

Meggy stond op en keek naar de lamp. Het plafond was ongelijk. Ze wist het niet zeker, maar het leek alsof het plafondplaatje een schaduw op het plafond wierp. Ze draaide haar hoofd naar links en naar rechts om het beter te zien.

Centimeter voor centimeter sleepte ze de leunstoel over de stroeve vloerbedekking. Eerst ging ze op de zitting staan en daarna op de armleuning. Ze kon in de verste verte nog niet bij het plafond. Ze schoof de stoel nog een stukje verder, haalde de lamp en zette hem zo goed mogelijk midden in de kamer. Er was maar één mogelijkheid om bij het plafond te komen. Ze haalde diep adem en klom op de rugleuning van de stoel, haar armen uitgestoken alsof ze over het slappe koord balanceerde.

'Meggy!' riep Elspeth.

Bij die kreet draaide ze haar hoofd om en haar bovenlichaam volgde meteen. Een voet gleed van de rugleuning en de andere enkel schoot opzij. Toen ze viel raakte haar bovenlichaam de rugleuning en de lucht sloeg uit haar longen, maar ze wist haar val te vertragen. Elspeth kwam aanrennen, maar was te laat om haar op te vangen.

‘O mijn god, gaat het? Heb je je hoofd gestoten?’

‘Niets aan de hand,’ hijgde ze.

‘Kun je ademhalen?’

Meggy knikte in plaats van te proberen nog iets te zeggen. Haar longen voelden alsof iemand er zowel aan de voorkant als aan de achterkant een klap op had gegeven. Elspeth schoof een arm om haar schouders en hielp haar te gaan zitten.

‘Waarom heb je niet op mij gewacht?’

‘Geen tijd. Vroeg of laat komt hij terug.’

‘Maar wat wilde je doen? Dat is echt gevaarlijk. Je had wel geëlektrocuteerd kunnen worden.’

Meggy klopte zich af en stond op zonder de aangeboden hulp aan te nemen. ‘Ik word liever geëlektrocuteerd dan dat ik hier op hem blijf zitten wachten, jij niet?’

Elspeth sloeg haar ogen neer. ‘Ik wil gewoon blijven leven. Ik moet ervoor zorgen dat ik mijn kinderen terugzie. Ik wil hem niet boos maken.’

‘Als hij binnenkomt, zeggen we gewoon dat ik dit heb gedaan terwijl jij sliep,’ zei Meggy. ‘Dan wordt hij niet kwaad op jou.’

‘Hij denkt niet logisch na, zoals andere volwassenen. Je kunt dit niet alleen doen. We moeten voorzichtig zijn.’

‘We moeten snel zijn,’ corrigeerde Meggy en ze keek naar de stoel. ‘Als jij erbij blijft staan en me vasthoudt, glij ik niet zo gemakkelijk uit.’

‘Nog één poging,’ gaf Elspeth toe. ‘En dan moeten we de stoel terugzetten waar hij hem heeft neergezet, anders weet hij dat we iets in ons schild voeren.’

‘Maar we horen hem toch wel de trap op komen? Ik bedoel, dan hebben we nog even de tijd.’

‘Soms. Maar hij sluipt ook weleens naar boven als hij denkt dat ik iets aan het doen ben wat hij niet wil en dan schreeuwt hij opeens dat ik aan het eind van de gang moet gaan staan. Ik weet niet wat hij denkt dat ik dan doe.’ Ze haalde met een lege blik in haar ogen haar schouders op.

Die blik stond Meggy niet aan. Ze had hem op school gezien bij kinderen die de hele tijd werden gepest. Ze wisten dat het alleen maar erger werd als ze het meldden. Hun ouders konden of wilden niet tussenbeide komen. Het was... Er was een goed woord voor. Haar gezicht vertrok van concentratie.

'Gelatenheid,' zei ze.

Elspeth reageerde niet op het best wel beledigende woord. Meggy klom weer op de stoel.

'Oké, hou me vast bij mijn been en mijn rug.'

Elspeth stond achter haar. Nu iemand anders houvast gaf, was het veel gemakkelijker om haar evenwicht te bewaren. Ze zorgde dat ze stevig stond voordat ze haar lichaam helemaal uitrekte en dit keer kon ze de plafondplaat duidelijk zien. Een hoek ervan zat niet strak tegen het plafond. Ze strekte haar arm uit, duwde er een vingernagel achter en ging met haar hele gewicht aan het plastic plaatje boven de gloeilamp hangen.

Het plastic schoot door de lucht, de lamp kwam naar beneden en ze kregen allebei een regen van stof en puin over zich heen. Meggy zwaaide met haar armen en kwam boven op Elspeth terecht, die overeind wist te blijven en Meggy op de leunstoel duwde. De lamp zwaaide heftig heen en weer aan de kale elektriciteitsdraden, als een losse tand aan een draadje tandvlees.

'Nee!' riep Elspeth. Ze ging rechtop staan en strekte haar handen uit naar de lamp, alsof ze hem weer in het plafond kon duwen. 'Nee, nee, nee. We moeten hem terughangen, Meggy. Hij wordt gek. Dit is niet goed. Dit is helemaal niet goed.'

Ze wilde op de stoel klimmen, maar Meggy greep haar broekspijp.

'Wacht,' zei ze. 'Eerst kijken wat daar te zien is.'

Als ze niet rustig kon blijven, moest ze in elk geval doen alsof ze niet bang was, vond Meggy. Het was een puinhoop. De schroeven die het plaatje tegen de gipsplaat hadden gehouden waren naar beneden gevallen en er was geen enkele mogelijkheid om alles weer netjes vast te maken. Het enige wat ze nog konden doen, was proberen het appartement uit te komen voordat hij bovenkwam.

Elspeth hield haar weer vast en Meggy betastte de lamp, op zoek naar iets wat ze kon verwijderen. Ze vond twee schroeven en een dun plaatje metaal, de basis voor de plafondplaat van de lamp.

'Ja!' riep ze. 'Ik wist het. Kom op.' Ze greep Elspeths hand. 'Neem jij de lamp mee.' Ze sprong van de leunstoel en rende naar de deur.

Terwijl ze stond te wachten tot Elspeth bij haar was, dwong ze zichzelf om diep adem te halen. Haar hart bonkte zo luid dat het geluid verwrongen klonk, als een geluidseffect in een sciencefictionfilm. Het had geen zin om zich te haasten. Kalm en voorzichtig. De laatste kans, hield ze zichzelf voor. De tijd moest inmiddels om zijn. Het zou niet lang duren voor Fergus kwam voor een rollenspel of om te fantaseren, of hoe zijn waandenkbeelden ook werkten. Ze was niet van plan om dan hier te zitten wachten.

Ze deed een stap naar voren, veegde het metalen plaatje schoon op haar legging en dwong haar handen om op te houden met trillen. Toen was Elspeth er; ze sloeg haar armen om Meggy's schouders. Ze durfden geen van beiden adem te halen.

Meggy schoof het plaatje naast het slot en duwde het naar rechts, zodat het stuk tussen de deur en de grendel verboog. Vervolgens zette ze er voorzichtig druk op. Er klonk een geluid als een envelop die door een brievenbus gleed, gevolgd door een zachte, maar bevredigende klik.

Elspeth hapte naar adem en Meggy slaakte een kreet. Voor Elspeth was het een droom geweest. Iets stoms om zich mee bezig te houden. Ze had nooit gedacht dat het zou werken. Zo aardig was de werkelijkheid niet. Ze draaide zich met een ruk om en omhelsde Meggy. Ze huilden allebei.

'Klaar om weg te gaan?' fluisterde Elspeth. 'We zullen voorzichtig moeten zijn. Hij kan overal zijn.'

'Ik ben klaar,' zei Meggy. 'Maar als we hem zien, moeten we vechten. Afgesproken?'

'Afgesproken.' Ze kneep in Meggy's handen. 'Kom op. We zijn er bijna.'

Meggy legde haar hand op de deurkruk en Elspeth plaatste die van haar erbovenop. Samen trokken ze.

Er gebeurde niets. Ze trokken nog eens en duwden harder op de deurkruk. Meggy pakte het metalen plaatje, duwde het weer in de kier tussen de deur en het kozijn en haalde het op en neer. Ze voelde geen enkele weerstand.

'Waarom gaat hij niet open?' gilde Meggy en ze bonkte op de deur.

Elspeth pakte het plaatje van haar over en liet het naar boven glijden. Daar raakte het met een zachte klik iets van metaal. Ze liet het plaatje naar beneden glijden en daar gebeurde hetzelfde. Ze haalde het uit de kier en liet het langs de onderkant van de deur gaan. Die manoeuvre herhaalde ze aan de bovenkant. Daar gebeurde weer hetzelfde. Daarna probeerde ze het plaatje tussen de andere grendels te duwen.

Met haar armen slap langs haar lichaam sloot ze haar ogen, liet haar hoofd tegen de deur zakken en slaakte een zucht.

'Het spijt me, schat. Het is een deur met vijf grendels. Er moet een centraal systeem in zitten dat niet werkt als je maar één grendel openmaakt. We kunnen er niet uit.'

'Nee,' gromde Meggy. 'Ik geloof je niet. Ik denk dat je bang bent en dat je hier wilt blijven, zodat je niet hoeft te vechten. Geef me dat plaatje.'

Elspeth deed wat Meggy vroeg en liet haar het zelf uitvogelen. Het had geen zin om haar meteen te willen overtuigen. Ze keek de zitkamer in, zag de kapotte, bungelende lamp en wist dat ze alleen maar de tijd aan het vullen waren. Fergus zou niet blij zijn met de verandering in de aankleding. Hoe hard ze ook duwden, ze kregen die lamp nooit meer tegen het plafond en ze konden zeker niet door die deur naar buiten.

'We moeten eruit,' fluisterde Elspeth. 'We moeten hier nu meteen weg. Dit overleven we niet.'

Ze staarde naar het gat in het plafond, naar de viezigheid rond de randen van de stokoude gipsplaat en naar de kapotte lamp.

'Denk je dat we door het plafond naar het dak zouden kunnen komen?' vroeg Meggy.

Elspeth dacht erover na. 'Het is te hoog. We konden maar net bij de lamp, dus het is onmogelijk om zonder ladders en gereedschap dat plafond open te krijgen. De zwaartekracht zal ons tegenwerken en in het dak zullen dikke balken en metselwerk zitten, met dakpannen erbovenop.' Ze sloeg haar armen over elkaar en keek om zich heen. 'Hoelang denk je dat hij hier heeft gewoond? Heel lang, volgens mij. De bedrading is heel oud.'

Omdat ze haar benen niet vertrouwde – ze hadden een te grote teleurstelling te verwerken gekregen om nog betrouwbaar te kunnen zijn – kroop Elspeth naar de hoek achter de bank, stak haar vingers achter de rand van de vloerbedekking en trok een stukje weg dat niet goed zat vastgespijkerd. Het kostte moeite, maar de vloerbedekking was in geen jaren vernieuwd en behoorlijk versleten. De spijkertjes hadden niet veel meer om vast te houden. Haar vingernagels deden vreselijk zeer, maar ze liet niet los. Haar hart bonsde als een trommel. Dat was echter niet het geval. Het geroffel kwam van Meggy, die tegen de deur sloeg en schopte. Het meisje was eindelijk haar zelfbeheersing kwijtgeraakt. Elspeth besefte dat ze veel te kalm was geweest. Nu was de dam doorgebroken.

'Hé.' Ze liet de rand van de vloerbedekking los, liep naar het krijsende meisje en trok haar weg bij de deur. 'Hé, schatje, we moeten iets anders proberen, dat is alles. Het is nog niet voorbij. Maar je mag niet zoveel lawaai maken, goed? Hij zal je horen.'

Ze hield Meggy's hoofd tegen haar borst en wiegde haar. Toen het meisje opkeek, streek Elspeth haar haar glad en gaf haar een zoen op haar voorhoofd.

'Weet je wat een plenum is, Meggy?'

Het meisje schudde haar hoofd.

'Ik wist het ook niet, niet echt, maar we hebben ons huis een keer laten verbouwen en toen moesten ze tussen het plafond en de vloer van de volgende verdieping ruimte overlaten. Daar zitten de houten binten, de lange balken en de kortere kruisbalken, misschien wat isolatie en iets om de gipsplaten aan vast te maken die het plafond vormen dat wij zien. Maar er zijn zwakke punten. Gaten. Dus als er te veel water uit je bad loopt en het plafond naar beneden komt, heeft dat water de gaten gevonden en is het erdoorheen gelopen. Wij moeten ook de zwakke punten zoeken, oké? Moet je dat plafond zien.' Ze wees naar de bungelende lamp. 'Als we niet door de deur naar buiten kunnen en er geen ramen zijn, moeten we een andere uitgang vinden, zelfs als dat betekent dat we er zelf een moeten maken. Je moet me helpen, Meggy. Kun je dat?'

Het meisje knikte en veegde langs haar wangen. 'Ja,' zei ze snuivend. 'Ik kan helpen.'

'Goed, één momentje.' Elspeth verdween in de keuken en kwam terug met een pak koekjes en een kartonnen bekertje melk. 'Hij heeft het een en ander hier neergelegd. Je hebt sinds je bent opgestaan nog helemaal niets gegeten. Dat is niet handig. Je gaat je er ziek en paniekerig door voelen. Hier.'

Meggy deed wat haar werd gezegd en at een paar biscuitjes, maar het leek wel bouwpuin. Ze proefde niets dan teleurstelling. Ze was er zo zeker van geweest dat het haar was gelukt. Ze had Elspeth willen redden, de heldin willen zijn. En hem willen verslaan. Dat nog het meest.

Elspeth nam het lege bekertje van Meggy aan, zette het neer en nam Meggy mee naar de hoek achter de bank.

'Kijk,' zei ze. 'We moeten gewoon een flink stuk van de vloerbedekking omhooghalen en dan kijken of er losse planken liggen.'

Ze begonnen te trekken. Het ging heel langzaam. Hun vingernagels knakten en hun huid werd helemaal kapot geschaafd. Centimeter voor centimeter liet de vloerbedekking los. Sommige spijkertjes kwamen samen met het tapijt omhoog of bleven in de planken zitten terwijl de vloerbedekking eromheen losliet. Om de paar minuten keken ze op en spitsten ze hun oren. Het licht had niet geflikkerd. Op de trap was niets te horen geweest. Er kwam geen enkel geluid door de buitenmuren van hun gevangenis.

‘Hoe laat is het?’ vroeg Meggy.

Elspeth keek op haar horloge. ‘Tien uur.’

‘Is hij normaal gesproken dan al geweest?’

‘Meestal komt hij ’s avonds, en ’s ochtends ook heel even. Gisteravond ging het anders dan anders, maar toen had hij jou net afgezet, dus misschien wilde hij je even laten wennen.’ Elspeth hield op met trekken en pakte Meggy’s hand. ‘De politie zal je zoeken. Mij ook. Inmiddels zullen ze de stad wel uitkammen. Iemand heeft vast iets gezien. Je kunt niet zomaar twee mensen uit hun omgeving halen zonder dat iemand er iets van merkt. Ik heb mijn schoen in een bosje geschopt om de politie te laten weten dat ik niet zelf heb besloten om weg te gaan of een soort inzinking heb gehad. Jouw ouders zullen helemaal over hun toeren zijn. Ik wed dat het voortdurend op de tv is. We moeten gewoon volhouden.’

Ze glimlachte en gaf een flinke ruk aan de vloerbedekking. Er kwam een strook los, zodat een groot stuk van de plankenvloer zichtbaar werd. Meggy nieste en hield haar hand voor haar ogen tegen het opwolkende stof. Elspeth bedekte haar mond en neus met haar shirt.

‘Kijk,’ zei Elspeth. ‘Dit is wat we zoeken.’

Ze begon de plank te bekloppen. Het klonk hol.

‘Wat doen we nu?’

‘We blijven de vloerbedekking omhoogtrekken tot we de juiste plank hebben gevonden. Ergens is er een met een gat waar je je vingers, de steel van het pannetje of zoiets in kunt krijgen. Dan slaan we de plank vanaf deze kant naar binnen of als het kan trekken we hem omhoog.’

‘Vertel eens wat over je kinderen,’ zei Meggy.

Elspeth sloot haar ogen en haar wenkbrauwen schoten omhoog. Ze klemde haar tanden op elkaar en ademde fel uit.

'Ja, oké. Het is alleen moeilijk om eraan te denken wat ze nu zullen doormaken. Ze weten niet eens of ik nog leef of...'

'Zeg het niet,' zei Meggy. 'Laten we het niet zeggen. We leven nog, dus we hoeven niet over dat andere na te denken. Gaan ze naar een goede school? Ik wed van wel.'

'Ja, dat klopt,' bevestigde Elspeth. 'Ze hebben veel geluk. En ik hou meer van ze dan van wie ook op de wereld. Maar Meggy, jij hebt geen dure school nodig. Kijk eens naar jezelf. Je bent taaier dan ik, slim en vindingrijk. Jouw school heeft geluk met jou. Ik hoop dat ze dat daar weten.'

Meggy wreef met de rug van haar hand over haar ogen en deed alsof ze last had van het stof.

'We moeten verder,' zei ze.

'Ja,' beaamde Elspeth. 'We moeten verder.'

17

Toen Darpana Chawla de yogastudio opendeed voor de lessen van die dag was er onmiskenbaar stress van haar gezicht af te lezen. Connie en Baarda hadden haar met dampende bekers koffie opgewacht in de beschutting van een portiek aan de overkant. Met gebogen schouders tegen de regen en de wind leek Darpana ouder dan ze was en minder sereen dan hoorde bij iemand die werkte in een studio die iYoga heette. Ze wachtten tot ze binnen was en haar natte jas had uitgetrokken voordat ze haar volgden.

'Sorry, we zijn nog niet open...'

Baarda hield zijn identiteitskaart omhoog. 'Het spijt me verschrikkelijk dat we hier zo vroeg al zijn. Ik ben inspecteur Baarda en dit is doctor Woolwine. We hebben nog een paar vragen voor u over Elspeth Dunwoody, als u het niet erg vindt.'

Darpana wendde zich af en prutste met de lesschema's op de receptiebalie. 'Ik heb al een verklaring afgelegd. Ik geloof niet dat ik daar nog echt iets aan kan toevoegen en ik heb straks een les.'

'We kunnen praten terwijl u alles klaarzet, als dat handiger is,' stelde Baarda voor. 'We beloven niet te veel van uw tijd in beslag te nemen.'

Ze haalde haar schouders op en wees in de richting van studio 3. Ze volgden haar naar binnen.

'Ik begrijp dat u mevrouw Dunwoody al een tijd kende. Dit moet heel naar voor u zijn,' begon Baarda.

'Uiteraard,' zei Darpana, die de verwarming aanzette en een paar waterflesjes weghaalde die nog langs de muur stonden. 'Maar we hadden niet echt een band. Niet als vrienden. Ze heeft een tijdje lessen bij me gevolgd.'

'Maar ze is meeverhuisd vanuit een andere studio toen u hier ging werken, klopt dat?'

'Ja. Dat komt wel meer voor.' Ze rolde haar matje uit en begon aan haar rekoefeningen.

'De man van mevrouw Dunwoody zegt dat u best een goede band met elkaar had. Hij vertelde dat u af en toe iets met elkaar ging doen en dat er een periode is geweest waarin u elkaar elke dag berichtjes stuurde.' Baarda liet de informatie in de lucht hangen zonder er een vraag aan te verbinden.

Dat was slim. Als je mensen een vraag stelde, konden ze hun antwoord beperken tot wat er werd gevraagd. Legde je ze gewoon iets voor, dan kon het heel informatief zijn om te horen op welke informatie ze reageerden. Connie hield zich op de achtergrond en liet hem zijn gang gaan.

'Ik stuur berichtjes aan een heleboel mensen,' zei Darpana. 'We hebben af en toe samen koffiegedronken en weleens geluncht. Ik mocht haar wel. Ik hoop dat alles goed komt met haar. Ik heb er iets over op het nieuws gezien. Is er om losgeld gevraagd?'

'Ja, dat klopt,' zei Baarda. 'Maar dat was een vals spoor. Mevrouw Dunwoody wordt nog steeds vermist. We proberen zo veel mogelijk over haar te weten te komen, met wie ze bevriend was, waar ze wellicht ongewenste aandacht heeft getrokken. Soms blijkt het kleinste stukje informatie het nuttigst.'

'Gaat u iedereen weer af of komt u alleen naar mij?' vroeg Darpana.

Baarda keek over zijn schouder en zijn blik kruiste die van Connie.

'Omdat u voor zover bekend de laatste persoon bent die met mevrouw Dunwoody heeft gesproken, dachten we met u te beginnen en vandaar terug te werken. Is er iemand anders met wie we volgens u moeten praten?'

'Nee,' zei ze bits. 'Maar ik heb alleen lesgegeven aan de groep waar zij in zat en haar goedenavond gewenst. Ik moet me nu echt klaar gaan maken.'

Baarda negeerde de afwijzende woorden. 'Wanneer hebt u elkaar dan voor het laatst buiten de lessen gezien?'

Ze zuchtte even. 'Drie, misschien wel vier maanden geleden. Toen zijn we bij de Timberyard in Lady Lawson Street iets wezen eten.'

'En hoe was dat?' vroeg Baarda.

'Pardon?' Ze hield op met de rekoefeningen en kwam overeind.

'Hoe was uw avond met mevrouw Dunwoody?' verhelderde Baarda.

De spieren onder Darpana's ogen trokken even samen en haar onderkaak ging opzij toen ze zich erop voorbereidde de vraag te beantwoorden. 'Prima, dank u. Het is een goed restaurant.'

'Dat zal ik onthouden. Waar hebt u over gepraat?' Baarda glimlachte licht.

'Hetzelfde als waar we altijd over praatten.' Ze draaide zich om, pakte haar waterflesje en draaide de dop open. 'Haar kinderen, wat ze allemaal aan het doen was, mijn lessen, wie we hadden gezien. Ik weet het echt niet meer precies. Waarom moet u dat weten?'

'Dus ze zat nergens mee? Ze had niemand in haar buurt gezien die zich vreemd gedroeg? Internettrollen, bijvoorbeeld, oude vrienden die onverwachts opdoken op sociale media, conflicten in haar leven.'

'Nee, niets.'

'Mevrouw Chawla,' zei Baarda rustig, 'het komt mij voor dat u zich ergens zorgen over maakt. Dat is geen beschuldiging en u zit niet in de problemen. Maar mevrouw Dunwoody wel. We weten niet of en wanneer we haar zullen vinden of in welke toestand ze dan zal zijn. Wat ik wel weet, is dat het later tot grote spijt kan leiden als mensen in deze omstandigheden ook maar het kleinste detail verzwijgen. Misschien lees ik iets in uw antwoorden wat er niet is, maar u lijkt een beetje van streek. Als dat ook maar iets te maken heeft met mevrouw Dunwoody, is dit het moment om ons te vertellen waarom dat is.'

Er verschenen tranen in haar ogen voordat ze haar mond open kon doen en kon blijven liegen.

De studiodeur ging open en de eerste leerlingen kwamen met een opgewekte groet binnen.

'Is er ergens een rustiger plek?' vroeg Baarda.

'De personeelskamer.' Darpana ging hun voor.

Het was een kleine ruimte en het rook er naar oud zweet en bodyspray. Ze gingen zitten.

'Ik wil hier geen problemen mee krijgen,' zei Darpana. 'Hij is het niet waard.'

'Wie is het niet waard?' vroeg Baarda. Zijn stem was warm en vriendelijk.

'Mijn vriend.' Nu pas leek ze Connie op te merken. 'Mag ik vragen wie u bent?'

'Ik ben forensisch psycholoog. Mijn rol is om het bewijsmateriaal te bekijken en een profiel op te stellen van de man die uw vriendin Elspeth heeft ontvoerd.'

'Mijn vriendin?' Ze lachte. 'Hebt u veel vriendinnen die met uw partner naar bed gaan?'

Connie gaf die onthulling een paar seconden stilte om te erkennen hoe groot dit was voor Darpana.

'Is dat wat Elspeth heeft gedaan?' vroeg ze.

'Nou en of. Maar één keer, dat zegt Nick tenminste. Ik heb een foto gezien op zijn telefoon.'

'Sorry dat ik zo'n ongepaste vraag moet stellen, maar wat stond er op die foto?' vroeg Baarda.

'Elspeth, naakt, onder onze douche. Na afloop, kennelijk. Ze wist natuurlijk niet dat hij die foto had genomen.'

'Toch kwam Elspeth nog steeds naar uw lessen en u noemt hem nog steeds uw vriend. Hoe komt dat zo?' vroeg Connie.

Darpana wreef over haar voorhoofd. 'We hadden een zware tijd gehad. Dat was zowel mijn schuld als de zijne. Ik was naar een opleidingsweekend geweest en ben te intiem geworden met een andere trainer. Een combinatie van alcohol en stress. Ik bekende aan Nick dat ik vreemd was gegaan en hij zei dat hij het begreep. Een paar maanden later ontmoette hij Elspeth bij een gezellig avondje voor leden van de studio. Ze legden contact via sociale media en dat was prima, want ik kende haar al jaren. Dat is nu een halfjaar geleden. Ik ging op bezoek bij familie en zij gingen met elkaar uit eten. Hij zei dat het niet gepland was en de rest weten jullie. Ik kon natuurlijk niet klagen. Ik had het eerst gedaan.'

'Maar de vriendschap met Elspeth moet lastig zijn geweest,' zei Connie.

'Ik nodigde haar uit om samen te gaan eten. Ik denk dat ik wilde dat ze bekende. We waren vriendinnen geweest. Ik denk dat ik te veel heb verwacht. We gingen uit, zoals ik al zei, en het was alsof het allemaal niet was gebeurd. Ze gedroeg zich volkomen normaal. Halverwege de avond belde Nick. Ik vertelde hem waar ik was en hij werd gek. Hij zei dat ze erachter zou komen dat hij zonder haar toestemming een foto van haar had genomen en dat hij er problemen mee zou krijgen. Ze heeft jonge kinderen en een man. Dus ik heb mijn mond gehouden. Ik denk dat ze wel besefte dat er iets mis was, maar ze bleef naar mijn lessen komen. Misschien dacht ze dat ik zou beseffen dat er iets aan de hand was als ze wegbleef. Ik probeerde haar gewoon uit de weg te gaan en beleefd te blijven als ze iets tegen me zei. Nu weet ik niet of ze leeft of dood is en ik weet ook niet hoe ik me daarbij voel. Ze heeft me verraden. Ik kan haar niet vergeven, maar dit heb ik nooit gewild.'

'Het leven is soms ingewikkeld,' zei Connie. 'Weet iemand anders hiervan?'

Darpana schudde haar hoofd.

'Wat is de volledige naam van uw vriend? Ik ben bang dat we met hem zullen moeten praten,' zei Baarda.

'Nick Bowlzer. We wonen samen. Ik heb liever dat u buiten onze flat met hem praat. Kan dat zonder hem te vertellen wat ik heb gezegd?'

'We kunnen niet liegen, maar we hoeven niet onze bron te onthullen. U moet zich er wel van bewust zijn dat het bij een proces ter sprake kan komen. Ik zal u moeten vragen nog een verklaring af te leggen over alles wat u ons vandaag hebt verteld. Ik zal iemand contact met u laten opnemen om dat te regelen.'

'Dat is goed,' zei ze. 'Krijg ik er problemen mee dat ik het niet eerder heb gezegd?'

'Nee, dat niet,' zei Baarda. 'Ik begrijp waarom u die informatie voor u hebt gehouden. Kan ik vragen hoe Nick reageerde op het nieuws dat mevrouw Dunwoody is ontvoerd?'

'Hij heeft er niets mee te maken,' zei Darpana.

'Dit zijn standaardvragen,' zei Baarda. 'Uw vriend wordt niet als verdachte gezien.'

'Sorry, ik ben een beetje overgevoelig. Het was vreemd dat ze opeens verdween, weet u, en ik geloof dat ik me heb afgevraagd of hij contact met haar had gehad. Hij zei van niet. Dat ze sinds die nacht helemaal geen contact meer hebben gehad. Maar hij wilde niet dat ik er met de politie over praatte. Hij zei dat hij dan bij het onderzoek betrokken zou raken.'

'Waar werkt Nick?' vroeg Baarda.

'Bij het kasteel van Edinburgh. Hij verkoopt kaartjes, leidt mensen rond en organiseert evenementen.'

'En is hij daar nu?'

Ze keek op haar horloge en knikte.

Ze namen afscheid. Baarda belde om een verklaring op schrift te laten opstellen en ze liepen naar de auto. Het stormde buiten. Connie trok haar capuchon over haar hoofd en huiverde.

'Hoe weten de mensen hier wat ze moeten aantrekken? Gisteren was er volop zon. Vandaag voelt het alsof ik op een vissersboot midden op de Atlantische Oceaan zit.'

'Dit is Schotland. Het zou maar saai zijn als het weer voorspelbaar was. Als ik me goed herinner, is het in Massachusetts ook niet een en al zonneschijn.'

'Ben je er geweest?' vroeg Connie.

'Een paar keer.' Baarda maakte de auto open. 'Prachtige plek. We hebben een paar keer vakantie gevierd in Nantucket en ik heb altijd genoten van Boston als we daarop vlogen. Mijn vader had daar vrienden.'

'Nantucket is nep. Een en al oud geld en kijken wie het grootste jacht heeft. Martha's Vineyard is anders. Daar wonen mensen het hele jaar. Een echte eilandgemeenschap. Gaan we naar het kasteel?'

'Inderdaad. Of moet je eerst ontbijten?' vroeg Baarda.

'Nee, als ik tot de lunch niets eet, kan ik mezelf voorhouden dat ik aan het vasten ben. Denk je dat Elspeths man enig idee heeft dat ze een verhouding heeft gehad?'

'Ik betwijfel het. Als ik in zijn schoenen stond, zou het een van de eerste details zijn die ik de politie zou vertellen. Nick zou dan een goede eerste verdachte zijn geweest. En dan was er nog de mogelijkheid dat ze er met hem vandoor is in plaats van dat ze is ontvoerd. Ik ben niet echt een goed voorbeeld van een man die de vinger aan de pols heeft in zijn huwelijk. Het is nooit bij me opgekomen dat mijn vrouw vreemd zou kunnen gaan. Misschien leek alles oppervlakkig gezien helemaal in orde.'

Connie keek naar buiten terwijl Baarda langs wegwerkzaamheden reed, waar de stoplichten niet werkten.

'Je zult het aan Elspeths man moeten vertellen,' zei ze.

'Dat was al bij me opgekomen,' zei Baarda. 'Maar misschien nu nog niet.'

Baarda stak de North Bridge over, nam een paar bochten en reed het parkeerterrein van een hotel op.

'Ik heb Nick gisteren gezien bij de yogastudio,' zei Connie.

'En wat vond je van hem?'

'Als ik het kort moet omschrijven, zou ik zeggen dat hij overkwam als een manipulatieve klootzak.'

'Een kleurrijke omschrijving.' Baarda trok een jas aan.

'Dat is niet echt op mij van toepassing, ben ik bang.' Connie stapte uit, haalde een haarelastiek uit haar zak en bond haar haar vast tegen de wind.

'Neem me niet kwalijk,' zei Baarda.

'Ik maak maar een grapje. Je hebt gelijk, het was kleurrijke taal, maar het is net zo'n goede beschrijving als wat algemene psychologische termen. Ik vraag me dus af waarom een intelligente vrouw uit de hogere klasse als Elspeth heeft besloten om zoveel op het spel te zetten voor zo weinig.'

Ze liepen langs restaurants, kiltverkopers en souvenirwinkels in de richting van het kasteel. Het was zo vroeg dat het nog niet druk was, maar toen ze het kasteel naderden, zagen ze een menigte bezoekers die meteen na opening naar binnen wilde. Baarda omzeilde de rijen door zijn identificatie te laten zien en vroeg naar degene die de leiding had. Ze werden meegenomen naar een administratiegebouw en daar werd Nick Bowlzer opgeroepen.

'Wat is er aan de hand?' Nick liet zich wijdbeens op een van de lage, comfortabele stoelen in de koffieruimte zakken.

'Meneer Bowlzer,' begon Baarda, 'we willen u een paar vragen stellen over Elspeth Dunwoody. Ik heb begrepen dat u haar kende.'

'Is dat zo? Wie heeft u dat verteld?'

'Dit is een politieonderzoek en daarbij kunnen we vaak niet vertellen van wie onze informatie afkomstig is. We willen u alleen spreken als potentiële getuige. U bent niet verplicht om met ons te praten, maar het is belangrijk dat we een goed beeld krijgen van het leven en de bewegingen van mevrouw Dunwoody in de maanden voordat ze werd ontvoerd. Kunt u ons daarmee helpen?' vroeg Baarda.

'Niet echt. Ik weet niet goed hoe u denkt dat ik zou kunnen helpen.' Bowlzer was brutaal en zelfverzekerd, maar niet dom.

'Goed,' zei Baarda. 'Hebt u een intieme relatie gehad met mevrouw Dunwoody?'

Bowlzer trok een brede grijns en krabde over zijn baardstoppels. 'Heb ik een advocaat nodig?'

'Dat weet ik niet. Denkt u van wel?' Baarda's stem werd strakker. 'Ik kan er ongetwijfeld een laten komen als u iets moet bekennen.'

'Met mijn privéleven hebt u niks te maken.' De grijns was verdwenen.

'Wel als dat privéleven samenvalt met dat van een vermiste vrouw, dus u kunt vrijwillig antwoord geven of u kunt dat onder ede in een politiebureau doen. Kiest u zelf maar,' zei Baarda.

'Goed dan. Wat wilt u weten?' Nick rolde zijn mouwen op.

'Wanneer hebt u voor het laatst contact gehad met mevrouw Dunwoody?'

'We hebben ongeveer een week voor haar ontvoering koffiegedronken.'

'En hoe zou u de stand van uw relatie op dat punt beschrijven?' vroeg Baarda.

'De stand van mijn relatie? Wilt u weten of we met elkaar naar bed gingen?'

'Daar komt het wel op neer.'

Baarda klonk geïrriteerd. Connie deelde die irritatie.

'Toen niet. Maar eerder wel. Ik heb haar ontmoet via Darpana en daarna hebben we elkaar nog een keer gezien bij een evenement voor het goede doel. Ze zag er verveeld uit en ik ging naar buiten om een sigaret te roken, dus ze ging mee. Daarna hebben we elkaar een paar keer ontmoet.'

'Dus het was geen eenmalig gebeuren?' vroeg Baarda voor de duidelijkheid.

'We hebben een paar keer een hotelkamer genomen en soms was het bij mij thuis. We konden natuurlijk niet naar haar huis.'

'Wie betaalde de hotels?' vroeg Baarda.

'Zij. Contant. Ze wilde niet dat haar man erachter kwam, denk ik.'

'Heeft ze ooit tegen u gezegd dat ze problemen had of dat ze gevolgd werd?' vroeg Baarda.

'Het enige wat ze ooit heeft gezegd, was dat haar man haar zou vermoorden als hij erachter kwam. Dat is zo'n rugbyspeler van een particuliere school, die er niet tegen kan als iemand anders zijn spullen aanraakt, alsof ze zijn nieuwe auto of zijn jacht is. Ik moet eerlijk zijn, toen ik hoorde dat ze vermist werd, was ik een beetje bang dat haar vent er iets mee te maken had. Ik zou zelf ook niet willen dat mijn vrouw achter mijn rug om met iemand anders rommelde.'

'Bent u getrouwd?' vroeg Connie.

Nick draaide zich naar haar om en zijn kin kwam nog wat omhoog. 'Hoezo, hebt u belangstelling?'

'U lijkt zich niet veel zorgen te maken over mevrouw Dunwoody. Was u niet van streek door de ontvoering?'

'Ze had toen al met me gebroken. U denkt toch niet dat ik erom ga zitten huilen?'

'Was u daar boos over?' ging Connie verder.

'Proberen jullie mij dit in de schoenen te schuiven of zo?'

'Nee, meneer Bowlzer, dat proberen we niet. Hebt u iemand anders verteld over de verhouding, iemand die er gebruik van kan hebben gemaakt om mevrouw Dunwoody ermee te confronteren en erop te staan dat ze met hem kwam praten, bijvoorbeeld?'

'Niemand weet het.' Hij sloeg zijn armen over elkaar.

'Dus geen enkele andere persoon weet ervan?' controleerde Connie.

'Nou, er moet iemand zijn, anders hadden jullie me niet gevonden. Wie kan dat zijn geweest?'

'Die informatie kunnen we niet vrijgeven, ben ik bang, maar als u er niemand over heeft verteld, is het mogelijk dat het van mevrouw Dunwoody zelf is gekomen,' zei Baarda.

'Hmmm,' zei hij. 'Ze was niet gelukkig, dat weet ik wel. Ze had geld, een groot huis, een gezin, maar ze bleef altijd het gevoel houden dat er iets ontbrak. Misschien is ze er gewoon vandoor gegaan en wil ze niet gevonden worden.'

'Goed, meneer Bowlzer. Het is mogelijk dat we u nog eens willen spreken. Ik wil graag dat u probeert zich te herinneren wanneer u en mevrouw Dunwoody samen waren en ik wil de relevante telefoongegevens hebben. Ik zal mensen sturen om een verklaring van u af te nemen.'

'Ja, nou, kan ik daarvoor naar het bureau komen?' Nick boog voorover, nu met zijn benen bij elkaar. 'Ik bedoel, dat zou gemakkelijker zijn. Ik heb een relatie.'

'Die vrouw heeft maar geluk,' zei Connie.

'Natuurlijk.' Baarda gaf hem een kaartje. 'Bel maar even om het te regelen. Maar ik verwacht de komende dag van u te horen, anders zullen we bij u aan de deur moeten komen.'

Nick deed geen moeite om gedag te zeggen en liet de deur achter zich dichtslaan toen hij naar buiten liep.

'Dus het was geen eenmalig iets,' zei Connie. 'Arme Darpana.'

'Inderdaad. Maar verder lijkt dit weer een doodlopend spoor. Zelfs als Elspeths man erachter was gekomen, dan heeft hij nog steeds een waterdicht alibi voor de periode waarin ze is ontvoerd en zijn verdriet lijkt oprecht. Hij werkt regelmatig in het buitenland, dus ik veronderstel dat het niet moeilijk was om de verhouding geheim te houden. Ze hebben een nanny voor de kinderen. Elspeth had behoorlijk wat vrijheid.'

'Alles aan de moord op Angela draait om het feit dat ze de volmaakte vrouw en moeder was. Op het eerste gezicht was Elspeth dat ook. Ze heeft ongeveer dezelfde leeftijd, twee kinderen, een gelukkig huwelijk. Een man die zo'n vrouw voor zichzelf wil hebben of die zo'n vrouw kapot wil maken, kan met geen mogelijkheid iets hebben geweten over Nick Bowlzer.'

Baarda stond op. 'Ik moet beslissen hoeveel ik hiervan aan Elspeths man ga doorgeven.'

'Niets,' zei Connie. 'Geen woord.'

'Vind je niet dat hij het recht heeft om het te weten? Het zou relevant kunnen zijn.'

'Dat zou kunnen, maar ik denk echt dat je het niet moet doen. Nick Bowlzer is een idioot en vrouwen verdienen beter dan zulke mannen, maar hij heeft Elspeth niets aangedaan. Daar is hij te lui voor. Als je het aan Elspeths man vertelt, is de kans groot dat hij het aan zijn ouders doorbrieft, of aan een vriend of zijn advocaat, de lijst is eindeloos. En als het uitlekt, als de pers er lucht van krijgt, is het enige wat Elspeth in leven houdt, het idealistische beeld dat de ontvoerder van haar heeft, zo dood als een pier. En ik vermoed dat we haar dan ook zo zullen aantreffen.'

18

Er droop bloed op het vloerkleed, maar Meggy en Elspeth trokken zich er niets van aan. Hun vingers waren helemaal kapot. Ze hadden even pauze genomen en geprobeerd de bungelende lamp weer in het gat in het plafond vast te maken; de losse draden hadden ze om een houten lepel uit de keuken gewonden en die hadden ze in het gat gelegd. Het resultaat was slordig en zou zelfs een heel vluchtige inspectie niet doorstaan, maar het was beter dan het was geweest.

Toen ze de brokstukken van de gipsplaat hadden opgeruimd en wat kaas en zacht wordende crackers hadden gegeten, gingen ze weer aan de slag met de vloerbedekking. Ze hadden tot dusver geen losse planken aangetroffen en ze hadden de meubels verder moeten verschuiven om meer ruimte te krijgen. Maar nu was er hoop. Een gespleten plank miste een splinter hout langs de zijkant en het gat was zo groot dat Elspeth haar vingers erin kon steken en kon trekken. Maar niet zoals die vingers er nu aan toe waren; ze waren al genoeg beschadigd. Een grote splinter kon tot een infectie leiden en zonder eerstehulpdoos of antibiotica zouden ze dan nog meer problemen hebben.

Meggy wikkelde voorzichtig schone theedoeken om Elspeths handen en stopte de uiteinden bij haar polsen in.

'Ik wil niet dat je er te veel van gaat verwachten,' zei Elspeth. 'Wat we ook aantreffen, er zullen zeker balken zitten. En misschien ook wel staal, isolatiemateriaal en allerlei harde dingen. Dit kan heel goed op niets uitdraaien.'

'Nu hebben we ook niets,' zei Meggy.

'Dat is waar. Nou, ga een eind achteruit voor het geval er straks splinters in het rond vliegen. En vergeet niet dat hij hieronder woont. Als we hem storen en hij woedend naar boven komt rennen, ga jij gewoon in bed liggen en doe je alsof je al die tijd hebt geslapen.'

'Hoeveel denk je dat hij kan horen?' fluisterde Meggy opeens. 'Toen ik naar boven rende, ben ik twee trappen op gegaan. We zitten helemaal boven in het huis. Zou het geluid doordringen tot de benedenverdieping?'

'Dat zou best kunnen. Daar komen we snel genoeg achter. Hij komt meestal 's avonds hierheen, dus misschien is hij overdag weg. Ben je bereid om het erop te wagen?'

'Het is beter dan niets doen,' zei Meggy.

'Dat ben ik met je eens, maar laten we toch zo zachtjes mogelijk doen. Als we veel lawaai maken, stoppen we telkens even om te luisteren of we hem naar boven horen komen, goed?'

'Goed,' zei Meggy.

'Oké. Nou, ik ben er klaar voor.'

Elspeth knielde naast de beschadigde plank en stak haar vingers voorzichtig zo ver naar binnen dat ze haar knokkels kon buigen, hoewel die nog steeds boven het gat uitstaken. Ze zette zich schrap, duwde haar knieën hard tegen de vloer en trok. De plank kraakte en boog in het midden iets door, maar hij kwam niet los. Elspeth probeerde het nog eens. Nog meer gekraak en aan de rand van het gat kwamen wat splinters los. Maar dat was alles.

'Ik zal je helpen,' zei Meggy. Ze ging achter Elspeth staan en sloeg haar armen om de vrouw heen.

'Ik tel tot drie. Een, twee, drie!'

Meggy trok keihard aan Elspeths schouders. De plank kraakte

alsof hij op een kampvuur lag en Meggy schoot naar achteren en struikelde over haar eigen voeten. Elspeth kwam hard op haar billen terecht met een klein stuk plank in haar hand. Ze zwaaide ermee naar Meggy.

'Ik heb een stuk! Het is gelukt. Kom op, nu wordt het gemakkelijker.'

Ze gingen enthousiast verder en trokken een rottend stuk van de plank weg, dat toch nog flink weerstand bood. Eindelijk was het los en hadden ze een zwart gat van ruim een meter bij zeker tien centimeter. Ze grepen de planken aan weerszijden en probeerden het gat groter te maken door te trekken en te slaan, maar ze vochten tegen solide timmermanswerk en hout dat niet rot was.

'Het bestaat niet dat er maar één rotte plank is,' zei Elspeth. 'Er moeten er meer zijn. We moeten een groter stuk van de vloerbedekking omhoogtrekken.'

'Wacht,' zei Meggy. 'Ik kan mijn been in het gat zetten en naar boven schoppen. Dan krijg ik vast de plank erachter los.'

Ze rende weg en kwam een paar seconden later terug met rozewit gestreepte sportschoenen.

'Hij heeft schoenen voor me gekocht. De idioot,' zei Meggy.

Ze deed de schoenen aan, ging over het gat liggen dat ze al hadden gemaakt en schoof haar voet en enkel onder de plank die erachter lag.

'Er is genoeg ruimte om mijn knie te buigen. Kom bij mijn hoofd zitten en hou me vast.'

Elspeth gaf haar steun, zodat ze zich schrap kon zetten, en Meggy begon te schoppen. Het had geen zin meer om zachtjes te doen voor het geval Fergus thuis was. In de kamer onder hen moest het klinken alsof het plafond naar beneden kwam. De plank protesteerde, verzette zich een hele tijd en vloog ten slotte de lucht in, kantelde en belandde aan de andere kant van de kamer. Meggy en Elspeth omhelsden elkaar en keken toen naar de troep die ze hadden gemaakt.

‘Het had niet zoveel zin om de lamp te maken,’ zei Meggy.

‘Dat komt wel goed. We hoeven alleen maar de planken te verstoppen, de vloerbedekking over het gat te trekken en te hopen dat hij er niet intrapt. Hoe dichtbij kunnen we de lamp zetten?’

Niet heel dichtbij, bleek. De verwijderde planken bevonden zich midden in de kamer, het snoer van het lampje was niet langer dan zestig centimeter en de stopcontacten zaten in de muren.

‘Heb je ergens een verlengsnoer gezien?’ vroeg Meggy.

‘Nee. Hij zou bang zijn dat we het om zijn nek zouden slaan. Maar nu hebben we ook nog de planken als wapen. Daar kunnen we maar één klap mee uitdelen. Ze moeten tientallen jaren oud zijn.’

‘Als hij bang is om in elkaar geslagen te worden door een vrouw en een meisje, is hij een lafaard. Hij is al bijna vierentwintig uur weg. Misschien heeft hij ons hier achtergelaten. Of misschien is hij gepakt door de politie, maar weten ze niet waar ze ons moeten zoeken.’

‘Het kan ook deel uitmaken van het zieke spelletje dat hij speelt. Ik weet het niet. Denk jij weleens dat je krijgt wat je verdient in het leven? Dat er echt zoiets is als je verdiende loon? Ik weet niet waar ik banger voor ben, de gedachte dat het louter toeval is dat hij mij heeft gekozen en dat ik er zelf niets aan kon doen, of het idee dat dit met me is gebeurd omdat ik iets verkeerd heb gedaan. Dat er voor elk van ons een enorme, onzichtbare weegschaal bestaat en als je genoeg fouten maakt, slaat die door en gebeuren er slechte dingen.’

Meggy keek haar strak aan. ‘Ik ben twaalf,’ zei ze om het beladen onderwerp uit de weg te gaan. ‘We moeten erachter zien te komen wat daar beneden is. Kom op.’ Ze ging op haar buik liggen, met de zijkant van haar gezicht plat tegen de vloer, en stak met een vies gezicht haar hand in het gat. ‘Ik voel draden. Dwars op het gat loopt een grote balk en daar zitten metalen stukjes op.’ Ze schoof opzij om haar arm verder in het gat te kunnen steken. ‘Het is heel vies, een heleboel stof en spinnenwebben. Wacht even. Ik heb iets. Het ligt los. Misschien kunnen we het gebruiken om de andere planken omhoog te krijgen. Het lijkt best lang, maar het zit vast aan iets anders.' Ze rolde een eindje door en duwde haar schouder in het gat om manoeuvreerruimte te krijgen. 'Wacht... Het beweegt. Ik heb het,' riep ze, en ze schoof weer naar achteren en draaide haar pols om het voorwerp uit het gat te trekken.

Ze haalde het tevoorschijn en gooide het naar Elspeth. Met een doffe bons raakte het de kale planken. Elspeth hield haar hoofd schuin, fronste, schoof ernaartoe om het beter te bekijken en krabbelde toen op onhandige handen en voeten snel weer achteruit.

'Wat...'

'Kijk er niet naar,' zei Elspeth.

Het meisje pakte het voorwerp weer op.

'Meggy, leg dat neer, nu meteen. Gooi het gewoon weer in het gat.'

'Is dat...' Ze liet het voorwerp vallen, stond op en veegde haar handen af aan haar legging. 'Hij is niet echt. Waarom zou zoiets daar liggen?'

'Ik denk dat hij wel echt is,' zei Elspeth. 'We moeten dit gat weer dichtmaken, en snel ook. Kom, help me om alles op te ruimen.' Ze greep de rand van de opgerolde vloerbedekking en begon die naar de hoek te trekken waar ze waren begonnen.

'Is het van een mens? Het is lang. Wat is het voor bot? Hoe komt het daar? Denk je dat iemand een ongeluk heeft gehad en daar is doodgegaan?'

'Je bent echt twaalf,' mompelde Elspeth. 'O god, het spijt me. Meggy, luister naar me. Dit was een vergissing. We hadden nooit in dat gat mogen kijken. Help me om alles weer normaal te maken.'

'Nee. Ik moet het weten. Ik wil het zien.' Ze ging weer op haar buik liggen en liet haar bovenlichaam in het gat zakken. 'Er ligt daar iets. Een beetje te ver weg. Wacht.'

Ze zweeg even, maar pufte van inspanning. Toen klonk er een slepend geluid van iets wat dichter naar de rand van het gat schoof. 'Ik begrijp niet wat dit...'

Meggy gilde zo fel dat het geluid door de kamer weerkaatste.

'Stil!' Elspeth liet zich naast het meisje op de grond vallen en sloeg een sterke hand voor haar mond.

Meggy kwam uit het gat, drukte snikkend haar gezicht tegen Elspeths schouder en schudde haar hoofd.

'Het spijt me,' zei ze. 'Het spijt me zo. Je had gelijk. Ik had niet moeten kijken.'

Elspeth duwde Meggy weg van het gat en haalde diep adem. De geest, de fles, te laat; dat waren de woorden die bij haar opkwamen toen ze vooroverboog. Het stukje stof dat het licht ving was geen verrassing voor haar. Lichtroze katoen. Het uiteinde van een roze lint, iets verder in het gat. Ze wilde niet kijken, maar deed het toch.

De laatste die de jurk had gedragen had kastanjebruin haar gehad. De smerige lokken waren helemaal aan elkaar geklit. Het gezicht, of wat ervan over was, was weggedraaid van het licht – een geluk bij een ongeluk. Maar een arm was duidelijk zichtbaar. Niet dat je het nog echt een arm kon noemen. Wat er ook voor vlees op had gezeten, het was helemaal verdroogd, zodat het bot alleen nog werd omhuld door leerachtige huid. Het was niet te zeggen hoe oud de vrouw was geweest of hoe ze was gestorven. Maar de stof van de jurk was niet alleen maar vuil. Hier en daar zat er opgedroogde modder op.

Elspeth ging overeind zitten en dacht na over de dood van de vrouw onder de vloerplanken. Veel botten van verschillende afmetingen en een vers lijk. Fergus had eerder gedood, beslist meer dan eens, mogelijk vele keren. Hij zou het ongetwijfeld weer doen. Een andere vrouw, dezelfde jurk, dacht ze. Ze zag niet haar leven aan zich voorbijgaan, zoals ze had verwacht, maar het leven waarvan ze zorgeloos had gedacht dat het nog voor haar lag. Het afstuderen van haar kinderen. Trouwerijen. Kleinkinderen. Vakanties, kerstdagen, verjaardagen...

'Heeft hij dit gedaan?' vroeg Meggy huilend. 'Heeft hij deze mensen vermoord en hun botten hier verstopt? Jij denkt van wel. Je denkt dat hij hetzelfde met ons gaat doen.'

'Leg de botten weer onder de vloer,' zei Elspeth zachtjes. 'Dit had je niet mogen zien.'

'Nee,' zei Meggy. 'Wie daar ook terecht is gekomen, we moeten ze eruit halen. Ik wil niet hier doodgaan en onder de vloer worden gelegd. Waarom moeten ze hier blijven, in het donker?'

'Meggy, denk na. Als hij nu terugkomt en dit allemaal ziet, komen we veel eerder onder die vloer terecht dan nodig is. Leg het terug!'

'Dat doe ik niet en ik laat me door jou niet zeggen wat ik moet doen. Toen ik hier binnenkwam, lag je in je eigen stront onder het bed en moest ik voor je zorgen, dus je hoeft nu niet de volwassene te gaan uithangen.'

Meggy stak haar hand weer in het gat en tastte wild om zich heen. Toen ze hem er uiteindelijk weer uit trok, had ze een handvol kleine botjes vast.

'Zijn dat… Zijn dat vingers, denk je?'

Elspeth keek weer weg en schudde haar hoofd.

'Het zijn botjes van een hand, denk ik. Maar ze zijn heel klein, piepklein. Alsof…' zei Meggy.

'Zeg het niet,' fluisterde Elspeth.

'Alsof ze van een kind zijn.' Meggy maakte haar zin toch af. 'Er zijn er nog veel meer waar ik niet bij kon. Er ligt in elk geval nog een schedel; ik heb het ronde stuk aangeraakt. En een hele lading…'

'Wil je nou eens ophouden?' gilde Elspeth. 'Hou gewoon op met praten. Ik wil dit niet horen. Dit kan niet met ons gebeuren.' Ze benadrukte elk woord met voetgestamp. 'Hoor je me, Meggy? Wat er ook is gebeurd met deze arme mensen, het mag niet met ons gebeuren. Dat mag niet.'

Meggy bleef met haar armen om haar knieën op de vloer zitten en begon heen en weer te wiegen. Ze staarde naar het nepraam op de muur zonder iets te zien.

'We moeten opruimen,' herhaalde Elspeth in zichzelf terwijl ze de botten weer in het gat veegde. 'We moeten opruimen.'

Ze legde de plank die nog heel was terug, trok Meggy omhoog en zette haar in de leunstoel aan de andere kant van de kamer. Daarna begon ze de vloerbedekking over de kale planken te trekken.

'Beter,' fluisterde ze tegen zichzelf. 'Kom op, Elspeth, je kunt dit.'

Ze duwde tegen de bank tot die de losse vloerbedekking tegen de vloer hield, pakte de verspreide stukken hout en de tapijtspijkertjes op en keek de kamer door. Hij zag er hetzelfde, maar toch heel anders uit.

'Meggy.' Ze trok het meisje overeind. 'Schatje, we moeten onze handen en ons gezicht wassen en schone kleren aantrekken.'

'Het heeft geen zin. We gaan hier dood. Net als die andere mensen. Denk je dat hun geesten hier bij ons zijn?'

'Nee,' zei Elspeth. 'Geesten bestaan niet. Die mensen zijn dood. Ze kunnen ons niets doen, maar hij wel, Meggy, en dat wil ik niet. Dus we gaan ons opknappen, oké? Daarna kun je in bed gaan liggen als je wilt. Dat is misschien toch het beste. Je hebt een grote schok gehad.'

Meggy knikte en stak een hand naar Elspeth uit. In de badkamer wasten ze het stof en de geur van uit elkaar vallende botten weg.

'Elspeth,' fluisterde Meggy toen ze bij elkaar lagen, 'ik ben zo bang.'

'Dat weet ik, schat.' Elspeth streelde Meggy's haar en gaf haar een zoen op haar voorhoofd. 'Ik ben ook bang. Maar we hebben elkaar, goed? Van nu af aan gaan we voor elkaar zorgen.'

'Goed,' zei Meggy. 'We zorgen voor elkaar. En er zijn geen geesten. Beloof je dat?'

'Helemaal geen geesten. Ik zweer het.'

Maar in haar verbeelding draaide een dode vrouw langzaam haar gezicht naar het licht om gezien te worden. Elspeth kneep haar ogen stijf dicht. Dat lijk had niet haar gezicht, hield ze zichzelf voor. Het zou nooit haar gezicht hebben. Dezelfde jurk betekende nog niet hetzelfde lot. Zij waren slim en vastberaden. Ze hoefden niet te sterven zoals de mensen die hun waren voorgegaan.

‘Geen geesten,’ zei ze nog eens. Dat deed ze niet voor Meggy.

‘Kunnen jullie me zien?’ zei Fergus schor vanuit de deuropening.

Ze gilden.

19

Hij was dood geweest. Dat was geen illusie. Op het moment van de dood had hij een verblindende flits gezien. Hij had het gevoel gehad dat hij uit zijn lichaam werd getild en met zijn geest vertrok. Fergus Ariss had zijn last achter zich gelaten en was opgerezen om zijn plaats in het hiernamaals in te nemen.

Hij had even rustig ademgehaald voordat hij zijn ogen opendeed. Het zou hier ongetwijfeld veel kleurrijker en levendiger zijn dan op de aardse wereld. Zijn moeder zou hem opwachten. Misschien zou er een feest zijn en zou worden uitgelegd hoe het hier allemaal werkte. Even maakte hij zich zorgen, maar toen dacht hij eraan dat hij dood was. Wat was het ergste wat er nu nog kon gebeuren?

Hij gaf zijn geest de vrije teugel en concentreerde zich op zijn ademhaling. Weg was de dichtgeknepen keel die zijn stem lelijk en iel maakte als hij bang was. Er was geen ongemak of verdriet. Geen blokkade in zijn maag of ingewanden. Lichamelijke problemen waren weggewassen. Er was alleen warmte en het vooruitzicht op de liefde die hij nu zou krijgen.

Fergus deed zijn ogen open.

'Wat is dit?'

Hij ging met zijn handen over zijn lichaam. Het was intact en zijn ziel was er nog in aanwezig. Hij legde zijn vingertoppen op zijn pols en voelde geen polsslag. De kamer om hem heen was nog steeds dezelfde als die waarin hij was gestorven. De foto's hingen nog aan de muur, het bed was nog steeds buiten bereik. Toen hij ging zitten, lieten zijn ledematen indrukken achter in het licht, korte beelden van zijn beweging door de lucht. Alles was hetzelfde en toch heel anders. Zijn hart zat nog steeds in zijn borst. Door het gebrek aan gevoel in zijn lichaam leek het of hij zweefde, ondanks het feit dat hij kon zien dat zijn lichaam contact maakte met de vloer.

'Wat is er misgegaan?'

Hij liep langzaam naar de stoffige spiegel, maar durfde amper te kijken. Toen hij dat had omzeild door zijdelings in beeld te schuiven, zag hij dat hij zichzelf nog steeds kon zien. Er was nog een beeld van hem op de wereld. Het bewoog zijn ogen als hij dat ook deed, maar hij zag geen waas op het glas toen hij blies. Er zat bloed op de vloer en op zijn kleren van zijn val, maar hij had geen pijn. Fergus kneep zichzelf hard. Het resultaat was een zwak gezoem door zijn huid. Alsof iemand van grote afstand naar hem riep.

Hij trok een kast open en schoof de ene doos na de andere weg tot hij vond wat hij zocht. De naaidoos was een koektrommel van tientallen jaren oud met afbladderende en verbleekte verf. Er zaten naalden in die langer dan hij zich kon herinneren het daglicht niet meer hadden gezien. Hij trok er een uit het speldenkussen, veegde hem schoon aan zijn mouw, stak hem kordaat in zijn bovenbeen, liet hem los en keek er boos naar, alsof hij hem uitdaagde hem geen pijn te doen.

'Niets,' fluisterde hij. 'Waarom ben ik hier nog?'

Hij greep de naaidoos en smeet hem door de kamer.

'Waarom? Waar is mijn moeder?'

Fergus schopte tegen de deur van de kledingkast en zijn voet ging door het goedkope grenenhout. Hij sloeg en stompte tot het bovenste deel in stukken op de vloer lag en richtte toen zijn aandacht op het bed, trok het beddengoed eraf en smeet het machteloos door de kamer. Het keek hem aan vanaf de vloer, niet meer dan gekreukte stof die wachtte tot ze weer werd opgeraapt.

'Wat ben ik?' vroeg hij aan de foto's aan de muur. 'Als ik niet dood ben en niet leef, waarom kan ik dan nog steeds lopen en praten en dingen verplaatsen?'

Hij stootte een kreet uit die overging in geblaf, en gevangen tussen golven van woede en angst sloeg hij hard in zijn eigen gezicht, de ene wang en toen de andere. Hij kneep zijn ogen stevig dicht en deed ze toen weer open. Uiteindelijk besefte hij dat de naald nog in zijn been stak. Hij trok hem eruit en liet hem op de vloer vallen.

'Heb ik nog niet genoeg gedaan?' vroeg Fergus aan de vereeuwigde vrouw aan de muur. 'Ik heb een vrouw en een dochter. Ze wonen bij me in huis. Ik zou nu naar je toe moeten kunnen komen. Dit is niet eerlijk.' Hij viel op zijn knieën. 'Het is niet eerlijk.'

Hij dook als een bal in elkaar en huilde met zijn voorhoofd tegen de vloer. Toen hij weer overeind ging zitten, was alles nog hetzelfde. De hemel was donker en het huis was stil. Hij had een nieuw gevoel in zijn lichaam, een vloeibare zachtheid, alsof de spanning die bij leven zijn organen op hun plek had gehouden was verdwenen en alles door elkaar was gelopen. Hij kon zijn eigen adem ruiken en de geur was meer dierlijk dan menselijk.

'Ik ben aan het ontbinden,' zei hij. 'Ik moet het beter doen voordat ik ben weggerot. Hoeveel tijd heb ik nog? Shit, ik val uit elkaar.'

In de keuken pakte hij een laptop uit een oude tas die aan de deur hing en zette hem met trillende handen aan. Hij vond het akelig om technologie te gebruiken. Op internet was je zichtbaar. Maar hij had snel informatie nodig. Een cirkeltje draaide rondjes terwijl Fergus op zijn nagels stond te bijten.

Toen de zoekmachine eindelijk de moeite had gedaan om tot leven te komen, typte hij 'stadia van ontbinding' in, drukte op enter en ging aan tafel zitten om de pareltjes wijsheid te lezen die de ether te bieden had.

'Organen gaan vierentwintig tot tweeënzeventig uur na de dood tot ontbinding over,' las hij. 'Zwelling en het lekken van bloederig schuim uit gezichtsopeningen treedt drie tot vijf dagen na de dood op. Vorming van rottingsgassen acht tot tien dagen. Na een maand begint het lichaam te verweken.' Hij sloeg de laptop weer dicht.

'Hoelang ben ik dood geweest?' vroeg Fergus zich af. De laatste keer dat hij het huis binnen was gekomen, had hij Meggy bij zich gehad. Het was haar schuld dat hij van de trap was gevallen. Zijn plannen hadden verkeerd uitgepakt en ze had zich misdragen. Hij was afgeleid geweest en had zich niet goed gevoeld.

Ze waren boven, besefte hij. Hij wist niet hoelang hij ze alleen had gelaten, maar Elspeth en Meggy konden hem alles vertellen wat hij moest weten.

Het was stil achter de deur. Of misschien was zijn gehoor ook veranderd, net als zijn gevoel voor zijn eigen bestaan. Hij legde beide handpalmen tegen de deur en probeerde te voelen wat daarachter lag. Kon hij door de dichte deur heen als hij zich concentreerde? Misschien was zijn hele atomische opbouw nu anders. Hij haalde diep adem en drukte zijn lichaam tegen het hout. Er gebeurde niets. Hij zat vast in dit lichaam tot het vlees van zijn botten gleed en zijn ziel geen thuis meer had. Dan was hij waarschijnlijk gedoemd om machteloos door het huis te dwalen tot hij een manier vond om over te gaan naar het hiernamaals. Maar eerst waren er nog meer hoepels waar hij doorheen moest springen. Was dat niet altijd zo, net als tijdens zijn leven? Zelfs zijn dood was een rommeltje.

Het drong tot hem door dat hij een veiligheidsprocedure had gehad, maar die leek opeens niet meer belangrijk. Hij moest gewoon iemand hebben om mee te praten. Als door een wonder zat de sleutel nog in het slot, waar hij hem had achtergelaten. Hij draaide hem om en ging naar binnen.

Zijn voeten maakten weinig geluid op de vloerbedekking; hij sloot de deur zachtjes achter zich en liep de zitkamer in. Daar lagen ze samen op de bank. Zodra hij iets zei, begonnen ze te gillen.

'Kunnen jullie me zien?' vroeg hij nogmaals.

Meggy huilde en Elspeth begroef haar gezicht in het haar van het meisje.

'Ik zei, kunnen jullie me zien?' Hij kwam naar voren.

'Ja,' schreeuwde Elspeth. 'Ja, we kunnen je zien. We kunnen je zien!'

Meggy hield op met huilen en staarde hem aan. Elspeth fronste.

'Ik... Ik begrijp het niet,' stamelde Elspeth.

Hij deed nog een stap naar voren en stak zijn armen uit. 'Wat ben ik? Wat zien jullie als jullie naar me kijken? Kom hier en raak me aan. Ik moet weten of ik echt ben.'

'Niet doen.' Meggy klampte zich aan Elspeth vast en probeerde haar tegen te houden.

'Ssst,' zei Elspeth. 'Het is goed.'

Ze stond op en liep langzaam en voorzichtig met een uitgestoken hand en gebogen vingers naar voren, alsof ze een gewond beest benaderde.

Toen ze dicht genoeg bij hem was, legde ze haar hand op die van hem en kneep er zacht in.

'Ik kan je zien. Je bent hier bij ons. Voel je dat ik je aanraak?'

Fergus haalde zijn schouders op.

'Je bent echt,' zei Elspeth.

'Nee.' Hij schudde zijn hoofd. 'Je zegt alleen wat ik wil horen. Ik ben doodgegaan! Dus ben ik een geest. Ik zit gevangen in dit lichaam, maar ik weet dat ik dood ben. Vanbinnen is alles pap. Alles klotst en drijft en de hele wereld ruikt naar de dood. Ruik je dat niet?'

Elspeth wierp Meggy een scherpe blik toe en schudde even haar hoofd.

'Ik ruik niets,' zei Elspeth tegen hem. 'Zal ik iets te drinken voor je halen? Misschien helpt dat.'

'Waarom zou ik iets drinken? Ik zeg toch net dat ik dood ben. Lijken hoeven geen eten of drinken. Wat heeft het voor zin? Het loopt dwars door me heen. Dit...' Hij duwde tegen zijn buik.

Elspeth deed een stap naar achteren.

'Dit is niet meer mijn lichaam. Ik woon er alleen in totdat ik overga.'

'Oké,' fluisterde Elspeth.

'Zij heeft ervoor gezorgd dat ik van de trap viel.' Hij wees naar Meggy. 'Ik heb haar voor jou meegebracht, maar toen raakte ik gewond en ben ik te vroeg doodgegaan. Ze waren niet klaar voor me.'

Zijn lippen trokken weg van zijn tanden en hij deed een stap naar de bank, waar Meggy probeerde weg te duiken in de verste hoek. Elspeth ging voor hem staan.

'Ze heeft je horen vallen. We maakten ons allebei zorgen om je. We hebben zelfs uren bij de deur staan roepen en wilden dat we naar buiten konden om je te helpen. Wat er gebeurd is, is verschrikkelijk, maar we geven wel om je. We willen je helpen, nietwaar, Meggy?'

Het meisje snikte.

'Waren jullie echt bezorgd?' vroeg hij.

'Natuurlijk,' bevestigde Elspeth. 'Wij zijn nu je gezin.'

'Het is nog niet klaar,' zei hij. 'Er is nog steeds een leeg bed. Dat moet gevuld worden. Dat zal het zijn.'

Elspeth verstijfde. 'Hoe bedoel je?'

'Het is nog niet klaar. Ik ben nog niet klaar. Hoelang geleden ben ik doodgegaan?'

'Ik weet het niet...' zei Elspeth.

Fergus greep haar bij de schouders en schudde haar door elkaar. 'Zeg het.'

Haar hoofd schoot naar achteren en naar voren.

'Wanneer ben ik doodgegaan? Hoelang geleden?'

'Maar één dag!' riep Meggy. 'Laat haar met rust. Laat haar los. Je bent gisteren pas doodgegaan.'

Fergus liet Elspeth los en zakte tegen de muur.

'Godzijdank. Ik heb nog tijd voordat het schuim uit me begint te lekken. Ik ga opzwellen als een ballon, wisten jullie dat?'

Zijn ogen waren gaten in zijn gezicht.

'Ik word helemaal vloeibaar. Voor die tijd moet ik alles af hebben, anders heeft het geen zin. Jullie moeten me helpen.'

‘Wat moeten we doen?’ vroeg Elspeth.

‘De boel opruimen, om te beginnen. Je krijgt nog iemand om voor te zorgen. Dat zul je fijn vinden. Moeders vinden het fijn om voor mensen te zorgen.’

‘Prima,’ zei Elspeth. ‘Wat je maar wilt. Meggy en ik zullen helpen, nietwaar, schat?’

‘Ja, natuurlijk,’ zei het meisje, dat in de lichtkring van het lampje ging staan.

Fergus grijnsde met wijd open mond en Elspeth wendde haar hoofd af omdat zijn adem zo stonk. Hij boog voorover en gaf haar een natte zoen op haar wang.

‘Ik ben snel terug. Probeer me niet te missen.’

Meggy rukte de stekker van de lamp uit het stopcontact en het werd helemaal donker. Met twee passen stond ze achter Fergus, gooide het snoer over zijn hoofd, sloeg de uiteinden over elkaar en trok ze strak aan.

‘Help me!’ gilde ze tegen Elspeth.

Elspeth slaakte een gesmoorde kreet toen Fergus zich naar achteren liet vallen en boven op Meggy terechtkwam. Hij grabbelde machteloos naar het snoer en tastte toen naar Meggy’s gezicht. Elspeth zocht in het donker naar zijn handen en probeerde hem in de chaos tegen te houden, zodat Meggy de tijd had om zijn luchttoevoer af te snijden.

Er klonk een zachte plof toen Fergus zijn knie omhoogbracht en hem in Elspeths buik plantte. Ze gilde, schoot van hem af, sloeg haar armen om haar buik en kokhalsde.

‘Elspeth?’ riep Meggy. Door de angst en de uitputting verslapte haar greep op het snoer.

Dat moment gebruikte Fergus om opzij te leunen. Het snoer ging even strakker zitten toen hij met zijn vuist uithaalde naar het meisje en haar met een bevredigend gekraak en gebonk in haar gezicht raakte. Vuist – gezicht – hoofd – vloer.

Elspeth stond nog op een metertje afstand te huilen en met een fluitend geluid naar lucht te happen. Meggy kroop naar haar toe, maar hij kreeg haar enkel te pakken en trok haar naar achteren.

De dood had hem kennelijk sterker gemaakt.

'Ik zal je een lesje leren,' mompelde hij en hij haalde zijn zakmes uit zijn zak. 'Eentje dat je niet zult vergeten.'

'Nee!' Elspeth vond ergens lucht en een stem. 'Doe haar geen pijn!'

'Wou je me tegenhouden?' vroeg hij.

'Alsjeblieft, ik smeek je,' huilde Elspeth.

'Jij of zij. Een van jullie moet een lesje krijgen. Wie zal het zijn?'

Meggy klauwde huilend naar de vloer om weg te komen.

'Ik,' zei Elspeth. 'Leer mij het lesje. Op die manier zullen we het geen van beiden vergeten.'

Het zwakke licht van het lampje in de magnetron, dat door de hal de zitkamer in scheen, glansde op het lemmet.

'Hand,' zei hij tegen Elspeth. Hij liet Meggy's voet los.

Elspeth begon te huilen. Meggy huilde mee en klom op haar schoot. De vrouw stak in het donker haar hand uit. Ze had niet meer de wil om te vechten.

Toen hij de punt van het mes boven de middelste knokkel in haar pink zette, riep ze om haar moeder. Meggy jammerde. Het mes drukte door de huid en de pezen, kraakte door het bot en sneed de vinger af.

Toen Elspeth op de vloer viel, pakte Meggy haar hoofd en riep haar naam. Fergus greep een handvol haar van het meisje.

'Dat krijg je als je ondeugend bent.' Het speeksel vloog in haar ogen. 'Kijk nou wat ik door jou met je moeder heb moeten doen.'

Fergus stond op, tastte naar de muur en liep vloekend naar de deur. Dood zijn bleek net zo klote als leven. Hij liet de vrouw en het meisje in het donker achter.

20

Ze zaten in Connies hotelkamer naar de foto's te staren, Baarda aan het bureau en zij op de vloer. Op de ene muur had Connie een uitgeprinte lijst gehangen van alle plekken waar Angela regelmatig naartoe ging: de supermarkt, de dokter, de tandarts, school, vrienden en familie, de bank. Aan de muur ertegenover had ze hetzelfde gedaan voor Elspeth. Er waren geen overeenkomsten. Deze vrouwen bevonden zich qua financiën, opleiding en sociale omgeving aan verschillende uiteinden van het spectrum.

Toch leken de foto's van de twee vrouwen opmerkelijk veel op elkaar. Niet als het om hun gezichten of stijl van kleden ging, maar gewoon het soort foto's. Met de kinderen op het strand, op een speelplaats, een ritje te paard, een speelpaleis. De eerste schooldag. Kerstmis met de familie, paaseieren zoeken, Halloween. Ze zorgden allebei dat ze in vorm bleven en aten gezond. Ze hechtten veel waarde aan vriendschappen en dronken niet te veel. Geen van hen rookte of gebruikte drugs. Ze leken allebei de volmaakte vrouw.

'Hoe noem je dit?' vroeg Baarda.

'Een paniekerige zoektocht naar informatie,' zei Connie. 'We zitten op een dood spoor, dus we moeten terugvallen op de informatie die we hebben. We hebben al een paar verbanden. Het belangrijkste is dat dezelfde man betrokken was bij de moord op Angela en de ontvoering van Elspeth. Verder zijn er geen gelijkenissen tussen de plaatsen delict. Maar we missen iets. Iets als dat ze allebei van ballet houden of van hetzelfde voetbalteam. Het punt is dat hij ze heeft gevonden, gestalkt en gekozen. Dus er is een verband. Dat is hier ergens te vinden.' Ze herschikte de stapels met e-mails die elke vrouw de afgelopen twaalf maanden had verstuurd. 'Welke sleutelwoorden heeft de technische recherche gebruikt toen ze de e-mails en apps vergeleken?'

'Ze hebben alles doorgenomen, inclusief data, plaatsnamen, mensen, producten en zelfs online aankopen. We hebben geen enkel verband tussen de twee vrouwen kunnen vinden. Als ze op dezelfde dag op dezelfde plek zijn geweest, was dat eenmalig en toevallig. We kunnen ze nergens samen plaatsen. Geen wederzijdse vrienden.'

'Telefoongegevens?'

'Allebei een vaste lijn en een mobiel. Er is niet één nummer dat door beide vrouwen is gebeld.'

'We zitten vast. Ik bel de roomservice,' verzuchtte Connie. 'Wat wil jij?'

'Als er maar zalm bij zit.' Baarda maakte een kaart met een doorlopende en een stippellijn erop aan de muur vast. De doorlopende lijn gaf aan waar Angela op de dag van haar dood was geweest, en de gestippelde waar Elspeth zich op de dag dat ze was verdwenen had bevonden.

Connie gaf de bestelling door en legde de telefoon weer neer. 'Vertel eens over je eerste liefde. Ik denk zo... op de universiteit. Heb ik gelijk?'

'Ik dacht dat we aan het werk waren,' zei hij.

'Afleiding helpt me de grote hoeveelheden gegevens even los te laten en er weer naar terug te keren. Een zoektocht naar informatie werkt als die vreemde stippatronen die je niet kunt zien als je er recht naar kijkt.'

'Vertel jij maar eens over de tijd dat je niet kon communiceren. Volgens mij hoeven we het niet echt over mijn privéleven te hebben.'

Connie zuchtte. 'Ik geloof niet dat je je echt als een gentleman gedraagt. Is er niet een Britse regel dat je moet doen wat een dame van je vraagt?'

'Dat heeft het laatste jaar zo goed voor me gewerkt dat ik heb besloten het over een andere boeg te gooien, precies zoals jij me hebt geadviseerd.'

'Ik heb dus mijn eigen ruiten ingegooid. Wat wil je weten?' Connie liet zich op het bed vallen en schikte de kussens onder haar hoofd.

'Lig je lekker?'

'Ik maak het me comfortabel op de bank om met mijn psychiater te praten. Wil je meespelen?'

'Is het een spelletje?' Baarda draaide zich om op zijn stoel en keek naar haar.

'Eigenlijk niet, nu je het vraagt. Het is helemaal geen spelletje.'

'Hoe is het gebeurd?'

'Bij een partijtje lacrosse,' zei ze. 'Je bent je vaak helemaal niet bewust van de momenten die je leven bepalen. Tot je ermee om leert gaan, ben je uren bezig om in je hoofd de geschiedenis te herschrijven. Als ik bij die rotonde linksaf was gegaan in plaats van rechtsaf, als ik eraan had gedacht om het gas uit te draaien. In mijn geval was het: als ik niet zo hard had gelopen om een schot op doel te kunnen nemen.'

Het zou haar eerste jaar worden op een fantastische universiteit, waar ze astronomie had willen studeren. De toekomst had haar toegelachen. Maar het partijtje lacrosse was voor haar vroegtijdig geëindigd. Ze was precies volgens de regels getackeld, maar haar hoofd was in aanraking gekomen met dat van een ander meisje en ze waren allebei op hun rug op de grond gevallen. Haar tegenstandster was als eerste overeind gekomen met een groeiende bult op haar voorhoofd. Connie was onvast gaan zitten, had de grond onder haar voelen bewegen en had het braaksel dat omhoog dreigde te komen weggeslikt om niet voor het hele team en de toeschouwers voor schut te staan.

Alle tekenen waren aanwezig geweest en wat haar achteraf nog het meest dwarszat, was dat ze beter had moeten weten. Echt. Een hersenschudding was geen ongebruikelijk gevolg van een klap tegen het hoofd. Ze had genoeg spelers van het American footballteam van de plaatselijke highschool van het veld gedragen zien worden om te weten hoe serieus je zoiets moest nemen. Maar de misselijkheid ging over en de duizeligheid trok weg. Het ijs liet de bult slinken en het feit dat de verwonding naar het oppervlak kwam en niet in haar hoofd bleef zitten, was een goed teken. Dat had ze ergens gelezen. Die avond was er een feest. Ze had nog een paar uur om over de klap heen te komen en de hoofdpijn weg te slapen. Haar moeder was weg en haar vader zat in zijn kamer te werken. Niemand zou er iets van merken. En dat was ook zo.

Het schooljaar was voorbij. Connie was geslaagd met een indrukwekkend gemiddelde. Haar moeder, vader, broer en oma hadden het samen met haar gevierd. Er was een feest gegeven in hun huis op Martha's Vineyard en ze had een lange, warme zomer voor zich liggen. De president had voor de vakantie zijn dochter thuis, op wie haar broer tot over zijn oren verliefd was, en zoals altijd in juni en juli hadden de normale sociale structuur en beperkingen hun betekenis verloren. Op Vineyard bestonden geen klassen en standen. Je kon omgaan met filmsterren, wereldleiders, vissers en serveersters, en niemand die er iets van zei. Het was een normale zomer.

'Tegen die tijd had ik Ruben ontmoet. Hij woonde in Edgartown en ik aan de rand van Oak Bluffs. Ik had overdag een baantje bij een ijssalon en hij had daar afgesproken met vrienden. God, ik had nog nooit zo op iemand gereageerd als op hem toen hij binnen kwam lopen. Ik liet het hoorntje vallen dat ik voor hem vulde, mijn handen trilden en ik moet als een volslagen idioot hebben geklonken. Hij bleef er heel aardig onder. Dat kon hij zich veroorloven. Ik ben er vrij zeker van dat elk meisje op het eiland hem bovenaan haar verlanglijstje had staan.'

'Was hij alles wat je dacht dat hij zou zijn, of was dat een illusie?' vroeg Baarda.

'Ik heb nooit de kans gekregen om daarachter te komen.' Connie sloot haar ogen. 'Hij vroeg om mijn telefoonnummer. Ik gaf het hem en deed alsof het niets voorstelde. Maar het stelde wel degelijk iets voor. Ik had nog nooit echt een vriendje gehad. Ik had op een meisjesschool op het vasteland gezeten en omdat zoveel meisjes in de zomer met al die toeristen en feesten in de problemen raakten, waren mijn ouders heel streng. Op tijd thuis zijn, chaperonnes, eindeloze regels. Maar ik was net achttien geworden en ik ging studeren, dus ik denk dat ze beseften dat ze me niet meer konden opsluiten. Na een week belde Ruben me. We spraken om acht uur 's avonds af op Squibnocket Beach. Tegen die tijd zou het donker zijn. We zouden een paar biertjes meenemen; dat was zijn idee, ik dronk niet. Op Squibnocket kon je een vuurtje stoken in het zand als je je eigen hout meenam en voorzichtig was. Het pad naar het strand is 's avonds moeilijk te vinden en er komen niet veel mensen langs. Je kunt zwemmen in het donker en als je in het water de ribkwallen aanraakt, geven ze licht.'

Ze had er de hele dag over gedaan om zich klaar te maken. Waxen, wassen, kleren kiezen, ervoor zorgen dat ze wat meer blote huid liet zien. Haar haar in de war maken zodat het leek alsof ze er niet veel aandacht aan had besteed. De zomervakantie was al meer dan halverwege, maar als het goed ging met Ruben, hadden ze augustus nog.

Ze had een picknickkleed, hout voor het vuur, lucifers en een paar dekens in de kofferbak van de jeep gegooid. Voordat ze achteruit de oprit af reed, had ze nog een laagje lipgloss opgedaan. Die heette 'naked honey'. Grappig dat zulke dingen je bijbleven. Voor haar ouders had ze een briefje achtergelaten met de boodschap dat ze die avond naar haar beste vriendin Gemma ging. Gemma was al ingelicht en had smoesjes bedacht voor als er gebeld werd. Aan elk detail was gedacht.

'Het was een heldere avond. Heel veel sterren. Dat is vaak zo op Vineyard, maar dit was een bijzonder mooie avond. We zouden naar de zonsondergang gaan kijken. Die lijkt daar net een schilderij van Turner. Meer een kunstwerk dan een natuurverschijnsel. God, wat was ik opgewonden. Ken je dat gevoel in je buik? Ik bedoel niet alleen de seksuele spanning van contact met iemand naar wie je verlangt. Ook de verwachting dat je grenzen gaat overschrijden, het enge van je kwetsbaar opstellen tegenover een ander. Het moest een avond vol openbaringen worden. Dat had ik goed.'

Er werd op de deur geklopt: roomservice.

'Blijf liggen, ik doe wel open.' Baarda zette het eten op het bed. Geen van hen begon eraan. 'Wat gebeurde er?'

'Dat weet ik niet. Ik werd wakker in het ziekenhuis. Mijn auto werd aangetroffen in het bos langs de weg naar Squibnocket. Ze namen aan dat ik in het donker gedesoriënteerd was geraakt, een bocht had gemist en tegen een boom was gereden. Ik heb geen idee of Ruben is komen opdagen. Ik hoop van wel, maar dan heeft hij de hele avond zitten wachten op een meisje dat niet kwam. Toen ik om middernacht nog niet thuis was, belden mijn ouders Gemma. Zij vertelde alles en ze gingen met een aantal mensen zoeken. Het probleem was...' Connie ging zitten, haalde het deksel van het eten, pakte een vork en prikte erin. 'Toen ik weer bij bewustzijn kwam, kon ik niet praten of schrijven. Ik kon me helemaal niet verstaanbaar maken. Als ik probeerde te praten, ging alles draaien in mijn hoofd. Het was onmogelijk om me op woorden te concentreren. Ik kon lopen, eten, mezelf aankleden, alles behalve communiceren.'

'Maar je kon wel normaal nadenken?'

'Ja. Dat was nog het ergste. Het was angstaanjagend. Frustrerend, pijnlijk. Ik raakte geïsoleerd en zat opgesloten in mijn eigen hoofd.'

Baarda stond op, liep naar het raam en keek fronsend naar beneden.

'Ik kan me met geen mogelijkheid voorstellen hoe verschrikkelijk dat moet zijn geweest.'

'Het verhaal wordt nog erger. In de loop der jaren hadden mijn grootouders aanzienlijke bedragen geschonken aan een ziekenhuis in Boston. Ze waren bevriend met een psychiater, dokter Webster, iemand van hun eigen generatie, die niet bekendstond om zijn empathie, hoewel ik daar pas later achter kwam. Mijn oma belde hem meteen. Hij onderzocht me en liet alle gebruikelijke scans maken, en toen er lichamelijk niets mis bleek te zijn, kwam hij tot de conclusie dat ik tegen mijn ouders had gelogen omdat ik mijn eerste seksuele ervaring wilde opdoen en dat ik nu leed aan tienerhysterie. Volgens zijn versie was ik opzettelijk tegen een boom gereden om de seksuele confrontatie uit de weg te gaan en niet volwassen te hoeven worden. Hij oordeelde bovendien dat ik bewust had besloten niet meer te communiceren. Hij wilde dat ik in therapie ging en me openstelde voor behandeling, en garandeerde dat hij me binnen drie maanden weer op de rit zou hebben. Wil je niet eten?'

'Ik heb geen honger,' zei Baarda. 'Hebben je ouders geen second opinion aangevraagd?'

'We hebben het over een van de meest gerespecteerde psychiaters in Boston en een autoriteit op het gebied van aandoeningen bij tieners. Ze hadden geen reden om aan hem te twijfelen. Zo kwam ik met achttien jaar en vier maanden terecht op een psychiatrische afdeling, terwijl ik mijn spullen had moeten pakken om naar de universiteit te gaan. Het was...' Ze gooide de vork op het voeteneind van het bed en ging weer liggen. 'Het was alsof ik doodging. Ik maakte geen deel meer uit van het leven van andere mensen.'

De psychiatrische instelling bevond zich in Boston en haar familie woonde op Martha's Vineyard. Dokter Webster had instructies gegeven dat ze niet te vaak op bezoek mochten gaan om haar hysterie niet te voeden. Als er geen publiek meer was, zou Connie zich snel weer aanpassen, verkondigde hij.

De kliniek was net een munt. Hij had twee kanten. In het bijzijn van familie en vrienden klonken de dokters bezorgd en raadpleegden ze nauwgezet de grafieken. De verpleegsters waren vrolijk en lief en hadden nooit haast. Er heerste rust en gemeenschapsgevoel.

Maar als de deuren op slot waren en het personeel onder elkaar was, werd er een vreemde discipline gehandhaafd. Weigerde je je medicijnen in te nemen? Dan werden er privileges ingetrokken, zoals kiezen wat je wilde eten, schone kleren en privacy als je naar de wc moest. Raakte je gefrustreerd en driftig? Dat was ernstiger. Er waren relatief pijnloze manieren om iemand een injectie met een kalmerend middel te geven, maar ook manieren om je te laten weten dat je een paar centimeter chirurgisch staal in je lijf ging krijgen. Besloot je niet mee te werken aan de therapie? Dan werd je vastgehouden en uitgekleed.

'Ik leerde snel. Ik keek. Dat was tenslotte het enige wat ik kon doen. Ik sloeg alles op in mijn hersenen en kon er niets uit laten komen.' Met een zucht strekte ze haar armen boven haar hoofd. 'Mijn herstel verliep niet zo snel als dokter Webster mijn grootmoeder had beloofd en hij was bang dat ik hem voor gek zou zetten, dus hij koos voor shocktherapie. Op een dag riep hij een verpleger binnen en liet hij die al mijn haar afscheren. Dat was de enige keer dat ik meemaakte dat mijn moeder van streek raakte toen ze op bezoek kwam. Ze was woedend. Ze maakten haar wijs dat ik een scheermes had gestolen en het zelf had gedaan.'

Haar ziekenhuiskamer had beschikt over een oncomfortabel dunne matras, een nachtkastje zonder slot, een open kledingkast en een badkamer waarvan de deur te allen tijde door iedereen kon worden opengemaakt. Voor haar eigen veiligheid, uiteraard. Geen scherpe dingen. Geen zware en stompe dingen. Niets wat kon worden ingenomen, behalve water. Geen media waardoor ze van streek kon raken. Pastelkleuren die haar deden denken aan het haar van oude vrouwen. Zacht eten dat gemakkelijk door de slokdarm gleed. Ze kon nog steeds geen glibberpudding zien. Maar wie haar bleven achtervolgen en haar in leven hadden gehouden, waren de andere patiënten. Ze had ze bestudeerd en wist waardoor ze door het lint gingen en waarmee ze gekalmeerd konden worden. Op de psychiatrische afdeling voor tieners was het 's nachts nooit rustig. Het was alsof het donker een trigger was.

'Wat me nog het meest aangreep, waren de mensen op mijn afdeling die daar niet thuishoorden. Tieners die een depressie hadden en alleen betere zorg nodig hadden. Niet dat ik daar toen iets van afwist, maar als je ze dag en nacht meemaakt, kun je de trieste mensen onderscheiden van de gekken en de puur kwaadaardige medebewoners. Het probleem waren de paar echt gevaarlijke kinderen, wier ouders hen uit handen van het strafrechtelijk systeem hadden weten te houden, waarschijnlijk via dezelfde gulle donaties aan het ziekenhuis als die van mijn grootmoeder. Dat waren kinderen die niet behandeld konden worden en die hun hele leven een gevaar zouden vormen voor de maatschappij.'

Ze was met een schok wakker geworden toen ze haar matras had voelen indeuken omdat een andere patiënt haar kamer in was geslopen en op haar bed was gaan staan. Hij had een mes gevonden of gemaakt, dat flitste in het vage licht van de lamp in de gang, en hij probeerde een gat te maken in haar plafond.

'Ze komen eraan,' had hij gezegd. 'Ze willen dat ik je aan hen geef. Om te proeven.'

Connie had geprobeerd te gillen. Hij had zich op zijn knieën laten vallen en een zweterige hand voor haar mond geslagen.

'Niet doen. Niet dat er iemand zal komen. Iemand heeft gebak meegebracht voor de nachtdienst en ze zitten allemaal te schransen in de personeelskamer. Mijn vrienden daarboven hebben je gezien.' Hij wees naar het plafond. 'Ze hebben je uitverkoren. Ze denken dat je lekker zult smaken.'

Met die woorden had hij zijn hand weggehaald en zijn tong ver uitgestoken, haar gezicht gelikt, van de ene wang naar de andere, en zijn tong een paar keer in haar mond gestoken. Ze had geprobeerd hem van zich af te duwen, maar hij was sterker – veel sterker, met een bijna onmogelijke kracht – en dat wist hij.

'Mmm, ze hebben gelijk,' had hij gehijgd. 'Je bent echt lekker. Misschien neem ik zelf een hapje voordat ze komen. Er is genoeg.'

Voor ze erover had kunnen nadenken of hij dat dreigement echt meende, had hij in haar oorlel gebeten. Die keer liet de gil zich niet tegenhouden. Haar kussen had binnen een paar seconden vol bloed gezeten toen hij beet, overeind ging zitten en begon te kauwen. Drie of vier minuten later waren de verpleegsters eindelijk zo boos geworden dat ze hadden besloten te komen kijken wat er gebeurde, met een naald in een keurig niervormig bakje, klaar om in haar bovenbeen te worden gestoken. Hun gezichten in haar deuropening hadden haar ontzetting alleen maar groter gemaakt. Het feit dat ze naar achteren waren gedeinsd in plaats van binnen te komen en de mannelijke collega's erbij hadden geroepen voordat ze het monster te lijf gingen, dat de tijd nam om het stukje vlees door zijn mond te bewegen om van de smaak te kunnen genieten voordat hij het doorslikte.

Het liep uit op een vechtpartij; toen hij zich op haar andere oor wilde storten, werd hij met een tackle van het bed geslagen en kwam met zijn hoofd tegen de radiator, waardoor er ook bloed op haar muur terechtkwam. Connie had trillend in bed gezeten terwijl ze hem overweldigden en bewusteloos spoten.

Ze had hem weken voor de aanval horen fluisteren tegen vreemde wezens in haar plafond en hij had de vreemde gewoonte gehad om langs zijn lippen te likken als hij haar in de gang voorbijliep. Soms stond hij in de hoek van een kamer naar de muur te staren, te fluisteren en te luisteren naar het antwoord. Connie was vastbesloten geweest zich nooit meer te laten overvallen.

'Wat heeft hij met je gedaan?' vroeg Baarda.

Ze schudde de herinnering van zich af, trok een fel glimlachje en streek haar haar weg van haar linkeroor. Baarda liep naar het bed, ging voorzichtig op de rand zitten en duwde het haar met zijn vingertoppen verder naar achteren, zodat hij kon zien wat er over was van haar oorlel. De kartelige rand was nog steeds duidelijk te zien. Hij liet zijn duim over het ruwe littekenweefsel gaan.

'Het helpt,' zei Connie. 'Elke spiegel herinnert me eraan waarom ik dit werk doe.'

'Zaten er mannen en vrouwen op dezelfde afdeling?' Baarda klonk ontzet, en terecht.

'De deur tussen de afdelingen hoorde 's nachts dicht te zitten, maar hij vormde een korte route voor het personeel als het ging pauzeren, dus hij werd vaak opengelaten. Veiligheid kwam op het tweede plan. Aanvallen en mishandelingen kwamen vaak voor, maar het personeel maakte daar geen melding van, uit angst terecht te worden gewezen.'

'Heb je daarom besloten forensisch psycholoog te worden?'

'In die tijd dacht ik aan iets actievers, waarbij je echt iets kon doen. Ik wilde bij de FBI. Een training doen en hard worden. Als ik tenminste ooit leerde weer te communiceren. Dat was intussen een zaak van overleven geworden.'

Baarda's telefoon ging. Hij liet Connies haar los, stond op en liep de kamer door voordat hij opnam. Terwijl hij een heleboel bevelen gaf, liep Connie de badkamer in, gooide koud water in haar gezicht en spoelde de herinneringen samen met het water door de afvoer.

Baarda beëindigde het gesprek en klopte zachtjes op de badkamerdeur.

'Connie, gaat het?'

'Ja, hoor.' Ze deed de deur open. 'Nog nieuws over Elspeth?'

'Ik ben bang van niet. Alleen een update over het vermiste schoolmeisje. Agenten hebben zonder resultaat mensen in de omgeving van de school en in de buurt waar Meggy woont ondervraagd, maar een vriendinnetje vertelde dat Meggy het had gehad over een man in het park bij wie ze zich niet op haar gemak had gevoeld. Het lijkt logisch dat hij haar heeft achtervolgd. Als het hier om een opportunistische ontvoering bij een school ging, was hij daar geweest toen de school uitging. Hij was zich er kennelijk van bewust dat Meggy altijd later werd opgehaald.'

'Ja,' zei Connie. Het woord klonk zelfs in haar eigen oren zwakjes. Ze staarde naar haar laptop en herschikte in haar hoofd de enorme hoeveelheid afbeeldingen in de bestanden, maar ze zag de foto's aan de muren van Angela's huis. 'Parken zijn goede plekken om mensen in de gaten te houden. Je kunt joggen, wandelen, naar vogels kijken, wat dan ook. Het zijn openbare plekken waar het normaal is om langzaam te lopen of gewoon te zitten. De kans is groot dat niemand je zou opmerken.'

'Is er iets...'

'Dat kan niet. Het slaat nergens op.'

'Connie,' zei Baarda. 'Waar denk je aan?'

'Haal alle foto's tevoorschijn van Elspeth in een park. Neem alles door van haar, haar man en hun kinderen. Ze hebben honden, toch?'

'Dat klopt.'

'Ook daarvan. En laat iemand bij haar gezin navragen in welke parken die foto's zijn genomen. We hebben alleen belangstelling voor parken in Edinburgh of omgeving.' Ze pakte haar laptop en begon te klikken en te scrollen.

'Maar iedereen met kinderen of honden neemt foto's in parken. Het moet een van de meest voorkomende plaatsen in familiefoto's zijn.'

'Precies,' zei Connie. 'Kijk. Angela heeft deze foto's aan haar muur hangen.' Ze wees naar beelden uit het huis van de Fernycrofts. Het park kwam er vaak op voor.

'Dat vormt nog steeds geen link met de verdwijning van Meggy. Ik ben misschien geen profielschetser, maar zelfs ik weet dat het hoogst ongewoon is dat ontvoerders zulke verschillende mensen meenemen.'

'Klopt.'

'Denk je niet dat we daar even over moeten praten voor we de Schotse politie vertellen dat er wellicht een ontvoerder in hun parken rondloopt? Want dat is niet zozeer een profiel, maar een uitnodiging voor iedereen die het recht in eigen hand wil nemen om mannen in elkaar te slaan die binnen een straal van honderdvijftig kilometer in zijn eentje in een park wordt gezien.'

'Oké.' Ze zette haar laptop opzij. 'Jij bent een ontvoerder en je bent op zoek naar een bepaald soort vrouw. Iemand met jonge kinderen. Waar ga je haar zoeken?'

'Bij een school?'

'Stel de parameters een beetje bij. Je wilt geen moeder die gewoon haar kinderen brengt en ophaalt, je wilt een heel bijzondere moeder. Je wilt zien dat ze geeft om haar kinderen. Waarschijnlijk wil je meer doen dan je alleen voorstellen hoe ze tegen haar kinderen praat. Dus moet je dicht genoeg in de buurt komen zonder op te vallen.'

'Dat kun je op meerdere plekken voor elkaar krijgen. Winkels, restaurants, zelfs op straat.'

'Dat is te algemeen. Daar zeggen ze allemaal hetzelfde. Wat zullen we vanavond eten? Komen we niet te laat? Je zoekt een plek waar de moeder niet zo op haar hoede hoeft te zijn en waar ze de kans heeft om te laten zien hoe ze haar kinderen opvoedt.'

'Je bedoelt... Of ze echt met de kinderen speelt of op een bankje haar sociale media zit bij te houden?'

'Precies,' zei Connie. 'Een park is een prima plek om relaties te beoordelen. Tieners gaan ernaartoe om even de ruimte te hebben of om stennis te schoppen. Alleenstaande oudere mensen hopen misschien op een praatje met een voorbijganger. Ouders gaan erheen omdat de kinderen er lichaamsbeweging krijgen en kunnen spelen, maar spelen met kinderen is zwaar werk. Je moet je verbeelding en je lichaam laten werken. Dat geldt verder alleen voor zwembaden.'

'Alleen heb je in een zwembad een grotere kans op camera's,' zei Baarda. 'Maar Meggy is twaalf en Angela en Elspeth zijn allebei in de dertig. Je hebt zelf gezegd dat er een psychoseksuele motivatie achter die misdaden moet zitten. Meggy past daar niet bij.'

'We zijn hier in Edinburgh, niet in Lagos of Caracas. Een dode vrouw, een ontvoerde vrouw en nu een ontvoerd kind. Dat is een behoorlijke misdaadgolf. Hoe waarschijnlijk is het dat die dingen los van elkaar staan?'

'Heb je al een foto van Meggy gezien?' vroeg Baarda.

Connie schudde haar hoofd.

'Kijk maar eens.'

Hij klapte zijn laptop open en bracht een foto op het scherm waarop ze er nog jonger uitzag dan haar twaalf jaar.

'Is dit een recente foto?' vroeg Connie.

'Van een paar weken geleden. Hij is gemaakt door een klasgenoot bij een schoolproject. Geen make-up, niets vroegrijps in haar kleren of kapsel. Als ze er ouder uitzag dan ze was of zich ouder wilde voordoen, kan ik begrijpen dat je je kunt vergissen in haar leeftijd, maar we zijn er tot nu toe van uitgegaan dat de band tussen Angela en Elspeth is dat ze beantwoordden aan zijn beeld van de perfecte moeder. Het feit dat Meggy een vreemde man heeft gezien in een park is niet genoeg om een verband aan te tonen.'

'Wat zei dat vriendinnetje precies over de man die Meggy in het park had gezien?' vroeg Connie.

'Meggy woont in Durward Grove, in de wijk Inch, ten zuidoosten van het stadscentrum. Aan de noordkant van die straat ligt Inch Park en daar is een speelplaats. Die vriendin woont daar ook in de buurt en zij zegt dat Meggy daar een man had gezien die haar in de gaten leek te houden. Hij begon een gesprekje en daarna is er iets gebeurd waardoor hij begon te bloeden. Hoe dat precies is gegaan, wist de vriendin niet. Meggy lijdt aan hematofobie, dus ze schrok daar erg van en ze heeft haar vriendin verteld dat de man een engnek was, ik geloof tenminste dat ze dat woord gebruikte, maar ze ging er verder niet op door. Het is een groot park met veel bankjes. Meggy zei dat de meeste volwassenen weten dat ze uit de buurt van meisjes moeten blijven en niet op het dichtstbijzijnde bankje moeten gaan zitten. Slim kind.'

'Een echt slim kind. Was dat een eenmalig gebeuren, dat ze naar het park ging?'

'Nee, we hebben van haar vader gehoord dat ze na school altijd naar het park ging als het niet regende, en soms zelfs als het dat wel deed. Dan ging ze daar zitten lezen,' zei Baarda.

'Ging ze in een park zitten lezen? Hoeveel twaalfjarigen lezen tegenwoordig nog een boek in plaats van zich met sociale media bezig te houden?'

'Het blijft vergezocht,' zei Baarda. 'Alleen al het feit dat het om een volslagen ander slachtoffer gaat, maakt het onwaarschijnlijk dat de zaken met elkaar in verband staan.'

'Meggy zei dat de man er eng uitzag,' merkte Connie op.

'In de ogen van kinderen zien een heleboel volwassenen er eng uit. Dat kan iets zijn aan de manier waarop hij zich kleedde of iets wat hij deed, zoals neuriën of een zenuwtrekje.'

Connie klikte op haar laptop naar een plattegrond van de stad.

'Denk hier eens over na,' zei ze. 'Meggy woont in Durward Grove. Dat is in Inch, ten zuiden van Inch Park. Angela woont in Prestonfield. Dat is ten noorden van Inch Park, maar binnen loopafstand.'

Baarda typte iets op zijn telefoon. 'Inch Park zelf is bijna vijfentwintig hectare groot,' las hij hardop. 'Dus het park is het gemeenschappelijke terrein tussen hun huizen, ook al staan die relatief ver van elkaar.'

'We moeten relevante informatie verzamelen. Foto's, kaarten van het park, informatie over hoe vaak Angela en Meggy ernaartoe gingen,' zei ze.

'Connie, dan moet het nog steeds zo zijn dat een man van volwassen vrouwen overstapt op een kind dat nog niet eens echt een tiener is. Ik wil gewoon geen overhaaste conclusies trekken en op een zijspoor belanden. We waren op zoek naar verbanden tussen Angela en Elspeth.'

'Ik vraag je niet om ervan uit te gaan dat we te maken hebben met dezelfde dader. Ik wil alleen maar kijken of het mogelijk is dat Meggy en Angela in hetzelfde park kwamen,' zei Connie.

'Goed, maar Elspeth woont in het centrum van de stad, niet in de buurt van Inch Park.'

Connie haalde haar schouders op. 'Heb je op dit moment iets beters dan dit?'

'Oké,' gaf Baarda toe. 'Jij concentreert je op Angela en ik ga verder met Elspeths familie. Ik zal een van de mensen van het team Zware Misdrijven vragen onderzoek te doen naar Meggy. Na wat die vriendin heeft gezegd over de man in het park zullen ze dat toch al doen.'

Connie knikte instemmend en voerde zoektermen in in een database van psychiatrische profielen. De foto's konden wachten. Ze wisten al wat die zouden laten zien.

'Profiel: volwassen vrouw slachtoffer + jong meisje slachtoffer + geweld + ontvoering + georganiseerd.'

Ze tikte op enter en wachtte op het resultaat.

21

De rolstoelingang van het sportcentrum was niet via de voordeur en dat vond Xavier prima. Hij had een gereserveerde parkeerplaats achter het gebouw. Als het regende en het niet praktisch was om een paraplu op te steken, was het prima om de flauwe helling naar de steeg te nemen. Er waren perioden geweest in zijn leven waarin hij het vreselijk had gevonden om een uitzonderingspositie te krijgen. Een alternatieve ingang zonder trap die hem uit de rij en dus uit het zicht hield – dat had hij bij nachtclubs meegemaakt. Aan de rand van een zaal worden gezet, zogenaamd omdat hij daar gemakkelijker kon komen, maar eigenlijk om minder gezonde lichamen naar de achtergrond te verwijzen.

Daar maakte het sportcentrum zich niet schuldig aan. Tweemaal per week kwam hij hier met vrienden rolstoelbasketbal spelen. Dat had zowel voordelen voor zijn sociale leven als voor zijn gezondheid. Hij ging zo vaak mogelijk de deur uit, maar dat werd steeds moeilijker naarmate de spierziekte hem inhaalde in de wedstrijd die ze al een paar jaar uitvochten. Soms voelde hij zich zo sterk dat hij kon geloven dat de ziekte hem nooit de baas zou worden. Maar er waren ook dagen waarop de waterkoker oppakken en een kop thee zetten net zoveel inspanning vergde als een bokswedstrijd.

Vandaag zat hij ongeveer halverwege op de schaal van niks waard tot uitzonderlijk goed. De leden van het basketbalteam waren allemaal op hun eigen manier in een rolstoel beland. Er waren legerveteranen en mensen die een auto-ongeluk hadden gehad, een paar waren geboren zonder een functionerend paar benen en een van hen had zelfmoord willen plegen door van een hoog gebouw te springen, waarbij beide benen onherstelbare schade hadden opgelopen, maar hijzelf nieuwe waardering had gekregen voor het leven. Ze hadden allemaal hun eigen etiket.

Sport had altijd deel uitgemaakt van zijn leven. Hij had voetbal, rugby en hockey gespeeld, had zo veel mogelijk hardgelopen en had dat allemaal nooit een opgave gevonden. Maar toen was zijn lichaam hem in slow motion in de steek gaan laten. De foute diagnoses van de begintijd hadden gevarieerd van belachelijk tot regelrecht nalatig. De ziekte van Pfeiffer. Voedselvergiftiging. Een heftige groeispurt. Glutenintolerantie. Hypochondrie. Overmatige masturbatie – was dat maar waar.

Hij vond het nog steeds heerlijk om buiten te zijn. Maar tegenwoordig ging alles een beetje langzamer. Hij stond aan de zijlijn te kijken naar zijn voetbalteam in plaats van zelf doelpunten te maken en moedigde mensen aan om van de bank te komen en voor het eerst een rondje door het park te rennen. Een zijspoor was een goede term voor zijn leven in een rolstoel. Dat had niets te maken met zelfmedelijden, het was gewoon de realiteit.

De meisjes die in het verleden, toen hij nog een lange, gespierde achttienjarige was, hadden gegiecheld als hij ze aansprak, keken nu over hem heen naar zijn gezonde vrienden. Potentiële werkgevers zagen hem als een manier om de roep om diversiteit af te vinken of als iemand in wie meer geïnvesteerd moest worden. Dat gold niet voor iedereen en niet altijd. Het leven kende nog steeds momenten van lol, warmte en vervulling. Maar was het leuke er een beetje af? Nou en of.

Het was maar een paar minuten naar het parkeerterrein. Hij had zijn sporttas op zijn schoot en zijn sleutels in zijn ene hand en bewoog met de andere hand zijn rolstoel vooruit. Het was donker, het regende en de verlichting was niet zo goed als ze hoorde te zijn. Hij keek naar de goot van het sportcentrum, waaronder lampen met bewegingssensoren hingen, die de route veiliger maakten. Twee van de vier lampen waren uit. Het was niet meteen duidelijk waarom, tot hij onder een van de lampen door reed en stukken plastic en een halve baksteen zag liggen. Kinderen. Niet dat hij geen begrip had voor het verlangen om dingen kapot te maken in die dagen vol testosteron en woede, waarin de wereld een voortdurend rollende bal vol haat en lol was. Het verwoesten van materiële dingen had een doel voor tieners, want het vormde een hoognodig protest tegen de structuur van de maatschappij. Hij had alleen liever gezien dat ze het niet deden in slecht verlichte steegjes.

Links van hem was een doodlopend straatje, dat vol stond met de troep die je altijd in grote steden ziet. Containers met puin, afvalbakken, een stapel houten pallets en donkere portieken van leegstaande bedrijfsgebouwen. Hij ging naar rechts, waarlangs hij een meter of vijftig verder via een bocht naar links in een paar seconden bij zijn auto zou zijn. De voetstappen achter hem waren niets ongewoons. Niet alleen rolstoelgebruikers namen de achteruitgang, hoewel de enige parkeerplekken hier waren gereserveerd voor mensen met een invalidenkaart. Soms rookte een personeelslid hier een verboden sigaretje of voerde een telefoongesprek waar anderen niets mee te maken hadden. Daarom keek hij niet om. Zelfs toen de voetstappen luider werden keek hij niet wie eraan kwam. Het was nooit in hem opgekomen dat hij risico kon lopen.

Xavier hoorde geritsel, alsof iemand in een tas naar sleutels zocht. Toen hij eindelijk besloot om te kijken of hij de voetganger kende, zag hij al een stel handen en een vage zwarte gestalte op hem afkomen. Hij kon alleen maar een gedempte combinatie van een vraag en een kreet uitstoten voordat zijn hoofd naar achteren werd gerukt, zijn stoel scherp om zijn as draaide en alles donker werd.

Hij werd overweldigd door de stank van motorolie terwijl hij snel naar achteren werd gereden, meegetrokken via de stof tegen zijn hals, en hij worstelde om de zak die hem het zicht benam weg te halen. De stof was zo dik dat schreeuwen geen zin had en hij had alle zuurstof nodig om zijn spieren brandstof te geven. Maar hij had twee uur gesport en kon niet veel meer uitrichten. Zijn ultralichte rolstoel, die was ontworpen om snel en soepel over het basketbalveld te bewegen, bood geen enkele weerstand tegen de idioot die hem op de korrel had genomen.

Terwijl hij zich probeerde te verzetten, kwam de zak steeds strakker om zijn hals te zitten. Woorden schoten als kogels door zijn hersenen, maar omdat zijn luchtpijp werd dichtgeknepen, kwam er niets uit zijn mond.

Was dit een slechte grap, dacht hij.

Een wiel van zijn rolstoel raakte een obstakel in de steeg en hij helde gevaarlijk opzij. Hij liet de zak voor wat hij was en klampte zich vast.

Neonazi's?

Extreemrechts liet steeds meer van zich horen. Nog maar twee weken eerder had iemand een pamflet onder zijn deur door geschoven, verontrustend professioneel vormgegeven en gedrukt, waarin om herinvoering van stokoude wetten tegen armen en gehandicapten werd gevraagd. In de VS waren die wetten niet zo stokoud, want de laatste ervan was daar pas in de jaren 1970 officieel ingetrokken. De woorden kwamen als vanzelf terug terwijl de stoel met een harde knal weer op beide wielen terechtkwam.

'Het is iedereen die zo ziek, kreupel, verminkt of misvormd is dat hij onooglijk of afzichtelijk is, verboden zich in de openbare ruimte op te houden.' Toen hij het pamflet had opgeraapt, was hij ervan uitgegaan dat het op grote schaal was gedistribueerd en dat het slechts bij toeval bij hem terecht was gekomen. Nu leek het waarschijnlijker dat hij een bewust doelwit was en dat het pamflet de voorbode was geweest van de behandeling die hij nu kreeg.

Werd hij voor iemand anders aangezien?

Daar klampte hij zich aan vast. Misschien was dit allemaal een vergissing. Hij was niet de enige sporter in een rolstoel en ten minste drie van zijn teamgenoten hadden in het leger gezeten. Die mannen hadden overal vijanden. Wat zouden ze met hem doen als hij hen er niet van kon overtuigen dat ze de verkeerde voorhadden? Een kogel door zijn knieën? Onthoofding? Verbranding?

'Klootzak!' Xavier herkende het Noord-Engelse accent van zijn teamgenoot Danny.

De zak om zijn nek kwam los en hij rukte hem van zijn hoofd, hapte naar lucht en draaide om.

Danny kwam met een vaartje in zijn rolstoel op hen af rijden en stompte zijn vuist als een hamer tegen de borst van een man die de controle over Xaviers rolstoel probeerde terug te krijgen. De klap kwam aan, maar werd gedempt doordat de man een halve stap naar achteren deed. Xavier pakte zijn sporttas bij de handvatten, zwaaide hem boven zijn hoofd rond en gooide hem in het gezicht van de man, zodat Danny de tijd had om dichterbij te komen voor een tweede stomp.

De aanvaller liet zich niet van de wijs brengen. De sporttas viel op de grond.

Xavier deed zijn best om om hulp te roepen, maar er kwam alleen een schor gemompel uit zijn mond.

'Maak dat je wegkomt, X,' zei Danny. 'Ik reken wel met die schoft af.'

Dat liet Xavier zich geen twee keer zeggen. Hij wist dat er tijden waren om te vechten en tijden om hulp te gaan halen, en hij ging op de deur af waardoor hij naar buiten was gekomen. Als Danny – een ex-marinier, gewichtheffer en in het algemeen een krachtpatser – die gek niet van hen af kon slaan, wist hij niet wie dat wel zou kunnen. Terwijl hij terugreed naar de helling, keek hij om zich heen of hij iemand zag die kon helpen. Danny maakte een heleboel lawaai, maar het was avond en ze bevonden zich op een bedrijventerrein, vlak bij een doorgaande weg, die het geluid van het gevecht overstemde. De sportzaal was goed geïsoleerd om het lawaai binnen te houden. Het was tot op dat moment niet tot Xavier doorgedrongen dat dat beide kanten uit werkte.

'Kom maar op, gore...' gromde Danny.

De man zei helemaal niets en stapte om Danny's stoel heen om hem uit de weg te gaan. Hij wilde niet vechten. Dit was dus een persoonlijke aanval, besefte Xavier, en het was zeker geen grap. Wie die man ook was, hij kwam voor hem en voor hem alleen.

Hij duwde zich naar voren, maar zijn rechterwiel liep aan. Xavier boog voorover om dat te verhelpen. Het wiel had schade opgelopen, waarschijnlijk toen het zo hard weer was neergekomen nadat de rolstoel bijna was gekanteld. Hij stak zijn hand in zijn zak om zijn telefoon te pakken, maar terwijl hij dat deed, besefte hij dat hij hem nog niet uit zijn sporttas had gehaald. De tas lag in de steeg, aan de andere kant van de man, die uitdrukkingsloos naar Danny keek en zich helemaal geen zorgen leek te maken.

Danny schoot op hem af en met een strijdkreet waar de moedigste Highlander zich niet voor zou hoeven schamen stompte hij de man in zijn buik. De aanvaller kromp een beetje in elkaar, maar viel niet. Danny's mond ging open en Xavier zag dat zijn vriend probeerde te begrijpen wat er was gebeurd. Zijn vuist was een onoverwinnelijk wapen. In hun team maakten ze er grapjes over. Hij was een soort legende. En die man was zo mager als een lat. Zelfs in het donker en met een jas aan stelde hij niets voor.

De man keek Xavier in de ogen alsof Danny er helemaal niet was en kwam weer op hem af lopen. Met vaste tred, maar ongehaast. Toen hij onder een van de nog werkende lampen door liep, was zijn gezicht beter te zien en eindelijk herkende Xavier hem voor wat hij was. Het skeletachtige lichaam, de diep verzonken ogen en de uitstekende jukbeenderen. De houding alsof niets aards hem kon raken.

Dit was de Dood. Hij droeg misschien een spijkerbroek en een spijkerjasje, maar het gebrek aan menselijkheid in die blik was onmiskenbaar.

Hij hield op met zijn pogingen om het wiel weer te laten draaien en staarde naar de naderende demon. Danny stoof weer op hem af en ramde hem van achteren. De man viel, Danny boog zich over hem heen en het regende slagen op het hoofd en de schouders van zijn tegenstander. Die deed geen enkele poging om zichzelf te beschermen. Hij kwam gewoon weer overeind. Danny greep hem bij zijn jas en rukte hem naar achteren, en Xavier zag de flits van Danny's ring toen zijn vriend naar het kruis van de man greep.

Xavier zag het mes eerder dan Danny. Het ging heel terloops. De zwaai van het mes duurde maar een halve seconde, vanaf het moment dat het uit een zak kwam tot het in Danny's borst stak. Er was helemaal geen geluid. Danny's hoofd viel op zijn borst en in zijn laatste seconden keek hij naar het wapen dat hem het leven had gekost, terwijl geweervuur, bommen en een terreurnetwerk er niet in waren geslaagd hem te doden. Zijn verpletterende greep op de ballen van de man, genoeg om de meest vastbesloten aanvaller tegen te houden, ontspande.

Toen Danny uit zijn stoel viel, gaf Xavier zich over. Er waren krachten waar geen verweer tegen mogelijk was. Danny was een geboren vechter en had zijn hele glorieuze carrière in het leger nog nooit opgegeven. Xavier was anders. Op de een of andere manier leek het minder angstaanjagend om het lot zijn loop te laten hebben dan om zich in de strijd te werpen.

Danny was dood voordat hij de grond raakte. Dit was geen plek om dood te gaan, achter een sportcentrum, op een bed van asfalt en een kussen van sigarettenpeuken. Zeker niet voor een held als zijn vriend, die zijn benen was kwijtgeraakt bij een explosie, maar wiens levenslust alleen maar groter was geworden nadat hij bijna was omgekomen.

In de paar stappen die het de man kostte om bij hem te komen, rouwde Xavier. De Dood was die nacht niet op Danny uit geweest. Het mes was slechts een snel middel om af te rekenen met een lastpost. Hij wilde dat zijn vriend nog een biertje was blijven drinken in de bar in plaats van naar buiten te komen en hem te hulp te schieten. Hij wilde dat hij het basketbal die avond aan zich voorbij had laten gaan en zichzelf er niet van had overtuigd dat de lichaamsbeweging en het gezelschap hem goed zouden doen, ook al was hij moe. Hij wilde dat hij de dood nog één dag te vlug af was geweest om brieven te schrijven aan de mensen van wie hij hield en dingen af te handelen.

Toen verscheen de zwarte zak weer voor zijn gezicht – geen verrassing dit keer. Xavier boog zijn hoofd, zodat de zak eroverheen kon worden gedaan. Hij wilde niet zien wat er ging komen en ook niet wat hij achterliet. Er ging een kofferbak open. Hij werd uit zijn stoel getild en er heel voorzichtig in gelegd. Toen hoorde hij het gebrom van een motor en voelde hij dat het voertuig zich in beweging zette. Het eind van een leven waarvan hij niet half zoveel had gehouden als hij had moeten doen. Xavier rouwde.

22

Door Connies monochromatische bril zag het oude centrum van Edinburgh eruit als een prentbriefkaart. De boogramen boven de deuren, het markante metselwerk en de afgemeten rijen ramen aan weerszijden van de brede straten gaven elk wandelingetje iets van grandeur. De stad kwam op haar over als een plek die met zichzelf in conflict was. De toeristen die hem in leven hielden verstopten de doorgaande wegen, overbelastten de eeuwenoude straatjes en verstoorden dag en nacht de rust. Als ze de juiste kant uit keek, zodat ze geen winkels, reclameborden of bussen zag, kon ze zich met dit zwart-witbeeld in een ver verleden wanen.

Met de drukte en de winkels in Princes Street achter zich en uitzicht op het kasteel vroeg ze zich af wat ze miste. Haar zoektocht naar informatie had niets meer opgeleverd. Angela was regelmatig met haar kinderen naar verschillende parken gegaan, waaronder Inch Park. Ook Meggy kwam daar regelmatig, maar het park was uitgestrekt en seksdelinquenten hadden een vaste fantasie. De plaats, de naam en de details van een gezicht konden veranderen, maar zelden het ras of de leeftijd van hun slachtoffers. De psychologische sprong van volwassen vrouwen naar een meisje in de prepuberteit was te groot.

Toch schreeuwde Connies instinct dat de persoon die Elspeth had meegenomen ook Meggy ergens vasthield, dood of levend. Volgens haar levend, dat hoopte ze tenminste. Baarda was bewijs aan het verzamelen en organiseerde een zoektocht in Inch Park en omgeving. Hij geloofde niet echt in haar theorie, maar was bereid erop door te gaan totdat ze iets concreters hadden.

De politie had te lang gewacht. Er was gewacht tot de moordenaar van Angela zichzelf zou verraden en in de tussentijd was Elspeth ontvoerd. Daarna hadden ze gewacht op de resultaten van de tests en op wat het buurtonderzoek zou opleveren. En toen was ook Meggy meegenomen. Het werd tijd om de handen uit de mouwen te steken en iets te laten gebeuren.

Ze belde Baarda.

'We moeten een beroep doen op de ontvoerder,' zei Connie. 'Ik weet dat het team bang is voor nog een valse losgeldeis, maar we kunnen hem vragen om informatie die alleen Elspeth weet. Dan kunnen we de copycats en de profiteurs er meteen uit halen.'

'Waarom denk je dat hij zal reageren?' vroeg Baarda.

Zijn stem was zacht en traag. Hij was er niet op uit om haar tegen te spreken, maar om haar gedachteproces te begrijpen.

'De klassieke psychopaat is gericht op communiceren. Het is mogelijk dat hij zit te wachten tot wij hem aanspreken.'

'Connie, ik weet dat je denkt dat Elspeth en Meggy door dezelfde dader zijn ontvoerd, maar we kunnen niet zomaar een persconferentie geven,' zei Baarda mild. 'We zouden eerst Meggy's ouders moeten benaderen en gezien de dood van Angela Fernycroft wordt dat een uiterst gevoelige kwestie.'

'Dat snap ik,' zei Connie, 'maar die vent heeft zich in alle drie de zaken gedragen alsof hij onoverwinnelijk is. Misschien zijn de normale psychoseksuele parameters hier niet van toepassing. Het kan zijn dat hij niet een enkele fantasie naspeelt, maar dat het veel ingewikkelder in elkaar zit. Als Meggy het derde slachtoffer is, dan escaleert dit in een razend tempo. We zijn van stalken naar een zorgvuldig in kaart gebrachte plaats delict in een huis gegaan, en vandaar naar een benadering in het openbaar, een ontvoering op een oprit en nu een bij een school.'

'Je denkt dat hij zichzelf onaantastbaar waant,' zei Baarda.

'Onaantastbaar is niet helemaal juist. Hij neemt wel voorzorgsmaatregelen. Hij wil niet gepakt worden. Hij heeft een doel, ook al zijn wij er nog niet achter wat dat is, seks, wraak of wat dan ook. Er komt planning bij kijken. De keuzes die hij maakt kunnen niet helemaal willekeurig zijn. Maar het is ongekend dat hij op openbare plekken mensen meeneemt. Het is alsof hij denkt dat hij onzichtbaar is.'

'En daarom wil jij hem vertellen dat dat niet zo is.'

'Precies,' zei ze.

'Maar stel dat dat een trigger voor hem is. Dat hij zich veilig voelt als hij onzichtbaar is en onder de radar blijft. Als we dan rechtstreeks met hem proberen te communiceren, lopen we dan niet het risico dat zijn gedrag zal escaleren? Hij heeft een slachtoffer in handen van wie we hopen dat ze nog leeft, mogelijk twee als jouw gevoel over Meggy juist is. Hij zou gemakkelijk kunnen besluiten dat het minder riskant is om ze alle twee te vermoorden voordat hij wordt ontdekt.'

'Heb jij een beter idee?' vroeg Connie.

'Het gebrek aan een beter idee is geen rechtvaardiging voor een sprong in het diepe. Als het risico niet is in te schatten, geloof ik niet dat ik mijn meerderen kan of moet overtuigen om in het openbaar een beroep te doen op deze man. Kun je een rapport opstellen met de gegevens die je hebt en met hypothesen komen die zijn gebaseerd op harde bewijzen? Met zo weinig mogelijk speculaties of veronderstellingen. De commissaris hier, Overbeck, wil resultaten zien. Als we willen dat zij ons steunt, moeten we het team Zware Misdrijven ervan overtuigen dat we vooruitgang boeken en niet in cirkeltjes rondrennen. Als je me dat voor middernacht kunt bezorgen, regel ik een vergadering met de persvoorlichters erbij.'

'Ik moet eerst een paar andere dingen doen. We hebben nog bijna niet naar ons mogelijke eerste slachtoffer gekeken. Ik wil graag zien of en hoe zij in het plaatje past.'

'Connie, als je erover denkt in je eentje naar Advocate's Close te gaan...'

'Je valt weg,' loog Connie. 'Hou je telefoon aan. Je hoort nog van me.'

Connie keek vanuit de High Street door een poort naar Advocate's Close, dat in 1544 zou zijn gebouwd. Edinburgh was destijds een ruwe handelsstad met noodlijdende bewoners. Dokters deden meer kwaad dan goed, hoewel zij het levende bewijs was dat daar in sommige gevallen niet veel aan veranderd was. De hogere klassen hadden alles in de hand, van de rechtbanken tot het leger. Scholing was alleen bestemd voor mannen. Zij zou niet meer zijn geweest dan een bezitting.

Tegenover St. Giles' Cathedral, tussen een sigarenzaak en een souvenirwinkel, lag de ingang van Advocate's Close onder een verpletterende massa van vijf verdiepingen kantoren en appartementen. Ze liep de poort in.

Ondanks al die mensen in de omringende gebouwen was het in het smalle steegje zo stil als het graf. Het uitzicht over de stad vanaf de trap naar het hofje was spectaculair, maar de straatstenen stonken naar urine en de natuurlijke, tijdloze schoonheid werd bedorven door een plas braaksel. Achter haar klonken voetstappen. Ze stopten. Gingen terug. Connie liep door.

Het licht kwam en ging, poelen van veiligheid. De poort was een toevluchtsoord tegen de bijtende wind. Maar er keken maar weinig ramen uit over het smalle pad. Veiligheid was een ongrijpbaar concept. Hier konden de daklozen ontsnappen aan mensen die hen lastigvielen en passerende politiewagens. Ze konden hun tijdelijke accommodatie opzetten tegen solide muren en een beetje rust vinden. De voorbijgangers waren bekend met de stad. Niemand zou per ongeluk door zo'n poort lopen, op heel dronken mensen na die na sluitingstijd een toilet in de buitenlucht zochten. Of mensen die op problemen uit waren.

Toen ze een eindje de poort in was gelopen, ontnam de trap haar het zicht op de High Street. Connie bleef staan met haar rug tegen de muur en stelde zich voor hoe het moest zijn als je hele hebben en houden in plastic tassen zat, als je alleen het geld dat je die dag bij elkaar had gebedeld had om eten te kopen en niet meer dan een slaapzak om je 's nachts warm te houden.

Weer hoorde ze voetstappen, zwaar en langzaam. Geluid kon intimiderend zijn. Haar hartslag nam het ritme aan van het links-rechts, links-rechts en ze besefte dat ze niet kon horen of de voetstappen van High Street boven haar of het pad onder haar kwamen. Het geluid weerkaatste verraderlijk en verwarrend van de bakstenen.

Ze stak haar hand in haar zak, op zoek naar haar alarm, maar besefte dat ze een ander jasje had aangetrokken en het ding in het hotel had laten liggen. Sukkel die ze was. Ze overwoog om te roepen, maar dat voelde dom. Vervolgens ergerde ze zich eraan dat ze om hulp zou moeten roepen en tegelijk aan het feit dat ze zich te veel schaamde om dat te doen. Ze was niet bedreigd, maar toch stonden de haartjes op haar armen overeind.

Bovenaan de trap verscheen de gestalte van een man. Capuchon over zijn hoofd. Lang. De schaduw verborg zijn gezicht. In haar verbeelding had hij een biljet van twintig pond in zijn hand, dat op de grond zou dwarrelen als ze hem afwees. Hij stond stil en keek naar haar.

Connie dacht erover verder de trap af te lopen, maar dan zou ze hem de rug moeten toekeren.

'Wat moet je?' riep ze naar hem.

Hij zweeg. Er kronkelde een worm van angst in haar ingewanden en dat maakte haar woedend.

'Laat me met rust!' riep ze. 'Anders krijg je er spijt van.'

Diep uit zijn keel kwam een grom.

Te veel gedachten ineens. De neiging van psychoseksuele moordenaars om terug te keren naar de plaats delict. Hoe stom het was om niet te controleren of ze werd gevolgd voordat ze de poort in ging. Ze mocht dan goed getraind zijn in zelfverdediging, een man die twee keer zo groot was als zij en het voordeel had van de hoogte zou ze waarschijnlijk niet kunnen verslaan. Ze wilde niet sterven zonder Martha's Vineyard nog een keer te zien. En als laatste: doodgaan was geen acceptabele mogelijkheid. Ze had nog te veel te doen.

'Loop naar de hel.' Ze stopte haar angst diep weg en sprintte met gebalde vuisten de trap op, vertrouwend op lenigheid en verrassing.

Hij sprong met twee treden tegelijk op haar af, lichter op zijn voeten dan zijn omvang had doen vermoeden. Connie had meteen spijt van haar beslissing en wilde dat ze ervandoor was gegaan.

'Pardon,' riep een stem boven hen.

De man was nog maar vierenhalve meter van haar af. Hij keek achterom. Connie maakte gebruik van de gelegenheid om zich terug te trekken en rende de andere kant uit.

Er klonk een kreet boven haar, de bons van een lichaam dat op de grond viel, gevolgd door gebonk, gepiep en nog meer gebonk. Toen ze een heel eind uit de buurt was, bleef ze staan en draaide zich om.

Boven haar stond Brodie Baarda naast een lichaam, waarvan hij een pols op de rug had gedraaid. Ze praatten zo zachtjes dat ze hen boven haar hortende ademhaling uit niet kon horen. Connie schudde haar hoofd, veranderde nog een laatste keer van richting en liep langzaam weer omhoog naar Baarda. Haar benen trilden. De angst sloeg om in woede.

'Opstaan.' Baarda trok de man overeind en rukte zijn capuchon af.

Het gezicht dat ze zagen was vlezig en pokdalig en de rode adertjes in zijn neus wezen onomstotelijk op iemand die al heel lang heel veel dronk.

'Hij zegt dat hij op zoek was naar een prostituee. Een plaatselijke pooier laat hier 's avonds regelmatig een meisje voor hem achter,' legde Baarda uit.

'Het leek alsof je me stond op te wachten,' zei de man tegen Connie.

'Omdat ik een vagina heb en 's avonds laat in een steegje stond?' vroeg Connie.

'Ik heb hier een briefje van vijftig, dat kun je zo krijgen,' grijnsde de man.

Baarda ramde een vuist tegen de ribbenkast van de man en hij kwam met een hoog gegorgel weer op de grond terecht.

'Kom op,' zei Baarda. 'Wat je hier ook zocht, hij is het niet.'

Hij nam Connie bij de elleboog en loodste haar de trap weer op. Ze verzette zich niet.

'Je hebt hem geslagen,' zei Connie. 'En hard ook. Is dat normaal bij de politie in het land van thee en biscuitjes?'

'En jij bent laat in de avond hiernaartoe gegaan zonder back-up, terwijl je eruitziet alsof je in de verkeerde handen doormidden zult breken als een twijgje, hoe hard je ook je best doet om een harde tante te lijken.'

'Hé, wacht eens even, wil je nu zeggen dat het mijn eigen schuld is? Dat vrouwen die er kwetsbaar uitzien om moeilijkheden vragen?'

Baarda wees naar zijn auto. 'Ook goed,' zei hij. 'Hoe was je van plan met een situatie als deze om te gaan?'

'Normaal gesproken heb ik een alarm bij me,' zei ze.

'O, neem me niet kwalijk. Omdat je normaal gesproken een alarm bij je hebt, had je in dit geval natuurlijk volkomen veilig moeten zijn. Ik had me er niet mee moeten bemoeien. Maar goed, we hebben een nieuwe plaats delict, dus misschien kunnen we deze discussie in de auto voortzetten.'

'Ik wilde alleen...'

'Ik weet precies wat je wilde doen,' zei Baarda. 'Ik was met je meegegaan als je het had gevraagd.'

Connie stapte met een zucht in de auto. 'Ik heb geen babysit nodig. Vrouwen hoeven niet door mannen beschermd te worden.

Mannen moeten ophouden ons aan te vallen. Dan zijn we veilig.'

'Dat ik zelf nog niet op de oplossing voor dit sociale vraagstuk gekomen ben. Dank je dat je het even hebt uitgelegd. Heeft de ervaring je gebracht wat je wilde?' vroeg hij.

'Misschien niet wat ik wilde, maar waarschijnlijk wel wat ik nodig had. Advocate's Close lijkt een veilige plek, maar in feite is een vrouw kwetsbaar zodra ze die poort in gaat. Hij is smal en donker, er kijken geen ramen over uit en omdat er pubs in de buurt zijn, is er 's avonds vaak veel gegil en lawaai, dus een voorbijganger zou niet weten wanneer hij dat serieus moet nemen. Het zou heel eenvoudig zijn om iemand een mes op de keel te zetten.'

'Een goede plek om een gemakkelijk doelwit te vinden dus,' zei Baarda.

'Ja.' Ze ging met haar handen door haar haar en ontspande zich. 'Hé, dank je. Soms doe ik zo mijn best om niet bang te zijn dat ik recht in het oog van de storm loop. Het was niet mijn bedoeling om zo kattig te doen. Ik ben blij dat je me vanavond kwam zoeken.'

'Graag gedaan,' zei hij.

'Het was prachtig om te zien hoe je die schoft te lijf ging. Geen actie die ik van je had verwacht.'

'Als iedereen me ervoor aanziet dat ik zoiets zou doen, zou ik het verrassingseffect kwijt zijn, toch?' Baarda glimlachte.

Connie draaide zich naar hem toe. Zijn krullen zaten in de war, maar verder had het incident helemaal geen effect gehad op Baarda. Hij leek zichzelf volkomen meester.

'Je bent ongelooflijk aantrekkelijk, inspecteur Baarda. Weet je dat?'

'Ik weet dat we naar een nieuwe plaats delict moeten,' zei hij. 'Kunnen we het daarover hebben?'

'Natuurlijk,' stemde Connie in. 'Maar ik heb gezien wat ik heb gezien. Er schuilt meer in jou dan je zo op het oog zou zeggen, Brodie. Dat hebben vrouwen altijd snel door.'

23

Baarda zette haar zo dicht mogelijk bij de plaats delict af en reed toen weg om de auto te parkeren op een plek waar hij de doorgang niet zou belemmeren. De steeg achter het sportcentrum was afgezet, net als het parkeerterrein aan de ene kant en de weg waar het pad aan de andere kant op uitkwam.

Een geüniformeerde agent hield haar tegen toen ze over het politielint wilde stappen.

'Commissaris Overbeck heeft me gevraagd hiernaartoe te komen,' zei ze voor de agent iets kon zeggen. 'Ik ben de forensisch psycholoog die daderprofielen opstelt in de zaken Dunwoody en Fernycroft.' Ze liet haar identiteitskaart zien.

'Volgens mij kan hier nog steeds alleen politiepersoneel worden toegelaten, mevrouw. Ik wil wel even gaan vragen...'

'Ik heb begrepen dat er een getuige is,' zei Connie.

'Eh, ja, maar die is nogal dronken, voor zover wij kunnen beoordelen. Dat of drugs. Als u hier even wilt wachten.'

'Ik heb bevelen van de commissaris persoonlijk,' loog Connie.

'Ik sta voor haar in, Sam. Laat de dame maar door,' zei een schrille stem achter hen.

'Natuurlijk, dokter Lambert,' zei de jonge agent eerbiedig tegen de forensisch patholoog.

'Waarom heb ik niet zoveel overwicht?' vroeg Connie toen ze achter haar aan liep.

'Je bent te jong, te knap en voor deze stad bovendien te Amerikaans. Misschien helpt het als ik vertel dat ik de eerste twintig jaar van mijn carrière werd betiteld als dat meisje met de bril dat nooit lacht. Nou, trek een overall aan. Ik neem aan dat er een reden is voor je komst.'

'Te veel doden en verdwijningen, te weinig antwoorden en ik geloof niet in toeval.' Connie pakte een witte overall en schoenhoezen, maakte haar haar vast met een elastiek en duwde het in de capuchon.

'Dat hebben we gemeen. Maar dit is iets heel anders dan de moord op Angela Fernycroft. Als het ermee in verband staat, ligt de link niet erg voor de hand.'

Ze liepen samen naar de omgevallen rolstoel. Het lijk lag met een uitgestrekte arm op zijn zij, met zijn gezicht op de grond. Zelfs in het donker en op het asfalt was duidelijk dat hij in een plas bloed lag. Connie hoefde de kleur niet te zien. Ze kon het ruiken.

'Steekwond.' Ailsa zat op haar knieën naast het lichaam. 'Een enkele, voor zover ik kan zien. Recht in het hart. Normaal zou er niet zoveel bloed zijn, maar het mes is losgekomen toen het slachtoffer uit zijn stoel viel en daardoor is een aanzienlijke hoeveelheid bloed uit de wond gelopen voordat het hart was stilgevallen.' Ze pakte het mes op. 'Een lemmet van ongeveer achttien centimeter, metalen greep, scherpe punt. Lijkt op een slagersmes. Er is met aanzienlijke kracht gestoken om tot het hart door te dringen.'

'Hij heeft ook nog andere verwondingen,' zei Connie. 'Er is eerst gevochten. Als de aanvaller een mes had, waarom heeft hij dat dan niet meteen gebruikt?'

'Ik zie drie duidelijke kneuzingen en ook nog snijwonden en schaafwonden in het gezicht. Hier en daar zijn er zwellingen en bloedingen, wat erop wijst dat die verwondingen voor de dood zijn ontstaan. Misschien is het wapen gebruikt als laatste redmiddel. Deze man is nog geen uur dood.' Ze pakte om de beurt de handen vast. 'Te oordelen naar de schade aan zijn knokkels zou ik zeggen dat hij zich behoorlijk heeft verdedigd.'

De patholoog haalde zakjes uit haar zak, die ze om de handen schoof en om de pols vastmaakte om sporen veilig te stellen.

'Blijf van me af,' zei iemand aan de andere kant van de steeg met een dikke tong.

'Pardon, Ailsa.' Connie keek naar de lampen toen ze naar de achteringang van het sportcentrum liep. Ze zag ook grote containers en de donkere portieken aan de andere kant van de straat. Plekken genoeg waar een man of vrouw ongezien kon wachten.

'Wilt u even rustig doen, meneer? U staat niet onder arrest, maar we moeten u meenemen naar het bureau, zodat u een volledige verklaring kunt afleggen,' zei een vrouw.

'Ik ga verdomme niet naar een politiebureau en ik heb schijt aan jullie.'

'We zorgen voor een warme maaltijd en zoveel kopjes thee als u wilt. Het is hier ijskoud en het gaat even duren,' bleef de vrouw aanhouden.

Inmiddels kon Connie hem zien, een man met een heleboel jassen aan en dekens en een rafelige slaapzak om zich heen geslagen. Zijn gezicht was vlekkerig van het vuil, de kou en drank- of drugsmisbruik.

'Ik ga weg, dat doe ik. Straks komt dat monster terug, daar kun je zeker van zijn.' Hij boog zich dicht naar de agente. 'Hij heeft geen woord gezegd! Niet een. Hij bleef gewoon de klappen opvangen tot hij dat mes trok en toen bam. Net alsof hij een kalkoen aansneed. Hij keek niet eens naar die arme gozer toen hij op de grond viel. Denk je echt dat ik een verklaring ga afleggen? Ik mag dan dronken zijn, schatje, maar stom ben ik niet. Ik wil die duivel niet achter me aan hebben. Dat gezicht van hem!'

'Wat was er met zijn gezicht?' kwam Connie tussenbeide.

'Nou, het was net de maan met gaten als ogen.' Hij begon zijn tassen en rugzakken te verzamelen.

'Hoe kan het dat die man u niet zag?' vroeg de agente.

‘Ik lag onder het karton. Kan ik wat geld krijgen?’

‘U weet dat ik u geen geld kan geven,’ zei de agente vriendelijk. ‘Maar ik kan u wel iets te eten geven. U moet ons alleen helpen met...’

‘Ik geef u geld als u voor mij naar een foto kijkt.’ Connie typte iets in op haar telefoon.

‘Mevrouw, dat is niet toegestaan,’ protesteerde de agente.

‘Ik ben een burger, geen politie. Die regels hebben geen betrekking op mij.’ Ze haalde een biljet van twintig pond uit haar zak. ‘Eén foto, maar ik wil een eerlijke reactie. Geen onzin, oké?’

Connie hield hem haar telefoon voor.

De ogen van de man werden groter. Hij deed een stap naar het scherm en tuurde naar de afbeelding. Toen ging hij naar achteren en sloeg de telefoon uit Connies hand.

Connie greep hem bij de kraag en trok hem naar zich toe.

‘Was dat hem?’ vroeg ze.

Hij haalde zijn schouders op en mompelde iets.

‘Als je het geld wilt hebben, kijk je me aan en vertel je me of die foto op de man lijkt.’

‘Is hij echt? Ik dacht dat ik me hem misschien had verbeeld, maar toen zag ik het bloed,’ fluisterde de man.

‘Hij is echt.’ Connie stak hem het geld toe. ‘Nou, geef die aardige agente een verklaring, dan kun je daarna gaan.’

‘Mevrouw, ik moet die foto zien, zodat we weten wie we zoeken,’ zei de agente.

Connie hield haar telefoon omhoog.

‘Wat is dat?’ vroeg de agente.

‘Dat...’ Connie zuchtte, ‘... is een personage uit een kinderfilm. We zoeken kennelijk een tekenfilmfiguur.’

‘Jullie moeten hem vinden voordat hij die andere ook vermoordt,’ mompelde de man, die het biljet van twintig pond in zijn schoen verstopte.

Connie en de politieagente draaiden zich allebei tegelijk om.

'Wat zei u daar?' vroeg Connie.

'De andere. Die hij heeft meegenomen. De arme schocier. Hij trok hem in zijn rolstoel mee.'

De agente had haar mobilofoon al in de hand. 'Alle eenheden, we hebben te maken met een ontvoering...'

Connie wachtte tot de agente de details over het slachtoffer had en belde toen Baarda. 'Hij heeft het weer gedaan en nu ben ik er helemaal zeker van dat hij Meggy heeft meegenomen. Je moet meteen zorgen dat ik een oproep kan doen op de tv.'

'Is zijn auto gezien?' vroeg Baarda.

'Nee. Klein parkeerterrein, geen camera's. Hij moet het van tevoren hebben gecontroleerd. Het is hier vrij donker en het is een bedrijventerrein, dus er zijn geen woonhuizen die op het parkeerterrein uitkijken. Daarom heeft hij hem waarschijnlijk hier ontvoerd in plaats van bij zijn huis. Hij woont begeleid, dus daar zijn altijd mensen.'

'Slimme gozer,' zei Baarda. 'Een momentje.'

Baarda begon in zijn mobilofoon te praten. Connie luisterde mee.

'Attentie alle eenheden. Er is een ontvoering gaande. De ontvoerder is een witte man, die wellicht afwijkend rijgedrag vertoont. Misschien klinken er geluiden in zijn kofferbak. Informeer de andere diensten, inclusief undercoveragenten, ambulancemedewerkers en de brandweer. Ik wil dat alle voertuigen op de grote wegen die deze wijk uit gaan worden doorzocht. De komende vier uur moeten alle voertuigen met een enkele, witte bestuurder staande worden gehouden en worden onderzocht.'

'Dat is een enorm karwei,' zei Connie toen ze hem weer aan de lijn had.

'Wat zijn onze kansen op succes?' vroeg Baarda.

'Het helpt niet als ik negatief ga doen.'

'Ik hoor liever je eerlijke mening. Zeg wat je denkt,' zei Baarda.

'Ik denk dat hij heel goed de weg weet in deze stad. Hij heeft zijn slachtoffers gestalkt, dus hij heeft de plekken waar hij ze wilde ontvoeren geïnspecteerd. Hij zal een route nemen die hij van tevoren heeft uitgezet. Zijwegen, woonwijken, al doet hij er dan vier of vijf keer zo lang over. We moeten wanhoop niet aanzien voor domheid.'

'Wat kan ik dan doen? Hoe krijgen we hem te pakken als hij ons steeds een stap voor is?'

'Zoek hem op plekken waar hij heen moet als hij geen misdaden aan het plegen is. We hebben een compositiefoto van de ontvoering van Meggy. Kun je die laten ophangen bij supermarkten en in personeelskamers? Ook bij arbeidsbureaus en drogisterijen, want misschien heeft hij een uitkering. Ik denk niet dat hij op dit moment werkt. Volgens de beschrijvingen is hij niet bepaald gezond.'

'Goed werk,' zei Baarda. 'Ik ga met de man van Elspeth Dunwoody praten. Hij woont weliswaar niet in de buurt van Inch Park, maar hij heeft verteld dat hij rugby speelt bij de Liberton Club. Elspeth en de kinderen gingen in het weekend regelmatig kijken.'

'In hoeverre is dat relevant?' vroeg Connie.

'Het is vlak bij Inch Park. Net aan de andere kant van Gilmerton Road zelfs. Het is best mogelijk dat ik je mijn verontschuldigingen moet aanbieden. Kun jij een lift naar het bureau krijgen?'

'Dat zal wel lukken en laat die verontschuldigingen maar zitten,' zei Connie. 'Ga met Elspeths man praten.'

24

Fergus was op een klein privéparkeerterrein, waar hij maandelijks voor betaalde, in een andere auto overgestapt. Hier in de buitenwijken stond niemand bij het hek. Hij kende de combinatie van het slot, dus hij kon zichzelf naar believen in en uit laten, en hij betaalde contant en van tevoren. Geen papierwerk. Het gaf hem enige flexibiliteit om twee auto's te hebben. De parkeerterreinen bij winkelcentra waren zijn tweede voorkeur. Als ze groot genoeg waren, kon hij via zo'n terrein van de ene hoofdweg op de andere komen, zodat hij moeilijker te volgen was met wegcamera's. De wegenkaarten op internet waren tegenwoordig fantastisch. Je kon je hele rit vanuit huis plannen, de beste en kortst mogelijke route vinden en grote kruisingen vermijden. Stoplichten waren de vloek van zijn bestaan. En er waren tegenwoordig veel te veel camera's.

Dit keer had hij de sirenes gehoord. De plaatselijke radiozenders meldden grote vertragingen op bepaalde wegen. De wegversperringen waren sneller opgezet dan hem lief was, maar hij had deze keer niet zo voorzichtig hoeven zijn. Xavier was tenslotte het laatste stukje van de puzzel.

Fergus controleerde de hal via de kijkgaatjes, eerst het bovenste en toen het onderste. De vrouw en het meisje waren nergens te zien. Hij bonsde hard op de deur en wachtte tot ze tevoorschijn kwamen, zoals hij Elspeth had geleerd. Ze moest zo ver weg gaan staan dat ze geen akelige dingen kon doen. Ze verschenen langzaam en met hangende hoofden, gingen aan de andere kant van het appartement met hun gezicht naar de muur staan en legden hun handen op hun hoofd. Hij deed de deur van het slot en schopte hem open.

Xavier was een dood gewicht over zijn schouder, maar daar had hij geen last van. Hij at alleen nog als hij er zin in had. Zijn lichaam had de calorieën niet nodig. De zorgen over allergieën en voedselvergiftiging, die hem jaren hadden achtervolgd, waren weg. Hij kon niet ziek worden. De natuur had geen akelige verrassingen meer voor hem. Elk hapje eten was een nieuwe ervaring. Hij was vergeten hoe het was om geen zorgen te hebben. Hij at en dronk wat hij wilde en gooide het na één hap weg als het hem niet smaakte. Zijn biologische klok tikte af naar een niveau van ontbinding waarbij hij niets meer aan zijn lichaam had, maar er was hem iets geopenbaard dat verder ging dan de onvermijdelijkheid van zijn rottende lijf. De dood had helemaal geen consequenties.

Hij ging de zitkamer in en liet het nieuwste lid van zijn gezin op de bank vallen.

'Kom binnen en maak kennis met Xavier,' riep Fergus naar Elspeth en Meggy.

Geen reactie.

'Hier komen!' schreeuwde hij. 'Dat is niet meer dan beleefd. Ik heb dit voor ons allemaal gedaan.'

Hij stormde de gang in. Elspeth en Meggy stonden met de armen om elkaar heen en met rode ogen te jammeren. De vrouw had een strookje stof om haar hand. Hij keek er even naar en schudde toen zijn hoofd. Haar verwonding was op dit moment niet zijn probleem.

'Nu!' commandeerde hij.

Meggy drukte haar gezicht tegen Elspeths schouder en begon te snikken.

'Boeie.'

Hij pakte Elspeth bij de pols en sleepte haar mee. Ze zette zich schrap en Meggy trok gillend aan haar andere hand.

'Alsjeblieft, nee...' riep Elspeth.

Er was iets veranderd. Zo hadden ze zich eerder niet gedragen. Ze waren wel stil geweest, maar ze hadden meegewerkt. Misschien hadden ze honger. Hij probeerde zich te herinneren wanneer hij ze voor het laatst eten had gegeven, maar de tijd was een aal geworden in zijn hersenen, die hij niet in een rechte lijn kon krijgen.

'Doe...' Hij trok haar mee. 'Wat...' Nog een ruk. 'Je wordt...' Intussen was ze in de zitkamer. 'Gezegd.'

Elspeth schoot trillend naar een hoek. Meggy bleef in de gang staan kijken en wipte van de ene voet op de andere, klaar om ervandoor te gaan, ook al kon ze nergens heen. Fergus hief traag zijn arm en wees naar de man op de bank.

'Dat is Xavier,' zei Fergus. 'Jullie moeten voor hem zorgen.'

Xavier probeerde zich overeind te duwen om hen aan te kijken. Zijn rechteroog was dik.

'Waar ben ik?' Hij wreef over zijn achterhoofd. 'Wie is dat?'

'Dat is mijn vrouw,' zei Fergus. 'Mooi hè?'

'Wat heb je met hem gedaan?' Meggy kwam binnen en bleef met open mond staan kijken. Ze deed nog een stap naar Xavier toe. 'Waarom komt hij niet overeind?'

'Meggy, schat, kom hier en hou je rustig,' zei Elspeth.

Het meisje liep met een trillende, uitgestrekte hand naar de bank.

'Doe niet zo moeilijk. Jullie tweeën moeten voor hem zorgen. Hij is nu mijn broer.'

Fergus had Xavier met zorg uitgekozen. In de plaatselijke krant had een artikel over hem en zijn rolstoelbasketbalteam gestaan en Fergus was enorm onder de indruk geweest van Xaviers doorzettingsvermogen en vechtlust. Hij wist dat Xavier een broer was om trots op te zijn. Naast praktische waren er ook emotionele overwegingen. Hij had niets aan een broer die de held kon spelen. Die fout had Fergus eerder gemaakt en dat was bijna op een ramp uitgelopen. Xavier zou de deur van het appartement niet slopen, zeker niet zonder rolstoel. Een broer met een lichamelijke beperking was in alle opzichten ideaal. Daarom had Fergus Xavier al een hele tijd in het vizier, nog langer dan Angela.

'Wat is er met Angela gebeurd?' vroeg Fergus en hij staarde naar de muur met het geschilderde raam. In zijn verbeelding wapperden de gordijnen en zongen buiten de vogeltjes.

'Wie is Angela?' vroeg Elspeth.

'Jij had Angela moeten zijn,' zei hij tegen haar. 'Ze was volmaakt.'

'Elspeth is ook volmaakt,' zei Meggy. 'Waarom gaat die man niet staan?'

'Zijn benen werken niet, daar mag je geen nare opmerkingen over maken. Xavier is heel belangrijk voor papa.'

Meggy keek hem woedend aan. 'Jij bent mijn papa niet,' foeterde ze.

Elspeth ging meteen tussen Fergus en het meisje in staan.

'Ik wil dit niet meer. Ik wil weg. Hij is niet mijn vader en hij kan me niet dwingen papa tegen hem te zeggen!'

'Word niet boos,' zei Elspeth liefjes tegen Fergus. 'Meggy is een beetje van streek. Ik praat wel met haar. Ik denk dat ze een beetje overdonderd is omdat je iemand anders hebt meegebracht...'

Fergus deed een stap naar voren en schoof Elspeth opzij. Ze viel tegen de muur en knalde met haar hoofd tegen het geschilderde raam. In zijn verbeelding kwam er een barst in de ruit.

'Je hebt mijn vriend Danny vermoord,' zei Xavier. 'Waarom deed je dat?'

'Vergeet het,' verkondigde Fergus. 'Er is geen Danny meer. Ik heb je al die trappen op gedragen, of niet soms? Ik heb je naar mijn huis gebracht. Je was alleen. Er was niemand om voor je te zorgen. Nu heb je de hele tijd gezelschap. Mijn vrouw en mijn dochter zullen voor je zorgen en ik kom vaak op bezoek. Ik wou dat je bij de trouwerij was geweest. Dan had je mijn getuige kunnen zijn. Stel je eens voor wat een speech je had kunnen geven. Elspeth zag er prachtig uit. Maar we hebben nog tijd. We zullen…'

Fergus schudde zijn hoofd. Alles was wazig in zijn hersenen. Opeens kon hij zich niet meer herinneren wat ze hier allemaal deden.

'Je ziet er moe uit,' zei Elspeth. 'Het moet een enorm karwei zijn geweest om Xavier de trap op te dragen. Waarom ga je niet even rusten? Je hebt het verdiend.'

'Ik ben inderdaad moe,' zei Fergus.

Hij glimlachte haar liefdevol toe, nam haar in zijn armen en leunde tegen haar aan. Elspeth sloeg haar armen om hem heen en wreef zachtjes over zijn rug. Dat was fijn. Het was iets wat zijn moeder had kunnen doen. 'Jij bent net zo goed als Angela. Beter nog. Denk je graag terug aan onze trouwdag? Ik wou dat onze families erbij hadden kunnen zijn.'

'Ja.' Elspeth glimlachte. 'Ik denk er de hele tijd aan. Het was…' Ze slikte moeizaam.

Het was heerlijk om haar zo emotioneel te zien, dacht hij. Fijn dat ze zich net zo voelde als hij.

'… magisch.'

'Ik moet jullie meer eten brengen. Daar heb ik helemaal niet aan gedacht!' Hij sloeg tegen zijn voorhoofd en Elspeth deed een stapje naar achteren. 'Wat oerstom van me.'

'Je hebt veel aan je hoofd en we hebben nog een heleboel biscuitjes, kaas en blikken fruit van de laatste keer dat je iets meebracht. Dat komt morgen wel. Ik zorg dat Xavier gesetteld raakt, dan kun je morgenochtend boodschappen brengen. Tegen die tijd hebben we het appartement weer helemaal op orde, nietwaar, Meggy?'

Het meisje sloeg haar armen over elkaar en keek boos naar haar voeten.

'Die moet zeker ongesteld worden. Je doet wat je moeder zegt, jongedame,' zei Fergus vermanend.

'Wat gebeurt hier in godsnaam?' stootte Xavier uit.

Elspeth sloeg haar armen weer om Fergus' schouders en klemde hem even tegen zich aan. 'Ik denk dat iedereen moe is. Het wordt tijd dat we gaan slapen.'

'Dank je,' zei Fergus. 'Je doet het goed.'

'Dank je,' zei ze.

'Hij heeft Danny vermoord,' herhaalde Xavier. 'Hij is krankzinnig!'

'Onzin,' zei Elspeth. 'Fergus deed alleen wat gedaan moest worden, ja toch?'

'Dat klopt,' zei Fergus. 'Ik wilde alleen mijn familie bij elkaar houden. Iedereen heeft familie nodig.'

'Absoluut.' Elspeth trok hem zachtjes mee naar de deur van het appartement en liep toen weg om hem de kans te geven naar buiten te gaan. 'We zien je morgen. Verse melk zou lekker zijn. Ik denk dat Xavier tegen die tijd wel een kop thee wil.'

'Verse melk,' zei Fergus toen hij de deur achter zich op slot deed.

Het ging allemaal prima. Hij wist nu weer wat hij aan het doen was. Hij had een vrouw die van hem hield. Een dochter die misschien een lesje moest leren als ze niet deed wat hij wilde, maar was dat niet altijd zo met kinderen? En nu was zijn broer ook thuis en die zou hem dankbaar zijn omdat hij hem had gered uit zijn eenzame bestaan.

Hij sjokte de trap af naar zijn slaapkamer. Slapen was kennelijk het enige wat hij nu hij dood was even hard nodig had als toen hij nog leefde.

'Binnenkort kunnen we allemaal samen weggaan. Een grote, gelukkige familie, voor altijd.'

25

'De normale profileringscategorieën zijn hier niet van toepassing,' zei Connie tegen een zaal vol ijzige gezichten. 'Hij heeft namelijk geen standaard motief voor de moorden of de ontvoeringen. Bij elke misdaad wordt de dader stoutmoediger en doortastender. Hij pleegt ze steeds vaker in het openbaar. We weten nu dat de dode man achter het sportcentrum pas tussenbeide is gekomen toen de poging tot ontvoering al was ingezet. Xavier Coghill wordt vermist. We moeten dus een profiel opstellen van een man die een volwassen vrouw heeft vermoord en die nu een vrouw, een meisje en een volwassen man gegijzeld houdt.'

Connie keek de zaal door. Elke politiemedewerker in actieve dienst had zich daar verzameld. Ze waren gespannen en gefrustreerd en ze naderden het kookpunt. Als politiemensen bijeenkwamen met een enkel doel, werden ze een meute. Hun mentaliteit veranderde. Ze werden minder rationeel. Ze hadden er ook een hekel aan om te luisteren, want ze wilden actie. Dat wilde zij ook, maar het traditionele politiewerk – bij mensen aankloppen en camerabeelden bekijken – leverde niets op.

'De dader is in een paar weken van een mislukking naar een georganiseerd plan en weer naar een chaotische aanpak gegaan, maar hij blijkt succesvoller dan ooit in het meenemen van zijn slachtoffers,' ging ze verder.

'Waar is hij op uit? Er moet een patroon zijn,' riep iemand.

'Ik geloof dat het eerder een verzameling is dan een patroon,' antwoordde Connie. 'Hij moet een fantasie uitwerken, maar niet het soort fantasie waar wij ervaring mee hebben. Misschien gaat niet steeds dezelfde fantasie rond in zijn hoofd, zoals je normaal vaak ziet. Het lijkt waarschijnlijker dat zijn fantasie een verhaal is dat zich ontwikkelt.'

'Wilt u het eens in gewone taal uitleggen?'

Connie keek niet op om te zien waar die vraag vandaan kwam.

'Bekijk het eens zo. Een standaard serieverkrachter herhaalt steeds dezelfde fantasie. Hij heeft een slachtoffer voor ogen en werkt telkens hetzelfde riedeltje af. In zijn hoofd wordt voortdurend dezelfde film gedraaid en hoewel er variaties kunnen optreden in kleding of locatie, blijft het basisscenario hetzelfde. We leren steeds meer over hem omdat deze herhalingen hem voorspelbaar maken,' legde ze uit.

'Probeert u te helpen of probeert u uit te leggen waarom u geen stap verder komt?' Een vrouw met over elkaar geslagen armen en opvallend hoge hakken stapte weg van de muur.

Hoewel Connie niet bekend was met de fijnere nuances van het Schotse accent, twijfelde ze er niet aan dat ze hier dat van de hogere klasse hoorde. De vrouw was broodmager en had nagels die niet misstaan zouden hebben bij een eersteklas dominatrix, en aan haar uniform en houding was duidelijk te zien dat ze een hooggeplaatste beambte was.

'Sorry, we zijn nog niet aan elkaar voorgesteld. Ik ben commissaris Overbeck. Gaat u alstublieft door.'

Connie keek snel opzij naar Baarda. Hij had haar gewaarschuwd voor Overbeck en hij had geen woord te veel gezegd. Zo'n politiecommissaris had ze nog nooit ontmoet.

'Dank u, dat zal ik doen.' Connie wierp Overbeck een onverstoorbare glimlach toe. 'Zoals ik al zei, spelen de meeste seriecriminelen steeds weer hetzelfde scenario af. We hebben moeite om deze man bij te benen omdat hij steeds verdergaat met zijn verhaal. Elke ontvoering – we weten nu dat niet de moorden, maar de ontvoeringen van belang zijn bij het opstellen van zijn profiel – is het volgende hoofdstuk van zijn verhaal, dat zich blijft ontwikkelen. We weten niet wanneer het einde is bereikt. Ik denk dat zelfs hij dat niet weet. Het is geen volslagen onbekend fenomeen bij seriemisdaden, maar het is wel zo zeldzaam dat we niets hebben aan zaken uit het verleden.'

'Ik hoor nog steeds niets waar we iets aan hebben,' viel Overbeck haar in de rede.

'Jawel, u hebt alleen nog geen tijd gehad om de informatie te verwerken en te decoderen,' zei Connie.

Even hield iedereen zijn adem in en keek naar Overbeck.

'Ga door.' Overbeck trok zich niets aan van de aandacht of de uitdaging.

Overbeck was een eigenzinnige vrouw. Waarschijnlijk een echt kreng en mogelijk een sociopaat. Het soort waar meisjes in de juiste omstandigheden helemaal weg van konden zijn, dacht Connie.

'Ik ben er ondanks de twee moorden niet van overtuigd dat hij een psychopaat is. Angela's dood was een ongeluk. Hij wilde haar ontvoeren, om welke reden ook, en het forensisch bewijs toont aan dat ze daarbij per ongeluk is gedood. Hij heeft haar vervangen door Elspeth. Er is geen lijk, dus we nemen aan dat ze nog leeft. Meggy was een ontvoering volgens het boekje, slim en zorgvuldig gepland, en we weten dat hij contact met haar heeft gelegd in Inch Park. Hetzelfde park waar Angela regelmatig kwam, en het is ook vlak bij de rugbyclub van Elspeths man.' Connie haalde diep adem. 'De risico's die hij neemt, worden exponentieel groter. Zoiets heb ik nog nooit meegemaakt. Het laatste slachtoffer, de vermoorde Danny, toont aan dat het de dader absoluut niet kan schelen of hij gezien wordt.'

'Als dat waar is, waarom gaat hij dan 's avonds in een donker steegje staan wachten? Er is bewijs dat een aantal straatlantaarns kapot is gegooid. Dat kan hij als voorbereiding hebben gedaan,' zei een van de rechercheurs.

'Goed punt, maar dat is in strijd met het feit dat hij overdag naar Meggy's school is gegaan. Ik denk dat hij doet wat hij kan om ervoor te zorgen dat elke missie succesvol kan worden uitgevoerd. Hij stond 's avonds in het steegje omdat dat de uitgang is die Xavier altijd gebruikt. Minder licht betekent minder kans dat iemand tussenbeide komt en bovendien was het dan gemakkelijker voor hem om zich voor Xavier te verschuilen tot hij klaar was om toe te slaan. Danny's aandeel erin was onvoorzien, maar hij hield wel rekening met zoiets, vandaar het mes.'

Baarda stond op en liep naar de laptop waarmee beelden op het scherm werden vertoond.

'We gaan op dit moment uit van een personage uit een tekenfilm. Ik weet niet goed in hoeverre dat bruikbaar is bij een echte ontvoering. We hebben beschrijvingen van het meisje van Meggy's school en een dronken dakloze man. Is er iets in het bijzonder waar we naar moeten uitkijken?' vroeg hij.

'Het interessante is dat we alleen beschrijvingen hebben van een kind en een dronkenlap, maar dat ze opmerkelijk weinig van elkaar verschillen. Zijn hoofd lijkt te groot en zijn ogen liggen heel diep en zijn donker. Hij draagt kleren die zo strak zitten dat iedereen kan zien hoe mager hij is. De beschrijving van het spijkerjasje is interessant. Het klinkt als iets uit de jaren zeventig.'

'Dus we zoeken een skelet dat in geen veertig jaar nieuwe kleren heeft gekocht,' zei iemand lachend.

'In wezen klopt dat. Dit skelet, als die aanduiding helpt om een beeld van hem te krijgen, heeft waandenkbeelden. Hij verzamelt puzzelstukjes uit zijn fantasie, die hij ergens naartoe brengt en in elkaar past. Hij is bereid zich bloot te geven en te doden om te bereiken wat hij voor ogen heeft. Het uitgemergelde lichaam waar beide getuigen het over hadden, kan veroorzaakt zijn door een ziekte die bijdraagt aan zijn waandenkbeelden, maar het kan ook door die waandenkbeelden veroorzaakt zijn. Hoe dan ook, hij doet geen poging zijn lichamelijke conditie te verbergen, dus wij kunnen het gebruiken om hem te identificeren.'

'Dus we moeten praten met mensen van gezondheidsdiensten, klinieken en de geestelijke gezondheidszorg om te kijken of ze iemand kennen die aan deze beschrijving voldoet?' vroeg Baarda.

'Dat is een prima begin,' zei Connie. 'Concentreer je op eetstoornissen en ziektes waarbij de patiënt wegteert. Waar ik me zorgen over maak, is het verband tussen zijn uiterlijk en zijn geestelijke toestand. Als hij mensen verzamelt, heeft hij een doel. Gezien de roekeloosheid waarmee hij te werk gaat en de koelbloedigheid waarmee hij Danny vanavond heeft vermoord, zou ik zeggen dat hij het bijna heeft bereikt. Als hij te vroeg te roekeloos was geworden, had hij dat doel in gevaar gebracht.'

'En hoe zou dat doel eruit kunnen zien?' vroeg Overbeck.

'Geen idee,' zei Connie. 'Maar jullie moeten met alles rekening houden. Wat we koste wat het kost moeten voorkomen, is dat we zijn fantasie verstoren. Dat is voor hem een no-go. Alles wat hem in de weg staat is onnodig of vervangbaar. Hij heeft alle slachtoffers bewust uitgekozen. Ze spelen een rol. Vooral Elspeth. Het lijkt een cliché om te zeggen dat een man die misdaden begaat tegen vrouwen een moedercomplex heeft, maar ik geloof dat zij de spil is. Hij reproduceert een moeder of een echtgenote, of hij probeert er een te scheppen die hij nooit heeft gehad. Hoe dan ook, ik wil erom wedden dat zijn eigen moeder niet meer leeft en dat hij single is. Het is van het allergrootste belang dat zijn fantasie intact blijft.'

'Goed. We hebben de psychologische achtergrond gehoord, maar er zijn belangrijker praktische overwegingen. Hoeveel tijd hebben we nog en hoe vinden we hem?' vroeg Overbeck.

'Jullie moeten ervan uitgaan dat er niet veel tijd meer is. Angela Fernycroft is negen weken geleden vermoord. Elspeth is meer dan vijf weken geleden ontvoerd. Om hem te vinden moeten we een cruciaal element in zijn patronen veranderen. Hij maakt zich er niet druk over dat hij gezien wordt en heeft ongestraft zijn misdaden kunnen plegen. Ik moet meer over hem weten om te kunnen zeggen hoe we hem kunnen vinden. Dat betekent dat we met hem in gesprek moeten. Dat wil ik vanavond doen.'

Overbeck negeerde de andere mensen en liep tussen hen door tot ze op een paar centimeter van Connie stond.

'Maar u zei dat we zijn fantasie niet mogen doorbreken. Denkt u niet dat zijn zieke zeepbel knapt als we hem laten weten dat we jacht op hem maken?'

'Niet als we erin meegaan,' zei Connie. 'Geen dreigementen, niets wat iets verandert aan zijn gevoel dat hij de controle heeft en dat dit allemaal precies zo zal gaan als hij wil.'

'Goed, doctor Woolwine, u kunt uw persconferentie houden. Wij zorgen voor de camera's en het platform. Maar als hij zo erg van het padje is, is er geen garantie dat hij zal kijken of luisteren.'

'Hij staat nog steeds in contact met de echte wereld,' zei Connie. 'Hij gaat de deur uit, doet onderzoek, stalkt zijn slachtoffers, controleert feiten en heeft interactie met mensen. Als Elspeth, Meggy en Xavier nog leven, geeft hij ze eten en andere zorg. Dat moet hij doen. Als we mijn boodschap op internet kunnen krijgen, de krantenkoppen ermee kunnen halen en de pers ermee kunnen bombarderen, dan ziet of hoort hij het ergens.'

'U zei: "Als Elspeth, Meggy en Xavier nog leven",' zei Overbeck. 'Ik moet zeggen dat het woord "als" me niet aanstaat, doctor Woolwine, maar ik ben niet zo optimistisch van aard als u. Angela Ferncroft is vermoord in haar eigen bed.'

'Ja, maar u moet eraan denken...'

'Als ik het woord heb, blijven uw lippen stevig op elkaar,' zei Overbeck.

Connie haalde haar schouders op en ging op de rand van een bureau zitten.

'Ik wil niet meer horen dat haar dood een ongeluk was. Dood door een ongeluk is als je een adder in de auto aantreft terwijl je op de snelweg rijdt, gebeten wordt, flauwvalt en ongewild een andere auto ramt. Angela Fernycroft is gewurgd en hij heeft haar in haar bed laten liggen, waar haar kinderen en man haar zouden vinden. De moordenaar heeft haar gestalkt en bij haar ingebroken en heeft waarschijnlijk toegekeken terwijl ze een bad nam en een boek las. In mijn ogen, en vergeef me als ik de verkeerde terminologie gebruik, is hij dus een volslagen psychopaat.'

Er klonk instemmend gemompel in de kamer. Connie wachtte af.

'Ik ben me ook bewust van het onbeduidende feitje dat het DNA van deze dader is opgedoken in een andere zaak van nog geen vijf jaar geleden, waarbij een onbekende vrouw in Edinburgh is verdwenen. Vijf jaar, doctor Woolwine. Laat dat even tot u doordringen. Het betekent dat deze maniak al die tijd al door onze straten loopt, zijn slachtoffers kiest, zijn zintuigen scherpt en lekker op gang komt. Dan kun je met recht zeggen dat hij cum laude is afgestudeerd in stalken en afslachten, zelfs als we ervan uitgaan dat hij niet al langer bezig is.'

'Dat ben ik met u eens,' zei Connie.

'Dat betekent voor mij dat hij een gevaarlijke en misdadige gek is. Dus waarom zou ik in godsnaam ook maar een seconde geloven dat Elspeth, Meggy en Xavier niet dood zijn?'

Connie stond weer op en gaf de aanwezigen even de tijd om te kalmeren voordat ze het woord nam. Overbeck was een meeslepend spreker voor een gehoor dat maar al te bereid was het met haar eens te zijn. Het zou haar moeite kosten hen te overtuigen.

'Dat is een goede vraag,' zei ze. 'We weten dat deze man iemand kan doden als er iets verkeerd gaat. Hij laat het lijk waar het is. Geen toestanden, geen poging om het te verbergen. We hebben de lichamen van Elspeth, Meggy en Xavier niet gevonden, dus het uitgangspunt is eerder ontvoering dan moord. Voor zover wij weten, heeft hij geen motief om hen te doden. Dus zijn ze in leven tot het tegendeel is bewezen. Bovendien heeft hij ze ergens voor nodig. Ze zijn kostbaar voor hem. Het stalken, wat hij allemaal weet van hun leven – welke yogaschool, welk park en welke school, welk sportcentrum en welke trainingstijd – betekent allemaal dat hij in hen heeft geïnvesteerd. Hij doet iets met hen. God mag weten wat, maar hij heeft een doel, hij handelt niet impulsief. Kunnen ze dood zijn? Absoluut. Zijn ze gemarteld of misbruikt? Volgens de statistieken is dat bijna onvermijdelijk. Zal hij ze op een gegeven moment vermoorden?'

Complete stilte in de zaal.

'Ja,' zei Connie. 'Ja, dat zal hij doen. Hij is labiel. Hij is gevaarlijk. Welke fantasie hij ook naspeelt, het zal uiteindelijk niet genoeg zijn. Als hij daarachter komt, breekt de emotionele dijk door. Is dat al gebeurd? Misschien, misschien ook niet. En daarom moeten we ervan uitgaan dat ze nog leven en moeten we zo snel mogelijk in actie komen voordat hij weer iemand vermoordt. Op dit moment lijkt het de moeite waard om hem via de pers uit te dagen.'

'Het zij zo,' zei Overbeck. 'Maar een waarschuwing is op zijn plaats. Bij deze tactiek is het noodzakelijk dat we de families van al onze vermiste personen vertellen dat hun beminden deel uitmaken van een groter plan, dat op zijn best angstaanjagend is en op zijn ergst aantoont dat de ontvoerden zich in handen van een meedogenloze moordenaar bevinden. Dus ik moet resultaten hebben.'

'Ik begrijp...'

'Laat me dat verder specificeren. Ik moet goede resultaten hebben. Niemand gaat dood door het besluit dat ik net heb genomen. Deze man heeft de schoondochter van een prominente filantroop, een meisje en een lichamelijk gehandicapte man ontvoerd. De enige goede afloop is dat elk van hen het overleeft. Ik neem aan dat u graag uw carrière voortzet met een ongeschonden reputatie.'

Connie sloeg haar armen over elkaar en ging nog dichter bij Overbeck staan.

'Ik denk dat professionele intimidatie doeltreffender is bij mensen met een andere achtergrond dan ik. Ik ga mijn best doen om dit te laten werken omdat er levens op het spel staan. Niet om enige andere reden. Maar goed geprobeerd.'

'Maakt niet uit wat ervoor nodig is,' zei Overbeck. 'Persconferentie over een uur. Zorg dat ik trots kan zijn.'

'Dat was beter. Heeft niemand u ooit verteld dat men verder komt met het motiveren van mensen dan met bedreigingen?' vroeg Connie.

'Heeft niemand u ooit verteld dat je niet de hand moet bijten die je eten geeft?' Overbeck liep weg.

Baarda wachtte een paar seconden voordat hij haar plaats innam.

'Alles goed?' vroeg hij.

'Ze mag me,' zei Connie. 'En dat moet het skelet ook doen. We gaan aan het werk.'

In de strakste spijkerbroek die ze kon vinden en een T-shirt dat eruitzag alsof het op haar lichaam was gespoten zat Connie in haar eentje op een kruk op het kleine podium in de perszaal. Dit leek in niets op een normale persconferentie. Iemand van de persvoorlichtingsdienst had bijna een hartverzakking gehad toen Connie uitlegde hoe alles moest verlopen. Nergens mocht een uniform te zien zijn. Geen panel. Geen bureau, geen formele microfoon. Informele kleren en een microfoontje op haar kraag. Ze ging geen make-up opdoen en als ze uitgesproken was, mochten er geen vragen worden gesteld.

'U vertegenwoordigt de Schotse politie,' had de persvoorlichter gekreund. 'We hebben protocollen. De families van de vermiste personen zullen ook kijken en die verwachten enig respect.'

Connie zei zachtjes: 'Als er moet worden gekozen tussen respect en de terugkeer van hun beminden ben ik er vrij zeker van dat ze het laatste zullen kiezen. We zijn gevoelig voor mensen die op ons lijken. Ik moet me zowel in lichamelijk als in emotioneel opzicht zo presenteren dat ik zo veel mogelijk op de moordenaar lijk, zodat hij een band met me voelt. Voor hem betekenen dingen iets anders dan voor u. Hier staan de uniformen voor veiligheid en structuur. Voor hem zijn ze een bedreiging en een symbool voor de wereld die hij afwijst. Als ik eruitzie zoals hij, kan ik misschien een beroep doen op iets in zijn onderbewuste dat hem zegt dat ik met hem kan meeleven. Mager, onopgesmukt en functioneel, net als hij. Dus geen bureau, geen formaliteiten, en jullie zullen de families ervan op de hoogte moeten stellen dat ik dingen zal zeggen die ze niet willen horen. Ik wil een gesprek voeren met de ontvoerder. Dat lijkt eenrichtingsverkeer, maar als ik het goed doe, zal het voor hem heel anders klinken.'

'Het is niet de geijkte methode voor persconferenties,' zei de persvoorlichter.

'Zeker niet.' Connie maakte de microfoon vast op haar kraag en ging zitten.

26

Elspeth haalde water en een doek en maakte Xaviers verwondingen schoon. Zij en Meggy hadden hem rechtop geholpen, al had hij geprotesteerd toen ze hem aanraakten. Dat begreep Elspeth wel. Ze had ongetwijfeld net zo maniakaal geklonken als Fergus, maar als ze alleen veilig waren wanneer ze zich in zijn wereld begaven, ging ze dat doen.

'Ik heb een foto van jou gezien in de krant,' zei Xavier terwijl hij slokjes thee dronk en een natte doek tegen zijn schaafwonden hield. 'Het was niet bij me opgekomen dat ik door dezelfde vent werd ontvoerd.'

'Voor een verklaring moet je niet bij mij zijn. Ik heb geen idee waarom hij me heeft meegenomen en nog minder waarom hij Meggy heeft gekozen. Heb je honger?'

Xavier schudde zijn hoofd en controleerde of Meggy hen kon horen, maar Elspeth had haar naar de lege kamer gestuurd om het bed op te maken.

'Ik heb net gezien hoe hij mijn vriend vermoordde,' fluisterde hij. 'Hij stak een mes in hem alsof het niets voorstelde, alsof hij niet eens doorhad dat hij iemand doodmaakte. Ik was er zeker van dat ik de volgende was.'

Elspeth liet zich op de bank zakken en sloot haar ogen. 'Vertel dat alsjeblieft niet aan Meggy.'

'Natuurlijk niet.' Hij boog zich naar Elspeth toe en fluisterde bijna onhoorbaar: 'Hoelang ben jij hier al?'

'Ik weet het niet. Er is geen daglicht en hij doet de lampen aan en uit zoals het hem uitkomt. Ik heb een horloge, maar ik weet niet meer welke dag het is.' Opeens keek ze op. 'De hoeveelste is het vandaag?'

'7 oktober.'

'Ben ik al zo lang weg? Mijn kinderen zullen wel denken dat ik dood ben, ze zullen niet langer naar me zoeken. Mijn god... Wat staat er in de kranten? Weet iemand wat er met me is gebeurd? Als ze maar niet denken dat ik er gewoon vandoor ben gegaan.'

'Aanvankelijk dachten ze dat er om losgeld zou worden gevraagd. Er is ook een poging gedaan om geld te krijgen. De politie heeft die lui opgepakt en is erachter gekomen dat het bedrog was. In het begin werd er veel geschreven over je verdwijning. Nu is het rustiger,' vertelde hij.

'En Meggy? Heeft zij ook in de kranten gestaan?'

'Ja. De politie is ergens binnengevallen, dat had te maken met haar moeder, en daarna zijn er oproepen gedaan om informatie. Maar ze zullen Danny vinden en mij zoeken. Hij heeft mijn rolstoel midden op een parkeerterrein achtergelaten. Ze zullen ons allemaal zoeken. Als we gewoon in leven kunnen blijven...'

'Je hebt hem dus nog niet verteld wat we onder de vloer hebben gevonden,' zei Meggy nors vanuit de deuropening.

Elspeth had het liefst haar armen om het meisje heen geslagen en tegen haar gezegd dat alles goed kwam, maar Meggy was te oud om tegen haar te liegen en bovendien was ze te moe om leugens te vertellen.

'Hij weet al waartoe Fergus in staat is. Ik denk dat we ons op onze veiligheid moeten richten. We zijn nu met zijn drieën en dat zal het veel moeilijker maken...'

'Een kind, een vrouw die nog nooit in haar leven heeft gevochten en een man die niet kan lopen. Daar schieten we wat mee op,' zei Meggy.

'Meggy!' riep Elspeth, geraakt door haar eerlijkheid.

'Ze heeft gelijk,' zei Xavier. 'Hij had een mes bij zich toen hij me ontvoerde. Als hij zich bedreigd voelt, zullen we ons niet tegen hem kunnen verdedigen.'

'We barricaderen de deur. Je zei zelf dat de politie ons zoekt. Het is slechts een kwestie van tijd tot ze hem hebben opgespoord. We hoeven alleen maar te wachten tot het zover is.' Elspeth stond op en wrong haar handen, hoewel ze dapper probeerde te klinken.

'Hij regelt hier alles, toch? Hij kan de verwarming, de elektriciteit en zelfs het water afsluiten. We zullen niets te eten hebben. Helemaal niets. Dan zijn we binnen een week dood, als hij tenminste niet besluit ons uit te roken of de deur van de scharnieren te halen en ons nog sneller uit de weg te ruimen,' zei Xavier. 'We moeten een weg naar buiten vinden in plaats van ons op te sluiten.'

'Hij gaat ons toch allemaal doodmaken,' zei Meggy. 'Er liggen botten onder de vloer. En...' Ze drukte een hand tegen haar buik. '... en een lichaam. Ik bedoel, er is niet veel van over, snap je wel, maar het zijn ook niet alleen maar botten.'

'Een lichaam?' Xavier keek naar Elspeth.

'Vertel hem over de kleren,' drong Meggy aan.

Elspeth zuchtte. 'Het lichaam – de vrouw – draagt dezelfde jurk die hij voor mij had klaargehangen toen hij me hiernaartoe bracht. Dit roze geval.' Ze trok aan de jurk die ze aanhad en de afkeer op haar gezicht had niets te maken met de snit van het kledingstuk. 'We weten niet van wie die botten zijn. Misschien hebben ze niets met hem te maken. Het kunnen gewoon familieleden zijn die niet gecremeerd wilden worden...' zei Elspeth.

'Wie laat nou familieleden onder de vloer tot stof vergaan, met dezelfde kleren aan als de mensen die hij ontvoert?' riep Meggy. 'Waarom zeg je zulke stomme dingen? Ik wil niet meer doen alsof. Hij heeft je vinger afgesneden en hij gaat ons vermoorden. Zeg het gewoon!'

'Heeft hij je vinger afgesneden? Jezus...' zei Xavier zwakjes.

'Hou alsjeblieft je mond,' zei Elspeth.

'Nee, ik hou mijn mond niet. Zeg het, Elspeth. Hij gaat ons vermoorden en ik wil dat je het zegt!'

'Ik wil het niet zeggen!' Ze zwaaide met haar verbonden hand. 'Het doet ontzettend veel pijn. Ik kan bijna nergens anders meer aan denken. Alleen is dit...' Ze wees met haar andere hand naar het verband vol bloedvlekken. '... op dit moment wel het laatste van onze problemen. Ik hoef er heus niet aan herinnerd te worden hoe diep we in de shit zitten!'

Elspeth stormde haar slaapkamer in en sloeg de deur achter zich dicht. Meggy keek naar Xavier, die naar de geschilderde ramen en boekenkast keek.

'Soms vergeet hij ons een hele dag,' zei Meggy. 'Dan doet hij het licht niet aan en brengt hij ook geen eten. En daarna komt hij gewoon binnen en is het net alsof hij niet beseft hoeveel tijd er voorbij is gegaan. Hij stelt rare vragen. Op een keer vroeg hij steeds of we hem konden zien. Ik denk dat hij hier andere mensen heeft gehad en ze is vergeten. Ik wed dat ze zijn doodgegaan terwijl ze wachtten tot hij eten bracht, en toen heeft hij hun lijken onder de vloer gelegd en gewoon nieuwe mensen gehaald.'

'Waarom heeft hij Elspeths vinger afgesneden, Meggy?'

Ze schudde haar hoofd. 'Ik wil er niet over praten, maar hij heeft altijd een mes in zijn zak. Hij gebruikt het als we hem boos maken.'

'Ik zorg dat er niets ergs met je gebeurt,' zei Xavier. 'Maar je moet een beetje liever zijn tegen Elspeth. Ze zit hier al weken en voor haar gevoel zullen dat wel jaren zijn.'

Meggy bloosde en keek naar de gesloten slaapkamerdeur aan de andere kant van de gang, die ze net kon zien.

'Ik vind het verschrikkelijk als ze met hem meespeelt,' mompelde ze. 'Dan noemt ze me zijn dochter en beaamt ze dat ze zijn vrouw is. Hij heeft haar gedwongen met hem te trouwen. Met een jurk en alles erop en eraan. Ze moet zelfs de ring dragen die hij haar heeft gegeven.'

Xavier slaakte een diepe zucht en schudde zijn hoofd. 'Maar toen jij hier kwam, was zij er om je te helpen begrijpen wat er aan de hand was. Als jullie er niet waren geweest, was ik nu helemaal gek geworden. Zij was alleen toen ze hier werd gebracht. Niemand om mee te praten. Alleen Fergus en een namaaktrouwerij. Kun je je voorstellen hoe ze zich gevoeld moet hebben?'

Meggy ging naast Xavier zitten.

'Ik denk... Ik denk dat hij nog andere erge dingen met haar heeft gedaan,' zei ze zacht.

Xavier legde een hand op die van Meggy. 'We zijn nu met zijn drieën. Als we samenwerken, kunnen we er misschien voor zorgen dat hij dat niet meer doet.'

'Je wang wordt helemaal dik,' zei Meggy. 'Je moet de doek ertegenaan houden.' Ze trok haar hand niet onder de zijne vandaan.

'Het komt wel goed,' zei Xavier. 'Hoe hebben jullie dat lichaam onder de vloer gevonden?'

'We probeerden te ontsnappen,' zei Elspeth, die weer voor de dag was gekomen.

Meggy rende naar haar toe en sloeg haar armen om haar heen. 'Het spijt me dat ik zo gemeen was. Mijn stiefmoeder is ook een kreng. Ik heb altijd tegen mezelf gezegd dat ik nooit zoals zij zou worden en nu was ik dat toch en ik weet dat je me alleen maar wilde beschermen, maar ik werd zo boos en ik...'

'Stil maar.' Elspeth streelde haar haar en gaf haar een zoen op haar hoofd. 'Het is al goed. Je hebt me niet van streek gemaakt. Ik was boos op mezelf. Niet huilen, Meggy.' Ze bleef haar vasthouden.

'Hoor eens, als hij zoveel mensen heeft ontvoerd en zoveel slachtoffers heeft gemaakt, moet de politie hem op het spoor zijn. Hij moet ergens een fout hebben gemaakt. Er zal een spoor zijn, hoe dan ook. Niemand kan zoveel moorden plegen zonder gepakt te worden.'

'Ze zijn allemaal in verschillende stadia van...' Elspeth haalde haar schouders op. 'Het ziet ernaar uit dat ze allemaal in verschillende perioden zijn ontvoerd. Sommige botten zijn stoffig en breken gewoon doormidden en dan is er ook nog een lijk dat niet zo heel oud kan zijn. Stel dat er jaren tussen die ontvoeringen heeft gezeten? Verschillende leeftijden, verschillende geslachten, uit verschillende plaatsen.'

'Dus er is geen patroon. Niets wat de verdwijningen met elkaar in verband brengt.'

'Nee,' verzuchtte Elspeth.

'Kunnen jullie me laten zien wat jullie allemaal hebben gevonden?' vroeg Xavier.

Elspeth knikte. 'De botten die we hebben gevonden liggen allemaal verspreid onder de vloerplanken in deze kamer. We hebben niet in de andere kamers gekeken. Dit was de enige plek waar we de vloerbedekking los konden krijgen. Daarna waren we te bang dat hij terug zou komen en zou merken wat we hadden gedaan, dus we hebben de planken teruggelegd en de vloerbedekking er weer overheen getrokken. Er is het een en ander kapot. Een van de vloerplanken is gebroken, dus daar hebben we de bank overheen gezet.'

'Jullie zijn echt dapper geweest,' zei Xavier. 'Denken jullie dat hij vannacht wegblijft?'

Meggy keek op naar Elspeth, die erover nadacht en knikte.

'Hoelang zouden jullie nodig hebben om de vloer weer open te maken?' vroeg hij.

'Niet zo lang. De vloerbedekking zit al los. We hoeven alleen het meubilair weer te verschuiven. Een halfuur, niet meer, maar we hebben er niets aan. Het zijn beslist mensenbotten. Dat zagen we aan de schedels. Maar het is niet te zeggen hoe oud ze zijn.'

'Ik hoef niet echt de botten te zien,' zei hij. 'Jullie zijn bijna doorgedrongen tot de verdieping hieronder. Ik begrijp waarom jullie zijn gestopt, maar het is de enige mogelijke uitweg die jullie hebben gevonden. Het lijkt jammer om dat nu op te geven.'

'Het hele huis is van hem,' zei Elspeth. 'Ik zat in het begin op de benedenverdieping en hij heeft me later naar boven gebracht. Ik heb daar de keuken en andere slaapkamers gezien. Als we weer lawaai gaan maken, hoort hij ons en dan gebeurt er met ons hetzelfde als met die arme mensen die hier begraven liggen.' Er viel een stilte na deze uitspraak.

'Wat hij hun ook heeft aangedaan, dat kan hij met ons doen wanneer hij maar wil. Hij is niet goed bij zijn verstand. Je kunt niet met hem praten. Wat ik hem vanavond heb zien doen...' Hij keek naar Meggy en brak zijn zin af. 'En je vinger. Hoe is het daarmee?'

'Volgens mij is hij ontstoken. Ik heb mijn best gedaan om hem met warm water schoon te houden, maar er komt pus uit en hij begint te jeuken.'

'Je moet naar een dokter,' zei hij. 'Misschien slaapt hij inderdaad onder deze kamer, maar als we niet op onderzoek uitgaan, zullen we nooit weten of we een kans hebben gemist om hier weg te komen.'

Elspeth ging op de leunstoel zitten en trok Meggy op schoot.

'Het is nu te stil. Als hij thuis is, hoort hij ons. Als we dit willen doen, moet het overdag, want dan is er enige hoop op verkeersgeluiden of voetgangers of zelfs maar zingende vogeltjes.'

'Goed,' zei Xavier. 'We gaan slapen. Hij heeft mijn telefoon afgepakt, maar ik heb mijn horloge nog. Het is nu middernacht. Ik stel voor dat we om acht uur beginnen. Ik weet niet precies waar we zijn, maar ik lag in zijn auto en we hebben niet meer dan twintig minuten gereden. We kunnen niet ver buiten de stad zijn, dus er is een goede kans op verkeer of andere geluiden.'

'Oké,' zei Elspeth.

Meggy gaf haar een zoen op haar wang en legde vermoeid haar hoofd tegen Elspeths schouder.

'Misschien zijn we tegen die tijd wel gevonden.' Elspeth trok een flauw glimlachje.

Xavier wist niet wat hij daarop moest zeggen.

27

Fergus stond in de supermarkt naar de voorpagina's van de kranten te kijken. Op bijna allemaal was een serie foto's te zien. Angela, Elspeth, Meggy, Xavier en de man die tussenbeide was gekomen en die hij had gedood. De naam deed er niet toe.

Allemaal samen, met als laatste foto die van een vrouw. Hij keek nog eens goed. Ze was ongeveer van zijn leeftijd. Knap. Ze droeg een T-shirt en haar lange haar hing los over haar schouders. Geen sieraden. Geen make-up. Ze keek recht in de camera.

Dus er was een persconferentie geweest. Het maakte niet uit. Hij kon worden opgespoord, maar niet worden tegengehouden. Hij was vrij van de last van het kwetsbare sterfelijke lichaam. Pijn had geen betekenis meer en vroeg of laat zouden zijn cellen nog slechts een biologische soep vormen en wegsijpelen in de aarde. Fergus was niet bang.

Hij liep naar de fruitafdeling, want hij wilde appels en sinaasappels kopen voor zijn familie. In tegenstelling tot hem hadden ze voedsel nodig. Hij pakte wat redelijk uitziende vruchten van de stapel appels, waarvan de meeste lelijke plekjes hadden, en keek achterom naar gangpad 4. Hij kon de koppen niet lezen, maar de zwart-witfoto van de vrouw met haar uitstekende jukbeenderen en haar grote, trieste ogen bleef hem bij. Hij wilde teruggaan en nog eens kijken.

Dat was natuurlijk precies wat ze wilden. In plaats daarvan liep hij door om rijst en noedels te zoeken. Koolhydraatrijk voedsel dat lang houdbaar en eenvoudig klaar te maken was. Hij deed een paar pakjes in zijn mandje en vroeg zich af hoe ze heette. Waarom gaven ze niet gewoon een signalement van hem vrij als ze hem wilden pakken? De vrouw zei iets toen de foto werd genomen. Fergus wilde weten wat het was. Hij kwam helemaal tot de vrieskasten voordat hij terugging. Bij de kranten liet hij zijn halfvolle mandje vallen, pakte een exemplaar van *The Scotsman* en liep naar het parkeerterrein.

Op een beschutte parkeerplek tussen een enorme container voor gebruikte kleding en een reclamebord voor speelgoed haalde Fergus zijn telefoon uit het handschoenenkastje. Hij gebruikte hem bijna nooit. Er was natuurlijk niemand die hij kon bellen, maar het was handig om hem opgeladen te houden voor noodgevallen. Nu typte hij de woorden 'Constance Woolwine' en 'Edinburgh' in en wachtte op de resultaten van zijn zoekopdracht.

De video was de vorige avond op het internet gezet door een plaatselijke nieuwsdienst. Fergus zette de bestuurdersstoel achterover, zodat hij het zich gemakkelijk kon maken, draaide het volume op de hoogste stand en drukte op PLAY.

Ze zat op een kruk, met een voet op de vloer en de hak van haar andere, gebogen been op de rand van het balkje tussen de poten. Een zwarte spijkerbroek zat strak om benen die gemaakt waren om hard te lopen, haar middel werd benadrukt door een leren riem met een koperen gesp en haar bleke huid gloeide onder de felle lichten die nodig waren voor de camera's. Ze hield haar handen losjes in haar schoot toen ze in de camera keek en begon te praten.

'Hoi,' zei ze. 'Ik ben Constance Woolwine. Connie voor mijn familie.' Ze glimlachte even.

Fergus hield het scherm dichter bij zijn gezicht. Ze deed hem aan iemand denken.

'Ik zit hier omdat ik met iemand in contact wil komen.' Connie stak haar kin wat verder naar voren, verschoof op de kruk en boog zich naar de dichtstbijzijnde lens. 'Ik weet je naam niet en toch weet ik wel iets van je af. Maar ik zou meer willen weten. Ik denk dat wij iets gemeen hebben.'

'Dat betwijfel ik,' zei Fergus tegen haar.

'Ik weet dat wat er met Angela is gebeurd een vergissing was. Ik denk dat je daar diep door geraakt bent. Volgens mij was ze heel bijzonder voor je.'

Fergus' ademhaling stokte en hij was weer in Angela's slaapkamer; hij lag boven op haar, rook haar en raakte haar zachte huid aan. Het was een truc. Dat wist hij. Die Amerikaanse vrouw op het scherm werkte voor de politie. Hij was dood, niet stom.

'Ik denk ook dat je Elspeth naar een veilige plek hebt gebracht. Ik weet zeker dat je haar geen pijn hebt gedaan. Ze is enorm geliefd bij haar familie en ik denk dat je haar hebt meegenomen omdat ze ook voor jou heel veel waarde heeft.'

Fergus knikte even. Hij had Elspeth niets aangedaan. De politie wist dat hij geen zieke klootzak was die zomaar vrouwen vermoordde. Niet dat het nu nog uitmaakte wat iemand van hem dacht, maar het was toch goed om te horen. Hij vond dat Connie een mooie stem had en een mooi accent. Ze sprak met zachte klinkers en een beetje hees, wat hem deed denken aan countryzangeressen.

'Is Meggy ook bij je? Ze is een goed kind. Dat zegt iedereen. Misschien kreeg ze van haar eigen familie niet genoeg waardering.' Connie zweeg even en haalde haar schouders op. 'Niet iedereen is geschikt om ouder te zijn. Maar als Meggy bij jou is en bij Elspeth, wil ik wedden dat ze veel liefde krijgt.'

'Uiteraard,' zei Fergus.

'Elspeth had eerder twee kinderen,' zei Connie. 'Ze was een liefhebbende vrouw en een geweldige moeder. Toegewijd, lief en trouw. Dat zul jij ongetwijfeld ook hebben gemerkt. Zij en Meggy moeten heerlijk gezelschap zijn.'

'Het is moeilijk om vader te zijn,' zei Fergus. 'Maar over Elspeth heb je gelijk. Ze is mijn engel.'

'Ik geloof dat ik me een beetje zorgen maak om Xavier,' ging Connie verder. 'Dat ging niet helemaal volgens plan, denk ik. Dat is niet jouw schuld. Ben je moe? Ik word ook vaak moe. Het is vermoeiend om voor mensen te zorgen, vind je niet?' Ze zette een elleboog op haar knie en ondersteunde haar kin met haar hand.

Fergus boog zich nog dichter naar het scherm.

'De wereld eist zijn tol. Van mij in elk geval wel. Dus alles is goed met Xavier, ja? Ik praat hier niet vaak over, maar ik heb een probleem met zien. Niet met mijn ogen, die zijn prima in orde. Het gaat om de manier waarop mijn hersenen de signalen van mijn ogen vertalen naar beelden.'

Fergus hield de telefoon met beide handen vast en bracht hem dicht naar zijn gezicht. Door zijn adem besloeg het glas en hij veegde het schoon met zijn mouw.

'Dat moest ik nog zeggen. Xavier heeft een spieraandoening waarvoor hij regelmatig medicijnen moet slikken. Ik weet dat je om de meisjes geeft en daarom denk ik dat je ook om hem geeft, dus ik wilde je vertellen dat hij misschien wat extra hulp nodig heeft.'

Daar dacht Fergus over na. Hij wist niet goed hoelang hij Xavier nodig zou hebben. Hij hoefde nog maar één ding te doen voor een ideaal leven, maar dat zou nog een paar dagen in beslag kunnen nemen. Het hing ervan af hoe noodzakelijk die medicijnen waren. Het leek onwaarschijnlijk dat er iets zou gebeuren als iemand een paar dagen zijn pillen niet slikte, maar hij wilde Xavier niet hoeven vervangen, zoals hij met Angela had moeten doen.

'Sorry, ik liet me even afleiden,' zei Connie. 'Over mijn ogen. Ik ben achromatisch en dat betekent dat ik alleen zwart en wit zie. Dat is heel gek, want hoewel ik in dezelfde wereld leef als alle andere mensen, ziet die er voor mij heel anders uit en ik heb het gevoel...' Ze haalde haar schouders op. 'Ik geloof dat ik het gevoel heb dat ik er vaak niet bij hoor. Alsof ze allemaal een groot geheim delen dat ik niet mag weten.' Connie glimlachte vaag. 'Ik geloof niet dat ik het erg goed uitleg. Ik denk dat ik me vaak onzichtbaar voel.'

Fergus hield zijn adem in. Hij raakte het gezicht op het scherm aan met zijn vingertoppen.

'Ik vraag me af of jij dat ook hebt. Soms zien mensen zoals wij de schoonheid in de wereld wel, maar lijkt het net alsof die ons niet echt raakt. Ik zit hier niet om je te veroordelen en ik ben geen politievrouw trouwens, ook al lijkt dat zo. Ik ben psycholoog, een mooi woord voor iemand die probeert te achterhalen hoe andere mensen denken en zich voelen. Ik wil je zeggen dat ik het begrijp. Niet alles. Ik heb niet in jouw schoenen gestaan.'

'Dat heeft niemand,' fluisterde Fergus.

'Is dat de juiste uitdrukking?' ging Connie verder. 'Hoe dan ook, ik hoop dat je het begrijpt. Ik hoop ook dat je me wilt laten weten of alles goed is met Elspeth en Meggy en dat je me de kans wilt geven je te vertellen hoe je de medicijnen voor Xavier kunt krijgen. Ik kan die ergens voor je achterlaten. Maar ik wil je ook duidelijk maken dat iemand je ziet. Je bent niet onzichtbaar, ook al voelt het zo. Als ik klaar ben, verschijnt er een nummer op het scherm. Je zult rechtstreeks met mij worden doorverbonden. Ik zal niet naar je naam of je telefoonnummer vragen of willen weten waar je bent. Helemaal niets.'

Ze zag alleen zwart en wit. Hij zette de video op pauze en keek naar buiten. Het asfalt was grijs, maar zelfs daar stonden gele lijnen op en het sprankelde van het glas dat in de loop der jaren was gebroken en waarin het licht duizenden miniatuurregenboogjes veroorzaakte. De recyclingcontainers waren groen, maar er zaten vlekken en krassen op van het weer, waardoor er lagen oude verf in verschillende kleuren te zien waren en ze interessanter werden. In vergelijking daarmee vertoonde het reclamebord schreeuwende kleuren, bedoeld om de aandacht van een kind te trekken, zodat het de ouders ging lastigvallen om de troep te kopen waarvoor reclame werd gemaakt. Wat moest haar wereld vlak zijn, dacht Fergus. Net als die van hem. Een zwarte sluier tussen hen en alle anderen. Hij raakte het scherm weer aan en Connie kwam weer tot leven.

'Ik kan ook naar je toe komen. Noem maar een plek. Ik garandeer je dat ik alleen zal zijn. Ik weet dat dat onwaarschijnlijk lijkt en je zult denken dat het een val is, maar dat zou ik nooit doen. Ik logeer in het Balmoral Hotel.'

Op de achtergrond werd hoorbaar naar adem gehapt. Hij zette de video stil, ging een paar seconden terug en speelde het stukje weer af. De mensen die naar adem hadden gehapt waren niet te zien, maar het klonk luid en was een mengeling van mannen- en vrouwenstemmen. Ze had niet mogen zeggen waar ze logeerde. Hij glimlachte onwillekeurig. Er was geen script en als het er wel was, was ze daar enorm van afgeweken. Hij wenste dat hij erbij had kunnen zijn. Connie Woolwine hield er haar eigen regels op na. Net als hij. Op sommige mensen waren de normale gedragscodes niet van toepassing. In elk geval niet op hen. Hij drukte weer op PLAY.

'Daar kun je me vinden. Niemand hoeft te weten waar of wanneer. Ik geef je deze informatie omdat ik je vertrouw. Ik denk dat je een reden hebt voor alles wat je hebt gedaan. Ik weet dat je niet zomaar iets doet. Wij begrijpen elkaar.'

Connie leunde achterover en sloeg haar armen om zich heen. Fergus vroeg zich af of ze kinderen had, maar er zat geen ring aan haar linkerhand en haar buik was zo plat dat die onmogelijk leek te kunnen zijn opgerekt door een baby.

'Maar je moet me snel bellen,' zei ze. 'Anders wordt Xavier ziek en ik moet weten of Elspeth en Meggy nog leven. Ik denk dat we elkaar veel te vertellen hebben. Dank je.'

Ze glimlachte nog een laatste keer en toen werd het beeld zwart en kwam er een telefoonnummer tevoorschijn. Fergus zette het beeld stil, pakte een pen uit het handschoenenkastje en schreef het nummer op de rug van zijn hand. Niet dat hij er echt over dacht om te bellen. Hij moest nog het een en ander doen om naar het volgende leven te kunnen overgaan. Het had geen zin om dat in de waagschaal te leggen.

Hij spoelde de video nog een laatste keer terug en pauzeerde bij een beeld van Connie. Zo tenger en kwetsbaar. Zo gekweld. Natuurlijk deed ze hem aan iemand denken, dacht hij terwijl hij in de achteruitkijkspiegel staarde. Aan hemzelf.

Om halfacht in de ochtend reed Fergus het parkeerterrein af.

28

Toen ze Xavier naar de badkamer hadden geholpen en weer op de bank hadden gezet, begonnen Meggy en Elspeth het vloerkleed op te rollen. Fergus had het licht voor hen aan gelaten; ze leerden dankbaar te zijn met kleine dingen.

'Hoe laat is het nu?' vroeg Elspeth.

'Tien over halfnegen. We moeten opschieten,' zei Xavier.

De gebroken plank onthulde niet meer dan een donker gat. Toen ze de tweede optilden die ze bij hun eerste poging hadden losgekregen, was er iets grijs te zien in de holte.

'Laat eens zien,' zei Xavier.

Elspeth wikkelde een theedoek om haar hand en haalde een lang, droog bot tevoorschijn.

'Dat is een dijbeen.'

'Ben jij dokter?' vroeg Meggy.

'Nee,' zei hij mild, 'maar als je benen niet meer naar behoren werken, leer je in korte tijd heel veel over anatomie. Haal de botten en alles wat er verder nog ligt uit het gat, maar leg ze op een hoop vlak naast de opening, zodat we alles terug kunnen schuiven als we hem horen komen.'

'Ik heb iemands dijbeen in mijn hand,' zei Elspeth. 'Waarom blijf jij daar zo rustig onder?'

'Ik ben niet rustig, denk dat maar niet, maar ik wil niet dat dat mijn dijbeen wordt,' zei Xavier. 'En ook niet dat van jou of Meggy. Dat bot en de andere die daar liggen betekenen dat onze tijd om is, dus we kunnen hier blijven zitten en ons beklagen, of we kunnen een uitweg zoeken. Wat doe je liever?'

Meggy keek van Elspeth naar Xavier, duwde haar arm zo ver mogelijk in het gat en begon het ene bot na het andere eruit te halen.

'Waar is het lichaam dat nog intact is?' vroeg hij.

'Verder naar achteren. We hebben het gezien, maar we konden er niet bij.'

'Mooi. Ik wil niet dat het in de weg ligt. We moeten nog een plank los zien te krijgen,' zei Xavier. 'Kunnen jullie me naast het gat op de vloer zetten? Aan mijn benen hebben we niets, maar misschien kunnen mijn armen dat goedmaken.'

Ze hielpen hem op de vloer en hij begon de volgende plank los te trekken, terwijl de anderen steeds meer botten uit het gat haalden.

'Zoveel botten,' zei Elspeth.

'Een volwassene heeft er tweehonderdzes,' zei Meggy. 'Dat hebben we net geleerd bij biologie. Misschien zijn ze allemaal van dezelfde persoon.'

'Dan moet die vijf benen hebben gehad,' zei Xavier met een blik op de stapel botten. 'Ga door. Ik heb deze plank bijna los. Daarna hebben we iets sterks en zwaars nodig.'

Tien minuten later kwamen de spijkers krijsend los uit het hout. De plank schoot naar boven. Ze zaten met zijn drieën te kijken naar het nu veel grotere gat. Tegelijk bogen ze hun hoofd om er een blik in te werpen.

Er sloeg een deur dicht en ze kwamen met een schok overeind, waarbij Xaviers hoofd tegen dat van Elspeth botste. Meggy rende de gang in en drukte haar oor tegen de deur.

Ze hielden allemaal hun adem in.

'Komt hij eraan?' vroeg Elspeth ademloos.

'Ssst,' zei Meggy.

Het zweet liep over Xaviers voorhoofd. Elspeth trilde. Meggy klemde haar tanden op elkaar en balde haar vuisten, terwijl ze zich concentreerde op wat er buiten hun gevangenis gebeurde.

Er sloeg nog een deur dicht en toen werd het weer stil. Geen voetstappen op de trap.

'Ik geloof niet dat hij naar boven komt,' zei Meggy.

'We moeten evengoed opruimen. Dit moet allemaal weg. Het is te riskant,' zei Elspeth.

'Het is volgens mij te riskant om niet door te gaan,' zei Xavier. 'We moeten doorzetten.'

Ze keken naar Meggy. 'Ik ben twaalf.' Ze haalde haar schouders op. 'Ik kan dit niet beslissen.'

'Kijk, we zijn er bijna doorheen. Meggy past nu in het gat. Ze is klein genoeg om tussen de balken te staan. Hebben we iets wat we kunnen gebruiken om het plafond hieronder kapot te slaan? Iets wat sterk genoeg is om door de gipsplaten te komen.'

'Als we zoiets hadden gehad, hadden we Fergus ermee op zijn kop geslagen,' zei Meggy. 'Alles wat we zouden kunnen gebruiken, is vastgemaakt aan de vloer of de muur.'

'Ze heeft gelijk,' zei Elspeth. 'We hebben niets waarmee we echt schade kunnen aanrichten. Hij is heel voorzichtig. Maar zo te zien heeft hij dit eerder gedaan.' Ze pakte een botje en brak het doormidden. 'Er is niets mis met zijn leercurve.'

'Dan moeten we het zonder doen. Meggy, ben je er klaar voor?' vroeg Xavier.

Ze keek naar Elspeth, die haar armen spreidde. Meggy liep de kamer door en liet zich omhelzen.

'Weet je zeker dat je dit wilt doen? Niemand zal het je kwalijk nemen als je te bang bent,' zei Elspeth.

'Ik weet het zeker,' zei Meggy. 'Wat moet ik doen?'

'Goed dan. Deze planken liggen op dikke, sterke houten balken die tussen de verdiepingen van gebouwen zitten. Er zit isolatie tussen, dat gele spul dat je ziet, en meestal is er wat ruimte tussen. Nu de botten weg zijn, zou je je voeten tussen de balken moeten kunnen zetten en de isolatie ertussen weg moeten kunnen schoppen.' Hij wees naar beneden. 'Aan de onderkant van deze balken zit het plafond dat je zou zien als je in de kamer hieronder naar boven zou kijken. Er kunnen ornamenten op de gipsplaat zitten, maar in wezen is het gewoon een dik schot. Je moet oppassen dat je niet je hele gewicht erop zet en wij moeten je vasthouden, want je moet door dat schot heen stampen, oké? We moeten er een gat in maken dat groot genoeg is om allemaal doorheen te kunnen.'

'En dan?' vroeg Elspeth.

'Dan moeten we wat lakens aan elkaar binden om ons naar beneden te laten zakken, of een van ons moet ontsnappen en hulp gaan halen. Misschien heeft hij beneden wel een telefoon.'

'Daar hebben we niets aan als we de politie geen adres kunnen geven. Hoelang denk je dat hij wegblijft? En wat moeten we met jou? We kunnen je niet gewoon naar beneden laten vallen. Shit, het spijt me, dat klonk verschrikkelijk.' Elspeth werd rood.

'Maakt niet uit. Dit is niet het moment om politiek correct te blijven. Je hebt gelijk. Het gaat niet gemakkelijk worden om mij hieruit te krijgen en daarom moet een van jullie ontsnappen, of jullie met zijn tweeën. We hebben niet veel tijd. Als we dit gaan doen, moeten we opschieten.'

Meggy ging op de rand van het gat zitten en duwde haar voeten erin. Elspeth sloeg een arm om haar middel en Xavier pakte haar rechterhand. Ze schoof met haar voet om de isolatie opzij te schoppen. Er kwam een stofwolk omhoog. Ze draaiden hun hoofd weg en bedekten hun mond.

'Het stinkt,' klaagde Meggy.

'Niet op letten. Voel je de gipsplaat?' vroeg Xavier.

Meggy knikte.

'Mooi. Nu moet je stampen. Hoe minder vaak en hoe harder je stampt, hoe beter het is. Als we er te lang over doen, lopen we meer risico om zijn aandacht te trekken. Oké? Zet hem op.'

Elspeth verstevigde haar grip om de middel van het meisje.

'Trappen maar!' zei Xavier.

Meggy hief haar rechterknie, sloot haar ogen en stampte zo hard ze kon met haar voet op de gipsplaat. Er klonk een fel gekraak en Meggy schoot opzij. Met een kreet greep ze naar haar voeten.

'Mijn enkel,' zei ze. 'Ik heb iets geraakt met mijn voet.'

'Wacht, laat me kijken.' Elspeth ging op haar buik liggen, stak haar arm in het gat en tastte rond tussen de overblijfselen van het isolatiemateriaal op de plek waar Meggy gestampt had. Toen ze haar hand er weer uit trok, had ze een ronde, witte bal vast.

Er liep een scheur door de schedel en er was een stuk weg, maar verder was hij intact.

'Het is een baby,' zei Meggy.

'Het was een baby,' corrigeerde Elspeth.

Xavier legde zijn hand om de bol, pakte hem voorzichtig van haar over en legde hem op de vloer.

'Nog een reden om hier zo snel mogelijk weg te komen,' zei hij. Hij sloeg een arm om Elspeth heen en de andere om Meggy. 'We kunnen dit. Maar alleen als we ons niet laten afleiden door onze angst. Als we hier weg zijn, zorgen we ervoor dat iedereen die hier is gestorven wordt weggehaald en wordt begraven. Ze mogen niet vergeten worden. Dat staan we niet toe. Nu moeten jullie dapper zijn. Er is niets veranderd. Meggy, wil je het nog eens proberen?'

'Ik geloof van wel,' zei ze. 'Maar niet met mijn rechtervoet. Ik heb echt mijn enkel bezeerd.'

'De linkervoet dan,' zei hij. 'Schop nog wat meer van dat isolatiemateriaal opzij voordat je het weer doet. Je mag je niet nog erger bezeren.'

Ze namen hun positie weer in.

Meggy maakte wat meer ruimte voordat ze nog eens stampte, zodat ze beter kon zien wat ze deed. Ze tilde haar voet op en bewoog hem met een ruk naar beneden. Er gebeurde niets. Ze keken in het gat. De gipsplaat gaf geen krimp. Weer trok Meggy haar been op en stampte met haar hak tegen de plaat. Een echo leek te weerkaatsen tegen het plafond boven hen en weer terug te komen, maar verder was er geen enkel resultaat.

'We moeten het blijven proberen,' zei Xavier. 'Als hij thuis was, zou hij ons inmiddels hebben gehoord. Probeer het nog een paar keer, daarna moet Elspeth het overnemen. Ik weet dat het voor jou moeilijker zal zijn om je voeten in het gat te krijgen, maar we hebben geen andere keus.'

'Hoe denk je dat hij al die mensen heeft vermoord?' vroeg Meggy.

'Ik ben niet van plan om daarachter te komen.' Xavier pakte haar kin en dwong haar hem recht aan te kijken. 'Want dat gaat ons niet gebeuren.'

'Ik heb een idee,' zei Elspeth. 'Meggy is niet sterk genoeg om de gipsplaat te beschadigen. Maar als ik met mijn hele gewicht lang genoeg op één plek ga staan, buigt de plaat vroeg of laat door, toch?'

'De balken zitten vrij dicht bij elkaar. Meggy kan je niet vasthouden en ik ben niet mobiel genoeg om er zeker van te zijn dat ik kan voorkomen dat je valt. Je zou gewond kunnen raken door de balken of als je te snel en te ver valt. We moeten ook aan je linkerhand denken.'

'Je kunt het niet doen. Het is gevaarlijk.' Meggy schudde haar hoofd. 'Ik wil niet dat je het doet.'

'Onzin. Het alternatief is dat we in dit vervloekte huis worden vermoord door een gek. Ik weet wel wat ik dan kies. In elk geval hebben we dan geprobeerd te ontsnappen. Kom op, Meggy, ga aan de kant. We kunnen net zo goed alles op alles zetten,' zei Elspeth.

'We krijgen maar één kans,' zei Xavier. 'Als hij binnenkomt terwijl jij aan het plafond bungelt, moet je je erop voorbereiden om te vechten.'

'Let jij maar op Meggy,' zei Elspeth. 'Ik kan voor mezelf zorgen.'

29

'Je had hem de naam van je hotel niet mogen geven. Dat is te riskant. Een van de basisregels van politiewerk is dat je het nooit persoonlijk moet maken,' zei Baarda.

Connie stak een hand op naar de barman van het Balmoral en gebaarde naar haar lege glas.

'Niet persoonlijk? Ik weet niet goed hoe dat werkt. Sommige misdaden zou je kunnen classificeren als niet persoonlijk, veronderstel ik. Bankfraude, uitkeringsfraude, auto's omkatten. Maar moord? Ontvoering? Niets is persoonlijker dan dat en als we het niet op dezelfde manier benaderen als de dader, hoe moeten we dan begrijpen hoe hij denkt?'

'Dat was geen uitnodiging om de psycholoog te gaan spelen. Er moet een grens zijn en die is dat je een gevaarlijke situatie niet nog gevaarlijker moet maken. Het team Zware Misdrijven zit tot aan zijn nek in het werk om Meggy, Elspeth en Xavier te zoeken en nu hebben we ook nog mensen nodig om jou en het hotel in de gaten te houden.'

'Ik moest hem bewijzen dat ik bereid was voor hem een grens over te gaan. Empathie is niet alleen begrijpen hoe iemand zich voelt. Het wordt heel subtiel gecommuniceerd. Door je net zo te kleden als hij, dingen met hem te delen, hem te vertrouwen. We kunnen hem niet vinden, Baarda. Ik geloof niet dat dat is omdat hij zo slim is. Ik denk dat het te maken heeft met de risico's die hij neemt. Hij is niet te vergelijken met andere misdadigers, hij heeft een heel eigen agenda. Op een of andere manier heeft hij het gevoel dat hij almachtig is en buiten zijn lichaam leeft.'

Baarda dronk zijn glas leeg. 'En nu zitten we in de bar van jouw hotel te wachten tot hij belt. Wat is er dan veranderd? We lopen niet eens achter onze eigen staart aan, nee, we zitten gewoon naar onze staart te staren. Maar als je de situatie verkeerd hebt ingeschat, kan er elk moment een man met een mes naar binnen rennen om de vrouw af te maken die hij op de televisie heeft gezien en die de politie helpt hem op te sporen.'

'Hij moet mij niet hebben,' zei Connie.

'Je bent veel zekerder van je positie dan je kunt zijn. We weten nog helemaal niets over deze moordenaar.'

'Ik ben profielschetser. Dat doe je niet door er rustig met een crimineel voor te gaan zitten en te wachten tot hij je informatie geeft. En het is een wetenschap, dank je. Veel meer zekerheden krijg je niet bij profielen. Ik heb alle touwtjes in handen. Ik heb alleen nog geen psychologische diagnose die ze allemaal samenbrengt.'

'Is die er dan?' vroeg Baarda.

'Jazeker. Heb je honger?' vroeg ze.

'Nee, maar ik wil wel graag weten hoe alles bij jou op zijn pootjes terecht is gekomen.'

'De psychiater die vond dat ik aan tienerhysterie leed – geen echte tienerhysterie, trouwens, het was gewoon een gemakkelijke term – kreeg een auto-ongeluk. Af en toe is het toeval je goedgezind. Er werd een vervanger naar de afdeling gestuurd, die jonger en meer bij de tijd was dan de grote dokter Webster. Hij stond erop alle patiënten helemaal opnieuw te beoordelen en was bereid tijd in me te steken. Ik deed mijn best om te communiceren met een soort gebarentaal, maar dat liep elke keer op niets uit. Hij begreep dat ik huilde van frustratie en niet omdat ik gepikeerd was.'

'Wat is er toen gebeurd?' vroeg Baarda.

'Hij liet nog een hersenscan maken, keek beter dan Webster had gedaan en kwam tot de conclusie dat er een bloedpropje zat in het deel van mijn brein dat voor de communicatie zorgt. Ze hebben me geopereerd en hij had het godzijdank bij het juiste eind.'

Baarda haalde diep adem. 'En daarna kon je geen kleuren meer zien?'

'Het was ook het moment waarop ik mijn leven terugkreeg. Hier win je wat, daar verlies je wat. Proost.' Ze hief haar glas en tikte het tegen dat van Baarda.

Hij liet het zijne onaangeroerd. 'Wat is er met dokter Webster gebeurd? Hij heeft je zonder geldige reden laten opsluiten. Dat was gewoon een medische fout, meer nog, pure wreedheid.'

'Webster is nooit helemaal hersteld van dat ongeluk. Ik weet nu dat hij een sociopaat is. Intelligent, niet in staat tot empathie, manipulatief, volslagen egocentrisch. Hij haatte vrouwen, vooral vrouwen die hem in zijn ogen niet het respect gaven dat hij verdiende. Mijn grootmoeder was woedend, vermoedelijk vooral omdat ze zo'n blind vertrouwen in Webster had gehad. Er werd een gesprek gevoerd met Websters juristen en verzekeraars. Van het geld dat die betaalden, kon ik studeren en er is nog steeds heel wat van over. Dit is een roeping. Ik heb het geld niet echt nodig. Ik vermoed dat jij je in dezelfde positie bevindt.'

'Niet precies. Schoolgeld en een vrouw die dol is op ons tweede huis in Toscane zijn dure dingen.'

'Ga scheiden,' zei Connie.

'Zo eenvoudig is het niet.'

'Zo eenvoudig is het wel. Neem het heft in eigen handen.'

'Weet je, jij bent een heel boze psycholoog.' Baarda glimlachte.

'Ik ben een heel praktische psycholoog. Soms is het heel duidelijk wat goed en wat slecht is. Dat kan best worden erkend. Woede is belangrijk. Het zuivert en maakt de weg vrij voor vastberadenheid. Ik schrijf je een dagelijkse dosis woede voor. Word boos, Brodie Baarda. Daar heb je recht op.' Haar telefoon ging en ze nam op. 'Connie Woolwine.'

‘Eigenlijk is het doctor Woolwine, toch?’

Connie wees naar haar telefoon en Baarda pakte meteen die van hem en begon te typen.

‘Dat klopt. Met wie spreek ik?’

‘Je hebt me een bericht gestuurd. Ik ging ervan uit dat je mijn telefoontje zou verwachten.’

‘Dat is ook zo en ik ben blij dat je contact hebt opgenomen. Ik weet alleen niet goed hoe ik je moet noemen.’

‘Niets. Je hoeft me niets te noemen. Dat werkt prima. Je zei dat je wilde weten of alles goed is met Elspeth en Meggy. Dat is zo. Dat wilde ik alleen even melden. Ik zorg goed voor ze, zoals het hoort. Heb jij kinderen?’

‘Nee,’ zei Connie.

‘Jammer. Je zou een goede moeder zijn. Dat kon ik zien.’

‘Dat weet ik nog niet zo zeker.’ Ze lachte zacht. ‘Soms ben ik bang dat ik te lang mijn eigen gang heb kunnen gaan om nu nog moeder te worden.’

‘Dat is niet belangrijk. Het gaat erom dat je iets op je neemt en dat volhoudt. Het ouderschap draait om doorzetten.’

‘Dat ben ik met je eens,’ zei Connie. ‘Hoor eens, het is een formaliteit, maar ik moet controleren of je echt...’

‘Elspeth is ergens een schoen kwijtgeraakt. Dat heb ik pas gemerkt toen ik met haar thuiskwam. In de kranten is er niets over geschreven. Is dat goed genoeg?’

‘Het is perfect,’ zei Connie. ‘Nu we het daar toch over hebben, heeft Meggy nog kleren nodig of misschien haar schoolboeken? We kunnen vast wel een plek vinden waar ik ze kan achterlaten, zodat je niet met ons in contact hoeft te komen.’

‘Nee, dat komt wel goed. Ik heb overal voor gezorgd...’

‘En Xavier heeft op korte termijn zijn medicijnen nodig.’

‘Hoelang kan hij zonder?’

Connie zweeg even. Vragen over tijd waren lastig. Als ze deed of het niet dringend was, verloor ze de kans om met hem in contact te treden. Maar als ze te wanhopig klonk, kon hij besluiten dat Xavier een blok aan zijn been was.

'Het gaat nog wel een paar dagen goed, maar daarna zal Xavier moeite krijgen met de beheersing van zijn spieren en kan hij niet meer goed functioneren. Dingen als eten en zichzelf wassen zullen moeilijk worden.'

'Daar is Elspeth voor. Ze heeft er al mee ingestemd om te helpen. Jullie hoeven je geen zorgen te maken. Hoe zie jij mensen in zwart-wit? Lijken ze meer op elkaar? Is het moeilijker om gezichten te herkennen?'

Connie maakte een paar aantekeningen terwijl ze over de vraag nadacht.

'Met jonge mensen is het lastiger. Ik kom van de Amerikaanse Oostkust. In de zomer zie je bij ons op het strand letterlijk honderden zestienjarige meisjes, allemaal redelijk mager, in een afgeknipte spijkerbroek en een strak T-shirt en met lang, steil haar en een smetteloze huid. Dan is het moeilijk. Oudere mensen zijn gemakkelijker. Naarmate we ouder worden, krijgt ons gezicht steeds meer persoonlijke trekjes.'

'Niet iedereen wordt ouder,' zei hij.

'Dat is waar. Mag ik vragen waarom je Xavier hebt meegenomen?'

'De wereld waarin jij leeft, is niet dezelfde als die van andere mensen. De mijne verschilt er nog meer van. Ik heb Xavier nodig. Ik zou nooit iets doen als het niet echt moest. Deze keer moet ik overgaan. Ik dacht dat je dat wel had begrepen.'

'Ik geloof van wel. Ik heb in elk geval begrepen dat dat met Angela een vergissing was. Wat bedoel je met overgaan? Moet je een soort proef doorstaan?'

Veel geluid op de achtergrond, schreef ze voor Baarda. *Hij bevindt zich op een drukke plek.*

'Ik heb verdriet om Angela,' zei hij. 'Ze was een engel. Alles wat een moeder moet zijn. Ik heb niet één keer gezien dat ze...' Hij brak zijn zin af.

'Hallo?' vroeg Connie. 'Alles goed daar?'

Geen reactie.

De lijn is nog open, schreef Connie.

Baarda was druk bezig om via zijn eigen telefoon antwoord te geven op vragen van de technische recherche, die meeluisterde.

'Je zei dat je nooit had gezien dat Angela iets deed. Wat was dat?'

'Leugenachtige teef!' schreeuwde hij.

'Kun je me vertellen wat er aan de hand is? Misschien kan ik helpen...'

'Hij heeft een foto waarop Elspeth naakt onder de douche staat!'

Connie klapte haar laptop open en duwde hem in Baarda's handen. *Iemand praat over Elspeth. Tv/online?* krabbelde ze.

Baarda begon driftig te typen.

'Foto's kunnen gemanipuleerd worden. Je kunt tegenwoordig onmogelijk weten of wat je ziet echt is. Blijf alsjeblieft...'

'Hou je kop!' commandeerde hij. 'Hij is aan het praten.'

Connie hoorde een andere stem op de achtergrond. Hij klonk bekend, maar ze kon hem niet meteen plaatsen. Een seconde later hoorde ze hem ook op haar eigen laptop, waarop een video te zien was die kennelijk viraal was gegaan, want de getallen onder de video sprongen elke paar seconden met honderdtallen tegelijk omhoog.

'Ik ken Elspeth al een hele tijd.' Nick Bowlzer keek recht in zijn laptopcamera. 'De echte Elspeth. Niet de versie die je op al die foto's en bij die chique diners ziet. Bethy – zo wilde ze dat ik haar noemde – was eigenlijk helemaal niet zo. Ik dacht echt dat we...' Hij pauzeerde even voor het effect en veegde met een mouw langs zijn ogen. '... soulmates waren. Ik weet dat ze getrouwd was en ik neem deze video mede op om te zeggen hoe erg ik het vind voor haar man.'

Verdomme! schreef Connie op haar aantekenblok.

'Maar ik doe het ook omdat ik wil dat de wereld Bethy beter leert kennen. Het is belangrijk voor me dat iedereen ziet hoe menselijk en kwetsbaar ze was. Ze maakte fouten, net als iedereen. We hebben er echt allebei tegen gevochten, maar tegen je gevoel kun je nou eenmaal niet op.'

'Ze had helemaal puur moeten zijn!' jammerde Elspeths ontvoerder. 'Ik wist dat ze nooit zo perfect kon zijn als Angela, maar dit... Ze is een hoer! Wist je dit?' hijgde hij woedend in de telefoon.

'De man die dit zegt wil gewoon in de belangstelling staan. Misschien kent hij Elspeth niet eens...'

'Ze heeft een moedervlek! Die heb ik gezien. Hij staat op de foto. En ik heb haar een keer met hem gezien na haar yogales. Lieg jij nu ook al tegen me?'

'Of hij haar nu kent of niet, dat betekent niet dat Elspeth heeft gedaan wat hij zegt,' suste Connie. Ze zette de video stil en ging terug naar het begin, waar Nick Bowlzer zijn scherm had gesplitst en een foto van Elspeth onder de douche had laten zien. Een paar lichaamsdelen waren amateuristisch geblurd, maar er stond genoeg op om zijn gelijk te bewijzen.

'Volgens mij kent ze hem verdomde goed,' gromde hij. 'Ze heeft me misleid. Elspeth is mijn vrouw! Vind je niet dat ze me hierover had moeten vertellen? Denk je soms dat ik haar had gekozen als ik het had geweten?'

'Mensen maken fouten...'

'Dat klopt helemaal,' zei hij, 'en Elspeth heeft er net een gemaakt waar ze voor altijd spijt van zal hebben.'

De verbinding werd verbroken.

'Hij gaat haar vermoorden,' zei Connie. 'Haal die vervloekte aandachtsgeile lul nu meteen uit de lucht. Doe wat je moet doen om die video van elke server te halen.'

'Onmogelijk. Hij is natuurlijk allang door allerlei mensen gedownload.'

'Shit!' riep Connie. Ze scrolde naar het eind van de video, waar Nick Bowlzer zijn naam, mailadres en hashtags onderaan het scherm had gezet. 'Die klootzak doet dit om zo veel mogelijk likes te krijgen. En geld van de roddelpers om zijn verhaal te vertellen.'

‘We moeten ons richten op wat we hebben. Heeft hij iets nuttigs gezegd? Een naam genoemd? Enig idee gegeven van wat hij met de gijzelaars gaat doen?’ vroeg Baarda.

‘Niets. Heeft de technische recherche kunnen vaststellen waarvandaan hij belde?’

‘Nee. Het nummer was dat van een prepaidtelefoon en het gesprek duurde niet lang genoeg om de locatie vast te stellen. Hij zit ergens binnen de stadsgrenzen van Edinburgh. Verder zijn ze niet gekomen. Maar we weten nu wel hoe zijn stem klinkt. Als we hem te pakken krijgen, weten we meteen dat hij het is.’

‘Geen stemvervormer,’ zei Connie. ‘Geen spraakgebrek. Ik zou zeggen dat hij in de dertig is. Dat past bij de beschrijvingen die we van hem hebben.’

‘Maar dit keer was hij boos. De getuige bij het sportcentrum, waar hij Danny heeft vermoord, zei dat het was alsof hij alles op de automatische piloot deed, alsof hij helemaal niets voelde toen hij het mes gebruikte. Dit is zijn trigger. Dus wat doen we nu?’

‘Hij zal niet vanuit zijn huis hebben gebeld,’ zei Connie. ‘Hij heeft waandenkbeelden, maar hij functioneert nog wel. We moeten op straat laten uitkijken naar iemand met slecht rijgedrag. Hij is zijn zelfbeheersing kwijt en zal proberen zo snel mogelijk bij Elspeth te komen. Als hij te voet of met het openbaar vervoer is, zal hij zichtbaar geagiteerd zijn en heeft hij waarschijnlijk een heel kort lontje. In deze toestand is hij gevaarlijk voor iedereen die hem benadert. We moeten alle diensten waarschuwen; ze moeten hem volgen, maar niet benaderen. Ga ervan uit dat hij gewapend is.’

‘Ik stuur de oproep nu uit. Nog iets anders?’ vroeg Baarda.

‘Ik moet dit telefoongesprek nog eens doornemen op een rustige plek, zodat ik goed kan luisteren naar zijn stem en kan kijken wat ik uit zijn taalgebruik kan halen. Laten we naar mijn kamer gaan en stuur de manschappen hier weg. Ze moeten de straat op. Wij zijn veilig, maar dankzij die stomme idioot van een Nick Bowlzer is Elspeth dat beslist niet.’

30

'We moeten eerst de deur barricaderen,' zei Xavier. 'Als hij binnen komt lopen terwijl jij aan het plafond hangt, zijn we allemaal dood, Elspeth.'

'Daar hebben we geen tijd voor,' protesteerde Elspeth.

'Dan maken we tijd. Anders is het te gevaarlijk. Ik moet jou vasthouden en dan kan ik Meggy niet beschermen. Stel je dat eens even voor.'

'Goed dan, maar wat wil je ervoor gebruiken? Bijna alles in het appartement zit vast aan de muren of de vloer. De bank is te groot en past niet door de deur. Hij moet hier in elkaar zijn gezet en wij hebben geen gereedschap.'

'Er zijn drie matrassen, dat is een begin. Neem eerst die van mij en Meggy, want dat zijn eenpersoonsmatrassen, en daarna moet je die van jou zo veel mogelijk dubbel buigen. Zet ze tegen de deur. Daarna gooi je alles uit de kasten erop. Speelgoed, kleren, potten en pannen. Alles wat niet vastzit. Het houdt hem misschien niet lang tegen, maar hij kan ook niet heel snel binnenkomen.'

Meggy en Elspeth gingen aan het werk, terwijl Xavier vanuit de zitkamer aanwijzingen gaf. De tweepersoonsmatras was het lastigst om te verplaatsen, want het was een dik geval met ouderwetse veren en werkte niet bepaald mee. Ze duwden het zo stevig ze konden tegen de deur en gooiden toen al het andere op een hoop

'Nu moeten we wel ontsnappen,' zei Meggy. 'We kunnen dat allemaal niet terugslepen.'

'Ik vind het zo leuker,' zei Elspeth. 'Het doet huiselijker aan.'

De gipsplaat onder het gat in de vloer bleek sterk en gaf niet mee. De dicht bij elkaar geplaatste balken maakten hem nog sterker. Tegen de tijd dat Xavier tot de conclusie was gekomen dat Elspeth erop zou moeten springen om erdoorheen te komen, had hij ook de kans gehad om te denken aan de hoogte van het plafond in het appartement waar zij zich bevonden. Als die in beide kamers gelijk was, kon Elspeth een val van vierenhalve meter tegemoetzien. Omdat ze haar val niet kon breken, had ze geluk als ze eraf kwam met een of twee gebroken enkels, en dan alleen als ze recht naar beneden viel. De kans was groter dat ze tijdens de val haar hoofd zou stoten aan een van de balken en gewond zou raken aan haar hoofd en haar nek.

Een kwartier later, vijftien minuten die ze zich niet echt konden veroorloven, hadden ze drie lakens aan elkaar gebonden, ze onder Elspeths armen door om haar borst gebonden en het andere uiteinde aan de leunstoel vastgemaakt.

'Klaar?' vroeg Xavier.

'Beter wordt het niet,' zei Elspeth.

Ze sprong zo hoog ze kon en kwam met haar armen strak langs haar lichaam in het krappe gat terecht. Er volgde een zacht gekraak, niet luider dan als je in chips bijt uit een pakje dat een week open is geweest. Het kraken was goed te horen, maar het geluid verpieterde snel. Elspeths hoofd ging met een ruk omhoog toen haar voeten door de gipsplaat schoten. Xavier greep naar het laken om zijn eigen gewicht aan dat van de stoel toe te voegen. Meggy stak haar armen uit, want Elspeth viel opzij omdat de gipsplaat onder haar rechtervoet eerder brak dan aan de andere kant, zodat ze in haar val de rand van het gat raakte.

Meggy's hand kwam klem te zitten tussen Elspeths hoofd en de scherpe rand van een gebroken vloerplank; ze slaakte een kreet van pijn toen de splinters in haar handpalm werden gedreven. Elspeth stak een arm omhoog om zich aan de vloerplanken vast te pakken en haar val te breken, maar het was te laat. Het laken trok als een strop strak om haar linkerborst en de buitenkant van haar omhooggedraaide schouder.

De leunstoel draaide om zijn as en botste tegen Xavier, die op zijn beurt tegen Meggy aan viel en haar hand nog harder tegen de scherpe splinters van het oude hout duwde. Het meisje jammerde. Xavier deed zijn best het gladde laken te pakken, maar de knoop hield geen stand. Elspeth had amper tijd om een kreet te slaken toen ze in de kamer onder hen viel.

'Elspeth!' riep Xavier.

Het uiteinde van het laken was als zijde door zijn handen gegleden en landde als het lint van een gymnaste in een spiraal op haar roerloze lichaam.

'Laat haar niet dood zijn,' bad Meggy. 'Alsjeblieft, alsjeblieft, alsjeblieft, laat haar niet dood zijn.'

'Ze is niet dood,' zei Xavier. 'Daarvoor is ze niet ver genoeg gevallen. We moeten haar even de tijd geven. Ze heeft een schok gehad en misschien haar hoofd gestoten. Probeer rustig te blijven.'

'Blijf zelf rustig!' riep Meggy. 'Jij bent hier nog maar net. Ik kan dit niet zonder haar.'

'Meggy, hou op!' commandeerde Xavier. 'Daar hebben we nu niets aan.'

Er kwam een luid gekreun van beneden. Xavier en Meggy schoven hun hoofd zo diep mogelijk in het gat.

'Elspeth!' riep Meggy. 'Wakker worden. Je moet opstaan.'

Elspeth lag met haar gezicht op de vloer. Haar rechterarm stak in een angstwekkende hoek over haar achterhoofd omhoog. Haar voeten bewogen en toen ging er een schok door haar linkerbeen.

Toen ze begon te gillen, was het alsof het hele huis echode van de pijn. Het geluid weerkaatste van de muren om haar heen en het kapotte plafond boven haar. Ze probeerde om te rollen, maar viel terug op haar buik en schopte met haar voeten tegen de vloer. Haar rechterarm bleef nutteloos boven haar hoofd slingeren en haar vingers grepen in paniek om zich heen.

'Elspeth,' riep Xavier. 'Luister naar me. Je schouder is uit de kom. Je moet hem er weer in duwen.'

Ze huilde, hulpeloos van de pijn.

'Meggy, je moet naar beneden. Je kunt mij niet naar beneden laten, ik ben te zwaar voor je, maar ik zou jou door het gat moeten kunnen krijgen. Je moet al het beddengoed halen.'

Meggy rende al weg voordat hij was uitgesproken. Ze gooide een stapel lakens en kussens op Xaviers schoot.

'Schiet op dan,' zei ze.

Xavier schoof drie kussens door het gat om Meggy een kans te geven op een zachtere landing. Daarna bond hij een deken en een laken aan elkaar en maakte een uiteinde vast om haar middel.

'Hetzelfde als bij Elspeth, maar zij had drie lakens. Je zult je het laatste stuk moeten laten vallen. Denk eraan dat je je knieën en enkels ontspant, laat je opzijvallen en rol door. Probeer je er niet tegen te verzetten. Herhaal wat ik heb gezegd.'

'Ik ben geen klein kind,' kreunde ze.

'Herhaal het,' drong hij aan.

'Zacht landen, mezelf laten rollen, knieën en enkels, blablabla.'

'Zo moet het maar. Als je beneden bent, vertel ik je hoe je Elspeth kunt helpen. Heeft hij jullie medicijnen gegeven voor noodgevallen, paracetamol of zo?'

'Ik geloof van niet. Daar heeft Elspeth niets van gezegd.' Ze keek door het gat naar Elspeth, die nu op haar rug lag te kreunen, haar ogen nog steeds dicht.

'Oké. Dat is het eerste wat je moet zoeken als je beneden bent. Ik ga het andere eind van de deken om mijn middel binden en ik hou me vast aan de stoel. Als je zover mogelijk beneden bent, waarschuw ik je en dan moet je je klaarmaken voor de val. Begrepen?'

'Schiet nou op,' zei ze.

'Hou het laken boven je hoofd vast. Als de knoop dan loslaat...'

Meggy zuchtte, duwde haar voeten in het gat en greep stevig het laken vast voordat ze zich wegduwde van de rand.

Xavier greep met een arm de stoel en hield met zijn vrije hand de knoop om zijn middel vast. De wens dat zijn benen nog zouden werken was groter dan ooit tevoren, want hij was niet in staat zich schrap te zetten en het gewicht van het meisje met zijn hele lichaam op te vangen. Belangrijker nog, hij kon niet vechten tegen de man die hen had ontvoerd.

Met het onhandige, provisorische koord en zijn lichamelijke beperkingen was het hard werken, maar hij merkte dat hij met zijn linkerhand een stuk koord vrij kon maken, zijn evenwicht kon hervinden en het koord in een vrij behoorlijk ritme door zijn andere hand kon laten gaan. Het ging langzaam, maar de knoop hield stand.

'Gaat het?'

'Ja, maar het moet sneller!' riep Meggy terug.

'Rustig aan,' zei hij. 'Je moet een beetje geduld hebben. Hoe hoog boven de vloer denk je dat je bent?'

'Ik weet niet... Misschien drie keer mezelf of zo. Het maakt toch niet uit, laat me gewoon naar beneden. Haar arm ziet er heel raar uit en haar ademhaling is ook vreemd, alsof ze door een rietje ademt.'

'Shit,' mompelde Xavier.

Hij probeerde nog een stuk laken te laten vieren en hoorde iets scheuren.

'Meggy, kijk omhoog. Kun je zien waar het laken door het gat gaat?'

'Te donker,' zei ze.

Het korte gilletje was als een mes in zijn hart. Het laken gaf opeens een stukje mee en kwam toen met een schok weer tot stilstand. Hij voelde dat Meggy door de lucht slingerde en greep haastig zijn uiteinde steviger vast.

'Blijf stil hangen!' commandeerde hij. 'Het laken moet ergens achter blijven haken.'

‘Alsof ik een keus heb,’ mopperde het meisje. ‘Gatverdamme, het plafond zit vol bruine vlekken en het stinkt hier.’

‘Maak je daar nu maar niet druk om.’ Xavier maakte het uiteinde rond zijn middel los en hoopte dat de stoel zwaar genoeg was om het gewicht van het meisje op te vangen. Daarna trok hij zich met zijn handen naar het gat. Hij wist heel goed wat die vlekken op het plafond had gemaakt. Daar kwam ook de stank vandaan waar Meggy over klaagde. Bij ontbinding kwamen vloeistoffen vrij en die waren opgezogen door de gipsplaten.

Toen hij bij het gat was, ging hij op zijn buik liggen, zette zich met een arm schrap tegen de andere kant en boog naar voren om het laken los te maken.

Meteen was duidelijk wat het probleem was. Een achteloze timmerman was ergens in de voorbije honderd jaar slordig geweest met een spijker en die stak uit een houten balk. Door de spanning op het laken was de spijker door het katoen gedrongen en was het gat een scheur geworden. Met elke centimeter dat hij Meggy verder naar beneden liet zakken, werd de scheur groter en het laken zwakker.

‘Godsamme,’ zei Meggy.

‘Het komt goed. Ik zal het laken losmaken, blijf...’

‘Nee,’ zei ze. ‘Dat niet. Kijk naar de muren.’

Hij keek de kamer in. Ondanks het beperkte zicht en het gebrek aan licht zag hij iets van het psychedelische patroon op de muren.

‘Wat is dat in godsnaam? Behang?’

‘Foto’s,’ zei ze. Haar stem sloeg over. ‘Zoveel dat het op behang lijkt. Maar echt eng. Heel eng behang.’

Opeens klonk er gehoest en gereutel van beneden.

‘Oké, ik ga de stof losmaken. Niet bang zijn als je een eindje naar beneden zakt.’

‘Dit is niet normaal,’ ging Meggy verder. ‘Sommige van die foto’s zijn heel oud. En ik geloof dat hij op sommige heeft gekrast. Hij heeft de gezichten weggekrast. Het zijn hele lagen. Nieuwe foto’s zijn op oude foto’s vastgemaakt.’

'Daar kunnen we ons nu niet mee bezighouden, Meggy. Elspeth heeft je nodig. We moeten ons concentreren.'

'Maar het is in de hele kamer. En ik geloof... Ik zie foto's van mezelf. Een heleboel. Misschien wel honderden. Hoelang heeft hij ons in de gaten gehouden?'

Het leek of er ijs door Xaviers aderen stroomde. Opeens waren zijn vingers dikke worsten, die dingen deden zonder dat hij het wilde, en de oude pijn was terug in zijn benen, waar hij in geen jaren gevoel in had gehad. Hij proefde braaksel en dreigde te gaan overgeven. Uit alle macht probeerde hij Meggy's stem te verdringen terwijl hij in de weer was met het laken.

'Ze zijn gegroepeerd. Die van mij hangen bij elkaar op één muur, maar er zijn ook foto's van andere meisjes.'

Het uiteinde van het laken zwaaide opeens heftig.

'Meggy, wat je ook aan het doen bent, hou ermee op. Je moet stil blijven hangen. Dat laken kan je gewicht niet dragen als je beweegt.'

'Nee, ik moet die andere muur zien,' drong ze aan.

'Je zult vallen!'

'Ik zie die andere vrouw. Die vrouw die in haar bed is vermoord. O mijn god. O shit, shit, shit. Hij heeft haar ook vermoord.'

De deur ging open.

'Dat klopt,' zei Fergus. 'Niet met opzet. Angela verdiende het niet om te sterven.' Hij liep de kamer in en bleef naast Elspeth staan. 'Maar deze teef wel. Dat is haar verdiende loon voor alle leugens en al het bedrog. Ze heeft achter mijn rug om met andere mannen geneukt.'

'Ze is niet je vrouw!' schreeuwde Meggy, die zwaaide aan het steeds verder scheurende laken. 'Elspeth haat je.'

'Meggy, hou je mond,' zei Xavier.

'Nee, nu niet ophouden. We hebben net zo'n eerlijk gesprek. Waarom kom je niet naar beneden?'

31

‘Nick Bowlzer is gearresteerd, maar op zeer twijfelachtige gronden. Ik verwacht niet dat hij echt wordt aangeklaagd,’ zei Baarda tegen Connie.

‘Jammer. De wereld zou een betere plek zijn als het illegaal was om een klootzak te zijn.’

‘Het probleem is misschien om een rechter te vinden die hem kan veroordelen zonder zich schuldig te maken aan verregaande hypocrisie.’

‘Heeft Bowlzer nog verrassende redenen aangevoerd waarom hij speelt met Elspeths leven?’ vroeg Connie.

‘Zijn vriendin is kennelijk verstandig geworden en heeft een eind gemaakt aan hun relatie, dus hij vond dat hij niets meer te verliezen had. De verlokking van de publiciteit en het geld dat hij kon verdienen door zijn verhaal te verkopen waren kennelijk te sterk voor hem. Hij zegt dat het niet bij hem is opgekomen dat het nadelig kon zijn voor Elspeth, hoewel hij wel een beetje bang was dat haar man achter hem aan zou komen. Maar hij schatte dat de video zo vaak bekeken zou worden dat niemand hem iets kon maken.’

‘Doe me een lol en verstop vlak voor je een huiszoekingsbevel gaat uitvoeren een flinke hoeveelheid harddrugs in zijn appartement, wil je?’ vroeg Connie.

‘Ik ben bang dat ik mijn cocaïne vandaag thuis heb laten liggen.’

Hij glimlachte. 'Het is al een uur geleden dat onze ontvoerder heeft opgehangen. Denk je dat Elspeth Dunwoody nog leeft?'

'Ik maak me niet alleen zorgen om Elspeth,' zei Connie. Ze schreef het een en ander op een bord en deed een stap achteruit om te kijken wat ze had geschreven. De muren hingen vol foto's, aantekeningen en kaarten, die nu een groot deel van haar hotelkamer besloegen. 'Wat tijdens het telefoontje duidelijk werd, is dat de dader een wereld aan het opbouwen is. Hij heeft zijn waandenkbeelden niet alleen steigers gegeven, maar een heel gebouw, dat hij ook nog heeft ingericht. Ik weet niet of het mogelijk is om een deel van die ballon door te prikken zonder dat het hele geval explodeert.'

'Meggy en Xavier?'

'Ze zouden secundaire slachtoffers kunnen worden. Hij kan het gevoel hebben dat zijn hele wereld besmet is en besluiten de lei schoon te vegen. Als ze proberen tussenbeide te komen als hij zijn woede op Elspeth botviert, raken ze misschien gewond. Het belangrijkste is dat we nu met hem hebben gesproken. Elk woord dat hij heeft gezegd is extra informatie. Het is een blauwdruk van zijn hersenen.'

'Wat wil hij?' vroeg Baarda.

'Hij heeft een vrouw meegenomen van wie we nu weten dat hij haar heeft geïdealiseerd en die in zijn fantasie zijn vrouw is. Dat was zijn belangrijkste motief. Aan die illusie kan ze niet meer voldoen, dus hoe gaat dat aflopen?'

'Hij negeert het feit dat ze niet meer zijn ideale vrouw is en gaat toch door, of hij ontdoet zich van haar en ontwikkelt een nieuwe obsessie,' zei Baarda.

Connie keek naar de collage van foto's van Elspeth. 'Deze man heeft diepe gevoelens voor Elspeth. Die gevoelens zijn geen illusie, ze veroorzaken echt een chemische reactie in zijn hersenen. Hij heeft haar bestudeerd en aspecten van haar persoonlijkheid gezien die precies passen bij wat hij wil. Bij haar kan hij al zijn eisen afvinken. Elspeth Dunwoody zet hem in vuur en vlam. Doet jouw vrouw dat nog bij jou?'

'Daar ga ik niet op in,' zei Baarda.

'Ik zit me niet zomaar met jouw zaken te bemoeien, Baarda, dit is een vergelijkende studie. Werk even mee. Ergens diep vanbinnen moet je erover fantaseren dat jullie je met elkaar verzoenen. Daarvoor moet er een eind komen aan haar verhouding. Je hebt het je verbeeld. Wat gaat er om in je hoofd in de kleine uurtjes, waarin mensen neuken en huilen, zich voorstellen dat ze de partner die hen mishandelt vermoorden of opeens besluiten geld te stelen van hun bedrijf?'

Baarda zweeg. Hij ging op de rand van Connies bed zitten en leunde achterover, steunend op zijn ellebogen.

'Het wordt tijd,' zei hij. 'Er zijn zoveel maanden voorbijgegaan dat de verhouding saai wordt. Het is niet meer opwindend. Ze raken op elkaar uitgekeken. Hun relatie wordt net zo'n sleur als ons huwelijk en ze ziet dat ze gewoon het ene inruilt voor het andere.'

Connie drukte een hand tegen haar buik.

'Brodie,' zei ze zacht. 'Ik wist dat jij het antwoord had. Dat is wat hij niet heeft. Hij heeft geen tijd. Dat verklaart de steeds kortere periodes tussen elke ontvoering. Hij neemt meer risico omdat hij minder gelegenheid heeft alles te organiseren. Er is geen ruimte om de relatie die hij zich met Elspeth heeft voorgesteld te repareren. In tegenstelling tot jou staat hij onder druk. Jij hebt niet het gevoel dat het dringend is, omdat je de realiteit kunt negeren door je vrouw tijd te geven.'

'En die realiteit is?'

'Dat jullie relatie voorbij is. Je voelt niets meer voor haar.'

'Onzin,' zei hij.

'Echt? Wanneer heb je voor het laatst midden op de dag een stijve gekregen omdat je je vrouw naakt voor je zag?'

'Wil je zeggen dat dat met onze moordenaar gebeurt als hij aan Elspeth denkt?'

'Ik wil zeggen dat zijn tijd opraakt en wij moeten erachter zien te komen waarom. Dat is de sleutel.'

Connie sloot haar ogen en zag de man voor zich op wie elke politieagent binnen een straal van honderdvijftig kilometer jacht maakte, zo mager dat hij bijna de belichaming was van het monster dat het publiek in hem zag. Ze hield op met ademhalen. Haar hart klopte wild en onregelmatig in haar borst. Toen hapte ze naar adem.

'Wat is er?' Baarda was in twee stappen bij haar en pakte haar bij de bovenarmen. 'Connie?'

'Hij is niet alleen lichamelijk ziek,' zei ze. 'Als hij daarom zo mager is, zou hij zich nog steeds bewust zijn van de gevolgen van zijn daden. Hij zou nog steeds gearresteerd kunnen worden en achter de tralies kunnen belanden. Misschien is hij niet zo dood als wij graag zouden willen, maar daar is hij het wellicht niet mee eens. Als het in elk geval in zijn eigen hoofd meer is dan alleen ziek zijn, zou dat de risico's en de haast verklaren. Alles.'

'Waar heb je het over?'

'Er bestaat een syndroom... Ik kan me niet herinneren hoe het heet. Hij gedraagt zich niet als een rationeel mens. Het gaat niet alleen om escalerend gedrag, hij is zo ziek dat de normale parameters niet meer bestaan. Dus misschien doet hij of hij onzichtbaar is omdat hij oprecht gelooft dat niemand hem kan zien. Hij voelt geen angst, ziet geen gevolgen. Hij doet weinig moeite om zijn identiteit verborgen te houden. Toen hij vroeg naar mijn kleurenblindheid, zei hij...' Ze bladerde gehaast door haar aantekenboek. 'Hier staat het: "De wereld waarin jij leeft, is niet dezelfde als die van andere mensen. De mijne verschilt er nog meer van."'

'Dat klinkt als sciencefiction.' Baarda kwam bij haar staan.

Connie typte de termen 'geestesziekte, overtuiging dood te zijn' in een zoekmachine en wachtte op de resultaten. De bovenste waren rapporten over waargebeurde misdaden, studies over het geloof in een leven na de dood en referenties naar zombiefilms. Daarna volgde een definitie uit een studieboek.

'Cotardwaan,' las ze hardop voor, 'zie ook het syndroom van Cotard. Het is buitengewoon zeldzaam, maar er zijn gevallen bekend. De patiënt is ervan overtuigd dat hij niet bestaat, dat hij dood is of dat hij stervende is, dat zijn organen aan het rotten zijn of dat zijn lichaam aan het ontbinden is. Soms bestaat de overtuiging dat hij onsterfelijk is. Genoemd naar de negentiende-eeuwse neuroloog Jules Cotard, die de diagnose voor het eerst stelde. Ik heb er tijdens mijn studie over gelezen, maar het komt zo zelden voor dat ik niet verwacht had het zomaar een keer tegen te komen.'

'Waarom denk je dat onze dader hieraan lijdt, behalve dat hij zoveel risico neemt?'

'Hij is zo mager dat de getuigen hem bijna een skelet noemen. Dat komt regelmatig voor bij het syndroom van Cotard. Mensen die eraan lijden geloven dat ze niet meer hoeven te eten. Kijk.' Ze wees naar een voetnoot op het scherm. 'Er zijn gevallen bekend waarin de patiënt uiteindelijk is gestorven door ondervoeding. De evolutie van zijn misdaden past bij geen enkel ander bekend profiel. Dat komt doordat hij reageert op zijn perceptie van zijn ziekte. Toen hij geloofde dat hij stervende was, maar nog niet dood, had hij nog tijd om zorgvuldig te zijn en zijn slachtoffer te bestuderen, zoals bij Angela Fernycroft. Toen dat misging, is hij in een neerwaartse spiraal geraakt. Hij heeft steeds sterker het idee gekregen dat hij doodging. Dus werd hij wanhopig en ging hij sneller op zoek naar gijzelaars. En hij zei iets heel raars, dat ik verkeerd heb begrepen.' Ze bladerde weer door haar aantekeningen. 'Hier staat het. Hij zei: "Deze keer moet ik overgaan."'

'Dus hij gelooft dat zijn tijd op deze wereld bijna om is?' vroeg Baarda.

'Misschien. Stel je voor wat je allemaal zou kunnen doen als je oprecht geloofde dat je dood was.'

'Dan zijn consequenties niet meer van belang. De politie, de rechtbank, de gevangenis. Niets maakt meer uit. Dan is hij tot alles in staat.' Baarda stak zijn handen in zijn zakken en liep naar het raam. 'Wat betekent dat voor Elspeth, Meggy en Xavier?'

'We kunnen er nog niet zeker van zijn. Toen hij besefte dat Elspeth niet de zuivere en onbezoedelde vrouw was die hij in haar zag, was hij zo boos dat hij buiten zinnen raakte. Als hij Elspeth als vrouw wilde hebben, moest Meggy misschien zijn dochter zijn.'

'Waarvoor heeft een dode man een gezin nodig?' vroeg Baarda.

'Misschien is hij bang voor het gevoel dat hij onzichtbaar is. Willen we niet allemaal dat we na onze dood gemist worden door de mensen die van ons houden? Misschien zou dat het eind van zijn leven draaglijker maken,' opperde Connie. 'Daarom kiest hij natuurlijk zulke verschillende slachtoffers. Ze spelen hun eigen rol. Het maakt deel uit van een groter plan.'

'Als bij het syndroom van Cotard alles mogelijk is, van geloven dat je doodgaat tot concluderen dat je onsterfelijk moet zijn, hoe weten we dan in welk stadium hij zit?' vroeg Baarda.

Connie keek nog eens naar de tekst op het scherm. 'Ik lees hier dat het syndroom drie stadia kent. In het eerste stadium ontstaan hypochondrie en psychotische depressie, hoewel de depressie natuurlijk vooraf kan gaan aan alle andere symptomen. Daarna wordt de patiënt zich meer bewust van de veranderingen in zijn lichaam, het verlies van een deel van zichzelf of zijn hele bestaan. Ten slotte is er het chronische stadium, waarin de wanen hun piek bereiken. Het gaat om schizofrenie, vermengd met psychotische depressie. Als de ziekte chronisch is geworden, kan de patiënt werkelijkheid en wanen niet meer uit elkaar houden, zal hij de wereld om hem heen wellicht niet meer herkennen en kan hij geen normale relaties meer onderhouden. Het is niet meer mogelijk te letten op de lichamelijke gezondheid, de hygiëne en de eenvoudigste interacties.'

'Oké,' zei Baarda. 'Nu even praktisch. Als je hier gelijk in hebt, hoe helpt ons dat dan om hem te vinden?'

'Ik moet toegang hebben tot gezondheidsdiensten in de wijde omgeving. Is er een systeem om een waarschuwing te doen uitgaan?'

'Dat kan ik wel organiseren,' zei Baarda. 'Wat ga je doen?'

'Ik betwijfel of hij een diagnose heeft als hij nog steeds los rondloopt, maar er zullen lichamelijke symptomen zijn geweest en enige indicatie dat hij worstelt met zijn lichamelijke en waarschijnlijk zijn geestelijke gezondheid. Geef me een halfuur. Dan stel ik een lijst samen van waarschijnlijke symptomen. Die kunnen we combineren met het globale signalement dat we hebben. Ik wil graag weten of er mensen zijn bij de geestelijke gezondheidsdienst, bij huisartsen, ziekenhuispersoneel of wijkverpleging bij wie dit een belletje doet rinkelen. Dit is niet van de ene op de andere dag ontstaan. Als hij in het eerste stadium aan hypochondrie en depressies heeft geleden, is er grote kans dat hij daar hulp voor heeft gezocht.'

'Waar kan het door zijn veroorzaakt?'

'Dat kan van alles zijn, van hersenatrofie tot een tumor of een ongeluk. Meestal ligt er letsel aan de voorhoofdskwab aan ten grondslag, na een beroerte bijvoorbeeld,' zei Connie.

'En hoe gevaarlijk is hij nu, in zijn huidige toestand? Ik moet een plan opstellen om hem veilig in hechtenis te kunnen nemen.'

'Gewapende politie, schieten wanneer het nodig is. Hij gelooft niet dat er beperkingen voor hem zijn. Zo moet jij ook gaan denken.'

Baarda liep naar de deur. 'Maar hij is niet onsterfelijk en hij is ook niet dood. Wat gebeurt er als hij daarachter komt? Maakt dat hem gevaarlijker of minder gevaarlijk?'

Connie sloeg haar armen over elkaar en dacht na. 'Nou, hij heeft Elspeth, Meggy en Xavier dan niet meer nodig, dus ik zou je willen adviseren hem te vinden voor dat gebeurt. Lang daarvoor.'

32

Meggy bungelde aan het plafond. Alles begon pijn te doen en boven zich hoorde ze Xavier steeds zwaarder ademhalen. Het laken werd lastiger vast te houden door de zweetdruppels die in de stof drongen. Fergus stond onder haar te grijnzen. Hij was krankzinnig. Dat was een woord dat ze had gelezen en gehoord, maar in haar twaalf jaar had ze nog nooit iemand ontmoet op wie het echt van toepassing was. Zijn ogen zagen eruit alsof ze elk moment op wilde tentakels uit zijn hoofd konden schieten om haar van dichterbij te inspecteren. Zijn handen bewogen rusteloos en zijn hele lichaam was bedekt met olieachtig zweet; voor Meggy zag hij eruit alsof hij uit een lijkkist kwam. Hoe mager hij ook was, ze wist dat hij een ontzagwekkende kracht zou hebben.

Het was de inschatting van een kind, maar dat maakte hem niet minder accuraat. Op school waren er grofgebouwde kinderen die toch geen bedreiging vormden. Ze waren log en traag en de meesten hadden iets zachtaardigs, dat ze niet konden verbergen voor de tengere, ongrijpbare pestkoppen. Die waren snel en gemeen en hun kwaadaardigheid was een groene flits in hun ogen als ze van opzij naar hun maatjes keken. Kijk goed, zei die snelle blik. Kijk en speel je rol. Grinnik om mijn wreedheid, lach mijn prooi uit en aanbid me, anders ben je de volgende. Toch waren de pestkoppen niet het engst. Je wist wat je aan ze had. Ondanks de show die ze opvoerden, hadden ze iets kwetsbaars. Als je iemand zover kreeg om ze uit te lachen, al was het maar een seconde, had je in wezen de iconische emmer water over de Boze Heks van het Westen gegooid.

De drukte en ruzietjes op de speelplaats waren de camouflage voor de echte monsters. Dat waren de kinderen die niet bang waren voor gevolgen. Wier oudere broers en zusjes hadden laten zien hoe erg een pak slaag echt kon zijn. Stil en dodelijk, een veel misbruikte term, maar zo had ze ze altijd gezien. Mitch McConnaught had er lucht van gekregen dat een andere jongen zijn vrienden had verteld dat hij op Mitch viel. Na school was die jongen gegrepen en was er een aansteker bij zijn haar gehouden; hij had brandwonden opgelopen en huidtransplantaties moeten ondergaan. Tricia Leigh, nog zo'n stil kind van wie iedereen wist dat je uit haar buurt moest blijven, vond het feit dat ze raar werd genoemd voldoende reden om het voorhoofd van een ander meisje te bewerken met een kapotgeslagen fles. Die littekens zouden nooit helemaal verdwijnen, hoeveel operaties er ook volgden. Het waren de kinderen die rustig afwachtten en die niet reageerden op smeekbedes. Ze wilden geen publiek of bewondering. Ze wilden een rustig plekje, relatief donker, en de tijd om te genieten van het gejammer van hun slachtoffer. Meggy keek neer op Fergus en liet zich leiden door haar angst.

'Ik kom niet naar beneden,' zei ze tegen hem. 'En jij kunt me niet te pakken krijgen.'

'Prima,' zei hij. 'Ik wacht wel. Je kunt toch nergens naartoe. Hoe gaat het, Xavier?' riep hij vrolijk.

Het bleef stil op de bovenverdieping.

'Word je al moe of heb je het laken gewoon ergens aan vastgebonden? Vroeg of laat moet ze loslaten en als dat gebeurt, kan ze een been breken. Of misschien wel een heup. Straks loopt de kleine Meggy zulk ernstig rugletsel op dat ze net als jij wordt.'

'Luister niet naar hem,' zei Meggy tegen Xavier.

'Kom weer naar boven,' fluisterde Xavier. 'Ik kan je niet omhoogtrekken. Je zult moeten klimmen.'

Meggy keek omhoog naar het plafond.

'Je hebt niet genoeg kracht meer in je armen, hè?' sneerde Fergus. 'Hoelang hang je daar al? Niet zo lang als Elspeth op die koude vloer op hulp ligt te wachten.' Hij tilde een voet op en zette zijn tenen op de onnatuurlijk verbogen schouder. 'Misschien kan ik je overhalen bij ons te komen.'

Elspeth stootte een onmenselijke kreet uit toen hij druk uitoefende met zijn voet. Meggy werd herinnerd aan een uitje naar een safaripark, waar ze wolven had horen huilen die vochten om voedsel.

Het laken schokte toen Xavier probeerde haar naar boven te rukken.

'Goed hoor, ga maar naar boven,' zei Fergus. 'Gaan jullie je maar lekker verstoppen. Ik kom zo.'

'Je bent een klootzak!' gilde Meggy. 'Een akelige klootzak!'

'Meggy, kom naar boven. De deur is gebarricadeerd. Je bent hier veilig,' riep Xavier.

Meggy keek naar boven en naar beneden.

Fergus giechelde en liet zijn vinger op en neer gaan. 'Je bent een ondeugende meid.'

Elspeth draaide met een grom haar hoofd om naar Fergus' voet, die nog steeds tegen haar ontwrichte schouder drukte. Ze liet haar onderkaak zakken, klemde hem om zijn enkel en beet.

'Kreng!' schreeuwde Fergus. 'O mijn god, vals kreng dat je bent. Laat los!'

Haar gekwetste arm flopte nutteloos opzij, maar ze greep zijn vrije been met haar goede hand om het stil te houden.

Fergus bukte, sloeg haar op het hoofd en probeerde zijn been weg te trekken.

'Laat me naar beneden,' riep Meggy tegen Xavier.

'Geen sprake van!' zei hij.

'Hij vermoordt haar.' Het meisje prutste aan de knopen bij haar middel.

'Hij vermoordt jou ook.' Xavier greep het laken nog steviger vast. 'Kom naar boven, Meggy, alsjeblieft!'

'Dat wil ik ook,' huilde ze. 'Ik wil terugkomen, maar door mij heeft hij haar vinger afgesneden. Het was allemaal mijn fout. Zij heeft ervoor gezorgd dat hij me geen pijn deed. Het spijt me.' Ze haalde een paar keer diep adem, liet het laken los en viel uit de lus.

Op datzelfde moment verloor ze de moed. Ze had voor zich gezien dat ze op Fergus af vloog, haar voeten op zijn hoofd richtte en hem zo hard mogelijk raakte, maar haar handen wilden niet meewerken aan dit heldhaftige scenario en schoten omhoog, op zoek naar iets wat haar val zou breken. De hanglamp was het enige voorwerp tussen haar en de vloer, een exemplaar uit de jaren tachtig aan een lang snoer. Meggy's hand gleed langs de kabel naar beneden, raakte de lamp en trok de fitting los.

Het glas verbrijzelde in haar hand en het werd donker in de kamer. Het laatste stuk viel ze in een donker gat. Ze voelde de splinters in haar hand en had nog tijd om spijt te hebben van haar besluit voor haar opgetrokken knieën de achterkant van Fergus' schouders raakten. Hij stortte schreeuwend op de grond, haar voorhoofd sloeg tegen zijn achterhoofd en ze schoten allebei naar voren. Nog een kreet, dit keer van Elspeth toen ze tegen haar kwetsbare lichaam aan vielen. De lamp kwam boven op hen terecht; nog meer glas, een kronkelend snoer en een metalen armatuur.

Elspeth begon weer naar adem te happen en Meggy krabbelde snel weg om haar lucht te geven en te ontsnappen aan Fergus' vuisten, waarmee hij wild om zich heen sloeg.

'Dit wordt je dood,' zei hij onduidelijk. Zijn stem klonk heel anders en de woorden liepen in elkaar over.

Ze had hem pijn gedaan. Die wetenschap was een lichtstraaltje in het donker.

Meggy krabbelde weg; ze bleef laag om niet te vallen. Een van haar knieën voelde alsof hij in brand stond en er zat een kleverig goedje op haar hoofd waar ze niet over wilde nadenken. Ze probeerde haar ademhaling onder controle te krijgen en kroop weg in een hoek. Er was helemaal geen licht. Wat hij ook met de ramen in het bovenappartement had gedaan, hij had dat op de verdieping daaronder herhaald.

Elspeth huilde; ze snikte als ze uitademde en kreunde als ze inademde. Fergus mompelde in zichzelf en gooide met dingen. Meggy hield zich stil en stak haar handen tastend naar voren. Ze moest een wapen hebben. Eén flinke klap was genoeg. Als ze hem op zijn hoofd kon slaan, kon ze naar de deur rennen en hulp halen.

'O, Meggy, wat heb je gedaan?' grauwde Fergus.

Ze sloeg een hand voor haar mond om haar positie niet te verraden, terwijl ze op haar knieën rondschoof om iets te zoeken wat als wapen kon dienen.

'Wil je weten wat ik ga gebruiken om Elspeth te vermoorden?' vroeg Fergus.

Zijn tong leek te dik voor zijn mond, alsof hij net naar de tandarts was geweest en de verdoving nog niet was uitgewerkt.

Let niet op hem, hield Meggy zichzelf voor. Ga door. Hij bluft. Hij is geobsedeerd door Elspeth. Hij zal doen alsof hij haar pijn doet, maar dat durft hij niet echt.

De zweepslag bracht haar op andere gedachten. Het snoer raakte de buitenkant van Meggy's linkerelleboog en ze slaakte een kreetje.

'Dat doet pijn, hè? Ik zou er nooit aan hebben gedacht als jij de lamp niet mee naar beneden had getrokken, maar nu lijkt het heel passend. Wil je horen hoe ik haar ermee wurg, Meggy? Ik moet je waarschuwen, het wordt heel akelig. Het duurt langer dan je zou denken. Soms vecht iemand minutenlang om lucht te krijgen. Het doet ook pijn. Er is niets vredigs aan. Pas helemaal aan het eind verliest ze het bewustzijn. Waarschijnlijk krabt ze haar hals helemaal open om het snoer eraf te krijgen.'

Hij sleepte zich door de kamer en Meggy hoorde hoe hij zichzelf moeizaam in positie bracht. Elspeth ademde met een felle zucht uit en ze stelde zich voor dat Fergus in het donker op haar was gaan zitten en het snoer om haar hals wond.

'Niet doen,' klonk haar jammerende stemmetje. 'Alsjeblieft, niet doen.'

'Te laat. Je hebt me pijn gedaan. Nu ga ik haar pijn doen.'

'Het spijt me,' huilde Meggy. 'Ik meende het niet. Je mag me slaan of... wat dan ook. Maak Elspeth niet dood. Ik kan haar niet missen. Alsjeblieft?'

Er klonk gehijg, het glijden van het snoer, een tevreden gesis van Fergus.

Toen het roffelen van voeten op de vloer.

'Alsjeblieft wat?' gromde Fergus.

'Alsjeblieft, god, alsjeblieft. Ik doe alles. Het spijt me. Het spijt me zo erg.'

Zwak gefladder in de lucht. Van Elspeths handen, besefte Meggy, die machteloos naar het snoer om haar nek grepen.

'Alsjeblieft... papa,' zei Fergus.

'Oké, oké, alsjeblieft, papa,' riep Meggy.

'Alsjeblieft, papa, ook al verdien ik het niet.'

Meggy jammerde. 'Alsjeblieft, papa, ook al verdien ik het niet!' gilde ze.

Er volgde een stilte, een fluistering van plastic op plastic, toen een wanhopig happen naar lucht en het hortende, verstikte inhaleren van zuurstof.

'Elspeth.' Meggy rende snikkend naar voren, tastte naar de bron van het geluid, liet zich naast de vrouw op de vloer vallen en drukte haar hoofd tegen haar borst. 'Ga alsjeblieft niet dood, alsjeblieft niet.'

'Zeg: dank je wel, papa,' siste Fergus in haar oor.

Meggy viel even stil. Ze was verslagen. Ze waren allemaal verslagen.

'Dank je wel, papa,' fluisterde ze gehoorzaam.

Elspeth zoog lucht in haar longen, en haar handen grepen naar haar keel. Fergus pakte zachtjes Meggy's handen, trok ze op haar rug en bond met veel lussen en knopen haar polsen en enkels bij elkaar.

'Ik ben je niet vergeten, Xavier,' riep hij naar boven. 'Ik denk dat het bijna tijd is. Dit lichaam houdt het niet lang meer vol en we moeten nog een paar dingen doen. Over enkele minuten ben ik boven. Eerst moet ik voor mijn meisjes zorgen. Ik kan Elspeth vergeven. Ze heeft genoeg geleden of anders gaat dat nog gebeuren. Familieleden doen offers voor elkaar. Aan het eind is het het allemaal waard.'

33

'Hoe bedoel je, ze accepteren mijn profiel niet?' wilde Connie weten.

Baarda zat op de rand van een bureau en keek boos naar de paar andere aanwezigen tot die tot de conclusie kwamen dat het beleefder was om weg te gaan.

'De commissaris heeft een paar mensen geconsulteerd over het profiel. Een van hen is een psychiater die regelmatig met de politie werkt. Hij heeft kennelijk zelf wat onderzoek gedaan en geconcludeerd dat het syndroom van Cotard niet echt bestaat, omdat het niet in het register van de Wereldgezondheidsorganisatie staat.'

'Dat betekent niet dat er elders niet over is geschreven.'

'Het wordt ook niet genoemd in de DSM-5, het referentiepunt voor een groot deel van de farmaceutische industrie en de wetgevende organen. Er wordt van uitgegaan dat het met het huidige tekort aan middelen tijdverspilling is om een profiel op deze diagnose te baseren als de rechter het bestaan van de aandoening niet erkent.'

'Dus ze denken dat het een soort wildwest-kwakzalverij van een gekke Amerikaan is?'

'Niemand twijfelt aan je ervaring en je bevoegdheid, Connie, maar we hebben het over een ziekte die als bijnaam het "wandelende lijk-syndroom" heeft. Ze hebben moeite met de wetenschap, niet met jou,' zei Baarda.

‘Wat een gelul. Natuurlijk gaat het om mij. Ik kom van buiten en ik ben een voorvechter van psychologische profielen terwijl de helft van die lui nog in de jaren zeventig leeft. Hebben ze liever helemaal niets om op af te gaan?’

‘We zitten niet helemaal op een dood spoor. Ze blijven proberen de moordenaar via traditionele methoden op te sporen. Ze gaan een reconstructie maken van de aanval op Xavier, die zodra hij klaar is openbaar wordt gemaakt, ze werken vierentwintig uur per dag en ze hebben elke beschikbare agent van andere districten in Schotland opgeroepen als back-up. Intussen zijn we uitgenodigd om de theorie over het syndroom van Cotard te presenteren aan het team Zware Misdrijven als geheel en aan de hoge bazen.’

‘Tegen die tijd hebben we kostbare uren verloren, waarin we intussen elke zorgverlener in de omgeving zijn dossiers zouden kunnen laten nakijken en een lijst met mogelijke verdachten zouden kunnen opstellen. Lekker dan.’

‘De commissaris staat op het standpunt dat we meer informatie zouden ontvangen dan we kunnen verwerken als we alle dokters vragen elke man tussen de twintig en de veertig met een geschiedenis van hypochondrie en gewichtsverlies te melden.’

‘Dat is niet het enige wat we weten. We hebben een ruw beeld van hem, zijn lengte en zijn gewicht, en hij is wit en heeft een Schots accent. We hebben zelfs enige gegevens over zijn auto, waarmee we mogelijke verdachten eruit kunnen halen. Het syndroom van Cotard is een heel specifieke aandoening. Elke behoorlijke arts zal hebben gemerkt hoe uniek de klachten van zijn patiënt zijn.’

‘Misschien, als we niet te maken hadden met een overbelaste nationale gezondheidsdienst, maar zoals de zaken nu staan, heeft hij wellicht geen twee keer dezelfde dokter, verpleegkundige of psychiater gezien en hij kan bij ieder van hen verschillende symptomen hebben beschreven.’ Baarda zuchtte. ‘Connie, ik sta aan jouw kant, maar deze mensen zijn niet gemakkelijk te overtuigen en ze hebben wel een beetje een punt. We vragen hen zich helemaal op één ding te richten. Dit is niet zomaar een profiel. Het is een diagnose die is gebaseerd op het instinct van een profielschetser die de verdachte niet eens in levenden lijve heeft gezien. Het heeft geen zin met je voeten te stampen en tegen me te zeggen dat het allemaal idioten zijn. Ze hoopten op een beroep, een adres, een sociale groepering, een lijst van hobby's. In plaats daarvan krijgen ze iets wat klinkt alsof het uit een film komt.'

'Godsamme,' mompelde Connie met een boze blik naar het plafond. 'Goed dan. Als ze overtuigd moeten worden, zal ik dat moeten doen. Maar we hebben hulp nodig. Hoelang hebben we?'

'Twee uur,' zei Baarda.

'Laten we die dan goed gebruiken. We moeten jouw auto, mijn laptop en wat privé-informatie over een ambtenaar hebben. Kun jij daarvoor zorgen?'

'Heb ik een keus?'

'Nee,' zei Connie. 'We gaan.'

Tegen de tijd dat ze op de deur van het edwardiaanse huis klopten, was het donker. Connie had drie keer aangebeld voordat er enig teken van leven kwam. Ze had verscheidene telefoontjes moeten plegen en naar het mortuarium moeten gaan, waar ze een lange smeekbede had moeten afsteken tegen de dienstdoende assistent voordat ze Ailsa Lamberts huisadres had losgepeuterd, en zelfs toen was dat alleen gelukt met een buitengewoon creatieve invulling van wat als een noodsituatie moest worden beschouwd.

'Bij een noodsituatie is hier meestal sprake van een lijk,' had de assistent-patholoog gezegd. 'Dit klinkt als iets wat tot morgen kan wachten.'

'Als dokter Lambert ons niet helpt, bestaat er een reële mogelijkheid dat er mensen doodgaan,' had Connie tegengeworpen.

'Nou, als dat gebeurt, zou de hoofdpatholoog van pas kunnen komen, maar tot dan ben ik niet overtuigd.'

Op dat punt had Baarda zich ermee bemoeid. 'Dokter Lambert

zou zelf graag willen helpen. Ze is bekend met de zaak en wil niets liever dan dat de moordenaar voor de rechter komt. Als dit kon wachten tot morgen, zouden we hier niet zijn, dat kan ik u verzekeren.'

Zijn stem bleef zacht en intiem en de bezorgdheid was van zijn gezicht af te lezen. Connie vermoedde bovendien dat de manier waarop de assistent-patholoog naar hem keek in hun voordeel werkte. Dit was een andere kant van Baarda.

'Ze is al vierentwintig uur in de weer geweest. Dokter Lambert heeft slaap nodig. Het lijkt niet eerlijk...' De stem van de assistent stierf weg.

'Ik zou het niet vragen als het niet van essentieel belang was en voor zover wij dokter Lambert kennen, denk ik dat ze me met een flinke boetepreek wegstuurt als ze vindt dat ik haar tijd verspil.'

Baarda glimlachte vriendelijk, waarop de huid van de assistent iets donkerder werd. Ze bloosde. Connie zag Baarda's zelfvertrouwen groeien bij deze reactie.

'Goed dan, ik geef u het adres, maar doe alstublieft rustig aan. Dokter Lambert is niet meer de jongste. Vertel haar in godsnaam niet dat ik dat heb gezegd.'

'Natuurlijk niet,' zei Baarda en hij nam een stukje papier aan van de assistent-patholoog. 'Dank u. Dokter Lambert heeft maar geluk met zulke collega's.'

De deur ging wijd open, zonder enige aarzeling. Dokter Lambert verwachtte hen al.

'Kom binnen, allebei,' commandeerde de patholoog. 'De keuken is in mijn ogen de beste plek voor de late avond. Ik neem aan dat geen van jullie gewond is?'

'Eh, nee,' zei Connie.

'Ik moet het vragen. Het is eerder gebeurd. Meestal heeft iemand wel iets te verbergen. Ga zitten, dan zet ik water op.'

Connie keek om zich heen. Het huis had een voorname, maar

ingetogen uitstraling. Oud geld. Het herinnerde haar aan het huis van haar grootmoeder; enorm smaakvol, een paar onberispelijke kunststukken, zachte vloerkleden en crèmekleurig behang. Ailsa Lambert zou naadloos kunnen opgaan in de elite van Boston.

'Sorry dat we u storen,' begon Baarda.

'Onzin, ik slaap maar heel weinig. Als je in de loop van de ouderdom kijkt, heb je geen zin meer om urenlang stilletjes alleen in het donker te liggen. Nou, wat kan ik voor jullie doen? Jullie komen op dit uur van de dag niet voor thee en koekjes.'

'Klopt,' zei Connie. 'U zult tijd nodig hebben voor onderzoek. Helaas is de tijd nu beperkt tot...' Ze keek op haar horloge. 'Drie kwartier.'

Ailsa trok haar wenkbrauwen op en gooide een paar lepels losse theebladeren in de theepot.

'Dat klinkt leuker dan slapen. Inspecteur, wilt u theezetten? Ik geloof dat uw collega mijn volledige aandacht nodig heeft.'

De vergaderzaal had vol mensen moeten zitten die in hun ogen wreven. De kleine uurtjes waren niet bepaald een ideaal tijdstip om informatie door te geven en mensen bij de zaak te betrekken, maar Connie had vaak genoeg samengewerkt met de politie om te weten dat lethargie het best bestreden kon worden met een eindeloze voorraad sterke, hete koffie en een overdaad aan zoete baksels.

Commissaris Overbeck zat midden in de zaal tussen de ongeïnteresseerde gezichten.

'Doctor Woolwine,' begon Overbeck. Het werd meteen stil in de zaal. 'U hebt een kwartier de tijd om ons ervan te overtuigen dat uw theorie waterdicht is. Daarna zal het team verder moeten met andere sporen.'

Ailsa Lambert kwam binnen met haar vertrouwde zwarte tas in de hand en haar regenjas nog aan, alsof ze was geroepen om haar mening te geven over een lijk. Connie had haar niet gevraagd dat te doen, maar het was een geniale zet. Ze presenteerde zichzelf als een bekende, vertrouwde en gezaghebbende figuur. Zo waren haar woorden veel moeilijker te negeren.

De patholoog zette haar tas op een tafel, deed haar jas uit en begon meteen te praten.

'In 1880 kwam er een vrouw bij de dokter die zei dat ze geen hersenen, geen borst en geen zenuwen had. Ze beweerde dat ze helemaal uit huid en botten bestond en dat ze onsterfelijk was. Sinds die tijd zijn er goed gedocumenteerde gevallen van het syndroom van Cotard bekend...'

'Eén moment, alstublieft.' Overbeck stond op. 'Dokter Lambert, we zijn uiteraard blij met uw inzet en hulp, maar ik wist niet dat dit uw vakgebied was. We willen u in elk geval niet afhouden van uw andere waardevolle werk voor onze gemeenschap.'

'Dat doet u niet, commissaris. En in mijn vakgebied is het nodig dat ik medische vakbladen lees en de wetenschap die daarin te vinden is toepas op lopende zaken. Zowel Angela Fernycroft als Danny Taylor is op dit moment een onopgeloste zaak in mijn district, dus ik vind dat ik een heel goede reden heb om vanavond hier te zijn.'

Overbeck trok een glimlach die in Connies ogen eerder thuishoorde in een gevangenis, vlak voordat er een gevecht losbrak, maar de commissaris ging weer zitten en sloeg met een gebaar van pure vrouwelijke dominantie haar lange benen over elkaar. Ailsa glimlachte triomfantelijk.

'Het syndroom van Cotard is lastig te classificeren, omdat het zoveel raakvlakken heeft met depressies, suïcidale gedachten en psychoses. Vaak zijn de aspecten die op Cotard wijzen ondergeschikt aan duidelijker waarneembare aandoeningen. Toch is de diagnose niet moeilijk, omdat de symptomen heel specifiek zijn. Mijn onderzoek in gerespecteerde medische vakbladen heeft aangetoond dat er in de laatste eeuw genoeg zaken zijn bestudeerd om duidelijkheid te hebben over het voornaamste waandenkbeeld, de overtuiging dat men stervende of dood is. In de meest veelomvattende onderzoeken blijken er evenveel mannen als vrouwen aan te lijden. Meestal gaat het om volwassenen. Het merendeel daarvan had onderliggend hersenletsel, een ziekte of een andere aandoening die de waandenkbeelden verklaart.'

'Met alle respect,' kwam Overbeck tussenbeide, ditmaal zonder de moeite te nemen eerst op te staan, 'het gaat hier niet om iemand die waandenkbeelden heeft over zijn bestaan. We hebben te maken met een gevaarlijke crimineel, die voor zover wij weten al twee keer iemand heeft vermoord en die mensen gijzelt die evengoed dood kunnen zijn. Die man is niet depressief. Hij is duidelijk een psychopaat.'

'Ik ben geen psychiater, commissaris, dus daar kan ik geen antwoord op geven. Ik kan u echter wel vertellen dat ik me heb ingelezen over het syndroom van Cotard en dat ik tot de conclusie ben gekomen dat het een fatsoenlijk gedocumenteerde, bestaande ziekte is, die een geloofwaardige verklaring biedt voor de moorden en ontvoeringen in deze zaak.'

'Kunt u nog een voorbeeld geven van een geval van het syndroom van Cotard, dokter Lambert?' riep iemand.

'Zeker, er is genoeg keus.' Ailsa sloeg een dossier open en bekeek het vel papier dat voor haar lag. 'Daar gaan we: een vrouw van vierentwintig in Perth, helemaal niet zo ver weg, leek na een auto-ongeluk slechts een hersenschudding te hebben. Niet lang daarna kreeg ze depressies. Ze zorgde niet meer goed voor zichzelf. Haar moeder merkte dat de hygiëne bij haar dochter te wensen overliet, probeerde voor haar te zorgen en ging uiteindelijk met haar naar de dokter. Ze vertelde dat ze het gevoel had dat ze delen van haar lichaam miste. De dokter schreef antidepressiva voor. Het meisje moest stoppen met werken. Zes maanden later viel ze schrikbarend af. Er werd een verkeerde diagnose gesteld, posttraumatisch stresssyndroom, en ze ging in therapie. Haar therapeut begon zich zorgen te maken toen de jonge vrouw vertelde dat haar organen uitvielen en dat ze op sterven na dood was. Ze werd doorverwezen naar een psychiater die allerlei scans liet doen en er werd hersenletsel vastgesteld. Er werden verscheidene pogingen gedaan om dat te behandelen, maar uiteindelijk overleed de jonge vrouw aan een hartstilstand, omdat ze zoveel gewicht had verloren dat haar lichaam de stress niet meer aankon.'

'Kunt u ons ook vertellen of er gevallen zijn waarin iemand met het syndroom van Cotard moorden heeft gepleegd of iemand ernstig letsel heeft toegebracht?' vroeg Overbeck.

Ailsa wierp een zijdelingse blik op Connie. 'Nee,' zei ze. 'Maar dat betekent niet dat het nooit is gebeurd en ook niet dat dit de eerste zaak is waarin dat het geval is.'

Connie kwam overeind. 'Dank u wel, dokter Lambert,' zei ze. 'Ik neem het hier wel over.' Ze wachtte tot Ailsa was gaan zitten en posteerde zich voor de groep. 'We weten meer over onze moordenaar dan we beseffen. We hebben een goed signalement. Maar we weten ook dat hij single is.'

'Dat hebben we nog niet met zekerheid vastgesteld,' riep iemand.

'Dat hebben we wel. Hij was geobsedeerd door Angela, zijn modelvrouw. Hij wilde haar niet vermoorden. Dat was niet het plan. Toen hij erachter kwam dat Elspeth ontrouw was geweest, raakte hij helemaal over zijn toeren. Hij praatte over haar alsof ze zijn vrouw was. Alsof ze hem persoonlijk ontrouw was geweest. Als onze moordenaar getrouwd was of een relatie had gehad, had hij geen vrouw hoeven ontvoeren om die rol te spelen. Het is mogelijk dat hij lichamelijk onaantrekkelijk is voor vrouwen, wat past bij het feit dat hij broodmager is en zichzelf wellicht slecht verzorgt, of anders zijn ze instinctief niet op hun gemak bij hem. Hoe dan ook, dat klopt allemaal met het syndroom van Cotard. Bovendien zal een hechte familie hun bezorgdheid hebben uitgesproken tegenover een dokter of zelfs tegenover de politie. Dus we kunnen ervan uitgaan dat hij alleen woont en zijn accommodatie niet hoeft te delen, dat hij beschikt over een voertuig dat hij evenmin hoeft te delen en dat hij een inkomen heeft, maar niet hoeft te werken.'

'Een arbeidsongeschiktheidsuitkering?' opperde Baarda.

'Dat zou kunnen. Alleen al het gewichtsverlies zou zorgelijk zijn voor een dokter en hij heeft waarschijnlijk bijkomende klachten, zoals regelmatige migraines omdat hij niet genoeg eet, een lage bloeddruk, bloedarmoede en maag- en darmklachten. Hij zal niet regelmatig kunnen werken.'

'Hij heeft Danny Taylor in koelen bloede vermoord. De getuige zei dat hij amper leek te merken wat hij deed. Hoe verklaart u dat als hij geen psychopaat is?' wilde Overbeck weten.

'Ik heb niet gezegd dat hij geen psychopaat is,' corrigeerde Connie. 'Het is mogelijk dat hij het wel is. Statistisch gesproken zijn er zoveel gevallen van het syndroom van Cotard gemeld dat er vroeg of laat ook een patiënt zal zijn die nog andere geestelijke problemen heeft en dan is alles mogelijk. Maar ik denk dat de dood van Danny op iets anders wijst. Als het syndroom van Cotard volledig is ontwikkeld, levert het een absoluut waandenkbeeld op. De rest van de wereld doet er niet meer toe. Dit is wellicht het enige moment waarin het helpt om de term "wandelend lijk-syndroom" in de mond te nemen. Stel je voor dat je ervan overtuigd bent dat je dood bent. Ik bedoel dat je dat echt gelooft, voor honderd procent. Wat weerhoudt je er op dat punt nog van om iemand te vermoorden?'

'Mijn menselijkheid,' opperde iemand.

'Goed begin, maar is een dode nog menselijk? Voelt hij zich nog mens?' Connie stak toegeeflijk haar handen omhoog. 'Voordat jullie allemaal beginnen te kreunen, dit is geen hoogstaande psychologie, maar het is een geldig punt. Als je gelooft dat je dood bent, word je dan nog steeds beperkt door het menselijke idee van een geweten of door menselijke regels? Als er geen consequenties meer zijn, als de hersenen alleen nog hoeven uit te gaan van behoefte, verlangen of reactie.' Er viel een stilte. 'Denk eens aan het verdriet, aan de eenzaamheid als je een wandelend lijk bent, als je niemand kunt vinden die kan begrijpen wat je meemaakt.'

'Waarom heeft hij Xavier meegenomen?' vroeg Overbeck.

Connie haalde haar schouders op. 'Dat weten we nog niet. Het heeft waarschijnlijk te maken met zijn waandenkbeelden en zal ons misschien nooit duidelijk worden, zelfs niet nadat hij is gearresteerd. Wat we nu moeten doen, is zijn signalement aan alle medici doorgeven.'

'Doctor Woolwine,' zei Overbeck. 'We kunnen niet alle Schotse medici vragen hun dossiers door te nemen. De hoeveelheid informatie die we dan terugkrijgen, is...'

'Er is nog een vrouw ontvoerd!'

Er kwam een hijgende en transpirerende agente binnenstormen. Iedereen draaide zich naar haar om en ze liet zich tegen de deurpost zakken.

'Hier komen, Biddlecombe,' commandeerde Overbeck.

'Mevrouw.' De agente haalde een mouw over haar voorhoofd.

'Details, zo beknopt mogelijk.'

'Er heeft een man gebeld: zijn dochter zette de afvalcontainers buiten en toen hoorde hij gegil. Hij rende het pad af om te helpen, maar toen hij bij de weg kwam, zag hij alleen nog maar achterlichten aan het eind van de straat. Een van de containers lag op zijn kant en de telefoon van zijn dochter was op de stoep gegooid.'

'Naam, adres en signalement,' spoorde Overbeck aan. Intussen gebaarde ze naar de agenten dat ze op moesten staan en zich klaar moesten maken om in actie te komen.

'Oké.' Biddlecombe haalde een prop papier uit elkaar die ze in haar hand had. 'Farzana Wakim, negentien jaar, een meter vijfenzestig, tenger gebouwd, draagt een lange broek en een lichtblauwe hoody. Zwart haar, bruine ogen, heel donkere huid. Woont in Moat Place, Slateford. De geüniformeerde dienst is onderweg.'

'Tijdstip van het voorval en beschrijving van het voertuig?' vroeg Baarda.

Iedereen in de zaal trok zijn jas aan en greep zijn aantekenboek.

'Een kwartier geleden, meneer. Hij kon de auto niet beschrijven. Zei dat het te donker was,' zei Biddlecombe.

'Oké, dit zou onze man kunnen zijn. Blokkades op de doorgaande wegen aan de westkant van de stad, controleren op mannelijke bestuurders. Grendel heel Slateford af. Niemand praat met de pers. Beelden van elke camera die we kunnen vinden,' zei Overbeck. 'Baarda, neem onderweg contact op met de familie. Ik wil dat bij elk huis in de buurt navraag wordt gedaan, vanavond nog. Al moeten we de mensen uit hun bed bellen.'

'Hoofdinspecteur.' Connie hield haar bij de deur tegen. 'Ik moet toestemming hebben om iedereen met een medisch beroep op de hoogte te stellen van wie we zoeken.'

'Doctor Woolwine, we hebben een actief spoor. Dat lijkt me een betere kans om de dader op te sporen.'

'Maar we hebben nog geen idee of het om dezelfde man gaat...'

'Er worden in Edinburgh niet veel volwassen vrouwen vermoord of ontvoerd. De kans dat dit toeval is, is statistisch gezien buitengewoon klein, zoals u volgens mij eerder in het onderzoek zelf hebt gezegd.'

'Ik wil gewoon mijn oproep uitsturen. De antwoorden verwerk ik zelf wel. Uw team hoeft daar niet aan mee te werken.'

'Prima,' zei Overbeck bits. 'Blijft u dan maar hier. Baarda, jij gaat met mijn team mee.'

'Oké.' Connie haalde de oproep die ze had opgesteld uit haar zak.

Ailsa Lambert liep langs en gaf haar met een meelevend glimlachje een klap op haar schouder.

'Goed gedaan,' zei de hoofdlijkschouwer. 'We hebben iets bereikt.'

'Te weinig, te laat. Er is weer een vrouw ontvoerd,' zei Connie. 'Als hij een andere vrouw nodig heeft, betekent dat dat Elspeth dood is.'

'Dat weet je nog niet. Laat de hoop niet varen,' zei Ailsa.

'Ik ben eerder een pragmatist dan een optimist, vrees ik.'

'Zet dat pragmatisme dan om in resultaten. Er moeten nog steeds mensenlevens worden gered.'

Connie keek op haar horloge. 'Het is twee uur 's nachts. Wie zet nu op dit tijdstip zijn afval buiten?'

34

Elspeth klonk niet goed, als een levende fietsband met een gat erin. Haar arm was er ook slecht aan toe. Hij had dat waarschijnlijk wel kunnen verhelpen, maar waarom zou hij moeite doen? Nu ze pijn had en een van haar armen niet kon gebruiken, was ze veel gemakkelijker in bedwang te houden. En Meggy dus ook. Op dit moment lagen ze aan elkaar vastgebonden in zijn slaapkamer. Hij rustte uit in de keuken. Hij was doodmoe geworden van het gevecht en hij probeerde een herinnering terug te halen die als een slang de kop had opgestoken in zijn hersenen toen hij Elspeth aan het wurgen was. Hij had hem gevoeld, kronkelend en ongrijpbaar, toen hij het snoer strakker had aangetrokken. Het was niet echt genot, meer vertrouwdheid. Een gevoel dat hij wist hoe dit moest, expertise zelfs. De manier waarop hij het snoer drie keer om haar nek had gewonden om genoeg breedte te krijgen en de luchtpijp dicht te drukken in plaats van door de huid te dringen. De wetenschap dat ze onvermijdelijk haar energie zou verspillen aan pogingen om het snoer los te trekken in plaats van hem aan te vallen. Het was alsof hij het opnieuw beleefde, maar hij snapte niet hoe hij aan die kennis kwam. Maar het had geleken alsof hij ergens klaar mee was. Alsof hij iets afsloot. Connie Woolwine zou weten wat dat betekende.

Hij hoorde haar stem in zijn hoofd, hees en exotisch. Jammer dat hij Amerika niet had gezien terwijl hij nog leefde. Nu bevond zijn lichaam zich in een vergevorderde staat van ontbinding. Misschien had hij daarom zo'n dorst gekregen tijdens het gevecht. Er lekte vocht uit zijn lichaamscellen en zijn lijf begon zich over te geven aan de bacteriën, die het zouden reduceren tot botten en haar. Hij begon op te zwellen en te stinken. Er groeide groen mos tussen zijn tenen, en zijn vingernagels werden zwart. Afgelopen nacht waren twee van zijn tanden uitgevallen. Hij had een handje geholpen door eraan te trekken – hij vond het een walgelijke gedachte dat hij ze in zijn slaap zou kunnen inslikken – maar ze hadden zonder te bloeden losgelaten. Uiteraard. Hoe kon hij bloeden als zijn hart het bloed niet rondpompte?

Het meisje was een lastpak. De kleine adder. Niet alleen Elspeth was een teleurstelling gebleken. En hij had nog wel gedacht dat hij zo'n goede keus had gemaakt. Een kind dat thuis niet gelukkig was en dat blij zou zijn met een nieuwe, liefhebbende familie. Maar ze had sinds haar komst niets anders gedaan dan jammeren en klagen. Die verdomde Emily. Hoe kon een tienjarig meisje zoveel meer problemen geven dan een volwassene? Hij had haar al meerdere malen moeten straffen om haar te laten zien wie de baas was, wie hier de broek aanhad.

Maar dat klopte niet. Emily was blond geweest en lief. Ze had zich giechelend in het bos verstopt voor haar broer. Hij wist nog dat hij de roze schoenen van het meisje in Linlithgow Loch had gegooid nadat hij haar in zijn kofferbak had gelegd. Emily was zijn enige spontane keuze geweest. Zijn eerste en zijn laatste.

Hij probeerde zich te herinneren wat voor haar het meisje in zijn slaapkamer had, maar in zijn hoofd bleven haar gezicht en haarkleur veranderen.

'Dat meisje is een monster,' zei hij in zichzelf. 'Ze houdt me voor de gek. Ze heeft haar gezicht veranderd.'

En er was nog iets wat hij was vergeten. Hij had ergens iets laten liggen. Niet in zijn auto. Hij zorgde ervoor dat daar nooit iets in was te vinden wat argwaan kon wekken.

Fergus keek zoekend de keuken door. Daar was niets.

Hij kon het Elspeth en Emily vragen. Zij zouden het weten.

Langzaam, met kramp in zijn benen en een bonzend hoofd, liep hij de trap op. Hij probeerde zich te herinneren welke dag het was. Hij had nog maar weinig tijd. Niet genoeg om alles te bereiken wat hij had gewild. De wereld om hem heen stortte in. Het zou niet lang meer duren voor zijn benen hem niet meer konden dragen. Zolang hij nog kon rijden, moest hij voorbereidingen treffen voor het eind. Zijn zicht werd ook slechter. Er zaten stukken met pixels in de randen van zijn zicht en hij moest zijn hoofd draaien om om zich heen te kunnen kijken.

Fergus strompelde zijn slaapkamer in, trok de lap van de mond van het meisje en bukte om haar duidelijk te zien.

'Emily,' fluisterde hij, 'ik ben iets kwijt. Wat is het?'

Het meisje kneep haar ogen dicht en schudde haar hoofd.

'Nee, Emily, je moet me helpen.' Hij schudde aan haar schouders. 'Doe je ogen open.'

'Ik ben Emily niet,' zei ze. 'Je bent gek.'

Hij ging overeind staan.

'Wie ben je dan?'

Het meisje deed haar ogen open. Ze hadden een andere kleur dan hij had verwacht.

'Ik ben Meggy,' zei ze. 'Ik ben Meggy en jij hebt me weggehaald bij mijn vader. Ik wil naar huis.'

'Wat is er met Emily gebeurd?' vroeg hij.

Meggy deed met een snik haar ogen weer dicht.

'Is Emily weggelopen?' vroeg Fergus.

Het meisje gilde. Ze gilde recht in zijn gezicht en toen draaide ze haar hoofd om naar de vloer en gilde nog eens. De vrouw naast haar kreunde en er sijpelde bloed uit haar mondhoek. Fergus keek op naar het gat in het plafond. Daar waren ze vandaan gekomen. Het appartement hierboven. Misschien had hij daar… het ding achtergelaten dat hij was vergeten.

'Stil, Emily.' Hij bond de lap weer voor de mond van het meisje.

Ze bleef gewoon gillen. Hij besloot het te laten gaan. Het was te vermoeiend om te gaan onderhandelen.

Tree voor tree beklom hij de laatste trap. De spierherinnering liet zich gelden en hij ging voor het bovenste kijkgaatje staan. Het zicht was wazig en grijs. De rechterkant van de gang was helemaal niet te zien. Fergus haalde de sleutel van de ring aan zijn riem en maakte de deur open. Na zeven centimeter liep de deur vast. Hij zette zijn schouder ertegenaan en duwde harder. Hij ging nog twee centimeter verder open, maar kwam toen in opstand en sloeg terug tegen zijn gezicht. Hij ging boos achteruit en gaf er een schop tegen.

'Laat me erin!' riep Fergus. 'Je kunt me niet buitensluiten. Dit is mijn huis, hoor je me?'

Even bleef hij met een scheef oog naar de deur staan kijken. Na een laatste schop stormde hij de trap af naar de benedenverdieping en rende door de keukendeur naar de vervallen tuinschuur. Een paar minuten later liep hij de trap weer op.

Hij zwaaide de bijl hoog boven zijn schouder en liet hem met verpletterende kracht op het bovenpaneel van de deur neerkomen. Het hout kreunde en splinterde, maar weigerde te splijten. Hij veranderde zijn greep, klemde zijn tanden op elkaar en sloeg nog eens. Dit keer drong de bijl een klein eindje in het hout.

Hij ging meer naar links en zwaaide keer op keer. Het geluid van splinterend hout was muziek. Eindelijk had hij het bovenpaneel zoveel schade toegebracht dat hij verticaal in het onderpaneel kon hakken. Bij elke zwaai mompelde hij zichzelf bemoedigend toe; elke klap kostte hem enorm veel inspanning, maar de pijn was schoon, verfrissend en echt.

Na tien minuten zat er zo'n groot gat in de deur dat hij erdoor kon. Hij kroop op handen en knieën tussen de twee matrassen door die op de vloer van de gang lagen. Een andere matras zat dubbelgevouwen klem tussen de muren.

Zijn hersenen klopten en hij zag rode flikkerlichtjes aan de binnenkant van zijn ogen. Nadat hij een golf van misselijkheid weg had geademd, ging hij de zitkamer in.

Het uitzicht door het raam was prachtig. Hij liep naar de muur, keek naar de blauwe hemel en over de groene velden en ontspande zich door het warme zonlicht op zijn gezicht, dat door het glas filterde. Fergus voelde vreugde in zich opkomen. Het was lang geleden dat hij zich zo vredig had gevoeld. Hij slaakte een tevreden zucht en keek naar de meubels. Ze waren een beetje sleets, maar ontworpen voor comfort. Het enige wat de volmaakte kamer bedierf, waren de opgerolde vloerbedekking en een aantal losse vloerplanken, twee hele en een versplinterde in de hoek. Dat klopte niet. Hij had dit heiligdom, deze idylle met eigen handen opgebouwd en iemand had er een puinhoop van gemaakt.

Fergus fronste. Hij voelde zich weer onrustig worden. Eigenlijk wilde hij alleen maar voor het raam gaan staan en naar het platteland daarachter kijken, maar nu moest hij eerst opruimen. Hij liep naar het gat in de vloer en de planken onder zijn voeten kraakten en piepten. Degene die dit had gedaan, had de hele vloer verzwakt. Hij ging aan de rand van het gat zitten en keek naar beneden. Daar was het donker; het enige licht kwam van de gang. De gloeilamp moest kapot zijn gesprongen. En beneden lagen een vastgebonden vrouw en een meisje.

'Jij bent Emily niet,' zei hij tegen Meggy. 'Emily is weggegaan. Waar is ze naartoe? Maar Angela is er nog. Ik hou van Angela. Ze is mijn vrouw.' Hij streelde de trouwring aan zijn linkerhand en lachte bij de herinnering aan de ceremonie. 'Misschien heeft Emily dit gat gemaakt.'

Hij boog voorover en keek in de pikdonkere ruimte tussen de vloer en het plafond. In het gat klonk gekrabbel, geschraap, geritsel. Fergus stak zijn hand erin om de oorzaak te zoeken.

'Heb ik muizen?' vroeg hij. 'Kom op, muisje. Ik doe je niets.' Zijn vingers voelden een lang, donker been. Fergus rukte. 'Hebbes!'

Het vleesloze bot kwam tevoorschijn en belandde op Fergus' schoot. Hij streelde het.

'Wie was jij?' vroeg hij aan het bot. 'Was je lief voor me?' Hij hield het bij zijn mond. 'Ik ben ook dood,' fluisterde hij. 'Wees maar niet bang. Je bent niet meer alleen.' Hij stond op, nam het bot in beide handen en hield het omhoog naar de zon die door het raam scheen. 'Dit is het. Dit is wat ik was vergeten. We moeten gaan. Allemaal samen.'

Hij liep naar de deur van het appartement, maar de troep achter hem liet hem niet los. Het appartement was niet meer veilig. Het huis dat hij voor zichzelf en zijn gezin had gemaakt, was vernield. En het bot in dat gat was niet het enige. Daar moest hij eerlijk over zijn. Er zaten geesten onder de vloerplanken en nu konden ze gaan waar ze wilden.

Hij was de tel kwijt van het aantal voorbije liefdes die onder de kapotgemaakte vloerplanken waren verdwenen, maar het waren er genoeg. De gezichten verdrongen zich in zijn hoofd, kwamen even in focus en vervaagden weer. Hij wilde die herinneringen niet. Ze waren withete naalden van verlies en teleurstelling in zijn hersenen.

Iemand hoestte. Een kort geblaf onder zijn voeten. Een afgebroken mannengeluid.

'Wie is daar?' riep Fergus.

Alsof hij dat niet wist. Zijn broer was samen met zijn moeder omgekomen in dit huis. Hij stampte krachtig op de vloer en werd beloond met een kreet.

'Kom naar buiten!' commandeerde hij.

Niets.

'Waarom heeft ze jou gekozen?'

Er kwam geen antwoord. Zijn moeder had zijn broer gekozen om dezelfde reden dat iedereen in zijn leven iemand anders had gekozen. Omdat Fergus niet goed genoeg voor hen was. Dat was hij nooit geweest. Hij ging op de vloer liggen, met zijn mond bij de planken.

'Kom eens uit je holletje,' zong hij.

Geen reactie. De geesten waren stilgevallen. Dat deden ze altijd als hij ze nodig had.

Fergus kroop op zijn buik naar het gat, liet zijn hoofd erin zakken en tuurde in het donker tot zijn ogen eraan waren gewend. Hij ademde de geuren in van tijd en verval.

'Ik zie je,' siste hij. 'Dacht je soms dat je je kon verstoppen?'

Haren, smerig, samengeklit.

Een roze jurk.

Hij herkende haar, ook al zag ze er nu anders uit.

'Je bent magerder geworden,' zei hij. 'Ik vroeg me al af waar je was gebleven.'

Een herinnering kroop als een oorwurm zijn hersenen in. Een man uit Wester Hailes die Finlay heette – een akelige vent – had hem een vrouw geleverd met een baby in haar armen. Hij had geld voor hen betaald, want dat leek in die tijd gemakkelijker dan zelf een vrouw ontvoeren. Maar ze was niet de goede vrouw voor hem: ze sprak amper Engels en de baby had voortdurend gehuild. Hij was beter als vader van oudere kinderen, had hij toen beseft.

Niet lang daarna had Finlays gezicht in elke krant van Schotland gestaan. Hij had alleen kunnen worden geïdentificeerd aan de hand van zijn tatoeages nadat zijn hoofdloze lichaam was gevonden. Dat was beter voor Fergus. Geen kans dat iemand achter zijn aankoop kwam. Vanaf dat moment had hij na zorgvuldig onderzoek zijn eigen beminden gekozen. Hij kon zich niet herinneren hoeveel het er waren geweest. Of waarom geen van hen bij hem was gebleven. Die gedachten waren glibberiger dan olie in zijn bewuste denken. Niemand bleef lang bij hem.

Hij kwam in de verleiding om zelf in het gat te kruipen, om zich te verstoppen in het donker en te wachten op het einde, maar dat zou te lang duren. Hij wilde niet meer wachten. Als hij er niet zelf een eind aan maakte, zou er misschien nooit een einde komen.

Hij stond op. Zijn hart bonsde pijnlijk, als dat van een dier dat probeerde te ontsnappen uit een kooi. Hoe kon hij nog in dit huis wonen? De herinneringen moesten worden uitgewist. Hij had tenslotte geen stenen huis meer nodig. De botten, de geesten, het verdriet, ze moesten allemaal samen met hem tot stof vergaan. Misschien was dit huis al die tijd al het probleem geweest. Het was een anker geweest waarnaar zijn lichaam kon terugkeren. Een reden om te blijven leven. Als niets hem meer bond aan het verleden, zou zijn ziel misschien eindelijk vrij zijn.

In de keuken had hij de oplossing, besefte hij. Stapels kranten. Een blik benzine voor de grasmaaier. Lucifers in het kastje. Het zou zijn alsof geen van zijn voorbije levens echt was geweest. Geen verleden, geen heden, geen toekomst. Alleen rust. Hij hoefde alleen maar de vrouw en het meisje weg te halen. Hij fronste. Hun namen schoten hem straks wel weer te binnen. Daarna zou hij eindelijk kunnen overgaan.

'Vaarwel,' mompelde Fergus toen hij tussen de troep in de gang door kroop en over de houtsplinters stapte die eens de deur naar het appartement waren geweest.

Stilte.

35

Connie zat alleen in de vergaderzaal en staarde naar de telefoon, terwijl ze steeds weer de verversingsknop aanklikte van het beveiligde e-mailadres dat ze had opgegeven voor reacties op haar oproep. Die was vier uur eerder verstuurd.

In die tijd was er via de media een oproep gedaan met betrekking tot de auto die bij het huis van Farzana was gezien, was er een vage foto van de verdachte vrijgegeven en waren alle havens in het Verenigd Koninkrijk gewaarschuwd. Daarnaast deed een hele kamer vol mensen niets anders dan camerabeelden uit de stad bekijken, gemaakt tussen een en zes uur in de ochtend. De onderste stenen kwamen boven en er heerste een tastbaar gevoel van wanhoop. Elke rinkelende telefoon werd meteen opgepakt. Elk mogelijk nieuw detail werd onmiddellijk toegevoegd aan de borden vol bewijsstukken, maar niets hielp. Baarda had een paar keer gebeld en Connie had de informatie doorgenomen die ze al hadden verzameld. Niets nieuws. Ze kon wel gillen.

Voor de honderdste keer in evenveel minuten keek ze op haar horloge. De medici van Schotland stonden nu zo'n beetje op, maakten een lunch klaar voor hun kinderen en begonnen te denken aan hun dag. Velen zouden de oproep nog niet hebben gezien, laat staan dat ze zich ertoe hadden gezet om hun dossiers door te nemen en er geschikte kandidaten uit te halen. Toch had ze de hele nacht aan haar bureau op iets zitten wachten. Wat dan ook. Overbeck had duidelijk gemaakt dat ze niet welkom was op de plek waar Farzana was ontvoerd. Haar profiel werd van nu af aan gemaakt aan de hand van het papierwerk. Connie snapte het. In haar beroep was scepticisme een bekend verschijnsel. Voor elke agent die haar bijdrage waardeerde was er een die haar nog voordat ze haar mond had opengedaan verwees naar het rijk der fabelen.

Om de tijd te doden had ze wat onderzoek gedaan naar de woonplaats van Farzana in Slateford. Er waren een paar kleine winkels, een kerk, een paar kappers en wat afhaalrestaurants in Moat Place. Die ochtend werd inderdaad het vuilnis opgehaald. De website van de gemeente was opmerkelijk nuttig geweest, maar een plaatselijk forum had haar ervan op de hoogte gesteld dat de containers op zijn vroegst om elf uur werden geleegd. Dus wat had Farzana om twee uur in de nacht buiten gemoeten?

De kans dat Elspeths ontvoerder zich richtte op iemand met een andere huidskleur was zo klein dat ze hem had verworpen zodra ze het signalement van het slachtoffer had gehoord. Hun moordenaar had een witte vrouw vermoord en een andere witte vrouw ontvoerd. Daarna had hij een wit meisje meegenomen, waarschijnlijk om de rol van zijn kind te spelen. En nog een witte man, om onduidelijke redenen. Het feit dat een jonge vrouw om twee uur 's nachts haar tuin uit was gelopen om iets te doen wat pas de volgende ochtend gedaan hoefde te worden, was een bevestiging van Connies onderbuikgevoelens. Farzana Wakim was ongetwijfeld verdwenen, maar niet omdat ze een rol speelde in de waandenkbeelden van een man die geloofde dat hij een wandelend lijk was.

De eerste reactie op haar oproep kwam binnen terwijl ze Farzana's sociale media door zat te nemen. De e-mail kwam van het hoofd van een team voor geestelijke bijstand in Paisley, die drie jaar eerder een patiënt had gehad die voldeed aan het signalement en had geleden aan boulimia en depressiviteit, maar die verder geen kenmerken had vertoond van het syndroom van Cotard. Connie wees de e-mail van de hand en scrolde verder door Farzana's selfies. Ze had geen tijd om reacties na te gaan waarin niet zowel een positieve indicator voor Cotard als een match met het signalement stonden, anders werd ze overspoeld.

Ze richtte haar aandacht weer op Farzana Wakim, die twee soorten selfies online had staan. Op de eerste stond ze heel fatsoenlijk en traditioneel met een hoofddoek en zonder make-up. Op de tweede was de hoofddoek zo ver naar achteren gegleden dat hij bijna onzichtbaar was en als Connie die foto's vergrootte, zag ze sporen van mascara en lipstick en zelfs wat glittertjes. Ze ging terug naar de eerste foto's en wilde dat jonge mensen zouden leren hun profiel privé te houden, maar ze was tegelijkertijd blij dat ze zoveel kon zien van Farzana's leven.

Op de meeste formele foto's stonden familieleden van Farzana en een paar mensen die als vrienden waren aangemerkt, maar dat waren zonder uitzondering vrouwen. Connie stuurde een berichtje naar Baarda.

'Ik wil niet in stereotypes blijven hangen, maar controleer alsjeblieft of iets in het huis wijst op religieuze striktheid. Zoek in Farzana's kamer naar verborgen kleren en make-up. Kijk naar recent gewiste berichten op haar telefoon.'

Toen ze op verzenden drukte, kwam er een tweede antwoord op de oproep binnen.

Het kwam van een kliniek in Glasgow en was geschreven door een verpleegkundige die vier jaar eerder een patiënt had weggestuurd die een aantal keer was binnengekomen met klachten over zijn inwendige organen. Bij geen van die gevallen werd met tests een oorzaak ontdekt en daarna verschoven de klachten naar andere organen en begon alles opnieuw. Hij voldeed aan het signalement, maar hij had meer haar en was niet zo mager. Daarna kwam er een hele stroom e-mails binnen. Connie wist dat ze daarop voorbereid had moeten zijn, maar toen de minuten voorbijgingen, werd duidelijk hoe verschrikkelijk veel werk ze zichzelf had bezorgd.

Haar mobiel pingde.

'Je hebt gelijk. Er zijn geen berichten op haar sociale media, telefoontjes of appjes zichtbaar van de laatste week. Wat denk je ervan?' antwoordde Baarda.

'Farzana heeft alles verwijderd om haar sporen te wissen of iemand anders heeft dat gedaan om een motief te verbergen om haar kwaad te doen. Ik geloof niet dat dit de ontvoerder van Elspeth is. Ik begin...' Connie hield op met typen.

Er was een e-mail gekomen van een dokterspraktijk in Niddrie Mains, waarin gevraagd werd om een telefoongesprek en een nummer werd gegeven. Connie toetste het in.

'Met dokter Ross,' zei een vrouw.

'Goedemorgen, dokter Ross,' zei Connie. 'U spreekt met doctor Constance Woolwine. U was zo vriendelijk om te reageren op een informatieverzoek van de politie.'

'Ja, hallo. Ik heb niet veel tijd, vrees ik; de kliniek gaat over een paar minuten open.'

'Ogenblik.' Connie draaide de politieradio die naast haar in de vergaderzaal stond zachter; zo had ze bijgehouden wat er bij Farzana's huis gebeurde. 'Dat is beter. Sorry dat ik u onderbrak. U hebt informatie naar aanleiding van de politieoproep?'

'Inderdaad, hoewel het allemaal misschien een beetje vaag is. Ik werk al meer dan tien jaar bij deze praktijk en ik ben eraan gewend dat patiënten fases doorlopen. Het gaat om een mannelijke patient die ik vorig jaar heb aangemeld voor een hersenscan en voor een psychiatrisch consult. Bij geen van beide is hij komen opdagen. Hij had verteld dat hij in zijn jeugd een trauma had opgelopen. Hij had zware depressies gehad, die niet effectief waren bestreden met medicatie, en daarna had hij elektroconvulsietherapie ondergaan. Sinds die tijd verdraagt hij geen behandelingen meer waarbij er iets met zijn hoofd moet gebeuren.'

'Ik begrijp het,' zei Connie. 'Door welke symptomen moest u vandaag aan hem denken?'

'Hij is de afgelopen vijf jaar drie keer een tijdlang bij ons behandeld, waarbij hij steeds een paar maanden regelmatig kwam en dan ongeveer een halfjaar van de radar verdween. Het symptomencomplex volgde daarbij elke keer een gelijksoortig patroon. Het begint met een algeheel gevoel van ziek zijn. Maagpijn, pijnlijke ledematen, hoofdpijn, lichte koorts, die echter nooit op de thermometer is af te lezen. Als we beginnen met de onderzoeken, is er geen zichtbaar lichamelijk ziektebeeld. Geen afwijkende waarden in urine en feces. Ook niet in het bloed. De eerste keer hebben we een endoscopie en een gastroscopie laten doen.'

'Dat leverde niets op?' vroeg Connie.

'Nee. Maar tegen die tijd kwam hij met nieuwe symptomen, die geen duidelijk verband hadden met de eerste verschijnselen. Aan het eind van de eerste behandelingsperiode vertelde hij dat hij zijn hart niet meer kon voelen kloppen. Ik legde zijn vingers op zijn pols en liet hem door mijn stethoscoop luisteren, maar hij zei dat ik had aangetoond dat het echt zo was. Hij hoorde en voelde niets. Daarna vroeg ik hem of ik hem mocht doorverwijzen naar een psychiatrische instelling. Daar stemde hij mee in. Ik beloofde een datum door te sturen. In dat stadium leek hij geen bedreiging voor zichzelf; hij had zichzelf niets aangedaan en ook niet gedreigd met zelfmoord, dus toen de instelling liet weten dat hij niet was komen opdagen voor de afspraak, kon ik geen verdere actie ondernemen.'

'En toen?' vroeg Connie.

'Hij is toen...' Er klonk geritsel van bladzijden. '... zeven maanden niet in de kliniek geweest. Toen hij terugkwam, vroeg hij om een andere dokter en dat was prima. Hij kwam met maagklachten en zei dat hij niets binnen kon houden. Er werd vastgesteld dat hij een virus had en er werden adviezen gegeven. Volgens de aantekeningen was hij bij zijn volle verstand en zei hij niets over de symptomen waarvoor hij eerder naar de psychiatrie was verwezen, dus we hebben hem normaal behandeld.'

'En zijn de symptomen toen verslechterd?'

'Inderdaad. Op een gegeven moment was hij ervan overtuigd dat zijn longen uit elkaar vielen. Hij had enorm veel gewicht verloren en daardoor waren veel van de symptomen die hij beschreef echt opgetreden, maar op een zelfvervullende, circulaire manier. Zijn bloeddruk werd zo laag dat hij regelmatig flauwviel en daardoor verwondingen opliep, zoals u zich zult kunnen voorstellen. Hoe dan ook, bij deze gelegenheid verwees mijn collega hem weer door naar een psychiater. Die keer verdween hij heel snel uit beeld. Daarna hoorden we acht maanden niets meer van hem.'

'En toen?'

'Toen werd er een jongeman als patiënt bij de kliniek ingeschreven. Even voor de context: u moet weten dat we hier meer dan vijfduizend geregistreerde patiënten en twaalf dokters hebben. Dit is een drukke kliniek, we leggen ook huisbezoeken af en er is veel administratief personeel.'

'Oké,' mompelde Connie.

'Nou, eerder dit jaar kwam een van mijn collega's bij me voor advies. Dat doen we als het noodzakelijk is en we hebben ook wekelijkse besprekingen over elkaars patiënten. De jongere dokters in de praktijk hebben zo de gelegenheid om ingewikkelde gevallen met het team te bespreken, een second opinion te krijgen en te kijken of ze de juiste benadering hanteren. De dokter in kwestie meldde dat hij een jongeman onder behandeling had die een reeks steeds ernstiger, maar niet bevestigde klachten had. Hij had alle relevante tests laten doen, dus ik raadde hem aan de patiënt naar behoeven te blijven behandelen.'

'Het was dezelfde patiënt?'

'Ja. Op dat moment hadden de alarmbellen moeten afgaan, maar we zaten midden in een inspectie en toen ik het dossier las, had ik niet door dat het om dezelfde man ging.'

'Maar waarom...'

'Hij had een andere naam opgegeven, nieuwe documentatie aangeleverd en zich opnieuw ingeschreven. En hij had specifiek gevraagd om een mannelijke arts, terwijl hij eerder was behandeld door vrouwen, dus hij liep niet het gevaar om bij mijzelf te belanden of bij een andere dokter die hem al eerder had gezien.'

'Actieve vermijding door middel van fraude,' zei Connie. 'Het gedrag van een slimme, goed voorbereide man.'

'Inderdaad. Misschien waren we er nooit achter gekomen als de jonge dokter zich geen grote zorgen was gaan maken toen de patiënt bij hem was en me was gaan halen met de smoes dat zijn stethoscoop het niet deed. De patiënt had verklaard dat hij inwendig wegrotte. De details die hij gaf waren heel overtuigend. Hij leek volledig in dat waandenkbeeld te zitten. Ik ging zelf kijken en herkende hem zodra ik de kamer binnenkwam. Hij herkende mij uiteraard ook en hij vertrok onmiddellijk. Ook dit keer was er geen aanwijzing dat hij een gevaar was voor zichzelf of voor anderen. Integendeel zelfs, want hij had het proces al twee keer zonder schadelijke gevolgen doorlopen. Hij voldeed niet aan de criteria voor gedwongen opname, dus wij konden verder niets doen. We hebben hem natuurlijk geschreven en gevraagd of hij contact wilde opnemen, zodat we hem konden helpen. We hebben ook gebeld. Twee van onze verpleegkundigen zijn naar het adres geweest dat in zijn dossier stond. Toen nergens op werd gereageerd, moesten we de zaak laten rusten. Tot ik vandaag de oproep van de politie kreeg.'

Connie ademde zwaar. In haar oren klonk een geluid dat leek op dat van nagels die over een schoolbord krasten.

'Ik moet zijn naam weten,' zei ze.

'Ik kan u de namen geven die hij bij ons heeft gebruikt. Het interessante is dat ik in onze computers heb gekeken toen ik het bedrog ontdekte en dat toen bleek dat er nog twee andere namen op zijn adres stonden geregistreerd. De geboortedatum was steeds dezelfde. Allemaal mannen. Hij was eerder behandeld door andere dokters, van wie er een met pensioen was gegaan en een andere was overleden.'

'Goed,' zei Connie, 'geef me de hele lijst maar.'

'De eerste naam was Randall MacGregor, voor zover ik kan achterhalen, en daarna kwam Rupert Brown. De derde was Andrew Drummond – die naam heeft hij twee keer gebruikt – en daarna was hij Fergus Ariss.'

Connie schreef de namen op een stukje papier.

'Geboortedatum?'

'In alle gevallen 1 mei 1985,' zei dokter Ross.

'En het adres?'

Connies handen trilden toen ze de pen steviger vastgreep om het op te schrijven.

'Tamar House, Whitehill Road, Niddrie Mains,' zei dokter Ross. 'Ik wil mijn verontschuldigingen aanbieden, want ik heb het gevoel dat ik meer had moeten doen en eerder had moeten ingrijpen.'

'U hebt uw werk gedaan,' zei Connie. 'Meer kunnen we geen van allen doen. Dank u wel, dokter Ross.'

Connie hing op en staarde naar het adres op het papiertje dat voor haar lag. Ze bedacht ineens dat ze was vergeten haar berichtje aan Baarda af te maken, die op antwoord zat te wachten. Ze verzond haar eerdere antwoord over de vermiste Farzana en schreef meteen een tweede berichtje: 'Interessante melding van een dokter. Ga op onderzoek uit. Ben naar Niddrie Mains. Bel me.'

Ze rende langs de vele kamers en merkte dat de weinige agenten die nog in het gebouw waren zich bezighielden met het Farzana-onderzoek en de andere noodoproepen die die avond waren binnengekomen. Ze greep een passerende agent bij de arm en schoof het vel papier met haar aantekeningen in zijn handen.

'Controleer alle namen op dit stuk papier,' zei ze. 'Ik moet weten of een van die mensen in het verleden contact heeft gehad met de politie en of er nog andere adressen bij de namen horen.'

'Goed, mevrouw,' zei de agent.

'Bel me zodra je iets hebt, mijn nummer staat onderaan dat vel papier. En wat voor wijk is Niddrie Mains? Veel criminaliteit?'

'Niddrie Mains? Daar is niet veel te beleven. Goede toegang tot de kust. Het is er vrij rustig.'

'Natuurlijk,' mompelde Connie terwijl ze haar jas pakte. 'Rust, dat is precies wat hij wil.'

Ze rende de trap af en naar buiten en hield een taxi aan om naar Niddrie Mains te gaan.

36

Xavier zat vast. Voorlopig was hij veilig, maar hij ging nergens heen. Terwijl Fergus Elspeth en Meggy had vastgebonden, had hij een besluit genomen. Hij bleef hier niet op de vloer zitten wachten tot die maniak op hem afkwam. De blokkade in de gang zou even standhouden, maar niet eeuwig. Als hij niet kon vechten, kon hij het Fergus in elk geval zo moeilijk mogelijk maken.

Het was niet gemakkelijk geweest. Het gebrek aan licht in de kamer onder hem had geholpen om te verbergen wat hij aan het doen was, maar het was maar net goed gegaan. Als zijn vrienden er niet zo op hadden gehamerd dat hij elke week uren in de sportschool moest doorbrengen om de kracht in zijn bovenlichaam te behouden en niet bij elke gelegenheid rolstoelbasketbal hadden willen spelen, had hij het nooit voor elkaar gekregen.

Hij had zich zo zachtjes mogelijk naar het gat boven Elspeth en Meggy getrokken en zijn benen over de rand gehangen, terwijl Fergus beneden in en uit was gelopen met touwen en lappen, in zichzelf had gepraat en een hele stroom verschillende namen had genoemd. Vervolgens had hij een kracht bij elkaar geschraapt die hij nooit had gedacht te bezitten, gebeden dat zijn berekening correct was, zijn hele gewicht op zijn armen laten rusten en zich zo in het gat laten zakken.

'Xavier,' had Fergus opeens gezegd en hij had zich omgedraaid alsof hij verwachtte dat er iemand achter hem stond.

Xavier had als verstijfd met zijn benen door het gat in het plafond gehangen.

'Wie was dat? Is hij ook weggegaan?' Hij praatte tegen zichzelf, duidelijk in de war, en verviel van de ene onsamenhangende tirade in de andere.

Daarna was Fergus gewoon verdergegaan; hij had de knopen gecontroleerd, was naar de geschilderde ramen gelopen en had gedaan alsof hij de geschilderde gordijnen dichttrok. Xavier had ongelovig op hem neergekeken door de smalle spleet tussen zijn lichaam en de rand van het gat.

Hij had zichzelf gedwongen door te gaan voor zijn armen het opgaven en had het donkere gat tussen het plafond en de vloer afgezocht naar de gemakkelijkst bereikbare draagbalk. Zijn zicht was te beperkt en de balk te belangrijk. Hij moest hem in een enkele beweging, die niet herhaald kon worden, te pakken zien te krijgen. Behalve de vloerplanken had hij niets om zich aan vast te houden en zijn lichaam zou gaan vallen zodra hij zijn gewicht verplaatste.

Om wat meer manoeuvreerruimte te krijgen, had hij zichzelf laten zakken totdat zijn onderarmen plat op de vloer lagen, maar daardoor werd de lenige beweging die hij daarna moest maken nog lastiger. De dichtstbijzijnde balk zat aan zijn linkerkant. Dat was jammer, want hij was rechtshandig en zijn hele bungelende lichaam zou een paar seconden aan één hand hangen. Niet dat er goede keuzes waren. Als zijn hoofd, borst en heupen niet allemaal in het gat pasten, moest hij hier blijven hangen tot hij werd gered en vermoord door de gek die in de kamer onder hem een gesprek met zichzelf voerde.

Xavier had een paar keer diep ademgehaald om zijn spieren zo veel mogelijk zuurstof te verschaffen. Even moest hij eraan denken hoe dit zou zijn geweest met een werkend stel benen, een bitterzoete, ongewenste en nutteloze gedachte. In dat geval had hij zijn benen op kunnen trekken of ermee kunnen zwaaien om meer grip te krijgen en de beweging gemakkelijker te maken. Misschien had hij zelfs een been kunnen optrekken en zijn knie klem kunnen zetten in het gat. Met werkende benen had hij uiteraard ook de optie gehad om met zijn voeten vooruit het gat in te gaan, zijn benen rond de balk te slaan en die met zijn enkels vast te houden.

Hij had het er maar mee te doen, hield hij zichzelf voor. Het was nu eenmaal niet anders. Bij het sportcentrum had hij zich niet zo heftig verzet als hij had moeten doen. Dat kwam deels door de schok toen hij zijn vriend had zien sterven, maar deels ook door angst. Het was gemakkelijker geweest om zich te laten meenemen, in de hoop dat het lot tussenbeide zou komen en hem zou redden. Maar er kwam niemand. Hij, Elspeth en Meggy werden niet gered. Dat wist hij nu. Hij moest zichzelf helpen of roemloos ten onder gaan.

Xavier had het erop gewaagd en toen de gevreesde val was ingezet, had hij met zijn linkerhand naar de balk gegrepen, terwijl de rechter zinloos in het niets grabbelde. Na een paar centimeter was zijn val met een schok gebroken. Hij had twee van zijn vingernagels voelen afscheuren toen hij zijn rechterhand naar de linker had gezwaaid. Toen zijn lichaam draaide, was zijn nek tegen de rand van de gebroken vloerplank gekomen en nu zat er een flinke jaap in. Xavier had op zijn lippen gebeten om geen kreet te slaken, maar hij had inmiddels beide handen om de balk en hoeveel pijn hij ook had, het was beter dan het gevoel dat hij viel en de verwachting om met een klap in het tafereel onder hem terecht te komen.

Hoe moeilijk dat ook was geweest, het was bijna onmogelijk gebleken om zich zonder hulp van zijn benen in de ruimte tussen plafond en vloer te wurmen. De volgende houten balk zat te ver weg om hem te pakken en zichzelf gewoon vooruit te trekken. Xavier had zijn hoofd opzijgedraaid om gemakkelijker naar binnen te kunnen en al zijn spieren ingespannen om centimeter voor centimeter in de ruimte te verdwijnen. Toen hij een elleboog over de balk had weten te slaan, had hij meer stabiliteit gekregen, maar daarvoor had hij zijn bovenlichaam moeten draaien. Daarna was het nog moeilijker geweest om zich in de ruimte te wringen.

Fergus was verdwenen. Beneden was alles stil. Elspeth leek bewusteloos te zijn en Meggy lag met haar gezicht van hem af gekeerd.

'Je mag de hoop niet opgeven,' had hij gefluisterd. 'Nog niet. Als ik me kan verstoppen tot hij weer weg is, krijg ik misschien de kans om hulp te halen. Blijf sterk, Meggy, en zorg voor Elspeth.'

Ze had instemmend geknikt, hoewel dat gepaard was gegaan met een snik. Natuurlijk, waarom zou ze hem geloven? Er was niemand die hem naar beneden kon helpen om hulp te gaan zoeken en als hij weer naar boven ging, kon hij het appartement niet uit. Het had allemaal geen enkele zin. Hij had het meisje alleen maar valse hoop gegeven.

Hij had zijn armen gespreid, zodat hij zijn schouders plat kon houden, en zich verder naar binnen getrokken. Toen hij eenmaal tot zijn middel binnen was had zijn lichaamsgewicht de balans naar de andere kant doen doorslaan en was het gemakkelijker geworden. Hij had zich helemaal in de ruimte getrokken, hoewel zijn heupen pijnlijk over de planken schraapten en zijn benen en voeten achter botten en schedels waren blijven haken. De stank had Xavier verdrongen.

Door de vloerplanken boven zijn hoofd waren weergalmende klappen gedrongen. Geschreeuw, nog meer klappen, steeds sneller. Het geluid van splinterend hout. En uiteindelijk voetstappen, recht boven zijn hoofd. Hij was als een hagedis door de ruimte geschoven en had zijn gezicht van het schaarse licht afgedraaid, wetend dat zijn huid een lichte vlek zou vormen als iemand naar binnen keek. Zijn spijkerbroek was donkerblauw en zijn shirt zwart. Hij moest in de verste hoek zien te komen.

Xaviers gezicht raakte iets. Stof. Hij haalde het weg, ook al voelde hij de gal omhoogkomen. Hij had geen tijd meer en kon zich nergens verstoppen.

Hij trok het lijk langs zijn hoofd naast zijn lichaam en verschool zich erachter. Was dat geen ultieme lafheid? Zich verstoppen achter een dode vrouw.

De voetstappen waren gestopt bij de rand van het gat. Xavier had even achteromgekeken toen er een hand in het gat werd gestoken en de vingers rond hadden getast totdat ze iets hadden gevonden, het hadden vastgegrepen en het uit het gat hadden getrokken. Hij had zijn adem ingehouden. De duisternis was voor zijn ogen gaan wervelen en had zijn eigen licht geschapen. Fergus mompelde iets, liep weg, stond stil, schreeuwde en stampte. Daarna stak hij zijn hoofd in het gat.

Het had onvermijdelijk geleken dat hij ontdekt zou worden, tot Fergus was gaan praten tegen de arme ziel wier levenloze lichaam hem dekking gaf. Daarna was er de heerlijke opluchting geweest van wegstervende voetstappen en een gezegende stilte. De ademteug die hij eindelijk in zijn longen had kunnen zuigen leek net nectar, al zat die vol met de cellen van stoffige botten.

'Fuck,' had hij in zichzelf gemompeld. Hij had zijn hoofd op de houten balk laten zakken en had uitgerust.

Bizar genoeg was hij in het donker bijna in slaap gevallen, ondanks de stress en de adrenaline. Dat kon niet. Hij moest zorgen dat hij hieruit kon zodra hij de kans kreeg. Voorlopig was hij Fergus uit de weg gegaan. Missie geslaagd. Maar hij had niet verder vooruitgedacht. Als alles erop was gericht om het volgende uur te overleven, had vooruitdenken geen prioriteit.

Hij slaagde erin voorover te buigen en zijn benen opzij te leggen, verder naar de achterste hoek van de ruimte. Pas toen hij probeerde naar voren te kruipen, merkte hij dat hij van achteren werd vastgehouden. Hij trok om de beurt aan elk been en raakte in paniek. Uiteindelijk gaf hij het op en draaide zijn bovenlichaam weer naar zijn enkels. In het pikkedonker had hij zijn handen langs zijn been laten gaan tot zijn vingertoppen bij zijn rechterenkel kwamen. Die zat stevig vast in een hoek tussen twee balken en was afschuwelijk verdraaid. Hij kon er in de beperkte ruimte niet bij en kon het been er ook niet uit tillen.

'Godsamme.' Xavier sloeg tegen de dichtstbijzijnde balk, maar voegde slechts geschaafde knokkels toe aan de rest van zijn problemen.

Beneden klonk de stem van Fergus, die bevelen uitdeelde, klaagde en vloekte. Daarna het sleep-halt-sleep van zware objecten die over de vloer werden getrokken. Elspeth slaakte een kreet en Meggy's gehuil zorgde ervoor dat hij zich nog ellendiger voelde. Hij lag maar een klein eindje van de rand van het gat, maar er was geen enkele kans dat hij er dichterbij kon komen om te kijken wat er gebeurde. Hij wilde iets naar hen roepen, maar dat zou Fergus er alleen maar aan herinneren dat Xavier er nog was, een feit dat hij volkomen leek te zijn vergeten.

Als hij had kunnen helpen, had hij dat gedaan. Maar hij moest praktisch blijven. Een van hen moest iets langer in veiligheid blijven om hulp te kunnen halen. Het was geen angst. Geen angst voor zijn eigen leven. Niet meer dan ieder ander zou hebben gehad, in elk geval. Er liep warm vocht over zijn wangen en langs zijn lippen. Ze leefden nog. Er was nog hoop. Zolang ze huilden, ademden ze nog. Meggy was taaier dan ze zelf wist en Elspeth... Elspeth had medische hulp nodig, dat wist Xavier. Maar als Fergus ze ergens anders heen bracht, was de situatie misschien ingrijpend veranderd. Hij hield zichzelf voor dat ze buiten het huis een veel grotere kans hadden om gevonden te worden. Eigenlijk waren ze op dat moment beter af dan hij. Zolang ze niet gewoon de trap op werden gesleept, terug naar het appartement. Maar dan zou er in elk geval iemand zijn om hem hieruit te helpen.

Xavier concentreerde zich op zijn ademhaling en zijn gehoor. Hij hoorde warm water door de buizen in de muren stromen en zware voetstappen op de trap. Dat geluid werd steeds zwakker. Ze gingen naar de benedenverdieping, niet naar hem toe. Een halve seconde na elke stap hoorde hij gebonk. Hij sleepte de nog steeds vastgebonden vrouwen de trap af, besefte Xavier. Dat kon hij met Elspeth niet doen. Haar schouder was uit de kom, dat stond vast, en het natte, raspende geluid als ze ademhaalde betekende bijna zeker dat ze letsel had opgelopen aan haar longen of haar keel. Bij beide verwondingen bestond de kans op inwendige bloedingen.

Beneden ging een deur dicht en toen nog een, verder weg.

Wat deed hij met ze? Als hij ze ging vermoorden, waarom deed hij dat dan niet waar hij ze had vastgebonden? Te veel troep, te veel sporen. Misschien bracht hij ze naar een bad, waar het bloed door de afvoer kon lopen, of legde hij ze op plastic zeilen, die hij kon opvouwen en rechtstreeks in de kofferbak van zijn auto kon leggen.

Hou op, vermaande hij zichzelf. Je bent net zo slecht als hij. Je hebt ze al vermoord.

Nog meer voetstappen beneden in het huis. Stilte. Het geluid van meubels die werden verschoven. Stilte. Weer voetstappen, dit keer veel langzamer, die zich verwijderden. Een deur ging dicht, zachtjes, voorzichtig. Hij beeldde zich in dat hij de klik van het slot kon horen.

Nu klonk onder hem een nieuw geluid. Als golven die op een stormachtige dag over een strand rolden. Een zacht, brullend gesuis. Toen geknetter en het gevoel dat de lucht was gaan leven, alsof...

Hij ving de geur op voordat hij het laatste puzzelstukje op zijn plek had gelegd. Aanvankelijk was het slechts een herinnering. Aan zomeravonden waarop hij naast zijn vader had gezeten, die het snoeihout uit de tuin verbrandde. Van een veilige afstand stokken op een kampvuurtje gooien. Maar dit was geen aangename houtgeur. Dit was de geur van door de mens gemaakte vezels en stoffen, papier en tapijt. Het geluid zwol aan, alsof er iets werd verzwolgen; het geluid van vuur dat zijn tong uitstak om de kamer onder hem te proeven.

Hij scheurde zijn shirt toen hij het in de krappe ruimte over zijn hoofd probeerde te trekken. Xavier wikkelde de stof om zijn hoofd. Hij voelde nog geen warmte, maar de eerste slierten rook dreven door het gat naar hem toe. De rook zou hem fataal worden voordat de vlammen hem konden bereiken. Die gedachte was tegelijkertijd angstaanjagend en geruststellend.

Hij trok als een wilde aan zijn enkel om hem los te krijgen, maar hij wist dat hij zichzelf voor de gek hield. Stel dat hij bij het gat kon komen, wat dan? Liet hij zich dan naar beneden vallen? De kans was groot dat de vloer daaronder het zou begeven en hij midden in de vlammen op de benedenverdieping terecht zou komen. Maar als hij omhoog het appartement in ging, zat hij achter een afgesloten deur te wachten op een langzame dood. Het werd nu warmer en de kruipruimte leek nog kleiner en donkerder dan eerder. Zijn ogen begonnen te tranen.

'Help!' gilde Xavier. 'Help!'

Ergens beneden sprong een raam stuk. Op de benedenverdieping was dus nog echt glas. Een luide klap, mogelijk van een meubelstuk of een deur die het begaf. Geen gasleiding alsjeblieft, dacht hij. Als er een gasleiding was, besloeg de tijd die hij nog had op deze wereld eerder seconden dan minuten.

'Alsjeblieft,' riep hij, zich bewust van zijn droge keel en de chemicaliën die zijn lichaam binnendrongen. 'Alsjeblieft, ik zit hier vast. Help!'

Hij begon te hoesten. De lucht werd steeds dikker. Grijzer.

Xavier gilde, hoestte en huilde tot hij begon te stikken.

37

Connie hoorde de sirenes voordat ze de brandweerwagens zag. Haar taxichauffeur ging aan de kant om twee ervan te laten passeren. Daarna bleek de weg die ze wilden nemen afgesloten.

'Daar kan ik met geen mogelijkheid heen,' zei de chauffeur tegen haar. 'En u ook niet, denk ik. Kan ik u ergens anders naartoe brengen? Het is kilometers omrijden als ik eromheen moet en het van de andere kant moet proberen.'

'Laat me er maar gewoon uit.' Ze duwde hem wat geld in de hand en sprong uit de wagen.

Ze bevonden zich maar een paar kilometer buiten de stad, maar toch waren ze hier al op het platteland. Het was boerenland; aan de ene kant van de weg stonden bomen, maar aan de andere kant waren alleen velden en stak hier en daar een boerderijgebouw boven de begroeiing uit. Ze had alleen een naam en geen huisnummer, en Tamar House stond op de kaarten op haar telefoon niet aangegeven. Dankbaar voor haar sportschoenen dook Connie onder het eerste stuk politielint door, dat over de weg was gespannen om te voorkomen dat verkeer de kruising op reed. Achter haar kwam een politieauto aanrijden. Een agent stapte uit om het lint los te maken en het voertuig door te laten en bleef daarna bij het lint staan om het verkeer te regelen.

Connies maag draaide om. Boven de bomen was net een rookkolom zichtbaar, hoewel ze het zichtbare bewijs niet nodig had. In haar verbeelding was de geur van brand een feloranje gloed. Als dat het bewuste huis was, was er misschien nog iemand binnen.

Ze rende op de zwaailichten van de hulpdiensten af.

Aan het eind van een grindpad stond een onregelmatig gebouwd huis van drie verdiepingen met een amateuristisch getimmerd en vervallen afdakje boven de voordeur. Ernaast stond een garage waarvan één deur half aan zijn scharnieren hing. Er waren geen voertuigen te zien. Er hing ook niemand uit een raam om hulp te schreeuwen. Uit de ramen op de benedenverdieping wolkte rook.

Ze wist dat het geen zin had tijd te verliezen door weer in gesprek te gaan met iemand van de politie. Dus liep ze naar de kant van de oprit die het verst verwijderd was van de op wacht staande agenten en glipte tussen de voertuigen door met de tijdelijke identiteitskaart van het team Zware Misdrijven als het kruis van een geestenbezweerder voor zich uit gestoken voor het geval iemand haar zou aanspreken.

Dat gebeurde niet. Alle ogen waren op het huis gericht.

Ze greep een brandweerman bij de arm en stak meteen van wal.

'Heet het huis dat hier in brand staat Tamar House?' vroeg ze.

Hij knikte.

'Luister, het is eigendom van een man van halverwege de dertig, maar ik denk dat er nog andere mensen binnen kunnen zijn. Jullie moeten goed kijken of ze niet ergens opgesloten zitten, in een kelder of op een zolder bijvoorbeeld, of misschien in kasten of andere grote meubels. Ze zijn waarschijnlijk op een of andere manier vastgebonden en kunnen er niet uit, en misschien kunnen ze zelfs niet om hulp roepen.'

'Oké.' Hij wenkte een paar collega's en ze kwamen in een kring om hen heen staan. 'Meer informatie... Over hoeveel mensen hebben we het?'

'Een dertigjarige man die Fergus zou kunnen heten. Een meisje van twaalf, een vrouw, ook in de dertig, die Elspeth heet en een verlamde man.'

'De mensen uit de nieuwsberichten?' vroeg een van de brandweerlieden.

'Ja. Ik weet niet hoe hun toestand is. Misschien zijn ze niet allemaal meer in leven. Zo niet... Zo niet, dan is het belangrijk voor de nabestaanden om de lichamen er zo goed mogelijk uit te krijgen, zodat we kunnen vaststellen wat er precies met hen is gebeurd.'

'Achteruit, mevrouw. We gaan naar binnen met onze slangen. Dan mag er niemand in de buurt komen.'

Connie deed wat haar werd gezegd. Ze ging een eindje achter de brandweerwagens staan, maar bleef binnen het politiekordon. Het verhaal van dokter Ross over een man die zich in de loop van drie jaar een aantal keer had gemeld met het syndroom van Cotard en die ongeveer voldeed aan het signalement van de man op wie ze jacht maakten was reden genoeg om hiernaartoe te komen. Het feit dat het huis een dag nadat bekend was geworden dat Elspeth overspel had gepleegd in brand stond, kon geen toeval zijn.

De verblindende gloed achter de ramen op de eerste verdieping wees erop dat de vlammen via de gang en de trap naar boven waren geklommen of dat het plafond naar beneden was gekomen. Waarschijnlijk allebei. Ze vroeg zich af hoelang de brand al woedde, maar er was niemand in de buurt aan wie ze het kon vragen. Ze had nog nooit zo dicht bij een brandend huis gestaan. De geuren waren misselijkmakend weeïg. De chemicaliën in de meubels, de aankleding en alles wat zich verder in het huis bevond maakten het moeilijk adem te halen.

Als er nog mensen binnen waren, hoelang zou het dan duren voordat ze overleden door het inhaleren van rook? Er stond al een ambulance paraat. Niet dat het personeel iets zou kunnen uitrichten als Fergus Ariss had besloten het huis in brand te zetten om zijn sporen uit te wissen en de lijken te vernietigen. Als Fergus Ariss tenminste de man was die ze zochten.

Er werd inmiddels water de benedenverdieping in gespoten. Als reactie kwamen er sissende wolken dikke grijze rook naar buiten.

Connie wendde haar hoofd af en hield haar mouw voor haar mond. Een brandweerman kwam het huis uit, rende naar een brandweerwagen en haalde er twee stukken touw, een grote bijl, een zaag en een zaklamp uit. Hij kreeg gezelschap van een collega, die alles aannam en weer naar binnen rende.

'Hebben jullie iemand gezien?' schreeuwde ze, maar ze waren alweer weg.

Connie wist wanneer ze uit de buurt moest blijven en haar mond moest houden. De komende minuten zou er niets te zien zijn. Intussen kon ze alleen maar meer te weten zien te komen over het huis.

De voordeur, die vanaf de weg gedeeltelijk te zien was, was geen goede plek om iemand van een kofferbak naar het huis te verplaatsen. Een passerende tractor of hondenuitlater kon gemakkelijk te veel zien. Dat betekende dat er nog een andere ingang moest zijn, waar een auto voor gezet kon worden. Connie liep langs het tuinhek om het huis heen, op zoek naar de achterdeur.

Bandensporen in het lange gras bewezen haar gelijk. Hier kon je met een paar stappen van een voertuig bij het huis komen en kon niemand op de weg je zien. De brandweer had de achterdeur ingebeukt en ze kon nog net een keukentafel en de rand van een oud fornuis zien. Het huis stond op een ideale locatie. Hemelsbreed was het niet ver van de stad. Geen buren op je lip die argwaan konden krijgen. Dikke boerderijmuren die een natuurlijke geluiddemper vormden zolang niemand bij het raam kon komen. Connie deed een paar stappen bij het huis vandaan en keek omhoog om het te inspecteren. Er was geen teken van leven achter de ramen op de bovenverdiepingen. Er was zelfs helemaal niets zichtbaar door die ramen. Ze hield haar hand voor haar ogen. Geen gordijnen, geen behang. Achter elke ruit heerste alleen duisternis. Alsof...

'Dat is het,' fluisterde ze tegen zichzelf. 'Dit is het echt.' Ze haalde haar telefoon uit haar zak, belde Baarda en kreeg de voicemail. 'Baarda, je moet meteen hierheen komen. Ik ben bij Tamar House,

Whitehill Road, Niddrie Mains. Het huis staat in brand. Ik heb geen idee wie er allemaal binnen is.'

Er kwamen brandweermannen de achterdeur uit rennen, zwaaiend naar de ambulancemedewerkers. Connie ging er zo dicht mogelijk naartoe zonder in de weg te lopen en probeerde te horen wat ze zeiden. Er werd een brancard mee naar binnen genomen, maar er werden veel hoofden geschud en schouders opgehaald. Iemand kwam met een zuurstofmasker en de ambulancemedewerkers bleven gespannen paraat staan.

Connie kon niet langer wachten. Ze moest weten of dit het juiste huis was.

'Neem me niet kwalijk, maar ze hebben maar één brancard mee naar binnen genomen,' zei ze tegen een van de ambulancemedewerkers. 'Betekent dat dat er maar één lichaam is gevonden?'

'Wie bent u?' vroeg de vrouw.

'Ik hoor bij de politie,' antwoordde Connie.

De vrouw knikte, maar hield haar blik op de achterdeur gericht. 'Eentje maar, inderdaad. Een man. Ze hebben nu het hele huis doorzocht. Het blijkt moeilijk om hem naar buiten te krijgen en ze maken zich zorgen om de hoeveelheid rook die hij heeft ingeademd. De politie zal vannacht in elk geval niet meer met hem kunnen praten. We brengen hem met spoed naar het ziekenhuis. Als hij het overleeft, zal hij daar verscheidene dagen moeten blijven, en dan hebben we nog niet eens gekeken naar brandwonden.'

'Dus verder is er helemaal niemand binnen?' Connie zuchtte.

De vrouw keek haar scherp aan. 'Niet dat we weten, godzijdank. Bij een brand als deze mogen we ons gelukkig prijzen met slechts één slachtoffer.'

'O, ik wilde niet zeggen...'

De vrouw beende weg en ging met een brandweerman staan praten. Connie keek op naar het huis. De vlammen waren gedoofd, maar uit elk raam van de benedenverdieping kwamen grote rookwolken.

Misschien had ze het mis. Als Fergus Ariss alleen in het huis was geweest, was er geen bewijs dat hij de ontvoerder van Elspeth en de moordenaar van Angela was. Toch vond ze het de moeite waard om te wachten en te blijven kijken. Ze had een vrij accuraat beeld in haar hoofd van de ontvoerder van Meggy. Bijna een skelet, zo had de getuige hem beschreven. Als Fergus Ariss er zo uitzag, zou Connie weten dat hij het was zodra ze hem zag.

Toen de brancard eindelijk naar buiten werd gedragen, kon Connie bijna niets zien van de man die erop lag. Er lag een deken over hem heen en zijn gezicht ging helemaal schuil achter een masker en ademhalingsapparatuur. Het enige wat ze kon vaststellen, was dat hij een witte man met bruin haar was. Ze kon natuurlijk niet vragen of ze het masker wilden afdoen, zodat ze hem beter kon zien. Hij werd in de ambulance geschoven.

Inmiddels nam de politie de leiding. De deuren van de ambulance gingen dicht en het kordon werd even doorbroken om hem door te laten. Connie stond nutteloos naar het huis te staren, waar misschien nog essentieel bewijsmateriaal aanwezig was. Baarda zou het gezag hebben om het voortouw te nemen. Zonder hem was ze niet meer dan een ingehuurde psycholoog, die zelf niets kon doen.

'Pardon, mevrouw,' zei een brandweerman tegen haar. 'Sorry, maar we hebben het meisje en de vrouw die u zocht niet gevonden. Maar de man hebben we er wel uit gekregen.'

'Fergus Ariss, ik heb het gehoord. U kunt hem zeker niet voor me beschrijven. Ik bedoel, als hij niet al te erg gewond was of...'

'Hij bevond zich gelukkig op de bovenste verdieping, anders had hij het niet gered. We hadden hem bijna niet gehoord; hij lag op zo'n vreemde plek.'

'Is het huis vanbinnen zwaar beschadigd?' vroeg ze.

'De benedenverdieping is helemaal uitgebrand. Daar is de brand begonnen. Er waren sporen van brandbare vloeistof. De eerste verdieping begon net te branden toen we aankwamen, maar we hebben er iets van kunnen redden. De deur van het appartement boven in het huis was geblokkeerd, maar de deur zelf was kapotgeslagen met een bijl. De man over wie u ons vertelde lag in de ruimte tussen het plafond van de eerste verdieping en de vloer van de bovenste etage. Zijn voet zat muurvast. We moesten door de vloerplanken boven hem breken om hem eruit te krijgen. We hebben hem alleen gehoord omdat hij op de vloer bonkte.'

'Een geluk dat jullie op tijd bij hem waren,' zei Connie.

'Vooral omdat hij zijn benen niet kan gebruiken,' zei de brandweerman. 'Hij had het nooit overleefd als we er niet zo snel bij waren geweest.'

Connies maag trok samen. Ze pakte de brandweerman bij de arm.

'Ik dacht dat u zei dat het Fergus Ariss was, de eigenaar van het huis.'

'Nee, dat zei u. We weten zijn naam niet. Witte man, ongeveer dertig jaar. Hij was amper bij bewustzijn toen we hem eruit haalden. Koolmonoxidevergiftiging en waarschijnlijk schade aan de longen door het inademen van hete rook.'

'O, shit,' zei Connie. 'Ik had niet begrepen... Sorry, ik moet even bellen.'

'Blij dat we konden helpen.' De brandweerman liep weg.

'Wacht,' zei Connie. 'Ik moet kijken of er nog iets in het huis is wat een aanwijzing kan zijn voor de locatie van de vrouw en het meisje naar wie we zoeken. Is er een kans dat ik naar binnen mag, al is het maar voor een paar minuten?'

'Uitgesloten. Het pand wordt als onveilig beschouwd tot er een volledige inspectie is gedaan. Er zijn nog steeds problemen met de hitte, giftige gassen en een gebrek aan zuurstof, en dan heb ik het nog niet eens over al het water dat we naar binnen hebben gespoten.'

'U begrijpt het niet,' zei Connie. 'De man die u net heeft gered, is een paar dagen geleden ontvoerd. De vrouw en het meisje worden nog langer vermist en we weten dat ze in onmiddellijk gevaar verkeren. Als Xavier nog een tijdje bewusteloos blijft, bevinden de enige aanwijzingen die ons kunnen helpen hen te vinden zich in dat pand. Ik kan niet wachten tot het afkoelt en veilig wordt verklaard. Ik moet binnen rondkijken, want als Elspeth en Meggy nog niet dood zijn, zal dat niet lang meer duren.'

De brandweerman fronste. 'Waar zoekt u naar?'

'Dat weet ik pas als ik het zie. Ik weet dat u daar niets mee kunt, maar als u me binnen kunt laten...'

'Dat gaat niet gebeuren, maar misschien kunnen we er iets op vinden. Kom mee.' Hij nam haar mee naar een brandweerwagen en tikte iemand op de schouder. 'Je moet deze politievrouw op de monitor laten kijken. Ik zet de camera op mijn helm aan en ga weer naar binnen. Dan maak ik opnamen in alle kamers die ik veilig kan betreden, maar de beelden zullen niet erg duidelijk zijn. Er is veel roetschade en de elektriciteit ligt eruit. Hier, zet deze headset op. Dan kunnen we met elkaar praten.'

Even dacht Connie erover hem te corrigeren en te zeggen dat ze niet van de politie was, maar ze besloot niet haar eigen glazen in te gooien. Later was er nog tijd genoeg voor volkomen eerlijkheid.

'Goed, ik ga naar binnen.'

Connie ging op de treeplank van de brandweerwagen staan om het scherm van dichtbij te kunnen zien. Het duurde een minuutje voor de brandweerman zijn pak weer had aangetrokken en toen verscheen op het scherm een halletje, niet anders dan elke andere gang in elk ander huis. Er hing een spiegel waar nog maar een paar splinters glas in hingen, maar al het andere was een beroete puinhoop. Connie had geen last van het gebrek aan kleuren. Ze was een specialist in grijstinten.

'Van de benedenverdieping is niet veel over,' zei de brandweerman. 'Ik ga naar boven.'

Hij ging aan de kant van de muur lopen en nam de trap met twee of drie treden tegelijk, maar beproefde elk ervan zorgvuldig voor hij zijn gewicht erop zette. Connie wist dat ze aan Baarda moest doorgeven waar Xavier zich bevond. Familieleden hunkerden naar nieuws, ook al moesten ze maar afwachten of Xavier het inhaleren van zoveel rook kon overleven. Maar dit had de komende vijf minuten voorrang. Ergens in het gebouw zouden zich de verkoolde overblijfselen van andere lichamen kunnen bevinden. Ze moest weten waar ze aan toe was.

Bovenaan de trap keek de brandweerman een kamer in. Het was een badkamer en er was niets anders te zien dan de gebruikelijke spulletjes voor de lichamelijke verzorging en puin. Niets wat Connie bijzonder vrouwelijk voorkwam.

'Loop maar door,' zei ze.

'Een eindje verder is een studeerkamer,' zei hij. 'Ik zal eens zien wat daar te vinden is.'

De studeerkamer was minder zwaar aangetast door het vuur, maar de bureauladen waren op slot.

'Kunt u ze openbreken?' vroeg Connie.

'Ik ben bang van niet. Dat kan alleen de politie met een gerechtelijk bevel. Er staat hier ook nog een oude computer, maar die staat niet aan en ik kan er niets mee tot de elektriciteit het weer doet.'

'Goed.' Connie zuchtte. 'Ga maar door.'

Toen hij de grootste kamer op die verdieping in was gelopen, richtte hij zijn lamp op het plafond. 'Daar hebben we de man gevonden, tussen de gipsplaten en de vloerplanken van de verdieping hierboven.'

'Niet te geloven dat hij dat heeft overleefd,' zei Connie. 'Hebben jullie dat gat in het plafond gemaakt?'

'Nee, dat zat er al. Zo moet hij in die tussenruimte zijn gekomen. We hebben een stuk vloer in de hoek van de woonkamer van het appartement hierboven opengehakt.'

Connie bracht haar gezicht nog dichter naar het scherm. Er was weinig te zien, behalve een grijs geworden plafond en een zwart gat, maar het was onvoorstelbaar dat iemand zo wanhopig was geweest dat hij in de ruimte tussen de vloer en het plafond daaronder was gekropen, in de wetenschap dat hij er misschien niet levend uit zou komen. Het was veelzeggend dat zo'n claustrofobische verschrikking te verkiezen was boven wat hem in de open ruimte te wachten stond.

Ze haalde haar telefoon voor de dag en schreef een berichtje aan Baarda, terwijl ze via de camera de rest van de kamer te zien kreeg.

'Xavier bewusteloos naar ziekenhuis. Vuur uit maar woning zwaar beschadigd. Geen spoor van E of M. Bel zsm.'

In een hoek stond een bed met oude dekens erop. Geen warm dekbed of enig ander comfort. Bovendien een eenpersoonsbed. Het was een grote kamer voor zo'n klein bed. Het gaf het idee dat de bewoner de hoop om zijn huis met iemand te delen, op de normale manier tenminste, lang geleden had opgegeven.

'Kunt u de laden en de kast voor me opendoen, alstublieft?' vroeg Connie.

De hoofdlamp draaide naar de grootste meubelstukken en er was een flits van verre gezichten te zien.

'Stop. Ga terug.'

De brandweerman draaide zijn hoofd terug.

'Godallemachtig,' fluisterde Connie.

De muren leefden. Bevroren in de tijd, maar ze leefden. Elke vierkante centimeter was gevuld met gezichten op polaroids, foto's, krantenknipsels en afbeeldingen uit glossy's. Glimlachen in zwart en wit, blikken in de camera of in de verte. Connie verzette zich tegen het verlangen gewoon naar binnen te rennen en die foto's aan te raken om de informatie die ze bevatten in zich op te nemen.

'Ga dichterbij,' fluisterde ze.

'Wat is dit?' vroeg de brandweerman.

Connie zag de gezichten scherper in beeld komen. 'Dit is een obsessie.'

Een nadere inspectie onthulde een thema. De duizenden gezichten aan de muur waren allemaal vrouwen. Sommigen waren misschien achter in de twintig, maar de meerderheid was in de dertig en sommigen in de veertig, maar niet ouder. Ze leken ook allemaal een beetje op elkaar. Het was moeilijk dat in een paar woorden te beschrijven, maar ze hadden allemaal iets liefs, iets zachts. Sommige foto's waren thuis gemaakt, op andere hadden ze een of twee kinderen aan de hand en waren ze misschien aan het spelen, en er waren veel foto's gemaakt op stranden of in tuinen en parken.

'Het zijn allemaal moeders,' zei Connie. 'U moet langs die muur lopen. Ik zoek twee specifieke gezichten. Loop langzaam en blijf ongeveer dertig centimeter van de foto's af. Ik moet ze goed kunnen bekijken.'

Connie zag Angela als eerste. De foto was genomen toen ze in een rij andere volwassenen stond, die allemaal dezelfde kant uit keken. Achter hen was een klimrek te zien.

'Dat is een schoolplein,' mompelde Connie. 'Kijk uit naar andere foto's met die vrouw erop, de vrouw die midden in het beeld staat.'

De hoofdlamp ging naar links en rechts en kwam tot stilstand.

'Deze vrouw?' Zijn vingertop kwam in beeld toen hij naar een groep foto's wees.

Daar was ze. Angela liep voor de fotograaf door de straat met de hand van haar dochter in haar linkerhand en die van haar zoon in de rechter. Angela in de supermarkt. Een slapende Angela. Connie bracht een hand naar haar keel. Elspeth zou daar ook ergens zijn.

'Wilt u de andere muren ook zien?' vroeg hij.

'Ja, graag,' zei ze.

Recht tegenover de muur met moeders was er een die van boven tot beneden was volgehangen met meisjes. Volgens Connies schatting liep hun leeftijd uiteen van acht tot veertien, allemaal gelukkige, gezond ogende kinderen, sommigen aan het leren, anderen aan het sporten. Allemaal even volmaakt. Het kind dat je kon hebben met je trouwe, lieve, loyale en volmaakte vrouw.

Toen zag ze Meggy. Terwijl ze uit school kwam, terwijl ze bij haar nors kijkende stiefmoeder in de auto stapte. Meggy in het park, waar ze in haar eentje op een draaimolen een boek zat te lezen. Ze zag er eenzaam uit. Meggy's slaapkamerraam.

'Zijn er nog meer muren?' vroeg Connie.

Hij draaide naar links, waar een groot deel van de muur in beslag werd genomen door een grote kast, maar ernaast hingen foto's van jongemannen. Ze waren merendeels in de twintig en hun uiterlijk en achtergrond verschilden, maar een deel van de muur hing vol jongemannen in rolstoelen. Xavier kwam ook een paar keer voor en er hing een krantenknipsel over hem. De keuze was logisch. Fergus wilde een jongeman – om redenen die hij alleen kende – maar niet iemand die hem in lichamelijk opzicht problemen kon opleveren.

Haar telefoon ging. 'Ik moet dit even aannemen. Blijf daar,' zei ze tegen de brandweerman.

'Connie, wat is er met Xavier gebeurd?' vroeg Baarda.

'Hij zat vast op de bovenverdieping. De brandweer heeft hem gered, maar hij is er slecht aan toe. Hij kon niets zeggen toen ze hem naar buiten brachten. De muren van een van de slaapkamers in het huis hangen propvol met afbeeldingen van mensen, gesorteerd op categorie. Het is net een heiligdom.'

'Waarvoor?' vroeg Baarda.

'Voor stereotypen. Moeders, dochters en ik denk...' Ze keek weer naar het scherm. Op de foto's stonden een heleboel verschillende jongemannen, maar er was een thema. Mannen die samen voetbal speelden. Mannen die samen aan een bar zaten of samenwerkten aan een project, zoals het bouwen van een schuur. Ze lachten, omhelsden elkaar en sloegen elkaar op de rug. 'Vriendschap? Of misschien een beeld van hem dat nooit werkelijkheid is geworden. Een betere, gezonde, sociaal vaardige versie van Fergus.'

'Was er nog iemand anders in het pand?'

'Het is nu leeg. Xavier had zich verstopt. Elspeth en Meggy zijn er niet. Ik probeer een aanwijzing te vinden, iets wat me kan vertellen waar hij hen mee naartoe heeft genomen.'

'Oké, ik ben onderweg. Ik zal uitzoeken wat voor voertuigen daar geregistreerd staan en kijken of we recente bewegingen kunnen opsporen op de verkeerscamera's.'

'Hebben jullie Farzana al gevonden?' vroeg Connie.

'Nog niet. De beschrijving van het voertuig komt vaag overeen met de auto die bij de school is gezien toen Meggy werd ontvoerd, maar ik weet dat jij niet denkt...'

'Ik kan het mis hebben,' zei Connie. 'Tot ik alle foto's heb gezien, moeten we rekening houden met alle mogelijke slachtoffers.'

'Goed. Heb je een naam?'

'Fergus Ariss, maar hij heeft in het verleden andere namen gebruikt. Hij woont al jaren in dit huis. Het feit dat hij het in brand heeft gestoken, betekent dat hij niet van plan is om terug te komen en onze kans om Elspeth en Meggy levend te vinden wordt met de minuut kleiner.'

38

Meggy gaf Elspeth door de doek heen een kus op haar wang en wenste dat ze meer kon doen voor haar surrogaatmoeder, die kreunde van de pijn. De autorit was vreselijk. Elke keer dat ze remden of een bocht namen, rolde Elspeth gillend om. Fergus had hen een voor een het huis uit gedragen en in de kofferbak van zijn auto gegooid. Maar ze waren tenminste nog bij elkaar. Meggy had geen idee wat er met Xavier was gebeurd. Hopelijk was hij in veiligheid.

Nadat ze samen in de kofferbak waren gelegd, had Meggy een minuut of twee lang gehoopt dat Fergus ze daar gewoon zou achterlaten en zou verdwijnen. Toen de motor niet meteen was gestart, had ze zich voorgesteld dat hij was gevallen en zijn hoofd had gestoten of dat hij in de keuken was geëlektrocuteerd. Vroeg of laat zou iemand zich afvragen waarom de auto daar stond. Ze luisterde of ze stemmen hoorde, klaar om met haar gebonden voeten tegen het deksel van de kofferbak te schoppen. Het brullen van de motor had een eind gemaakt aan die hoop en toen waren ze de oprit af gereden.

Sinds dat moment waren ze één keer gestopt, maar hij had de kofferbak niet opengemaakt. Het was angstaanjagend geweest. Meer nog dan toen hij haar had ontvoerd. Meer nog dan toen hij haar halverwege haar ontsnappingspoging had betrapt, hangend boven het gebroken lichaam van Elspeth. Want nu wist Meggy zeker dat hij zich van hen wilde ontdoen. In het appartement hadden ze een doel gehad. Hij had gewild dat ze een gelukkig gezinnetje speelden. Hij had niets van hun spullen gepakt voordat ze vertrokken. Geen extra kleren, geen tandenborstel, geen eten of drinken. Dit werd eenrichtingsverkeer. Het enige wat hij had meegenomen, waren wat papieren, een paar kaarsen en lucifers. En een schep.

Ze had tevergeefs geprobeerd te bedenken wat hij voor onschuldige dingen kon doen met een schep. Ze mocht dan pas twaalf zijn, al die horrorfilms en programma's over waargebeurde misdaden waren niet helemaal aan haar voorbijgegaan. Een schep betekende een lange rit naar het platteland, aan het eind waarvan een kuil zou worden gegraven. Ze hoopte maar dat het snel en pijnloos zou verlopen. Meggy wilde niet zien dat Elspeth als eerste doodging, want dat zou betekenen dat zij alleen, ongezien en ongehoord zou moeten sterven.

Ze zou het liefst een potje huilen, maar ze had geen tranen meer. Ze had niet eens geweten dat dat kon. Meggy troostte zichzelf met een dagdroom. Ze droomde niet dat ze veilig in de armen van haar moeder lag. Als haar moeder thuis was gebleven, was ze waarschijnlijk nooit in de kofferbak van die gek beland. Ook niet over haar vader, hoewel ze er zeker van was dat hij doodsbang en kapot was. De fantasie die haar enige troost bood, was veel functioneler. In haar hoofd ging Fergus even zitten uitrusten, uitgeput na het graven van haar en Elspeths graf.

Elspeth was misschien echt bewusteloos, maar Meggy had gedaan alsof. Tot nu.

Ze had een scherpe steen op de grond gevonden en die langs de touwen om haar polsen gehaald tot die bijna helemaal door waren. Daarna had ze haar handen losgetrokken en ook haar benen losgemaakt, was weer gaan liggen en had gewacht op het juiste moment. Fergus zou stil in de kuil die hij had gegraven staan kijken. Hij zou haar niet horen komen als ze met de steen in haar hand over de zachte aarde op hem toe sloop. Maar op het laatste moment zou hij zich omdraaien. Ze wilde dat die schoft zag wat er kwam en dat zij daar verantwoordelijk voor was.

Ze zou met die steen tegen zijn hoofd slaan. Hij zou niet alleen buiten westen raken, de steen zou door zijn schedel gaan en in zijn hersenen dringen, en zij zou de grijze celletjes door zijn haar naar buiten zien sijpelen. Daarna zou ze hem in dat gat schoppen. Hij zou op zijn rug langzaam liggen doodgaan terwijl zij met de schep – haar eigen schep – aarde op zijn gezicht gooide. Er zou iets in zijn mond terechtkomen, zodat ze hem kon horen stikken, en hij zou proberen te gillen, maar zijn kreten zouden worden gedempt door de aarde die hem bedekte. Zijn ogen zouden nog open zijn, zodat hij haar kon zien terwijl ze steeds meer aarde...

De auto stopte weer. Meggy probeerde in de fantasie te blijven. Het had geen zin om terug te keren naar de echte wereld. Maar er sloeg een portier en Fergus' voetstappen kwamen naar de kofferbak. Ze sloot haar ogen, want ze wilde zijn gezicht niet meer zien. Het zou haar tegelijkertijd woedend en doodsbang maken.

Hij pakte de schep en een oud, dik, zwart jasje. Meggy deed haar ogen op een kiertje open. Achter hem zag ze bomen. Er groeide gras en in de lucht dreef de geur van regen. Er zongen vogels die geen idee hadden welke verschrikkelijke dingen er onder hen gebeurden. Verder klonk er geen enkel geluid. Geen verkeer, geen stemmen. Niet eens een overvliegend vliegtuig.

Hij floot terwijl hij de schep in de aarde stak, zonder zich iets aan te trekken van de regen. De aarde vloog door de lucht en het gat aan zijn voeten werd langer en dieper.

Meggy wilde wegkijken, maar ze kon het niet. De regen roffelde op de grond en de hemel werd steeds donkerder. Eindelijk gooide hij de schep aan zijn voeten, liep naar de schaduw onder de dikkere takken en sleepte iets over de grond naar de auto. Meggy vergat haar poging om bewusteloosheid te veinzen en tilde onwillekeurig haar hoofd op. Fergus sleepte iets uit de bosjes over het gladde gras. Het bestond uit licht hout, dat groen bemost was. De lange houten kist maakte een eind aan elke rationele gedachte.

'Gemaakt voor twee personen,' riep Fergus haar toe. 'Gerecycled, dus milieuvriendelijk. Jij en je moeder kunnen voor altijd bij elkaar zijn en zo kunnen we aan ons nieuwe leven beginnen. Dit keer zal ik ook kunnen overgaan. Ik heb alles gedaan wat ik op deze aarde moest doen. Het is tijd voor mijn beloning.'

Hij tilde de kist in het gat in de grond. Daarna veegde hij het vuil van een grafsteen en mompelde een paar onduidelijke woorden tegen een onzichtbare entiteit.

Hij tilde Elspeth eerst uit de kofferbak. Ze was bewusteloos en hing slap in zijn armen. Meggy hoorde de bons waarmee het hoofd van de vrouw de bodem van de kist raakte. Toen hij terugkwam voor Meggy, gilde ze ondanks de doek voor haar mond.

Ze gilde nog steeds toen hij het deksel over hen heen legde.

Ze gilde toen hij een handvol spijkers in het deksel timmerde.

Ze gilde nog harder toen hij in de dodelijke duisternis natte aarde op hen begon te gooien.

Niemand hoorde haar.

39

Toen Baarda arriveerde, zat Connie achter in een politieauto met een doos op haar schoot. De blik in haar ogen bracht hem met een schok tot stilstand.

'Nou, deze plek verklaart de modder op het nummerbord toen hij Meggy Russell ontvoerde. Het is niet meer dan een boerenpaadje. Of de auto was toch al smerig, of het was een gemakkelijke manier om hem smerig te maken en te voorkomen dat hij werd opgespoord. Er is bovendien geen buur die gegil had kunnen horen. Ik had dit huis zelf niet beter kunnen kiezen. Wat zit er in die doos?' vroeg Baarda.

'Voorwerpen die onder de vloer van het appartement op de bovenverdieping zijn gevonden. We hebben hem onderschat.'

Connie wendde haar blik af. Het licht glansde in de vochtige randen van haar ogen. Hij zei niets.

'Hij heeft eerder mensen vermoord. Ik weet niet of hij zich daar volledig van bewust is. Zijn waandenkbeelden zijn overtuigend, maar ze komen steeds terug, wat betekent dat er perioden zijn dat hij een soort reset doormaakt. Ik geloof dat ik me nog het meeste zorgen maak over hoe hij op dat punt aankomt.'

'Connie, wat zit er in die doos?' vroeg Baarda.

Met een trillende hand haalde ze een klein, gebarsten schedeltje uit de doos. Hij paste precies in haar hand, alsof diep binnenin nog een stil leventje huisde.

'Deze is van een baby. De andere botten lagen er ook. Kleine ribbetjes, kleine beentjes. De brandweerman heeft ze gevonden toen hij naar boven ging om bewijsmateriaal te zoeken dat ons zou kunnen vertellen waar Fergus Elspeth en Meggy naartoe heeft gebracht. Er zijn ook nog andere botten. Hij kon niet zeggen van hoeveel mensen, want ze liggen verspreid door de hele ruimte, maar het zijn er een heleboel. De dokter van Fergus Ariss heeft een patroon vastgesteld. Hij heeft maandenlang steeds ernstigere en complexere waandenkbeelden tot er een crisis optreedt, waarna hij verdwijnt en een paar maanden later weer opduikt aan het begin van een nieuwe cyclus. Er lag ook een ongeïdentificeerd lichaam van een vrouw in vergaande staat van ontbinding, gekleed, geen duidelijke verwondingen. We kunnen niet zeggen hoe ze aan haar eind is gekomen. Ze moesten nog meer vloerplanken omhooghalen om haar eruit te krijgen. De jurk die ze droeg, was gelijk aan andere jurken die in een slaapkamer met een tweepersoonsbed op de bovenste verdieping zijn aangetroffen.'

'Hij ontvoert vrouwen, kleedt ze allemaal op dezelfde manier en vermoordt ze?'

'Dat past bij de foto's op zijn muren. Hij heeft een algemeen beeld van een moeder of een echtgenote, hoe ze eruit moet zien, wat ze moet dragen, maar er gaat steeds iets mis en dan moet hij zich ontdoen van... ik weet niet hoe ik het moet noemen... het ondeugdelijke model en een nieuw exemplaar zien te krijgen.'

'Een seriemoordenaar.' Dat liet Baarda even tot zich doordringen. 'Waarom voldoet hij dan niet aan de vastgestelde profielen?'

'Omdat hij anders is dan enige seriemoordenaar van wie ooit een profiel is opgesteld. Er is nog veel te ontrafelen, maar dit is wel duidelijk: Fergus wist dat hij een andere naam moest gebruiken. Hij heeft elke keer om een andere dokter gevraagd en zich met valse documenten opnieuw ingeschreven. Hij had alleen niet de mogelijkheid om zijn adres te veranderen.'

'Dus hoe echt en complex zijn waandenkbeelden ook zijn, hij

functioneert nog steeds goed genoeg om ontdekking te vermijden?' vroeg Baarda.

'Precies. Hij mag dan waandenkbeelden hebben, hij is ook sluw en manipulatief. Ik denk dat het begonnen is met de plaats delict in Advocate's Close. Het bracht relatief weinig risico's met zich mee om daklozen, prostituees of weglopers te ontvoeren en te vermoorden. Vrouwen die geen mensen om zich heen hadden die konden opmerken dat ze opeens weg waren. Maar ze voldeden niet aan zijn behoeften, of misschien moeten we het zijn eisen noemen. Hij blijft de cyclus steeds herhalen en elke keer denkt hij dat hij doodgaat. Stel je voor hoe angstaanjagend dat moet zijn voor iemand die alleen is. Om het traumatische gevoel te hebben dat je lichaam aan het rotten is en dat niemand je kan helpen of zelfs maar zal geloven. Het is een steeds terugkerende nachtmerrie. Toen hij Angela had gevonden, had hij het gevoel dat zij was wat hij nodig had, hoewel het risico veel groter was.'

'Waarom doet hij dit? Ik snap dat hij het gezin wil hebben dat hij nooit heeft gehad, maar hoe helpt hem dat?'

Connie haalde haar schouders op. 'Misschien wil hij alleen maar iemand hebben die om hem treurt als hij is overleden. Als hij dan beseft dat hij toch niet doodgaat, heeft hij zijn zogenaamde gezin niet meer nodig. Het is veiliger om ze te vermoorden dan om ze terug te laten keren naar hun oude leven, want dan zouden ze zijn identiteit kunnen verraden aan de politie.'

Baarda sloeg zijn armen over elkaar. 'Wat is er nog meer gevonden in die ruimte?'

'Alleen botten en het lijk. Geen wapens. Geen persoonlijke voorwerpen.'

'Dus die mensen zijn niet daar vermoord of hij heeft zich later ontdaan van hun kleren en persoonlijke spullen. Hij moet perioden hebben waarin hij zich bewust is van wat hij aan het doen is. Dus laten we beginnen met wat we wel weten. Dit huis mag dan landelijk gelegen zijn, het heeft waarde. We moeten het geldspoor volgen. Je zei dat hij een paar keer zijn naam heeft veranderd. Het eerste wat we moeten weten, is wie hij echt is.' Baarda begon instructies te typen op zijn telefoon.

Connie liet hem zijn werk doen en staarde intussen naar de beroete benedenverdieping van het huis. Het was een uur 's middags. Fergus Ariss, of hoe hij ook mocht heten, was al een tijdje weg. Hij was iets aan het doen, hij verstopte zich niet. Hij had een doel. Aan de hemel schoten wolken voorbij, die zwart waren van onderen, steeds nieuwe vormen aannamen en een komende storm verborgen. Het werd koud. Op momenten als deze miste ze de kleuren. Als de wereld er zo somber uitzag, was het een troost om groen gras te zien, het blauw of groen van warme ogen, het roze van een zonsondergang.

'Oké, enige vooruitgang,' zei Baarda. 'Het huis staat op naam van ene Harris Povey. Dat heeft ons ook geholpen met de auto. Die auto voldoet aan de beschrijving van het exemplaar dat bij Meggy's school is gezien. Povey is zesendertig jaar oud. Ik heb de gemeente laten zoeken naar eerdere eigenaren van het huis en het ziet ernaar uit dat Harris het heeft geërfd van zijn grootmoeder, Delia Povey.'

'Ze hebben dezelfde naam,' zei Connie, 'dus ik ga ervan uit dat zijn moeder nooit is getrouwd.'

'Daar hebben we ook gegevens van. Harris' moeder is overleden. Volgens de registers is dat kort na zijn geboorte gebeurd. Het lijkt erop dat ze zelfmoord heeft gepleegd. Ze kan een postnatale depressie hebben gehad, maar daarvoor moeten we nog wat meer in de oude dossiers graven.'

'Dus Harris Povey is opgegroeid bij zijn grootmoeder, zonder moederfiguur en zonder vader. Hij heeft zijn dokter verteld dat hij elektroconvulsietherapie heeft gehad voor een depressie waartegen medicijnen niet hielpen. Dat kan kloppen.'

'Dat is niet alles. Harris Povey had een tweelingbroer. Zijn broer, Arthur, is op dezelfde dag overleden als zijn moeder. Het lijkt erop dat ze eerst hem en toen zichzelf heeft vermoord.'

'Dus Harris heeft het overleefd. Dat is een heleboel emotionele bagage. Het is in alle omstandigheden moeilijk om op te groeien zonder moeder, maar hier...'

'Maar ze heeft Harris laten leven. Hij is gespaard,' merkte Baarda op.

'Misschien ziet hij alleen maar dat ze zijn broer heeft gekozen om met haar mee te gaan en dat ze hem heeft achtergelaten.'

'Dus Xavier moest zijn broer vervangen?' vroeg Baarda.

Connie trok een half glimlachje. 'Misschien wel. Dat zullen we pas weten als Xavier weer bij bewustzijn is.'

'Was er binnen verder niets wat ons kan vertellen waar hij naartoe is?'

'Niet echt. Tijdens de brand is de elektriciteit uitgevallen. De computer doet het niet en hij ziet er heel oud uit. Er zijn een paar laden die op slot zitten, maar ik geloof niet dat we een kaart zullen vinden met een kruis erop, die de puzzel voor ons zal afmaken. De ramen van de bovenverdiepingen zijn dichtgemetseld. Niet alleen in het appartement waar hij de gegijzelden vasthield, maar ook in zijn slaapkamer. De brandweermannen wisten niet wat ze zagen. Op de plek waar de ramen zaten, is een uitzicht geschilderd, heel ruw, alsof ze gemaakt zijn door een kind. Met gordijnen en alles. Daarom vraag ik me af of Harris die slaapkamerramen wel zelf heeft dichtgemetseld. Misschien is het door zijn grootmoeder gedaan.'

'Als hij zulke erge depressies had, wilde ze misschien niet dat hij uit het raam kon springen. Het is een hoog gebouw,' opperde Baarda.

'Tja. Maar kun je je voorstellen hoe dat voor een kind moet zijn geweest? Hij moet het gevoel hebben gehad dat zijn moeder dood is doordat hij bestaat. De vader heeft zich nooit laten zien en de grootmoeder was wellicht niet echt blij met hoe het had uitgepakt. Wat moet hij een rotjeugd hebben gehad.'

'Dus hij heeft therapie, dat werkt niet en hij begint te denken dat hij doodgaat. Waar draait dat uiteindelijk op uit, hoe zet hij dat recht?'

'Misschien wil hij het niet rechtzetten,' zei Connie. 'We leven zo vaak in onze eigen comfortabele bubbel, waarin we alles doen om te overleven. We vertrouwen op medicijnen, op hulpdiensten, op geluk, op het lot. De dood is het ergste wat we ons kunnen voorstellen. Maar voor sommige mensen is het anders. Ik heb lang genoeg opgesloten gezeten met mensen die het idee hadden dat de dood weleens een minder pijnlijke optie zou kunnen zijn dan het leven, dus ik kan in alle oprechtheid zeggen dat we onze mening hierover moeten herzien. Misschien wil hij juist dood. Of misschien leeft hij niet in een hel omdat hij voortdurend gelooft dat hij doodgaat, maar omdat hij steeds weer beseft dat dat niet zo is. Iemand die zo wanhopig is, is tot absoluut alles in staat om dat op te laten houden. Om een eind te maken aan zijn leven, of in dit geval zijn levende dood.'

'Waarom zou hij het huis in brand steken nu hij al zo lang in deze cyclus zit? Hij moet nog steeds ergens wonen. Al zijn foto's zijn hier. Hij heeft de perfecte plek om zijn vervangende familie onder te brengen.'

'Er moet iets zijn veranderd, zo diepgaand dat hij heeft besloten hier niet terug te komen. Er zit een enorm gat in de vloer van de bovenste verdieping, dus misschien is alles deze keer helemaal verkeerd gelopen. Als ik ernaar moest raden, zou ik zeggen dat hij heeft besloten dat zijn leven op zijn eind loopt, of de natuur het nu zo gepland heeft of niet. Misschien kon hij de pijn gewoon niet meer verdragen.'

'Shit,' mopperde Baarda.

'Dat is op dit moment een vrij goede samenvatting,' beaamde Connie.

'Meneer, we hebben de auto opgespoord,' meldde een geüniformeerde agent. 'Hij is gefilmd toen hij de rondweg van Edinburgh verliet en in zuidelijke richting de Straiton Road op reed.'

'Stuur er wagens naartoe, maar geen politieauto's. Rustig benaderen. Ga ervan uit dat hij gijzelaars in het voertuig heeft. We willen hem niet bang maken,' beval Baarda.

'Ja, meneer.' De agent verdween, pratend in zijn portofoon.

Connie klikte een kaart van de omgeving aan op haar telefoon. 'We gaan. Harris Povey staat misschien niet op het punt om dood te gaan, maar andere mensen bijna zeker wel.'

40

'Wat is daar allemaal?' vroeg Baarda toen ze door de stad reden.

'Die weg loopt naar het zuiden, dus het is mogelijk dat hij weet dat hij wordt achtervolgd en dat hij op de vlucht is. Maar als ik naar de kaart kijk, zou ik een andere afslag hebben genomen en de A702 op zijn gereden, die uitkomt op de snelweg. Dat is een veel snellere route als je hier weg wilt.'

'Als we er dus van uitgaan dat hij een reden heeft om de Straiton Road te nemen, kan hij op weg zijn naar een specifieke locatie.' Hij keek even naar haar. 'Kom op, Connie, je instinct heeft het tot dusver bij het juiste eind gehad. Hij heeft zijn hele leven in dat huis gewoond. Hij heeft er eerder gijzelaars vastgehouden, heeft eerder gemoord, maar hij is er altijd naar teruggegaan. Waarom zou hij het deze keer in brand steken?'

'Het lijkt er eerder op alsof hij zich nooit heeft herinnerd dat hij telkens dezelfde symptomen doormaakt. Hij dacht dat hij doodging maar ging niet dood, dus hij ging naar huis en het leven ging een tijdje normaal verder. Misschien... Misschien heeft hij er dit keer genoeg van. Stel dat er herinneringen zijn opgekomen aan de dingen die hij heeft gedaan, aan al die botten. Als hij weet dat er een kans is dat hij geen natuurlijke dood zal sterven, gaat hij er misschien zelf voor zorgen dat hij doodgaat. Hij wil niet meer naar huis. Wie wil zijn hele leven door geschilderde ramen naar buiten kijken? Ik heb bijna een jaar lang door ramen gekeken met tralies aan de andere kant. Zelfs ik had dagen waarop de dood een luxe vakantie leek in vergelijking met het leven.'

'Vertel eens wat er in deze buurt allemaal te vinden is,' zei Baarda.

Het begon te regenen. Eerst met luie, grote druppels, maar het werd al snel meer. Vervolgens kregen ze wind van opzij en een paar seconden later joeg de regen horizontaal langs en werd het zicht een stuk minder.

'Fijn,' zei Connie. 'Nou, een eindje rechts van de weg ligt het Pentland Hills Regional Park, zo te zien een groot natuurterrein met een paar meren. Daar is ook een universiteitscampus. Straiton zelf is niet zo groot. Het heeft de gebruikelijke winkelstraat, supermarkten, woonwijken. Er is een kwekerij, een geheime kruidentuin...'

'Vergif,' opperde Baarda.

'Misschien,' zei ze. 'Er is ook een caravanpark. Dat zou een goede plek zijn om je te verschuilen, maar geen goede plek om Elspeth en Meggy te verstoppen. En er zijn stallen. De hoofdweg loopt verder naar Rosslyn Chapel.'

'Die van *De Da Vinci Code* van Dan Brown? Denk je dat Harris zich bezighoudt met verborgen betekenissen en heilige symbolen?'

'Het is een kerk. Misschien wordt hij daardoor aangetrokken. De natuurlijke plek voor het eind van zijn leven. We worden er gedoopt, we worden er met traditionele ceremonies in de echt verbonden en onze lichamen worden er gezegend voordat onze ziel aan zijn laatste reis begint.'

'Maar het is een drukke plek. In Rosslyn Chapel moet het elke dag een drukte van belang zijn. Ik snap niet hoe...'

'Rechtsaf,' zei Connie.

'Hoe snel?'

'Hier. Nu!'

Ze draaiden Pentland Road in. Baarda boog voorover om door de natte voorruit te kijken.

'Dit lijkt een bedrijventerrein. Wat zoeken we?' vroeg hij.

Stoplichten, een supermarkt, een fabriek, een meubelwinkel.

'Het is een gok,' zei Connie.

De weg werd smaller en bochtiger. Ze veegde met haar mouw de beslagen ruit schoon.

'Het moet hier ergens zijn. Nee, daar is de Secret Herb Garden. We hebben het gemist. Ga terug en rij langzamer.'

Baarda maakte een U-bocht en reed langzaam terug.

'Daar, aan de linkerkant. Stoppen!'

Hij zette de auto in de berm en Connie sprong eruit.

'Connie, hier is niets. Wat zoeken we?'

'Dit.' Ze wees naar een houten bord met het opschrift OLD PENTLAND CEMETERY. 'Daar is een hek, kom mee.'

'Is er enige aanwijzing dat hij hier is?'

'Nee, maar je hebt gelijk over Rosslyn Chapel. En dit is een meer permanente rustplaats. Een kerk is een plek voor rituelen. Als je de doden wilt opzoeken, moet je hierheen. Stel dat hij inderdaad wil doodgaan, dan is de sluier tussen deze wereld en in welk hiernamaals je ook maar gelooft hier het dunst.'

'Goed, we gaan even kijken. Maar we moeten ons gedeisd houden, zachtjes doen en op een afstand blijven. Als hij hier is – en ik zie nog geen spoor van hem – moet ik eenheden oproepen om dit af te handelen.'

'Prima,' zei ze. 'Ik doe wat jij zegt.'

Ze klommen over het hek en liepen over een met gras begroeide laan tussen de bomen door naar de begraafplaats. Hoewel de moderne wereld maar anderhalve kilometer verderop was, was het er akelig stil, op het lawaai van de regen na. Hun gesprek stokte. Het geluid van het voorbijkomende verkeer drong niet tussen de bomen door. Connie vond het jammer dat ze hier niet op een andere dag was gekomen, met minder regen en zonder de kans op een moordenaar aan het eind van de laan. Niet dat iets erop wees dat hier mensen waren. De slagregen had elke aanwijzing dat er onlangs over het gras was gereden uitgewist.

Toen ze aan het eind van de laan kwamen, was het net alsof ze een eeuw terug waren gelopen. De graven lagen verspreid over het onregelmatig gevormde terrein. Een stuk of twintig ervan waren meteen zichtbaar. De begraafplaats werd aan alle kanten omringd door bomen. De hemel boven hen was donker en ze konden niet weten wie vanachter de bladeren toekeek.

Er was niemand te bekennen. Geen vogel durfde wormen te zoeken in de natte aarde. Geen konijn, knaagdier of eekhoorn schoot het lange gras in om dekking te zoeken.

'Er is hier niets,' zei Baarda. 'We moeten...'

De schep raakte hem met het geluid van een vleeshamer op een slagersblok.

'Godsamme...' gilde Connie.

De man die achter de plek stond waar Baarda net had gestaan, was geen demon. Hij was net zo echt en bedreigend als elke psychopaat die Connie ooit had ontmoet. Baarda lag op zijn buik in het gras en de regen sloeg tegen zijn achterhoofd. Uit zijn haar en over zijn nek liepen straaltjes bloed. Connie vroeg zich af of hij nog leefde en zo ja, hoelang hij nog te leven had.

'Hallo,' zei de man. 'Ik ben Fergus.'

Connie keek op van Baarda's lichaam en dwong zich haar aandacht te richten op de man die de schep vasthield. Het was begrijpelijk, maar onjuist dat hij beschreven was als een skelet. Hij had botten, spieren en pezen, die allemaal tot het uiterste gespannen waren en duidelijk te zien waren door de huid, als bij een anatomisch diagram van een mens. Zijn gezicht werd gedomineerd door diepe oogholten en pijnlijk scherpe jukbeenderen, en zijn huid was niet meer dan een strak laagje om de erachter liggende weefsels. In het oogwit waren zoveel adertjes gesprongen dat zijn ogen een demonische kleur hadden. Er zaten meer gaten in zijn mond dan tanden en als hij uitademde en iets zei, klonk er een fel gefluit, alsof hij een ketel was die op springen stond. Wat hij in psychiatrische termen precies was, dacht ze.

'Ik ben Connie. Fijn om je eindelijk te ontmoeten.'

'Hoe heb je me gevonden?'

Hij lachte en ze zag zijn zwart geworden tandvlees. De beschrijvingen van het syndroom van Cotard deden hem geen recht. Hij was niet alleen iemand die geloofde dat hij dood was. De impressie van een wandelend lijk was realistischer dan alles wat haar fantasie haar had kunnen voorschotelen.

'Het maakt niet uit. Het enige wat belangrijk is, is dat je me hebt weten te bereiken. Ik dacht al dat je dat zou doen.'

'Ik was bij je huis,' zei Connie. 'Er was brand. Wist je dat?'

'Het is mijn huis niet meer. Ik woon er niet.' Hij stak de schep in de grond en zette een laars op de rand.

'Bedoel je dat je niet in Edinburgh woont?'

Connie bekeek hem terwijl hij over de vraag nadacht. Hij was doornat, veel natter dan iemand die een eindje door de regen had gelopen. De schep zat tot aan de handgreep vol modder. En Fergus/Harris ook. Zijn handen, zijn broek en jas, zijn gezicht en zijn haar. Hij was al een hele tijd op de begraafplaats. En hij had gegraven.

'Niet alleen niet in Edinburgh. Niet op deze wereld. In dit bestaan. Ik leef niet meer.'

'Waar zijn Meggy en Elspeth?' vroeg Connie.

Idealiter zou ze veel langer over koetjes en kalfjes zijn blijven praten om haar patiënt op zijn gemak te stellen voor ze aan het moeilijker deel van het gesprek begon. Maar ze had een heel akelig voorgevoel.

'Ze gaan samen met mij over. We zullen aan de andere kant een gezin zijn.'

'Harris...'

'Ik heet Fergus,' zei hij. 'Elspeth is de vrouw van Fergus en Meggy is de dochter van Fergus. Ik had ook een broer, maar die ben ik ergens kwijtgeraakt.' Hij keek om zich heen alsof hij dacht dat Xavier ergens op hem zat te wachten.

'Goed, dan is het Fergus. Je moet me laten zien waar Elspeth en

Meggy zijn. Zij hoeven niet te sterven om jou je reis te laten afmaken.'

'Hoe weet jij dat?' schreeuwde hij. Hij deed een stap naar haar toe en stak woedend zijn vinger naar haar uit. 'Hoe kun jij verdomme weten wat ik nodig heb?'

'Herinner je je Harris nog?' Connie bleef staan waar ze stond. 'Ik zeg niet dat jij Harris bent. Jij bent Fergus, dat weet ik. Maar weet je nog wat er met Harris is gebeurd?'

Hij fronste en schudde zijn hoofd.

'Ik weet het een en ander over het leven van Harris. Ik denk dat het zou helpen als je ernaar luisterde. Ik ga je er een geheim over vertellen en dan moet jij mij een geheim vertellen.' Ze wachtte niet tot hij ging onderhandelen, maar ging meteen verder. Elke seconde was van belang. 'Harris' moeder is een paar weken na zijn geboorte gestorven. Ze had een tweeling. Er was een broer. Hun moeder leed aan een postnatale depressie. Ze had verdriet en ze kreeg kennelijk niet de behandeling en de hulp die ze nodig had. De hormonen in haar lichaam waren in de war. Dat gebeurt bij veel vrouwen, maar als een dokter niet beseft wat er aan de hand is en er niets aan doet, kan het heel ernstige gevolgen hebben.'

Fergus porde met de schep in de stroompjes modderig water aan zijn voeten.

'Harris' moeder heeft zelfmoord gepleegd. Je kunt je amper voorstellen hoe wanhopig ze daarvoor moet zijn geweest. In haar verwarring en somberheid heeft ze ook Harris' tweelingbroertje van het leven beroofd. Eén ding staat vast, en dat is dat ze niet bij haar volle verstand was toen ze dat deed. Soms gebeuren zulke tragische dingen gewoon. Ik wou dat het niet zo was, maar het is wel zo. Het is een aspect van het leven waar we niet vaak genoeg over praten. Soms werken onze hersenen niet goed.'

Hij probeerde zijn schouders op te halen, maar zijn handen lagen strak van de spanning om het handvat van de schep.

'Nou en?' mompelde hij.

'Die arme Harris,' zei Connie. 'Het is zwaar voor een baby om op te groeien met zo'n verleden. Hij had zijn moeder en zijn tweelingbroertje verloren. De enige die hij nog had, was zijn grootmoeder, die zelf kapotging van verdriet. Het zou veel mensen te veel zijn geworden. Harris had niets verkeerd gedaan, maar hij had geen moeder meer en hij had misschien het gevoel dat dat zijn schuld was. Harris had verschrikkelijk veel liefde nodig om daardoorheen te komen en ik geloof niet dat hij die heeft gekregen.'

'Oké,' mompelde hij.

'Jouw beurt,' zei ze voordat hij verder kon gaan. 'Nu moet jij me ook een geheim vertellen, zoals we hebben afgesproken. Je moet me laten zien waar Elspeth en Meggy zijn.'

'Nee,' zei hij.

'Ja, eerlijk is eerlijk. Ik kan toch niets doen om je besluit ongedaan te maken. Je hebt al bewezen hoe sterk je bent. Kijk maar wat je met Baarda hebt gedaan.' Connie keek naar hem, hopend op enig teken van leven, hoe klein ook, maar Baarda lag roerloos in de modder. 'Ik wil ze gewoon zien, zodat ik alles beter kan begrijpen. Dat verdien je.'

'Dit is een truc,' zei hij, maar hij keek haar wel aan.

'Ik ben psycholoog. Je mag gerust vinden dat ik zelfzuchtig ben. Ik ben hier om iets te leren. Dit is mijn werk. Ik ben nieuwsgierig naar je. Ik ben me er ook van bewust dat jij degene bent die de schep in handen heeft, dus aan trucjes zal ik in dit stadium niet veel hebben, toch?'

Hij rukte zijn hoofd naar links en naar rechts. Connie moest denken aan een vogel met kraaloogjes en een scherpe snavel, klaar om zich naar beneden te laten vallen en het huisje van een nietsvermoedende slak open te breken.

'Daarna vertel je me nog iets anders?' vroeg hij.

'Absoluut,' beloofde ze.

Hij draaide zich om en nam haar mee naar de bomen aan de rand van de begraafplaats, langs een oud stenen gebouw dat eruitzag alsof het al heel lang leegstond en alsof het er behoorlijk spookte.

'Dat is het oude wachthuis,' zei hij.

'Op een begraafplaats?'

'Bewaking tegen lijkenrovers,' lachte hij. 'Heel lang geleden. Daar hoef je nu niet meer bang voor te zijn.'

De ironie van zijn woorden bezorgde Connie de rillingen.

Hij leidde haar naar een verre hoek van het terrein, waar zijn auto in de beschutting van de bomen stond. Ze deed haar best om niet te huiveren. Baarda had dringend hulp nodig, ze zou waarschijnlijk nog twee lijken te zien krijgen en wat zou Fergus met haar doen als hij hun gesprek zat werd? Het leek onwaarschijnlijk dat hij haar rustig weg zou laten gaan.

'Hier.' Hij wees met de schep naar een pas gedolven graf.

Connie drukte de rug van haar rechterhand tegen haar mond en probeerde de opkomende misselijkheid te onderdrukken. Het was doornat op de aangewezen plek – modder, opgegraven grasplaggen, voetafdrukken, een verse hoop aarde.

'Elspeth en Meggy zijn... daar beneden? Onder de grond?'

Haar stem was iel en schor. Ze had moeite met ademen en spreken was nog moeilijker.

'Ze wachten op me,' legde hij uit. 'Als ik overga, wat nu heel snel zal gebeuren, zal ik weer bij ze zijn.'

'Fergus, heb je ze iets aangedaan? Ik bedoel, leefden ze nog toen...' Ze kon de zin niet afmaken.

'Ze liggen daar lekker. Het is een mooie grote kist. En ze zijn samen, moeder en kind. Kinderen horen bij hun moeder.'

Connie zette haar vingernagels hard in haar bovenbenen om niet te gillen.

'Ik geloof niet dat het zo werkt. Fergus, heb je dit al eerder geprobeerd?' Ze hield haar stem zo luchtig als de spanning in haar keel toeliet en probeerde eerder nieuwsgierig dan ontzet te klinken.

'Waarom zou ik het eerder hebben geprobeerd? Dit leek gewoon de juiste manier.'

'Maar waar heb je de kist dan vandaan?' vroeg Connie.

'Ik... ik geloof dat ik hem heb gevonden. Hij lag hier op me te wachten. Alsof het de bedoeling was dat ik hier vandaag zou komen.'

Connie keek naar de verweerde en bemoste grafsteen en liep ernaartoe om het vuil van tientallen jaren eraf te vegen en het opschrift te lezen, hoewel haar handen jeukten om de vrouw en het meisje op te graven.

'Er staan verscheidene namen op dit graf. De laatste is die van Delia Povey. Voor haar kwam Arthur Povey, die is samen begraven met Amanda Povey. Het is een familiegraf. De kisten kunnen boven op elkaar worden gestapeld. Ik denk dat je dat al wist,' zei ze.

'Geen idee.' Hij draaide zijn hoofd af toen hij het zei.

Hij loog. Fergus Ariss herinnerde zich misschien niet alles, maar zijn geheugen was niet zo'n lege vlek als hij voorgaf. Connie slikte moeizaam. Hij was niet helemaal geestesziek en ook niet helemaal slecht. Slecht of gek, dat was de vraag die psychiaters zichzelf stelden als ze misdadigers moesten beoordelen die verschrikkelijke dingen hadden gedaan. Moesten ze naar een gevangenis of naar een instelling? Connie had gewild dat Fergus/Harris het een of het ander was. Als hij krankzinnig was, kon hij er niets aan doen. Als hij echt een slechte man was, was de gevangenis een eenvoudige en afdoende oplossing. Maar hij was het alle twee tegelijk. Hij ging niet ophouden met moorden. Ze koos een strategie uit de beperkte mogelijkheden die ze had.

'Harris' achternaam was ook Povey. Ik denk dat Amanda zijn moeder was. In elk geval was Delia zijn grootmoeder. Ze heeft hem opgevoed nadat zijn moeder was overleden. Denk je dat Harris zijn vrouw en dochter dicht bij zijn moeder wil hebben, zodat ze kan zien dat hij een echt gezin heeft gehad?'

'Maar dat zijn mijn vrouw en dochter daar beneden. Dat zijn Angela en Emily...'

Ze ademde diep in. 'Echt waar? Ik ben er niet zo zeker van. Ik dacht dat het Elspeth en Meggy waren.'

'Nee, nee, ik heb anderen gekozen. Elspeth was slecht. Ik herinner me haar en ze was slecht.'

'Dat is waar,' zei Connie. 'Ik ben het met je eens. Niet goed genoeg om jouw vrouw te zijn. Maar is dat degene die daar beneden ligt? Het zou iemand anders kunnen zijn.'

Hij trok aan zijn spaarzame plukjes haar en begon van de ene voet op de andere te wippen. Connie keek geschrokken naar de plukken die los waren gekomen en tussen zijn vingers bleven kleven.

'Mijn moeder zou Elspeth niet goedkeuren. Ze was niet trouw. Dat moet Angela zijn, daar beneden. Anders...'

'Geef me die schep,' zei Connie. 'Je bent moe. Ik graaf wel. Laten we kijken wie het is, dan weten we meteen of het dit keer gaat lopen zoals jij wilt.'

'Nee!' Hij schudde heftig zijn hoofd. 'Ik geef je die schep niet, het is mijn bijzondere schep. Je zou er iets mee kunnen doen. Je zou hem kunnen meenemen of...'

'Graaf jij dan. Maar wel snel. Als de verkeerde vrouw daar doodgaat, is Harris' moeder misschien niet blij. Dan wil ze Harris misschien niet bij zich hebben. Het zou kunnen dat ze dan alleen wil blijven met Harris' broertje Arthur. Misschien heeft ze daarom voor hem gekozen.'

'Ze had mij moeten kiezen,' mompelde hij. 'Ik was een braaf kind. Een brave jongen...'

Hij begon te huilen en de tranen rolden over zijn modderige wangen. Toen begon hij driftig te graven; de modder vloog alle kanten uit. Connie had moeite om niet in het snelgroeiende gat te springen en de aarde er met haar blote handen uit te scheppen.

Het leek uren te duren, maar de kist zat niet zo diep als ze had gevreesd. Het familiegraf moest bijna vol zijn geweest toen Harris zijn slachtoffers in kisten was gaan stoppen om te kijken of hun dood die van hem mogelijk zou maken. Na een klein eindje raakte de schep hout en hij keek triomfantelijk op.

'Gevonden.' Hij schraapte de modder van het deksel.

'We moeten dat deksel eraf halen, Fergus. Zet de schep ertussen. Kom op.'

Maar hij kreeg de schep niet onder het deksel, want de aarde ernaast gaf niet genoeg ruimte om kracht te zetten.

'Blijf graven, maak de zijkanten vrij,' commandeerde ze.

'Je klinkt als mijn oma,' protesteerde hij terwijl hij groef. 'Dat was ook zo'n bazig mens.'

Connie keek naar hem. Het was een risico om Harris weer naar het oppervlak te brengen, maar dat hij terugkwam, was zeker.

'Laten we het nog eens proberen... alsjeblieft,' zei ze.

'Dat is een stuk aardiger.' Hij deed een stap naar achteren en zette het blad van de schep tussen het slecht passende deksel.

De kist was een aantal keer geopend en weer dichtgemaakt. Dat betekende dat er lucht in kon komen, maar ook water en aarde.

Het deksel ging krakend open en de paar slecht ingeslagen spijkers schoten uit het hout. Connie viel op haar knieën en hielp hem het deksel van de kist te trekken.

'O god, nee,' hijgde ze.

De vrouw en het meisje lagen met hun armen om elkaar heen, bedekt met binnengedrongen aarde, hun gezichten zo bleek dat ze er onecht uitzagen. Connie stak haar hand uit naar Meggy, veegde de aarde van haar gezicht en trok haar overeind. Het meisje was slap in haar armen, niet meer dan een lappenpop, en Connie zag de bloederige stompjes van haar nagels, waarmee ze aan het hout had gekrabd.

'Meggy!' riep ze. 'Wakker worden. Wakker worden!'

Ze sleepte het meisje op het gras, legde haar op haar rug, tilde haar kin op, keek in haar mond, knielde naast haar en legde een hand op de pols van het kind. Er was een polsslag, onzeker. Maar hij was er. Maar haar borst ging niet op en neer. Ze haalde zo diep mogelijk adem, kneep de neus van het meisje dicht en blies hard in haar mond.

‘Wie is dat meisje? Ik herken haar niet,’ zei Fergus.

Connie wist dat ze antwoord moest geven. Als ze de vooruitgang die ze met hem had geboekt kwijtraakte, kregen ze allemaal te maken met het scherpe eind van de schep, maar ze moest ademhalen, zowel voor zichzelf als voor Meggy, en daarom kon ze niets zeggen.

Ze was al een halve minuut bezig, misschien meer. De polsslag werd zwakker.

‘Kom op, liefje,’ mompelde ze, en ze ging overeind zitten om meer lucht te krijgen. ‘Kom terug.’

‘Waarom is ze jouw liefje?’ wilde hij weten. ‘Ik ben niemands liefje. Ze hebben me allemaal laten doodgaan.’

‘Harris, je moeder hield van je,’ zei Connie, die weer voorover-boog om in Meggy’s mond te ademen. ‘Ik verzeker je dat het zo is. Daarom leef je nog.’ Weer blies ze in Meggy’s mond. ‘Je bent niet dood. Je hersenen liegen tegen je.’ Weer blazen. Connie werd duizelig.

‘Dat is niet waar. Jij bent degene die tegen me liegt. Hou daarmee op. Je moet haar niet helpen. Ik heb je nodig.’

Hij trok aan Connies schouder, maar ze sloeg zijn hand weg.

‘Nee! Je hebt dit meisje kwaad gedaan en nu moet je me laten proberen haar te redden.’ Ze ging verder met de beademing.

‘Ik heb haar niets aangedaan! Zeg dat het niet waar is. Ik wilde haar alleen meenemen. Waarom verdien ik geen gezin? Waarom niet?’

Opeens hapte Meggy naar adem, met een hol geratel diep in haar borst.

Connie sprong op, pakte het meisje vast en trok haar op haar zij. Ze braakte een akelige stroom waterig slijm en zwarte aarde uit.

‘Het komt goed.’ Connie streelde haar haar. ‘Meggy, het komt goed. Je bent eruit.’

De ogen van het meisje gingen open, maar rolden wild in de kassen. Ze probeerde te gillen, maar er kwam alleen een hees gefluister uit haar mond. Connie wilde haar vasthouden, zodat ze Fergus, de kist en het gat waar ze uit kwam niet kon zien, maar ze had meer te doen.

Ze haastte zich terug naar het graf, pakte Elspeth vast en trok haar naar boven. Het was veel zwaarder met een volwassene en Elspeths rechterarm lag achter haar, zodat het moeilijk was om grip op haar te krijgen.

'Dat is Angela niet,' zei Fergus. 'Jij zei dat het Angela was.'

'Nee, ik heb gezegd dat we moesten controleren of het Elspeth niet was. Je moeder wil niet dat Elspeth hier bij haar komt liggen. Help me haar eruit te krijgen.'

'Ik ben Harris,' zei hij. Zijn stem klonk anders, onduidelijk. Hij geeuwde. 'Niet Fergus. Ik geef niets om Elspeth. Ze heeft het verdiend om te sterven.'

Harris Povey was terug.

'Het maakt niet uit wie deze vrouw is. Als je me helpt, heb je een goede daad verricht en daarna kun je in alle rust sterven. Is dat niet wat je wilt? Geen pijn meer, geen hartzeer meer. Wil je niet slapen zonder nachtmerries?'

Met een laatste enorme krachtsinspanning trok Connie Elspeth naar boven.

Ze viel op de grond met Elspeth boven op haar. Connie probeerde onder het dode gewicht uit te komen, maar ze zag sterretjes. Het werd steeds moeilijker om adem te halen. Ze was ijskoud en uitgeput en de shock liet zich gelden; ze moest rustig worden en de situatie meester blijven.

'Wat is er met haar?' vroeg Harris/Fergus.

'Je hebt haar laten stikken in een lijkkist. Er zit bloed om haar mond.'

Connie wist Elspeth van zich af te duwen, knielde naast haar en pakte haar pols. Geen polsslag. Ze liet haar hoofd op de borst van de vrouw zakken. Geen hartslag, hoewel de regen een goede impressie gaf van het gerikketik dat Connie wilde horen.

Ze wist wat ze moest doen, maar ze dreigde overweldigd te raken door vermoeidheid. Bewusteloze mensen uit een graf trekken en mond-op-mondbeademing geven terwijl een krankzinnige moordenaar een gesprek met je probeerde te voeren was... Ze wist er geen vergelijking voor te verzinnen.

'Elspeth,' zei Meggy schor, en ze stak haar armen naar de vrouw uit. 'Er is iets met haar longen.'

'O, verdomme,' mompelde Connie.

Dat verklaarde het bloed om haar mond. Het betekende ook dat het nog moeilijker zou zijn om haar weer tot leven te wekken.

Connie draaide Elspeth plat op haar rug met haar hoofd achterover, zodat haar luchtwegen vrij waren, legde haar arm in de best mogelijke positie en begon hartmassage te geven, dertig compressies op haar borst, sneller dan een keer per seconde. Daarna blies ze twee keer lucht in haar mond. Dat zou ze moeten herhalen tot ze instortte en niet meer kon of tot Elspeth weer adem ging halen.

'Vertel me over de oma van Harris,' eiste hij.

Connie zette zich schrap. Ze had het ijskoud en al haar spieren verkrampten. Ze moest zich concentreren op de reanimatie en Meggy sleepte zich langzaam over de grond en kroop tegen haar rug. Het was op dat moment te ingewikkeld om slimmer te zijn dan Fergus.

'Delia Povey liet Harris' slaapkamerraam dichtmetselen.' Compressies. Modder uit Elspeths mond halen, hard tussen haar lippen blazen. 'Iemand heeft er echte ramen overheen geschilderd, alsof je nog steeds naar buiten kunt kijken. Wie denk je dat dat heeft gedaan?' Ze ging overeind zitten en probeerde op adem te komen voordat ze flauwviel.

Fergus dacht erover na. 'Iemand die verdriet had. Iemand die niet terug wilde naar het ziekenhuis. Hij wilde waarschijnlijk geen elektrische schokken meer.'

Connie blies nog twee keer lucht in Elspeths longen en proefde het bloed op de tanden van de vrouw. Bloed en aarde. Als dat geen recept voor de dood was, wist ze het ook niet meer.

'Ging Harris zich slecht voelen door de elektrotherapie?' vroeg Connie.

Verder met de hartmassage. Haar armen voelden zwak aan en er stonden tranen in haar ogen. Ze wist niet waarom ze het nog bleef proberen. Harris Povey kon hen allemaal elk moment vermoorden en ze had geen kracht meer om te vechten of te vluchten.

'Ze zeiden dat het geen pijn zou doen. Ze hadden hem beter moeten verdoven. Maar soms was de verdoving al uitgewerkt als de elektriciteit werd aangezet. Ik... Harris was bang en soms stribbelde hij tegen en dan moesten ze hem nog meer schokken geven.'

Connie had moeite met ademen en met praten. Ze keek naar het kind in het mannenlichaam dat voor haar stond en liet haar ogen volstromen met tranen voor hen allemaal. Voor Meggy en het trauma waarvan ze nooit helemaal zou herstellen; voor Elspeth, die waarschijnlijk niet meer bij bewustzijn zou komen; voor Baarda, die misschien niet eens meer leefde; voor haarzelf, want het zag er niet naar uit dat ze hier levend vandaan zou komen. Zelfs voor Harris Povey, die had geleden aan depressies, die hulp nodig had gehad en die in plaats daarvan een nalatige anesthesist en een behandeling had gekregen waarvan hij niet minder depressief was geworden, maar die een veel ergere en onomkeerbare verandering in hem teweeg had gebracht.

'Arme Harris,' zei ze. 'Dit is allemaal niet zijn schuld.' Ze gaf de compressies op en wilde weer overschakelen op de mond-op-mondbeademing. 'Het was niet jouw schuld.'

'Huil je voor mij?' vroeg hij met een hoge, kinderlijke stem. 'Tranen voor mij? Geef je echt iets om me?'

'Natuurlijk doe ik dat,' zei ze. Een keer geblazen, nog een keer te gaan. 'Je hebt tranen verdiend, Harris. Deze tranen en nog duizenden meer. En knuffels en liefde en tederheid. Wat je ook hebt gedaan, je dacht dat je niet anders kon. Dat weet ik.'

'Tranen voor mij,' fluisterde hij. 'Dat is het. Daarop wachtte ik. Al die jaren. Tranen voor Harris. Nu kan ik overgaan. Jij bent degene die bij hem moest zijn, niet zij. Jij bent degene die ik al die tijd nodig heb gehad. Jij houdt echt van me.'

Hij deed een stap naar haar toe.

'Harris,' zei ze, 'je moet me Elspeth laten helpen. Ze gaat dood als ik ophoud.'

'Ze is al dood,' zei hij. 'Nu heb ik je nodig. Het is mijn beurt. We moeten samen in de kist gaan liggen, jij en ik. We kunnen elkaar vasthouden. Ik vind het fijn als je huilt. Andere vrouwen worden lelijk als ze huilen. Jij bent mooi.'

Hij knielde tegenover haar in de modder, aan de andere kant van Elspeths roerloze lichaam, en legde zijn handen om haar gezicht. Meggy greep haar nog steviger van achteren vast en drukte rillend haar gezicht tegen Connies rug.

Connie kreeg kippenvel van zijn aanraking, slijmerig en ijzig, en van de helse geur van verrotting in zijn adem.

'Ik moet Elspeth helpen,' zei ze en ze trok zich los.

'Ik wil je voor altijd vasthouden,' zei hij. 'Ik wil...'

'Ik geef je alles wat je wilt,' hijgde ze. 'Over twee minuten. Je kunt de seconden aftellen, daarna ben ik helemaal van jou.'

Hij keek haar behoedzaam aan.

'Ik zweer het,' zei Connie.

Hij ging rechtop zitten en liet haar zonder iets te zeggen haar gang gaan.

Connie haalde diep adem, klaar om weer lucht in Elspeths longen te dwingen. Elk gevoel van realiteit vervaagde en ze vocht tegen het idee dat ze een pact had gesloten met de duivel.

Ze boog voorover, ondersteunde Elspeths nek met haar linkerhand en kneep met de rechter de neus van de vrouw dicht. Daarna spande ze haar middenrif aan en blies elke atoom zuurstof uit haar eigen lichaam in dat van de andere vrouw. Nog een keer ademhalen, weer hetzelfde. Meggy zat achter haar te huilen. Fergus/Harris – zelfs Connie wist zijn echte naam niet meer, niet dat het uitmaakte – zat in een vast tempo te tellen.

Hartmassage. Elke compressie kostte haar een seconde van haar leven.

'Niet doen wat hij zegt,' mompelde Meggy. 'Laat me niet in de steek.'

Fergus/Harris kroop op handen en knieën naar de lijkkist. Connie legde haar vingertoppen op Elspeths pols. Bij de zwakke trilling van een polsslag stond Connies eigen hart even stil. Ze wierp een blik in de richting van de man die hen vasthield, maar hij staarde in het waterige graf.

Connie draaide met een ruk haar hoofd om naar Meggy.

'Ze leeft,' zei ze zonder geluid te maken.

Meggy's mond viel open en ze wilde naast Elspeth op de grond gaan liggen. Connie hield haar tegen en stak waarschuwend een vinger op.

Ze hadden nog maar dertig seconden voordat hij erop zou staan dat Connie zou doen wat ze had beloofd. Vreugde en angst streden om voorrang en ze blies verse lucht in Elspeths longen. Ze kon ophouden met de hartmassage nu Elspeths hart weer klopte, maar haar borst ging nog niet op en neer en Fergus/Harris moest blijven geloven dat Elspeth niet te redden was.

Nog twintig seconden. Hij keek nu naar haar. Zijn wangen waren rood en de paar tanden die hij nog had glansden en vormden een dierlijk contrast met de aarde om zijn mond. Zijn overgang van een levend wezen naar een levende dode was volledig.

Connie boog weer voorover, hapte naar adem, blies de lucht in Elspeths longen en hield grip op de onzekere polsslag van de vrouw, terwijl ze haar zwijgend smeekte om te vechten, om door te gaan, om te weten dat er hoop was.

Tien seconden – nog eens beademen. Zes seconden – de wereld was niet alleen grauw, maar vervaagde aan de randen van Connies zicht – nog eens beademen. Nog één seconde. Haal adem, Elspeth. Haal zelf adem, dacht ze. Geef me een reden om sterk te blijven. Een laatste keer beademen.

'Nu ik,' zei Fergus/Harris.

'Nee!' jammerde Meggy en haar vingers begroeven zich pijnlijk in Connies schouders.

'Schatje, je moet me laten gaan. Het komt goed.' Ze trok de armen van het meisje weg en duwde haar op de grond.

'Ga niet weg,' snikte Meggy. 'Ik kan niets voor haar doen...'

'Ze is dood,' zei Fergus/Harris. 'Maar wij hebben je nu nodig.'

Connie sloeg een hand voor haar mond toen Elspeths jurk bewoog ter hoogte van haar borst. Ze bleef ernaar staren. Het was geen illusie. Ze ademde.

'Doe gewoon wat hij van je vraagt, Meggy.' Ze dwong zich haar aandacht op iets anders dan Elspeth te richten.

Het was niet te zeggen wat hij zou doen als hij besefte dat de poging om haar weer tot leven te wekken was gelukt.

'Dat doe ik niet.' Meggy schudde haar hoofd.

Fergus was weer gaan staan en deed met een van woede vertrokken gezicht een stap naar het meisje.

'Ze helpt wel,' zei Connie. 'Laat mij maar.' Ze drong langs hem heen, omhelsde Meggy en bracht haar lippen zo dicht bij het oor van het meisje als ze kon, zodat hij haar niet kon horen in de nog steeds stromende regen.

'Elspeth ademt. Doe wat hij zegt en ga dan hulp halen,' zei ze tegen haar.

Meggy keek haar met grote, angstige ogen aan.

'Ik ben moe,' zei het meisje.

'Dat geeft niet. Het duurt niet lang meer.' Connie streelde haar haar. 'Wees dapper. Met mij komt het wel goed.'

Fergus/Harris stak zijn hand uit als een bruidegom die zijn bruid uitnodigt voor hun eerste dans als getrouwd paar.

'We doen het.' Ze legde haar hand in die van hem.

'Jij eerst.' Hij gebaarde naar de kist.

Meggy snikte.

Connie keek eens goed naar Fergus' gezicht. Zijn ogen vertoonden een evangelische gloed en het zweet op zijn voorhoofd onderscheidde zich vettig van de regen die erover liep. Hij stond in brand. Hij had een hoge borst opgezet en zijn kin naar voren gestoken. De zielige, gebroken man – hoe gevaarlijk die ook was geweest toen Connie hem voor het eerst zag – was verdwenen. Zijn plaats was ingenomen door een maniak, die straalde bij het idee dat zijn beloning binnen handbereik was. Ze slikte haar angst weg. Daar was dit niet het moment voor.

Voordat ze in de houten kist stapte, waarin al een flinke plas modderig water stond, schopte ze haar sneakers uit, maakte de zakken van haar spijkerbroek leeg en deed uiteindelijk haar jas uit. Met twee volwassenen was er geen ruimte voor extra spullen.

Meggy zat huilend en in elkaar gedoken heen en weer te wiegen.

'Ga er alsjeblieft niet in,' jammerde ze.

'Doe wat je gezegd wordt. Woord voor woord,' snauwde Connie. 'En snel een beetje.'

Meggy wierp haar een giftige blik toe bij die wrede woorden, maar ze leek wel een beetje bij te komen.

Connie hield haar blik op Elspeth gericht toen ze in de kist stapte en zag het lichte rijzen en dalen van haar borst. Ze wist dat ze er goed aan deed om te zorgen dat de vrouw en het meisje veilig waren. Ze stond toe dat Fergus/Harris naast haar kwam liggen en zijn lichaam dicht tegen het hare aan drukte. Zijn rottende adem verpestte de lucht. Ze lag op haar rechterzij en hij op zijn linker. Hun haren dreven in een centimeter water, hun gezichten waren nat van de regen en hun kleren – als ze de kleur ervan had kunnen zien – vertoonden allerlei tinten bruin, alsof de aarde al bezig was hen in bezit te nemen.

'Leg het deksel weer op de kist. Ik wil je erop horen springen. Daarna schop je de aarde er weer op. Hij moet helemaal verzegeld zijn, hoor je me?' commandeerde Fergus.

Meggy bleef woedend staan waar ze stond.

'Als je het niet doet, kom ik er weer uit om je te pakken. Dan lig jij hier te verdrinken en te stikken. Dan ga je dood zoals zij is doodgegaan. Wil je dat ik je weer in deze kist leg?' gromde hij.

Meggy keek naar Elspeth en toen naar Connie, die even knikte zonder iets te zeggen. Bijtend op haar trillende lip kroop het meisje naar het open graf en ze sleepte het deksel van de lijkkist ernaartoe.

Connie wierp een lange, laatste blik op de kolkende hemel, die nu al om haar huilde. Het was donker, maar niet zo donker als het straks zou zijn. Ze was zich overal scherp van bewust. Het koude water onder haar, de korrels aarde die tussen haar kleren drongen, de nabijheid van Fergus' handen, Meggy's uitgeputte ademhaling toen ze het deksel op zijn plek schoof. Het verdwijnende licht, lichtgrijs, middelgrijs, donkergrijs, het schrapen van hout over hout.

En toen was de wereld verdwenen.

41

Connies vuisten lagen gebald langs haar zij. De paniek was samen met haar in de kist gekropen en daar moest ze tegen vechten voordat ze erover kon denken de strijd met Fergus aan te gaan. Voeten kwamen zwaar op het deksel van de kist terecht. Even vlamde de hoop in Connie op toen ze dacht dat het meisje erdoorheen zou breken, het deksel zou versplinteren en Fergus' plannen zou verijdelen.

Hoeveel zuurstof hadden ze? Niet veel voor twee volwassenen en Fergus ademde niet alleen zwaar, hij hijgde als een bezetene.

'Hoe heet dat ook weer? Als je van de ene wereld overgaat naar de andere, als een heilige ervaring... Ik weet het niet meer.' Zijn stem galmde tussen de houten wanden.

Van boven kwam het eerste geroffel van aarde op het deksel en Connies hart klopte wild in haar borst, met het volume en de vasthoudendheid van een MRI-apparaat.

'Vervoering,' zei Connie. 'Is dat wat je voelt?'

'Ja,' verzuchtte hij en zijn adem drong met de stank van door maden aangetast vlees in haar mond en neus. 'Voel jij het ook?'

'Ja,' zei ze. 'We hebben niet veel tijd om te praten, maar ik geloof dat ik weet waarom jij en ik zo perfect bij elkaar lijken te passen. Wil je het horen?'

'Ja, lieveling,' zei hij dromerig.

De aarde bonsde op de kist en Connie bad dat het meisje zou doen wat haar was gezegd en zou doorgaan met het lawaai terwijl Connie haar verhaal vertelde.

'Ik heb ook een keer in een ziekenhuis gelegen. Heel lang. En ik hoorde er ook niet thuis. Niemand begreep me, dus ze besloten dat ik behandeld moest worden. Ik werd vastgebonden op een bed. Er was geen privacy, geen vriendelijk woord. Ze dwongen me mijn kleren uit te trekken als zij vonden dat ik me moest wassen en hielden me in de gaten alsof ik niet meer was dan een beest. Ze bepaalden wat ik moest eten en wanneer. Ze vertelden me wanneer ik moest slapen en wanneer ik wakker moest worden. Ze gaven me pillen zonder me te vertellen wat ik slikte en keken daarna in mijn mond alsof ik een ongehoorzaam kind was.'

'Jij ook?' vroeg Fergus ademloos. Hij duwde zijn voorhoofd tegen het hare alsof hun hersenen met elkaar konden versmelten.

'Ik ook,' zei ze.

Er kwam nog meer aarde op de kist terecht, maar het klonk gedempter nu er al een laagje op lag. Modderig water sijpelde door de zijkanten van de kist naar binnen. Connie vroeg zich af waar ze aan zouden doodgaan, het gebrek aan zuurstof of verdrinking.

'Maar dat was niet het ergste,' ging Connie verder. 'Het menselijke leed was... erger dan ik me ooit had kunnen voorstellen. We waren nog maar kinderen en we werden opgesloten en streden met elkaar om elk vriendelijk gebaar dat we konden krijgen. Wanhopig op zoek naar liefde. Bereid om bijna alles te doen om aardig behandeld te worden. Degenen van ons die nog een beetje helder konden nadenken, tenminste.'

'Het maakt nu niet meer uit,' zei hij. 'Niemand kan ons meer kwaad doen. We zullen voor altijd elkaar hebben.'

'En de anderen dan? De mensen die me zijn voorgegaan?' vroeg Connie. 'De lichamen onder je vloerplanken. De botten. Hun families.'

Er viel een stilte.

'Dat was ik niet echt,' zei hij uiteindelijk.

Ze bewoog haar lichaam zover als nodig was om de gesp van haar riem los te maken, zodat het gemakkelijker werd om adem te halen.

'Dat begrijp ik,' zei Connie.

Er klonk nu geen geluid meer boven hen. Meggy was gestopt met wat haar was opgedragen, of anders was de aarde boven hen zo compact dat er geen geluid meer doorheen drong. Hoe dan ook, de dood was nog maar een te berekenen aantal hartslagen verwijderd. De lucht was ijler, het water kwam hoger.

'Toen ik werd opgesloten, waren er ook mensen zoals jij. Mensen die slechte dingen deden omdat ze stemmen hoorden, omdat ze zich gedwongen voelden iets te doen. Die mensen waren het engst. Je kunt niet met ze praten.'

'Maar ik wil wedden dat je aardig voor ze was,' zei hij.

'Ik leerde hoe ik met ze moest omgaan,' zei Connie. 'Het heeft lang geduurd, maar uiteindelijk was ik erachter wat ze echt nodig hadden.'

'Dat voelde ik toen ik je op de video zag,' zei hij. 'Ik wist dat jij me begreep.'

'Mensen die dwangmatig handelen kunnen niet worden tegengehouden. Ze kunnen niet behandeld worden. Het helpt zelfs niet om ze op te nemen. Ze doen nog steeds mensen pijn.'

'Wat bedoel je?'

'Als we hier samen doodgaan,' zei Connie, 'wil ik graag mijn armen om je heen slaan. Ik krijg bijna geen lucht.'

Er was niet genoeg zuurstof voor hen allebei.

'Dat zou ik fijn vinden,' zei hij.

Connie schoof haar rechterhand onder zijn nek door en de linker over zijn lichaam heen naar de andere hand. Daarna veranderde hij van richting en ze bad dat hij niet kon voelen wat ze deed. Ze bracht haar linkerhand naar beneden, pakte zijn rechterhand vast en vlocht hun vingers door elkaar. Toen bleef ze stilliggen. De duisternis joeg haar geen angst aan. Als je leefde in zwart en wit, raakte je gewend aan het donker. Andere dingen maakten haar nog wel bang. Gebrek aan privacy. Gebrek aan controle. Ongewenst lichamelijk contact, spiedende ogen.

Boven hen was een ritmische trilling waarneembaar, heel uit de verte.

Voetstappen. Van meer dan één paar voeten. Snel. Haar andere zintuigen waren lang geleden scherper geworden om het gebrek aan kleuren te compenseren. Wie er ook aankwam, hij was nog niet bij hen, maar dat zou niet lang meer duren. Connie glimlachte in het donker.

'Wat ik heb geleerd, is dat echt gevaarlijke mensen nooit meer losgelaten kunnen worden, in geen enkele omgeving. Niet in een gevangenis, niet in een ziekenhuis, zelfs niet in een psychiatrische instelling. Want vroeg of laat doet iemand iets fout. Een goedbedoelende dokter of reclasseringsambtenaar beslist dat ze weer de gemeenschap of een open afdeling in kunnen. En dan doen ze iemand pijn.' Connie begon haar rechterhand weg te trekken van zijn nek. 'Ze doen iedereen pijn die ze kunnen vinden. Dat doet een geestesziekte in de verkeerde hersenen. Zo ontstaan monsters.'

'Wat ben je...'

Ze trok haar hand fel naar beneden, zette zich schrap voor de onvermijdelijke klap tegen haar hoofd en greep zijn hand zo stevig vast als ze kon. De riem die ze had afgedaan en losjes rond zijn nek had geslagen, sloeg als een zweep tegen de gesp en de lus trok pas strak toen zijn nek genoeg weerstand bood. De pijn schoot door haar hoofd; ze omhelsde hem en duwde haar lichaam tegen het zijne aan om ervoor te zorgen dat zijn linkerarm nutteloos onder hem bleef liggen.

De worsteling om zijn rechterhand los te krijgen begon, maar daar was ze op voorbereid. Hij schreeuwde tegen haar en het geluid was niet menselijk meer. Woede, verontwaardiging, verzet, haat.

Boven hen drongen stemmen door de modder en het hout. Het

geluid van bewegende aarde. De tijd raakte op. Connie trok nog harder aan de riem en het geluid van zijn ademhaling was als het gekras van nagels op een schoolbord. Hij vocht uit alle macht en was nog steeds sterker dan zij. Nog steeds gevaarlijk. Onbehandelbaar.

In het donker zag Connie een ander gezicht. Een jongeman die ervan overtuigd was dat buitenaardse wezens hem bevelen gaven via een speciale occulte verbinding. Connie lag onder hem en vocht voor haar leven.

Hun handen waren glad van het zweet. Fergus bevrijdde zich uit haar greep, reikte omhoog naar Connies gezicht en zocht met zijn duim naar een van haar ogen. Ze kneep haar ogen stevig dicht en bewoog haar hoofd van links naar rechts. Zijn nagel duwde door haar ooglid en in haar oogbol. Ze greep zijn pink en rukte hem opzij, waarbij het bot doormidden brak. Toen pakte ze de volgende vinger en herhaalde de actie. Toch bleef zijn hand op haar gezicht liggen, alsof hij van ijzer was. Ze bleef druk uitoefenen op de riem om hem te wurgen.

Hij mocht niet voor de rechter komen.

Hij mocht niet in een instelling worden opgenomen.

Fergus/Harris was niet te behandelen. Daarvoor was hij te erg beschadigd en te gevaarlijk.

Dit was wat Connie wist. Het was een les die geen universitaire opleiding, geen FBI-training en geen praktische ervaring haar had kunnen leren. Dit moest je van binnenuit hebben gezien.

Ze haalde zo diep mogelijk adem, zoog alle zuurstof die er nog was in de ijle, stinkende lucht naar binnen en liet zijn hand los, liet hem haar ogen bewerken.

Met een laatste, geweldige inspanning sloeg ze haar linkerhand tegen zijn keel en dwong hem tegen de zijkant van de kist, zodat ze een paar centimeter extra had om de riem nog strakker aan te trekken. Zijn duim drukte in haar linkeroog en ze hoorde het zompige geluid van haar oogbal. De druk in haar schedel was als een op scherp staande granaat.

Graafgeluiden boven hen. Geroep.

Nog een paar seconden om het karwei af te maken. Om ervoor te zorgen dat het juridische systeem geen fouten kon maken en deze duivel de wereld weer in kon sturen. Voor de veiligheid van al die mensen die op een psychiatrische afdeling terecht konden komen, bij een man die in staat was andere mensen te gebruiken voor zijn eigen doeleinden, wat dat ook voor hen mocht betekenen. Een man die te ziek was om verantwoordelijk te zijn voor zijn daden.

Te ziek om te worden geholpen.

'Het spijt me,' fluisterde ze tegen hem. 'Er is echt geen andere manier.'

Ze liet het uiteinde van de riem los en duwde beide vuisten tegen zijn al gedeeltelijk ingedrukte luchtpijp; de riem had zijn voorbereidende werk gedaan.

Met haar allerlaatste krachten drukte Connie zich tegen hem aan.

Met schokkende benen en trillend lichaam gaf hij zich gewonnen.

Connie stelde zich voor dat hij haar dankbaar aankeek. Was dit niet waar hij naar had verlangd? Dit was geen wraak. Het beschermen van potentiële slachtoffers was het beste wat iemand kon doen. Ze ontleende er geen vreugde aan.

Toen er weer licht in de kist viel en de verse regen in haar gezicht sloeg, gaf Fergus/Harris zich over aan zijn eerste en laatste echte dood.

Connie zoog met grote teugen de heerlijke lucht van de vrijheid naar binnen. Haar linkeroog klopte en zat dicht, haar verzuurde armen brandden en haar hele lichaam was bont en blauw.

Ze tilden haar op een klaarstaande brancard. Meggy, Elspeth en Baarda waren al afgevoerd.

'We kunnen hem net zo goed laten liggen waar hij ligt,' mompelde ze toen de politie aanstalten maakte om het lijk van Fergus/Harris uit de kist te halen.

'Doctor Woolwine.' Ailsa Lambert kwam naast de brancard staan. 'Is alles goed met u?'

'Nu wel,' zei Connie.

De hoofdpatholoog wierp een blik op het lijk dat uit het gat in de grond werd getild.

'Bent u weer tegen lijken aan het fluisteren geweest, zoals laatst?'

'Zo is het niet begonnen,' zei Connie. De wereld was grijzer dan gewoonlijk en het gezicht van de patholoog werd steeds onscherp. Ze tilde haar hand op, waarin ze nog een reep leer klemde. 'Dit zult u nodig hebben als bewijs.'

42

Connie zat op de rand van Baarda's bed de krant te lezen. Ze liet hem af en toe even uitrusten en las hem dan een artikel voor dat ze amusant of schandelijk vond. Vooral politiek, af en toe iets onderhoudends. Geen misdaadverhalen. Daar had ze genoeg van. Er waren drie dagen voorbijgegaan. Bezoekers waren in een gestage stroom gekomen en gegaan. Sommigen van hen waren helemaal uit Londen gekomen om een halfuur zachtjes te praten tegen een man die niet reageerde. Baarda had geen idee hoe populair hij was. Connie nam zich voor hem daaraan te herinneren zodra hij in staat was nog een preek van haar aan te horen.

Zelfs zijn vrouw had zich even laten zien. Ze had wel vijftien minuten aan zijn bed gezeten voordat ze had besloten dat die vertoning te belachelijk was voor woorden.

'Hij is een goede man,' had Connie tegen haar gezegd. 'En om redenen die alleen hij weet, houdt hij nog steeds van je.'

'Pardon, maar sinds wanneer heb jij iets te maken met mijn huwelijk?' had zijn vrouw gesist.

'Sinds hij en ik ons leven in elkaars hand hebben gelegd. Verrassend hoeveel je in die omstandigheden om iemand begint te geven,' zei Connie. 'Hoor eens, zo moeilijk is het niet. Besluit gewoon of je hem wilt hebben of niet. Zo niet, heb dan het fatsoen om hem te laten gaan.'

'Hoe durf je commentaar te geven op mijn privéleven.'

'Hoe durf jij zonder enig zichtbaar teken van wroeging of zelfs maar zonder te erkennen hoeveel pijn je hem doet te neuken met de collega van mijn partner?' zei Connie.

'Ik zou je professionele leven enorm oncomfortabel kunnen maken,' had mevrouw Baarda venijnig gezegd.

'Nee, dat kun je niet. Ik ben mijn eigen baas. Belangrijker nog, ik ben niet iemand die je wilt bedreigen. Neem maar van mij aan dat ik doe wat nodig is om onschuldige mensen te beschermen. Daarbij ken ik geen grenzen.'

Anoushka Baarda keek in Connies ogen, maakte de beste keuze in lange tijd door te besluiten dat ze wat ze daarin zag niet ging uitdagen, pakte haar tas en jas en liep met geen ander weerwoord dan een minachtend gepuf de deur uit.

Een uur later werd er zachtjes op de deur geklopt. Meggy kwam binnen, hand in hand met haar vader. Het meisje was moe en zat onder de blauwe plekken, maar ze leefde. En dat was het enige wat belangrijk was.

'Ik mag vandaag naar huis,' zei Meggy zacht. 'Ik wilde... Ik wilde zeggen...'

Ze was in tranen voordat ze de zin kon afmaken. Connie liep naar haar toe en hield haar vast tot ze ophield met huilen.

'Je hoeft niets te zeggen. Meggy, je bent fantastisch. Je deed wat je moest doen. Je hebt mijn leven gered en ook dat van Baarda en Elspeth. Hou je daaraan vast als je nachtmerries hebt. Je gaat hem elke keer verslaan en overleven, want dat is wat er is gebeurd. Er zijn mensen die je hierdoorheen zullen helpen, maar in wezen ben je zelf je beste verdediging. Met de kracht die je hebt, je wil om te overleven, je geest, Meggy. In je verbeelding kun je hem net zo vaak verslaan als nodig is, tot je echt begrijpt dat hij er niet meer is.'

Ze knikte en klemde haar armen nog steviger om Connie heen, tot haar vader zachtjes aan haar arm trok.

'We moeten gaan,' zei hij. 'Zo te zien wordt je vriend wakker.'

Meggy liet haar armen om Connies nek glijden tot haar mond bij Connies oor was.

'Als ik groot ben, wil je me dan vertellen wat er echt met hem is gebeurd... daar beneden?'

In de lijkkist, bedoelde het meisje. Ze was slimmer dan alle betrokken volwassenen, beter in staat om de waarheid onder ogen te zien, zoals alle kinderen.

'Beloofd,' fluisterde Connie.

Het meisje liet haar los.

Connie draaide zich om. Baarda's ogen waren een stukje open. Hij glimlachte toen Connie de verpleegster riep, hief zijn hand een centimeter om Meggy te begroeten en viel weer in slaap.

Toen hij de volgende dag weer wakker werd, was Connie er nog steeds.

'Hou op met je gepreek,' fluisterde hij.

'Waar heb je het...'

'Je leest me de politieke redactionele artikelen voor. Had je geen behoorlijk boek kunnen kiezen?'

Connie lachte en boog zich over hem heen om hem een zoen op de wang te geven. 'Fergus, of Harris, is dood. Echt dood. Ailsa Lambert heeft het in eigen persoon vastgesteld.'

'Hoe is hij doodgegaan?' vroeg Baarda.

'Er is iets gebeurd met een riem. De details kunnen wachten.'

'Je ziet er verschrikkelijk uit,' zei hij.

'Dank je de koekoek. Ik ga de verpleegster roepen.' Ze stond op en wilde weggaan.

'Nog niet.' Hij wist met zijn vingers de zoom van haar shirt te grijpen. 'Eerst vertellen. Elspeth, Xavier?'

'Xavier ligt nog hier en is herstellende van het inademen van rook en een paar minder zware verwondingen. Het komt goed met hem. Elspeth... is zwaargewond geraakt. Haar hersenen hebben het lang zonder zuurstof moeten stellen. Ze hebben geluk gehad dat de lijkkist niet behoorlijk was dichtgemaakt en dat er nog wat lucht tussen de aarde zat. Dat moet hun een extra halfuur hebben gegeven.'

'Lijkkist?' Hij kreunde.

'Weet je, dit is niet het juiste moment...'

'Vertel me alles.'

Connie ging met een zucht weer op de rand van het bed zitten. 'Hij heeft ze begraven, samen in één lijkkist. Ik heb hem overgehaald ze weer op te graven. Meggy is op handen en knieën naar de weg gekropen toen hij met andere dingen bezig was. Ze is een taaie. Tegen die tijd maakten andere eenheden zich zorgen omdat wij niet meer reageerden. Ze hadden Farzana gevonden en ontdekt dat ze hier niets mee te maken had, en ze vroegen zich af waar we zaten. Ze hebben ons opgespoord via de gps van de politiewagen waarmee we naar de begraafplaats zijn gereden.'

Baarda trok zijn wenkbrauwen op.

'Met Farzana was alles in orde. Ze had een vriend die haar vader nooit zou goedkeuren en ze dacht dat het gemakkelijker zou zijn om te doen alsof ze was ontvoerd dan om gewoon weg te lopen. Ze had haar telefoon op straat gegooid zodat ze niet opgespoord kon worden. De politie kreeg ze te pakken op Glasgow Airport.'

'Elspeth,' drong hij aan.

'Ze leeft, maar ze is er slecht aan toe. Het zal een tijdje duren voor ze weten hoeveel hersenletsel ze heeft opgelopen. Ze functioneert nog steeds tot op zekere hoogte. Maar ze wordt in coma gehouden om haar de tijd te geven om te herstellen.'

'Goed gedaan.' Hij trok haar dichter naar zich toe.

'Dank je. Ik heb je vrouw verteld hoe ik over haar denk. Ik hoop dat je dat niet erg vindt.'

'Wat heb je gedaan?'

'Hé, ik heb een seriemoordenaar gepakt en twee vrouwen gered die levend begraven waren, dus ik kan me iets veroorloven, toch? Met de beste bedoelingen, zeggen ze toch altijd?'

Hij fronste, maar toen lachte hij.

'Het is je vergeven,' zei hij. 'Ze zoekt het maar uit.'

'Wauw. Als je zulke dingen zegt, wordt het moeilijk voor me om weg te gaan.'

Baarda's glimlach verdween.

'Ga je weg?'

'Ja. Er is me gevraagd om in Washington een serie seminars te geven over het syndroom van Cotard. De FBI heeft belangstelling. Ik heb de oude hersenscans van Harris Povey gezien. Elektroconvulsietherapie veroorzaakt lichte insulten. Zo werkt het. Het onderdrukt bepaalde impulsen. In dit geval heeft de behandeling, die hij kreeg voorgeschreven vanwege zijn depressies, erger letsel veroorzaakt, waarschijnlijk omdat er niet genoeg verdovende middelen waren gebruikt, en als gevolg daarvan heeft hij een onbedwingbare epileptische aanval gekregen. Het hersenletsel kan heel goed de oorzaak zijn geweest van zijn waandenkbeelden. Hij is als tiener met kleine problemen opgenomen en is de kliniek uit gekomen als een moordenaar. Hierbij vergeleken is mijn ervaring met psychiatrische behandeling bijna saai.'

'Echt? Moet het zelfs nu nog over jou gaan?' klonk een afkeurende stem vanuit de deuropening. 'Ik zou bijna zeggen dat jullie niet op hoeven staan, maar het is wel duidelijk dat jullie dat geen van beiden gaan doen.'

Commissaris Overbeck kwam binnenwandelen; haar stilettohakken tikten luid op de betegelde vloer.

'Mevrouw,' wist Baarda uit te brengen.

'Hou op met je ge-mevrouw, inspecteur. Ik zit tot aan mijn belachelijk dure borstimplantaten in het papierwerk. Kennelijk is een freelance profielschetser in een lijkkist gestapt met een seriemoordenaar, nadat jij je door hem hebt laten uitschakelen. Een vrouw en een kind zijn ternauwernood levend uit die kist gekomen. Mijn forensische team onderzoekt een hele berg botten, om het nog maar niet te hebben over een halfvergaan lijk. Als dit voorbij is, heb ik een Oscar verdiend voor de meest indrukwekkende puinhoop in de geschiedenis van de politie.'

'Alle drie de ontvoerden hebben het er levend afgebracht,' merkte Baarda op.

'Harris Povey is dood.' Connie haalde haar schouders op. 'Geen akelige rechtszaak, geen psychiatrische rapporten. Ik zou zeggen dat dat een heel behoorlijk resultaat is.'

'Ja,' luidde het verraderlijke antwoord van Overbeck. 'Dat was een onverwachte uitkomst. Vertel eens, doctor Woolwine, draagt u die riem altijd of was dat gewoon een gelukkig toeval?'

Baarda keek van Connie naar Overbeck. 'Is er een probleem?' vroeg hij.

'Laten we hopen van niet,' zei Overbeck. 'Het was een geluk dat u zo'n vindingrijke partner met zo'n sterke maag had, inspecteur Baarda.' Ze kwam een stap naar voren en keek Connie recht aan. 'Het duurt een tijdje voor een volwassene die wordt gewurgd sterft. Niet veel zuurstof, een krappe ruimte. Hij moet enorm om zich heen hebben geschopt. En dan nog de geluiden die hij moet hebben gemaakt, de ontzetting. Ik kan het me amper voorstellen.'

'Echt niet?' Connie glimlachte. 'Volgens mij hebt u daar juist helemaal geen moeite mee.'

'Het irriteert me mateloos als ik mensen onderschat,' zei Overbeck. 'Dan voel ik me kwetsbaar.'

'Daar kunt u psychotherapie voor krijgen. Ik zou waarschijnlijk tot de conclusie komen dat u moeite hebt mensen te vertrouwen. Als u wilt, kan ik u een goede psycholoog aanbevelen.'

'Ik geloof dat ik voorlopig meer psychologie heb gehad dan me lief is,' zei Overbeck. 'Baarda, zorg dat je snel beter bent. Er is papierwerk te doen en als je soms van plan was een claim in te dienen tegen de Schotse politie voor persoonlijk letsel, zou ik dat maar snel vergeten.'

'Ik was niet van plan...' begon Baarda.

'Buiten dat alles ben ik officieel hiernaartoe gestuurd om u beiden te feliciteren, dus laten we maar doen alsof ik dat heb gedaan.' Ze draaide zich op haar hakken om en wilde weggaan.

'Wacht, hoe zit het met de andere slachtoffers?' vroeg Connie.

'We zijn bezig de lichamen te identificeren. Er zijn ten minste twaalf doden. De theorie is dat ze levend zijn begraven in de lijkkist en weer zijn opgegraven als Harris de kist nodig had voor zijn volgende poging om een zogenaamde familie bij elkaar te brengen. Hij heeft de botten schoongemaakt en verstopt onder de vloer. Bij de vrouw wier lichaam slechts gedeeltelijk was ontbonden is hij slordiger te werk gegaan, of misschien had hij haast om verder te gaan. Haar hebben we al geïdentificeerd. Een bijzonder handige schoft met de naam Finlay Wilson was tot voor kort betrokken bij de mensenhandel. Hij heeft in de loop van een paar jaar honderden vrouwen het land in gesmokkeld, voornamelijk uit Oost-Europa. Gelukkig is hij vorig jaar op gepast gewelddadige wijze om het leven gebracht. Als ik me goed herinner, raakte hij zijn hoofd kwijt. De jonge vrouw was een van Wilsons slachtoffers en ze was zwanger. Hij had zijn cliënten hun fantasieën op haar laten uitleven en heeft haar samen met de baby verkocht.'

'Dus Harris heeft haar gekocht?' vroeg Baarda.

'Daar lijkt het wel op,' bevestigde Overbeck. 'Dat is een van de redenen waarom ik me niet zoveel aantrek van de omstandigheden waaronder hij is doodgegaan als ik anders had gedaan.' Ze wierp een blik op Connie, die haar wenkbrauwen optrok.

'En de andere botten?' vroeg Baarda.

'We controleren de dossiers van vermiste personen. Weglopertjes, daklozen, prostituees. Niet alleen uit Edinburgh, maar uit heel Schotland. Het kan ook zijn dat meer slachtoffers afkomstig waren uit de mensenhandel. We hebben twee bevestigde DNA-matches. De eerste is een meisje van tien dat Emily heette en van wie iedereen dacht dat ze twee jaar geleden is verdronken. Haar schoenen en een haarband zijn in het water aangetroffen. We denken nu dat Fergus haar heeft ontvoerd vanaf de camping. Daarnaast is er vijf jaar geleden een jonge vrouw ontvoerd in...'

'Advocate's Close,' zei Connie zacht.

'Inderdaad,' bevestigde Overbeck.

'In die periode was hij zijn werkwijze nog aan het bijschaven,' zei Connie.

'God mag weten hoeveel mensen hij nog had vermoord als hij de kans had gekregen,' zei Overbeck. 'En ik dacht nog wel dat het geldverspilling was om een forensisch profielschetser in de arm te nemen.' Ze sloeg haar armen over elkaar. 'Ik moet weer aan het werk en ik wens jullie een rustige middag. Mag ik ervan uitgaan dat u uit mijn buurt blijft tot iedereen in het Verenigd Koninkrijk de naam Harris Povey is vergeten, doctor Woolwine?'

'Dat klinkt als een bevel,' zei Connie.

'En of het een bevel is,' zei Overbeck. 'Leuk jullie gesproken te hebben.'

Ze verdween en de warmte keerde terug in de ziekenhuiskamer.

'Ik zei toch dat ze me graag mag,' lachte Connie.

'Ik geloof dat er een heleboel is wat je me nog niet hebt verteld.'

'Niets belangrijks. Ik heb in mijn eindrapport waarschijnlijk niet erg samenhangend verteld wat er is gebeurd.'

'Heb je hem vermoord met je riem?' vroeg Baarda. 'Overbeck had gelijk. Dat kan niet gemakkelijk zijn geweest.'

'Zelfverdediging,' zei Connie. 'Het is gemakkelijker dan je denkt als het zijn leven of het jouwe is. Er was maar een beperkte hoeveelheid zuurstof in de kist en ik wist niet hoe snel we zouden worden gevonden. Die riem wil ik terug als de zaak is afgehandeld. Denk eraan hem me toe te sturen. Ik heb hem al heel lang.'

'Je moet hier geen grapjes over maken.'

'O, dat doe ik niet. Die riem komt uit Italië en is met de hand gemaakt.'

'Connie, wat jij hebt doorgemaakt...'

'Laten we het daar niet over hebben,' zei Connie. 'Ik heb het overleefd. Jij hebt het overleefd. Het had veel erger kunnen aflopen.'

Baarda bleef roerloos en zwijgend naar haar liggen kijken. Connie verbrak als eerste het oogcontact.

'Ik wou dat je niet terugging naar Amerika,' zei hij.

'Echt niet?' Ze lachte. 'Het toeval wil dat ik nog een opdracht aangeboden heb gekregen in Londen als ik klaar ben in Washington. Ik zou het in overweging kunnen nemen.'

'Niet te brutaal, hè,' zei Baarda.

'Daar is het te laat voor.' Ze stond op. 'Ik moet een vliegtuig halen, inspecteur Baarda.' Ze gaf hem een korte zoen, zachtjes, op zijn mond. 'Maar ik verwacht elke dag een telefoontje. Als je maar een beetje op het tijdverschil let. Ik hou er niet van om wakker te worden gemaakt.'

'Genoteerd,' zei hij.

'Tot ik terug ben dan,' zei Connie vanuit de deuropening. Ze maakte een gebaar dat half een saluut, half een zwaai was.

'Hé, is er enige kans dat je me Martha's Vineyard een keer kunt laten zien? Het klinkt als een plek die goed is voor de ziel.'

'Dat is het ook,' zei ze. 'En ik zal het doen. Er is niemand met wie ik het liever zou delen.'

Baarda glimlachte en sloot zijn ogen. Toen hij ze weer opendeed, was doctor Constance Woolwine weg.

Dankwoord

Dit boek is tot stand gekomen door een serie enorme toevalligheden, die ik nooit in een verhaal zou durven gebruiken. Toen we vanuit Engeland naar Amerika verhuisden, was het afscheid van mijn fantastische vriendin Andrea Gibson, die sinds ik ben begonnen met schrijven mijn proeflezer en mijn trouwste aanhanger is, een van de pijnlijkste momenten.

Om de overgang naar de VS gemakkelijker te maken, bracht Andrea ons in contact met een vriend van de universiteit, Matthew Sparks, die 'ergens in Californië' zou wonen. Het toeval wilde, want dat was in een land met 320 miljoen inwoners natuurlijk onvermijdelijk, dat Andrea's oude vriend nog geen twee kilometer van ons nieuwe huis woonde. Zonder het te weten was ik Matts hond zelfs al lang voordat ik hemzelf ontmoette op straat tegengekomen. Matts vrouw, Marie Lewis, bleek jurist, dus we hadden meteen al veel gemeen (een voorliefde voor films, kaas, honden en cocktails hielp ook mee). Marie kende iemand die een vriend had die profielschetser was.

Er werden e-mails gestuurd en telefoontjes gepleegd en zo kwam het uiteindelijk tot een telefonische afspraak met Jeffrey Heinze en de fantastische Molly Amman van de FBI. Vooral die laatste ben ik buitengewoon dankbaar.

Voor een boek als dit kun je heel veel research doen, maar het taalgebruik, de processen en de kennis van insiders krijg je alleen door direct contact. Ik stuurde haar mijn idee voor het boek en Molly reageerde met een gedetailleerd verslag over hoe ze een dergelijke zaak zou aanpakken. Dat was absoluut van onschatbare waarde.

Dus alle mensen die ik hierboven heb genoemd: dank jullie wel. Niet alleen hiervoor, maar ook voor alle liefde, al het lachen en alle steun. Jullie weten allemaal hoe waardevol jullie dit laatste jaar zijn geweest.

Weer terug in Engeland was er natuurlijk ook een heel team dat me bijstond. De eerste aan wie ik het idee voor *De schaduwman* voorlegde, was mijn geweldige literaire agent, Caroline Hardman. Zij nam de stukken ter hand, wreef ze op en zorgde dat ze er presentabel uitzagen (niets hiervan had zonder haar iets kunnen worden), en vervolgens gaf ze het geheel door aan mijn uitgever. Avon, een imprint van HarperCollins, zit vol met toegewijde, hartstochtelijke en hardwerkende boekenfanaten.

Er zijn veel mensen die ik moet noemen en daar ga ik me niet voor verontschuldigen. Hoe klein een boek ook is, het is een enorme prestatie om het te maken. Dank aan Phoebe Morgan, die niet één keer met haar ogen heeft gerold, ook al had ze alle recht om dat wel duizend keer te doen.

Ik dank ook Helen Huthwaite, Sabah Khan, Oliver Malcolm, Bethany Wickington, Ellie Pilcher, Caroline Bovey, Claire Ward, Holly MacDonald en Hannah O'Brien – jullie weten dat ik jullie allemaal fantastisch vind en dat ik jullie stuk voor stuk enorm waardeer.

Iedereen van Hardman & Swainson Literary Agency die heeft gezorgd dat ik tot dit punt ben gekomen en die, meestal tot mijn verbazing, nog steeds niet genoeg van me heeft: ik ben enorm dankbaar.

David, die me nog niet heeft gevraagd eens echt werk te zoeken, en Gabriel, Solomon en Evangeline, die mijn 'schrijversblik' kennen en weten dat ze me dan niet om eten moeten vragen – jullie weten hoe deze zin eindigt.

En als laatste: godzijdank voor de lezers, de recensenten, de bloggers, de boekenverkopers en de bibliothecarissen. Zonder jullie zouden deze bladzijden geen doel en geen zin hebben.

Lees ook de andere thrillers van Helen Fields, met
Ava Turner en Luc Callanach in de hoofdrollen:

HELEN FIELDS
Er is geen makkelijke manier om te sterven...
LITERAIRE THRILLER
PERFECTE DOOD
HELEN FIELDS
PERFECTE DOOD

Een bloederige boodschap
Een losgeslagen moordenaar
Een nieuwe zaak voor Luc en Ava
PERFECTE STILTE
EEN INSPECTEUR CALLANACH-THRILLER
HELEN FIELDS
HELEN FIELDS
PERFECTE STILTE

HELEN FIELDS
Vanuit de schaduw slaat de moordenaar toe
PERFECTE MISDAAD
EEN INSPECTEUR CALLANACH-THRILLER
HELEN FIELDS PERFECTE MISDAAD

EEN INSPECTEUR CALLANACH-THRILLER
PERFECTE MOORD
HELEN FIELDS
Eenmaal gevangen, kom je niet meer weg
HELEN FIELDS PERFECTE MOORD

HELEN FIELDS
Is de politie hem op het spoor? Of zit hij hen juist achterna?
PERFECTE WRAAK
EEN INSPECTEUR CALLANACH-THRILLER
HELEN FIELDS PERFECTE WRAAK